GABRIELE KÖGL

GIPSKIND

Gedruckt mit freundlicher Unterstützung der
Kulturabteilung der Stadt Wien.

FSC
www.fsc.org
MIX
Papier aus verantwortungsvollen Quellen
FSC® C004378

Grafische Gestaltung: Dorothea Löcker, Wien
Umschlagabbildung: © Algirdas Grigaitis/Alamy Stock Photo
Druck und Verarbeitung:
EuroPB, s.r.o., Tschechische Republik
ISBN 978-3-7117-2098-6

Informationen über das aktuelle Programm
des Picus Verlags und Veranstaltungen unter
www.picus.at

GABRIELE KÖGL

GIPSKIND

ROMAN

PICUS VERLAG WIEN

Für Josepha:
meine Großmutter
meine Tochter

Sie steht nicht auf. Warum kann sie noch immer nicht aufstehen? Sie ist schon neun Monate alt und steht noch immer nicht auf. Sie sagt schon Mama und Papa und Oma und kann noch immer nicht aufstehen. Ihr müsst zum Arzt mit ihr gehen, sonst bleibt sie euch liegen, ihr müsst dem Arzt sagen, dass sie noch immer nicht aufstehen kann. Der hätte es längst sehen müssen, bei der Mütterberatung. Die ist nicht spät dran mit dem Gehen und mit dem Reden zu früh, die hat was mit den Knochen, da stimmt was nicht.

Die Oma sah gleich, dass etwas nicht stimmte. Und dann gingen sie doch zum Arzt mit der Kleinen, außerhalb eines Termins der Mütterberatung, und der Arzt sah dann auch, dass etwas nicht stimmte mit ihr und schickte die Mutter weiter, in die große Stadt mit dem kleinen Kind, zu einer gründlichen Untersuchung, mit besseren Geräten als der Hausarzt sie hat, damit sie herausfinden könnten, warum die Kleine noch immer nicht aufstand, obwohl sie längst alt genug dafür war. Zum Glück war nichts mit dem Kopf, nur mit den Beinen, sagte die Oma, denn wenn eine mit neun Monaten schon Mama, Papa und Oma sagen kann, die hat nichts mit dem Kopf, die hat es höchstens in den Beinen, mit denen sie nicht gehen kann.

Im Krankenhaus behielten sie die Kleine gleich, weil es für Zügerln und Breitwickeln zu spät war. Die bekam einen Gips, an beiden Beinen, viel Gips, von oben bis unten. Im Krankenhaus musste sie dann bleiben, und die Eltern mussten gehen und durften nicht wiederkommen, weil die Ärzte ihnen gesagt hatten, dass die Kinder noch mehr weinen, wenn die Eltern kommen und wieder gehen und der kleine Wurm sowieso dortbleiben muss. Da sei es gleich besser, sie kämen gar nicht hin, damit das Kind die Eltern schnell vergessen könne. Dann weinte es vielleicht weniger und gewöhnte sich schneller daran, dass es allein sei und im Krankenhaus bleiben müsse zur Operation, wenn das Gelenk eingerenkt werden oder der Gips auf die Beinchen angelegt werden müsse.

Doch die Oma kam trotzdem. Mit dem Zug fuhr sie die weite Strecke vom Dorf in die Stadt, aber dort ließ man sie nicht hinein ins Zimmer zur Kleinen. Der ganze weite Weg sei umsonst, sagten sie, nur einen Blick, flehte die Großmutter, nur einen einzigen Blick wolle sie hineinwerfen auf das Kind, den sie dann auch hineinwarf vom Gang aus, damit sie sehen konnte, ob es der Kleinen gut ging und ob sie beruhigt wieder heimfahren konnte den ganzen weiten Weg.

Aber das Kind hörte die Oma, mit seinen feinen Ohren, wie sie draußen mit der Schwester redete, und es begann zu schreien, als würde man es abstechen wie eine Sau, so wie zu Hause die Säue schrien, wenn man sie abstach. Das Kind rief »Oma, Oma«, aber die Oma durfte trotzdem nicht zum Kind. Nur den einen Blick konnte sie werfen auf die Kleine in ihrem Gitterbett und musste wieder fahren, während die Kleine noch stundenlang weiterschrie und »Oma, Oma« rief, so laut, dass die Großmutter es draußen auf der Straße noch hören musste.

Immer wieder musste das Kind ins Krankenhaus zum Gipswechseln. Und dann bekamen es die Eltern immer krank zurück. Mit Husten und Schnupfen und manchmal glaubte man, es erstickt, weil es keine Luft bekam vor lauter dickem Rotz in der Nase. Tagelang weinte es nur und war nicht zu beruhigen und niemanden wollte es haben, die Mutter nicht und auch den Vater nicht. Alle stieß die Kleine von sich. Und jedes Mal, wenn sie mit dem Kind in die große Stadt fuhren, schrie es nur und plärrte, weil es schon wusste, dass sie es wieder dort lassen würden. Und die Eltern konnten nichts machen dagegen, weil sie wollten, dass die Kleine einmal würde gehen können, später einmal.

Und lange danach hielt sich das Kind noch immer im Auto fest und wollte nicht aussteigen, wenn es ein großes Haus sah, weil es sich dachte, jedes große Haus ist ein Spital.

Wenn die Kleine mit dem Gips, der ihre Beinchen gespreizt hielt, daheim war, konnte man sie kaum aufheben, so schwer war sie mit der Gipsrüstung. Und die Mutter ließ sie immer liegen, damit sie sich beruhigte und nicht so viel herumplärrte in der Gegend. Die Mutter hatte ja die Arbeit auch noch, nicht nur das anstrengende Kind. Die Arbeit auf den Feldern und im Garten und bei den Schweinen und den Kühen im Stall. Da war nicht so viel Zeit fürs Herumtragen der kleinen Kinder, und schon gar nicht, wenn eines so schwer war mit etlichen Kilo Gips drauf. Zum Glück waren die anderen leichter. Aber die Oma holte das schwere trotzdem aus dem Zimmer, hievte es auf den Leiterwagen und fuhr mit ihm herum in der Gegend. Das machte sonst niemand im Dorf, dass er herumgefahren wäre mit den kleinen Kindern, die noch nicht gehen konnten. Die Oma hob sich einen Bruch dabei, weil sie das schwere Gipskind aus dem Zimmer hinaustragen und in den Leiterwagen heben musste, weil das Kind auch in keinen Kinderwagen passte mit dem großen, dicken Gips drauf, der ihm von den Hüften bis zu den Waden reichte. Mit dem Leiterwagen zogen sie durch das Dorf, die Oma und das Gipskind, und da war es kein Wunder, dass die Kleine bald in ganzen Sätzen reden konnte, denn beim Sitzen im Leiterwagen hatte sie Zeit zum Schauen und zum Zuhören, wenn die Oma ihr Geschichten erzählte von ihrer Kindheit, in der sie sieben Kinder gewesen waren. Die anderen fünf, die ihre Mutter auch noch bekommen hatte, waren gestorben. Das war damals so und es war fast schon ein Wunder, dass überhaupt sieben überlebt haben, die mussten damals zäh wie Katzen gewesen sein und brauchten sieben Leben, um Diphtherie, Kinderlähmung, Blutarmut, Wundstarrkrampf, Keuchhusten, Lungenentzündung und Hunger zu überstehen.

Schön in Ruhe lassen das Kind, meinte die Mutter, damit es gut wächst und gedeiht, wie der Salat im Garten, den lässt man auch in Ruhe. Wenn es aus dem Spital kommt, ist es immer ganz dürr und krank. Da ist es am besten, man gibt ihm zu essen und schaut, dass es die restliche Zeit schläft, weil es sonst ja nichts tun kann außer husten und schnofeln, wenn es nicht einmal gehen kann und auch für nichts nützlich ist, dieses Kretinl.

Da hatte man mit dem Buben schon mehr Glück. Der war gesund und schon als kleiner Racker zu gebrauchen, um im Stall beim Ausmisten zu helfen und die Kühe zu melken. Beim Mädel nutzte das ganze Schlafenlegen nichts. Auch nicht das Schreienlassen. Wenn die Mutter draußen bei der Arbeit war, hörte sie die Plärrerei sowieso nicht. Aber die Oma hörte sie, und sie holte die Kleine heimlich heraus aus dem Elternschlafzimmer und beruhigte sie, auch wenn die Mutter dann schimpfte mit ihr, dass nie etwas Gescheites werden würde aus der Kleinen, wenn sie nicht ein bisschen abgehärtet würde, denn verzärtelt sei sie ohnehin schon worden durch die Krankheit. Sie habe fast von Anfang an eine Sonderbehandlung bekommen, und jetzt könne man sehen, was man davon habe.

Frech ist sie geworden und viel zu viel redet sie für ihr Alter. Und sie fragt so viel und schnappt auch immer zurück, wenn man ihr sagt, dass sie still sein soll oder aufhören mit der ewigen Fragerei. Wenn der Vater sagt, sie soll den Mund halten bei Tisch, dann sagt sie doch glatt: »Nein, ich halte ihn nicht.«

Und wenn der Vater sagt: »Dann kriegst du eine hinten drauf!«, dann sagt die Kleine: »Ich halte ihn trotzdem nicht. Halte ihn doch selber.«

Da muss sich dann niemand wundern. Der Vater hat eh eine Eselsgeduld, wo ihm schon der ganze rote Zorn mitten im Gesicht steht. Er droht ihr ein drittes Mal, und dann schlägt er zu, fester, als er will, und bald liegt die Kleine auf dem Boden und schreit: »Ich halte ihn trotzdem nicht!«

Da tritt der Vater zu, zuerst in die Beine und bricht sie beinahe, wo sie doch vorher so mühsam mit Gips zusammengehalten wurden. Und dann in den Bauch. Und die Kleine schreit: »Und wenn du mich erschlägst, ich halte ihn trotzdem nicht!«

Da würde ihr der Vater am liebsten den Mund eintreten mit seinen Füßen, wen wundert's, aber die Großmutter geht dazwischen und schreit: »Wenn du so weitermachst, bringst du sie noch um!«

Da kommt er langsam wieder zu Sinnen und lässt ab von der Kleinen, während die Mutter meint, die hätten sie notwendig gehabt. Zuerst hätten sie alles getan, damit ein Mensch wird aus diesem verkrüppelten Kind, und dann möchte man es am liebsten umbringen, weil so ein Teufel geworden ist aus ihm.

Der Vater sitzt derweil auf seinem Platz am Stubentisch und weint. Er nimmt die Kleine, die gar nicht weint, auf den Schoß, drückt sie so fest an sich, dass die Kleine fast keine Luft mehr bekommt und sagt: »Warum machst du mich so zornig, Kleine? Ich könnte jetzt sterben vor Wut, dass ich so grob zu dir war.«

Und dann weint er, und die Kleine streicht ihm über dem Kopf und sagt: »War nicht so schlimm. Tut gar nicht mehr weh. Wird schon wieder gut!«

Den Jähzorn hat er von seinem Vater, sagte die Oma zur Kleinen. Der hat auch zugeschlagen, bevor er hingeschaut hat.

Später werden die Oma und die Kleine zusammen im Bett

liegen, Kopf an Kopf mit den Eltern, die im Nebenzimmer schlafen, nur durch eine Wand getrennt, und sie werden lange Rosenkränze beten, immer wieder, bis sie müde sind, so müde, dass sie einschlafen beim Beten. Und all diese Rosenkränze beten sie für den Opa, den verstorbenen Mann der Oma, weil er sie so schlecht behandelt hat zu seinen Lebzeiten, damit er trotzdem in den Himmel kommt.

Die Kleine merkte recht früh, dass sie sich auf die Eltern nicht verlassen konnte. Das fing schon an mit der Christkindlüge und der Storchenlüge und ging dann weiter mit der Ovomaltine- und mit der Bruderlüge und hörte nie mehr auf. Zu Weihnachten musste die Kleine hinausgehen, wenn das Christkind hereingekommen war in die Stube. Und dann war der Christbaum da, er stand auf einem Tisch, den das Christkind auch noch hineingestellt hatte, denn sonst stand dieser Tisch im Schlafzimmer der Eltern. Das Kind stellte sich vor, wie viel Arbeit es für das Christkind gewesen war, dass es erst den Tisch abräumen und vom Schlafzimmer der Eltern in die Stube tragen musste, das kleine, zarte Christkind, das eh schon den Baum und die Geschenke schleppen musste wie ein Tragesel. Die Kleine hätte ihn keinen Zentimeter verschieben können, auch wenn nichts draufgestanden wäre, und das arme Christkind musste ihn vom Zimmer der Eltern bei der Tür hinaus-, oder beim Fenster, wer weiß das so genau, und dann beim Stubenfenster wieder hereinbringen, wo das Fenster doch viel zu klein war für den großen Tisch. Und als die Kleine wieder hineindurfte vom Großmutterzimmer in die Stube, war der Vorhang ein bisschen auf die Seite geschoben, weil es das Christkind eilig gehabt hatte und den Vorhang nicht gescheit zugezogen hatte, als es weitergeflogen war zu den anderen Häusern und den anderen Kindern, sagte die Mutter.

Der Kleinen tat das Christkind leid, weil es so viel arbeiten musste zu Weihnachten, zum Glück hatte es Flügel, denn wenn es so schlecht hätte gehen können wie das Gipskind mit seinen X-Beinen und den schlecht sitzenden Hüften, dann wäre es wohl nicht fertig geworden mit der Arbeit, und die anderen Kinder hätten am Heiligen Abend durch die Finger geschaut statt auf einen leuchtenden Christbaum.

So viele Gedanken machte sich die Kleine über das arme Christkind, und lieber hätte sie auf den Christbaum und auf die Geschenke verzichtet, als dass sie gewollt hätte, dass das Christkind so schwer arbeiten muss. Dann wären ihre Ängste und Sorgen für nichts gewesen, als sie in der Schule ausgelacht wurde, weil sie noch immer ans Christkind glaubte, während die anderen schon längst wussten, was zu Weihnachten wirklich gespielt wurde. Die Kleine bestand darauf, dass die Christkindgeschichte stimmte, weil die Eltern sie doch nicht anlügen würden. Und als sie die Mutter fragte, wie das denn sei mit dem Christkind, lachte die Mutter genauso wie ihre Freundinnen in der Schule und sagte, sie hätte nicht gedacht, dass ihr Kind so dumm sei und so lange an das Christkind glaube, sie habe immer gedacht, die Kleine sei gescheit, weil sie schon so früh habe reden können, und tue nur vor den Eltern so dumm, damit sie möglichst lange viele Geschenke bekäme.

Die Kleine hatte sich eine Schwester gewünscht. So eine wie ihre jüngere Cousine Almut, eine Schwester, mit der sie dann immer zusammen sein könnte, nicht nur in den Ferien. Der große Bruder war nämlich viel zu groß und zu alt, der war nicht geeignet zum Reden und zum Spielen.

Die Mutter sagte, den Wunsch nach einer Schwester könne sie ihr nicht erfüllen, da müsse sich die Kleine schon selber drum kümmern, dass sie noch zu einem Geschwisterchen komme. Sie müsse jeden Abend draußen ein Sackerl Zucker auf das Fensterbrett stellen, dann käme der Storch. Er würde den Zucker mitnehmen und ein Putzerl dafür herbringen und es statt des Zuckers aufs Fensterbrett legen.

Jeden Morgen ging die Kleine als Erstes zum Fenster schauen, und immer war der Zucker weg, und nie war ein Putzerl da. Sie dachte, vielleicht versteht der Storch nicht, was sie will, deshalb legte sie einen Brief dazu. Der Brief war am nächsten Morgen auch weg, aber Putzerl war noch immer keines da. Da schnitt sie aus dem Quelle-Katalog Putzerln aus und legte jeden Tag eines zum Sackerl mit Zucker dazu, weil sie dachte, vielleicht kann der Storch nicht lesen, und immer war das Katalogputzerl weg, aber nie lieferte der Storch ein echtes dafür. Sie bekam eine Wut auf die Störche, bis sie wieder einmal im Krankenhaus war und im Zimmer mit einem älteren Mädchen lag, dem sie erzählte, dass der Storch immer den Zucker abholte, aber nie ein Baby dafür brachte. Und das Mädchen lachte sie aus und sagte, dass ihr der Storch nie ein Baby bringen würde, weil er das gar nicht könne. Der könnte höchstens ein Storchenbaby bringen. Das Menschenbaby komme von der Mutter und vom Vater, die ihre Lulus so lange zusammenstecken, bis die Mutter einen Bauch bekommt, der immer größer und größer wird. Und bevor er platzt, kommt das Baby aus dem Lulu heraus, genau dort, wo vorher das Lulu vom Vater hineingeronnen ist. Und da musste die Kleine lachen über den Unsinn, den ihr die Größere erzählte. Wie sollte denn aus dem kleinen Lulu der Mutter so ein großes Baby herauskommen? Das sollte ihr die Größere einmal erklären.

Das sei wie bei den Viechern, meinte die Größere.

Dann solle sie einmal schauen, wie das sei bei einer Sau, meinte die Kleine. Die Sau sei riesengroß, und die Ferkel, die bei ihr herauskämen, seien kaum größer als ein Kinderfuß.

Wenn das stimmen würde, was die Größere meine, dann müssten die Babys so klein wie frisch geworfene Ferkel sein, oder noch kleiner, und warum das Zusammentun der Lulus dafür notwendig sein sollte, verstand die Kleine noch weniger.

Aber als sie wieder daheim war vom Krankenhaus, redete sie kein Wort mit der Mutter, und Zucker stellte sie auch keinen mehr aufs Fensterbrett und schnitt auch keine Putzerln mehr aus dem Quelle-Katalog heraus. Vielleicht war doch was dran an dem, was die Große ihr im Krankenhaus erzählt hatte. Und als sie nicht mehr daran glaubte, dass der Storch ihr eine Schwester bringen würde, holte sie eines der kleinen Ferkel aus dem Saustall, zog ihm ein Puppenkleid an und faschte seine Hinterhaxerln ein, als wären sie gegipst. So konnte es nicht davonlaufen. Sie legte das kleine Schwein in ihren Puppenwagen und fuhr mit ihm im Dorf herum, als wäre es die kleine Schwester.

Die Kleine wollte nie Milch trinken, dabei hätte sie das Kalzium dringend gebraucht zur Stärkung ihrer schwachen Knochen. Aber im Schwarz-Weiß-Fernsehen sah sie immer die Werbung für Ovomaltine und meinte, die würde ihr auch schmecken. Die Mutter sagte, sie habe Ovomaltine gekauft und würde der Kleinen eine aufgießen, wenn sie wolle. Die Kleine wollte das Packerl sehen, aber die Mutter zeigte es nie her und sagte, wenn ich es dir zeige, dann isst du das Pulver ohne Milch auf. Anders als beim Bensdorp-Kakao, den die Mutter stehen lassen konnte, weil das braune Pulver sowieso bitter schmeckte und erst mit Zucker und Milch angerührt werden musste. Immer ist die Mutter mit der heißen Milch in die Speisekammer gegangen und hat das Getränk dort zubereitet. Und die Ovomaltine, mit der sie herauskam, war gelb und süß. Das Kind hätte so gerne einmal vom Pulver gekostet, aber nie, nie zeigt die Mutter es ihr.

Als sie später einen Farbfernseher bekamen, sah die Kleine, dass Ovomaltine nicht gelb, sondern braun ist, und die Mutter gab zu, dass sie der Kleinen eine heiße Milch mit einem verquirlten Eidotter und Zucker als Ovomaltine angedreht hatte.

Die Mutter kaufte auch immer Korona-Kaffee. Das war ein Feigenkaffee mit Malz, der in einem rot-weiß karierten Papiersack verpackt war. Ganz unten drin war immer eine Figur aus Plastik versteckt, die die Kleine unbedingt haben wollte. Bei jeder neuen Packung flehte sie die Mutter an, sie möge den Papiersack doch auf den Kopf stellen und auf der verkehrten Seite aufmachen, aber die Mutter ließ sich nie breitreden und meinte immer nur, die Kleine werde wohl warten können. Aber die Kleine konnte nicht warten, und immer am Abend, wenn die Mutter zur Stallarbeit ging, bohrte sie mit einem großen Löffel im gepressten Malz und verschüttete das halbe Pulver, das so aufgelockert sowieso nicht mehr in den Papiersack gepasst hätte. Die Mutter merkte natürlich sofort, was die Kleine angestellt hatte, weil der ganze Schiffboden in der Stube sandig war von den kleinen Körnern. Jedes Mal watschte sie die Kleine ab, wie es sich gehörte, links und rechts auf die Wange, dass es nur so patschte, aber die Kleine muckste nicht, sie nahm die Watschen in Kauf für die neue Figur, die sie zum Spielen aus dem Pulver ausgegraben hatte. Ein wildes Tier wie einen Löwen, eine Giraffe oder ein Nashorn für den Zoo, oder Ritter mit Schwertern, Indianer mit Pfeil und Bogen, oder Sheriffs mit einem Colt. Die menschlichen Figuren waren meist in einem Zinnoberrot gehalten, die wilden Tiere in einem Malzkaffeebraun.

Wenn die Mutter Brot buk, durfte niemand vom frischen, duftenden Laib ein Stück abschneiden, solange vom alten Brot noch etwas vorhanden war. Am nächsten Tag schmeckte das frisch gebackene Brot aber auch nicht viel anders als das altbackene, aber es war ein Prinzip der Mutter, dass immer das alte zuerst gegessen werden musste. Erst wenn es weg war, gab es das frische, das dann auch schon alt war.

Die Mutter führte ein strenges Regiment über Kaffee und Brot, aber manchmal, wenn das neue Brot zum Auskühlen in der Speis lag und die Mutter nicht im Haus war, weil sie im Garten noch Unkraut jätete oder den aufgeschossenen Salat für die Hühner ausstach und klein schnitt, kam es vor, dass sich alle anderen in die Speis schlichen und ein Stück vom frischen Brot herunterrissen. Dann standen der Vater, der Bruder und die Kleine gemeinsam in der Speis und mampften das frische, dampfende Brot, bis kaum mehr etwas davon übrig war. Sie lachten dabei, weil sie schon wussten, welch ein Gezeter die Mutter veranstalten würde, sobald sie es bemerkte. Sie ärgerte sich, weil vom frischen Brot immer mehr gegessen wurde als vom alten, und wenn der Vater meinte, sie könnte ja gleich mehr Brot auf einmal backen, sagte die Mutter, er habe keine Ahnung, wie anstrengend und zeitaufwendig das Kneten sei.

Die Mutter war streng und hart, zu hart für ein verweichlichtes Krankenhauskind. Zum Glück hatte die Kleine die Großmutter, bei der sie schlafen durfte, nachdem der Großvater gestorben war. Zur Mutter hatte sie nie ins Bett dürfen, weil die ihren Schlaf brauchte. Zum Vater hätte sie jederzeit kommen können, aber das war der Mutter auch nicht recht, weil die Kleine im Schlaf strampelte und wie wild auf sie hintrat im Ehebett.

Solange der Großvater noch lebte, musste die Kleine bei den Eltern im Zimmer in einem Gitterbett schlafen, und sie pinkelte oft ins Bett, weil sie träumte, sie gehe auf den Topf, und dann ließ sie es rinnen und wachte auf, weil alles warm und feucht war unter ihr. Wenn sie dann die Mutter weckte und ihr sagte, was passiert war, gab es ein paar Arschfeigen auf den blanken nassen Hintern, und die Mutter zeterte herum, was sie alles zu waschen hat, und der kleine Nichtsnutz macht ihr nichts als Arbeit, und seit er auf der Welt ist, hat er nichts als Arbeit gemacht mit seinen verkrüppelten Beinen und seinem verkrüppelten Kopf, in dem nur dumme Gedanken drinnen sind, und nicht einmal zur Arbeit taugt das Gfrast, weil es so ungeschickt ist. Wer nicht rechtzeitig gehen lernt, bleibt ein Hinderling, der kann nie mehr richtig zupacken im Leben.

Der nächtliche Arschbackenstreich und der Wortschwall der Mutter waren anstrengend für die Kleine, und sie sann nach einer anderen Lösung, wenn sie im Traum auf dem Topf saß. Im Schlafzimmer gab es keinen Ofen, aber jeder schlief mit einer Heizmatte im Bett. Die Kleine hatte auch so ein wärmendes Unterbett und wenn in der Nacht der Topftraum kam und die Matratze der Topf war, rief sie bald nicht mehr nach der Mutter, sondern langte nach dem Schaltknopf der Wärmematte, und sie ließ das Wärmebett so lange eingeschaltet, bis alles wieder trocken war.

Und wenn die Mutter nach mehrmaligem Einnässen die gelben Flecken sah und roch, dann sagte die Kleine, sie wisse von nichts, sie habe wohl alles verschlafen.

Mit dem Klogehen war es überhaupt so eine Sache. In der Nacht gab es den Topf, der wie eine Salatschüssel aus Email aussah, den die Kleine aber fast nie brauchte. Der Topf stand unter dem Elternbett und war nur für die kleinen Sachen erlaubt. Im Haus gab es kein Klo, dafür gab es draußen zwei davon. Eines hinter dem Schweinestall, komplett aus Holz, aber da waren die einzelnen Bretter schon so geschrumpft, dass die Seiche zwischen den Ritzen vorne wieder herausgespritzt ist, wenn man sich oben auf das Loch draufgesetzt hat. Und dann waren die Beine ganz nass und haben gejuckt von dem vielen Seichsalz drauf. Das andere Klo war im Wirtschaftsgebäude im Hof, es war gemauert und hatte nur das Sitzbrett aus Holz und sogar einen Deckel, damit es nicht so heraufstank aus der Jauchengrube. Dorthin ging die Kleine lieber, aber Angst hatte sie immer, dass nicht nur ihre Wurst, sondern sie als Ganze hinunterfallen könnte durch das Loch und in die stinkende Grube hinein. Deshalb suchte sie sich für die kleinen Sachen einen anderen Platz, unter den Büschen hinter dem Haus, und weil sie dort immer auf den gleichen Platz ging, entstand von ihrem Strahl bald ein Loch in der sandigen Erde. Jedes Mal füllte sie das Loch auf zu einem kleinen See mit ihrem gelben schaumigen Strahl. Wenn sie größer würde und das Loch immer weiter aushöhlte, würde einmal ein großer See daraus werden und im Sommer könnte sie dann hinter dem Haus schwimmen gehen in die schaumgekrönten Wellen.

Dem Vater machte es nichts aus, auf dem stinkenden Klo zu sitzen. Er sagte, es stinkt nicht, wenn er draufsitze, weil er mit seinem Trumm Hintern sowieso das ganze Loch abdecke wie ein Abortdeckel. Er ließ die Tür auch immer sperrangelweit offen, weil er mitkriegen wollte, was sich so tat im Dorf, wenn er auf seinem Thron saß.

Tito, der Jagdhund, der so hieß, weil der Vater nach dem Krieg von den Partisanen gefangen genommen worden war und jahrelang Steinmauern in Jugoslawien hatte bauen müssen, saß bei ihm, er hatte die Vorderpfoten auf dem Schoß des Vaters und dort saßen die beiden stundenlang und schauten auf die Straße. Der Vater winkte, wenn jemand auf der Dorfstraße vorbeifuhr, den er kannte. Manche fuhren auch in den Hof ein, wenn sie den Vater auf seinem Thron sitzen sahen, und wechselten ein paar Worte mit ihm, aber der Mutter war es peinlich, dass der Vater nicht herunterstieg von seinem Thron, auch dann nicht, wenn es der Bürgermeister war oder der größte Bauer aus dem Nachbardorf.

Wenn es nichts zu schauen und nichts zu reden gab, dann griff der Vater nach der Zeitung, die nach dem Lesen immer aufs Häuschen gelegt wurde. Das war die einmal wöchentlich erscheinende »Bezirksrundschau«, wo alles drinnenstand, was man durch den Dorftratsch meist sowieso schon wusste. Oft waren der Pfarrer und der Bürgermeister abgebildet, oder einer aus dem Dorf, dem man zum Geburtstag gratulierte. Nach dem Lesen riss der Vater genüsslich eine Seite heraus aus der Zeitung und wischte sich den Allerwertesten mit dem Gesicht des Bürgermeisters oder des Pfarrers ab.

Tito war immer beim Vater, auf Schritt und Tritt. Nur wenn der Vater nicht zu Hause war, ging er zur Kleinen und spielte mit ihr. Wenn die Mutter ihn aber rief, lief er zu ihr, und wenn der Bruder ihn rief, dann ging er zu ihm und hörte nicht mehr auf die Kleine. Aber wenn der Vater grad einen Wutanfall hatte, auf den Bruder oder auf die Kleine losging, dann stellte Tito sich dazwischen und knurrte sogar den Vater an und beschützte die Kinder vor ihm.

Wenn die Großmutter den Hund rief und die Kleine auch, dann lief er zwischen den beiden hin und her, als würden sie ihn an einer unsichtbaren Leine ziehen.

Die Großmutter war kränklich, sie hatte es mit dem Herz und musste ständig herzstärkende Medikamente einnehmen. Aber trotzdem starb der Großvater vor ihr, von heute auf morgen, obwohl er ein starkes Herz hatte und eine kräftige Hand, die ihm immer wieder auskam, wie ein Kalb aus der Box, das dann frei auf der Wiese herumspringt und Schaden anrichtet im hohen Gras.

Die Kleine stellte sich dann vor, wie die Hand des Großvaters herumlief, als wäre sie ein Fuß, ohne den Großvater dran, und wie er versuchte, sie einzufangen, und immer wieder lief sie ihm davon, und er hinterher, und immer wieder haute sie wo drauf, auf die Kühe und Kälber im Stall, wenn sie nicht ruhig genug standen beim Einfüttern, oder auf Tito, wenn er stiften war und vor lauter schlechtem Gewissen wie eine Schildkröte heimkroch von seiner Ausbüxerei, oder auf die Oma, weil sie ihm nicht schnell genug eine Wärmeflasche gemacht oder einen Krug Most aus dem Keller geholt hatte.

Die Kleine fragte sich, warum er die Hand nicht anband an seinen Körper, wenn sie ihm so leicht auskam. Und wenn die Kleine ihr Mensch-ärgere-dich-nicht-Spiel auf dem Tisch ausgebreitet hatte, mit dem sie allein spielte, und der Großvater sagte, sie solle Platz machen, er wolle Zeitung lesen und die Kleine antwortete, er solle doch woanders hingehen mit seiner Zeitung, zum Beispiel aufs Klo, der Vater lese dort auch immer am liebsten, dann antwortete der Großvater: »Warte nur, mir kommt gleich die Hand aus«, und sie erwiderte: »Bind sie doch an, wenn sie dir dauernd auskommt.« Und da war es auch schon zu spät zum Anbinden, da war sie ihm längst ausgekommen, flog davon und landete auf der Wange der Kleinen. Die Wange brannte dann und war ganz rot, und die Kleine überlegte sich, wie man die Hand vom Opa festbinden könnte, wie den Hund an die Kette, damit sie nicht dauernd stiften gehen konnte.

Als der Opa gestorben war, bahrte man ihn im Schlafzimmer auf. Vorher war der Nachbar gekommen und hatte ihn gewaschen, damit er leichter in den Himmel kam, befreit vom schweren Dreck, richtig sauber, nicht dass er nach Kuhstall stank, wenn er dort oben anklopfte an die große Tür. Und sein Sonntagsgewand zog er ihm an, denn wie würde das ausschauen, wenn er in der blauen Arbeitsmontur mit der umgebundenen Pfoad vor den Herrgott treten würde.

Die Kleine musste draußen bleiben vor der Schlafzimmertür und hörte nur das Stöhnen und Ächzen, so schwer musste es gewesen sein, dem Großvater ein ordentliches Gewand anzuziehen. Sie taten drinnen geheimnisvoll herum, fast wie zu Weihnachten beim Christkind, und die Kleine dachte sich, wer weiß, ob das stimmt mit dem Waschen und Anziehen, vielleicht machen sie ganz etwas anderes mit dem Großvater, und ihr erzählen sie das mit dem sauber Herrichten.

Die Großmutter war auch drinnen beim Großvater, und die Kleine stellte sich vor, dass der Nachbar und die Großmutter den Großvater komplett auszogen und ihn anschauten, ohne dass sich der Großvater wehren konnte, dass er nackt daliegen musste, während ihm der Nachbar den Hintern und das Lulu sauber machte, und die Großmutter schaute vielleicht auch hin und schaute sich einmal genau an, wie das so aussah bei einem Mann. Die Kleine hätte sich das auch einmal gerne angeschaut, weil sich in der Familie ja nie jemand auszog vor dem anderen, aber weil sie nicht schauen durfte, schämte sie sich stellvertretend für den Großvater, der sich selber ja nicht mehr schämen konnte, nachdem er gestorben war.

Als alles fertig war, durfte die Kleine hinein ins Schlafzimmer, das zu einem Aufbahrungszimmer geworden war. Der Großvater lag in seinem Bett im Sonntagsanzug und mit einem Tuch um den Kopf, als würde er sich sonst verkühlen. Aber das Tuch war verkehrt herum gebunden, mit dem Knoten auf dem kahlen Kopf statt unter dem Kinn. Das sah so komisch aus, dass die Kleine lachen musste, und am liebsten hätte sie laut herausgelacht, denn einen Mann mit Kopftuch hatte sie noch nie gesehen und schon gar nicht mit einem verkehrt herum gebundenen. Da hätte der Großvater schön geschaut, wenn er sich damit hätte sehen müssen. Aber seine Augen mit den großen, schweren Lidern waren geschlossen, als würde er schlafen, und die Hände hatte er gefaltet, als würde er beten. Zwischen die beiden Daumen hatten sie ihm auch noch einen Rosenkranz gelegt. Dabei war der Großvater nie in die Kirche gegangen, er sagte immer, die Großmutter bete mindestens für zwei. Er ging sonntags immer nur ins Wirtshaus und die Großmutter musste sich allein auf die Weiberseite in der Kirche setzen. Wie Aussätzige saßen die Weiber dort, die keinen Mann hatten oder keinen, der mit ihnen mitging, denn die Frauen, die einen Mann hatten, der auch mit ihnen in die Kirche ging, durften sich mit ihm auf die Männerseite setzen. Und die Frauen auf der Männerseite saßen ganz aufrecht neben ihren Mannsbildern und schauten hochnäsig hinüber auf die Weiberseite. Die Frauen auf der Weiberseite duckten sich und schauten verstohlen hinüber auf die Männerseite und waren neidisch, weil sie auch gerne einen sitzen gehabt hätten, neben sich in der Kirchenbank.

Nach der fertigen Aufbahrung durfte die Kleine ins Zimmer gehen so oft sie wollte. Immer wieder ging sie hinein und schaute auf die gefalteten Hände des Großvaters. Je länger sie hinschaute, umso mehr kam es ihr vor, dass sich die Hände bewegten, und die Kleine bekam Angst, dass dem Großvater die Hand auskommen könnte, wenn er an die Himmelstür klopfte mit seinen knochigen Fingern, und dann wären sie dort vielleicht nicht so schnell mit dem Aufmachen, wie es der Großvater gewohnt war. Am Ende würde er auch dem Himmelvater eine auflegen mit der ausgekommenen Hand, und der würde die Tür dann natürlich wieder zuschlagen vor der Nase des Großvaters, und dann bliebe ihm nur mehr die Höllentür, an die er anklopfen könnte, und die ganze Beterei der Großmutter wäre umsonst gewesen.

Die Kleine ging ganz nah zum Großvater hin und wickelte ihm den Rosenkranz ganz fest um die gefalteten Finger und machte noch einen Knoten zum Schluss, damit ihm die Hand auch sicher nicht auskommen konnte, wenn ihm etwas zu lange dauerte im Himmelreich.

Am Abend kamen die Nachbarn und Verwandten und beteten in der Stube den Rosenkranz, und die Cousine der Kleinen, die Almut, kam auch mit ihren Eltern. Beim Beten saßen die Kinder nebeneinander, und die Kleine stellte sich vor, wie das wäre, wenn sie allen die Bethände zusammenbinden würde mit einem Rosenkranz, und wenn sie den Rest ihres Lebens so herumlaufen müssten und ihnen nie mehr eine Hand auskommen könnte und sich kein Kind mehr fürchten müsste vor den Eltern und Großvätern. Da musste sie lachen, und die Almut lachte mit, obwohl sie gar nicht wusste, warum die Kleine gelacht hatte, und die Kleine musste noch mehr lachen, weil die Almut mitgelacht hatte, obwohl sie nicht wusste, warum die Kleine lachte, und die beiden Kinder lachten, dass es die kleinen Körper nur so schüttelte und bog und ihnen die Tränen in die Augen schossen vor lauter Lachen. Die Mutter schaute die Kinder mit bösen Augen an, aber es nützte nichts, sie konnten nicht mehr aufhören zu lachen, während die anderen ganz ernst dreinschauten und den Rosenkranz herunterratschten, und der Vorbeter eine Perle nach der anderen zwischen Daumen und Zeigefinger durchschob auf der Kette in seiner Hand.

Die Kleine spürte, wie es die Almut neben ihr rüttelte und schüttelte, und auf der anderen Seite saß die Großmutter, und auf einmal spürte die Kleine auch auf dieser Seite ein Rütteln, und sie schaute hinüber und sah, dass es die Großmutter auch durchbeutelte, und sie merkte, dass die Großmutter auch lachte und nicht weinte, als ihr die Tränen über das Gesicht rannen. Da musste sie noch heftiger lachen und die Mutter wurde wütend und packte die Kleine fest an der Hand und stieß sie hinaus aus der Stube, am liebsten hätte sie ihr auch noch einen Tritt gegeben, aber weil sie angesichts des Todes vom Großvater traurig sein sollte und nicht wütend, ließ sie es bleiben mit der Treterei, und die Mutter der Almut packte ihren bösen Lachfratz auch fest am Arm und bugsierte ihn ebenfalls hinaus aus der guten Stube.

Draußen konnten sie sich nicht mehr zurückhalten, sie prusteten schallend los, so laut, dass man es bestimmt bis in die Stube hinein hören konnte. Sie wischten sich die Tränen aus dem Gesicht und gingen in das Schlafzimmer, das nun ein Aufbahrungszimmer war. Dort mussten sie weiterlachen, weil der Großvater so komisch dalag mit den gefesselten Händen und dem verkehrt gebundenen Tuch um den Kopf. Die Kleine zeigte der Almut, dass sie den Großvater vorbereitet hatte für das Himmelreich mit den zusammengebundenen Fingern und die Almut erschrak und fragte: »Und wenn sie draufkommen, was du gemacht hast?«

»Dann kommt ihnen halt auch wieder einmal die Hand aus«, antwortete die Kleine.

Warum sie keine Angst vor den Watschen habe, wollte die Cousine wissen. »Weil man dann alles tun kann, was man möchte«, gab die Kleine zur Antwort.

Später, nach dem Beten, und nachdem alle noch Wein getrunken und Weißbrot gegessen hatten, ging die Großmutter in ihr Schlafzimmer und legte sich neben den toten Großvater. »Hab ich ihn lebendig neben mir ausgehalten, wo er mich hat hauen können, werde ich ihn tot auch neben mir aushalten, bis er in die Grube kommt, wo er mir nichts mehr tun kann.«

Dass er ihr jetzt schon nichts mehr tun konnte, weil sie ihm die Hände zusammengebunden hatte, das sagte ihr die Kleine aber nicht.

Für das Begräbnis kam eine Kutsche mit zwei Pferden in das Dorf. Der Großvater wurde in den mitgebrachten Sarg gelegt, der Deckel wurde draufgeschraubt und der Sarg auf den

Wagen gelegt, den die Pferde zogen. Auf den Sarg wurden noch alle Kränze draufgepackt, die von den Leuten ins Haus gebracht worden waren, mit großen schwarzen und goldenen Schleifen und letzten Grüßen drauf. Der Vater, die Tante und die Großmutter schluchzten gleichzeitig laut auf, als hätten sie es geübt wie ein Kirchenlied, als der Sarg von den starken Männern im Dorf auf den Wagen geladen wurde. Als die Kutsche losfuhr, ging die Großmutter in einem kohlrabenschwarzen Gewand, das sie extra für das Begräbnis gekauft hatte, allein hinter dem Sarg her. Um den Kopf hatte sie auch ein schwarzes Tuch gebunden, aber zum Glück mit dem Knopf unterm Kinn und nicht verkehrt herum wie beim Großvater. Hinter ihr gingen die Enkelkinder und in der nächsten Reihe der Vater und die Mutter, die Tante und der Onkel. Die Buben mussten zwischen den Mädchen gehen, damit die Rotzlöffel nicht zu kichern anfingen auf dem langen Weg in den Markt hinein, wo in der Kirche noch ein Gottesdienst für den Verstorbenen abgehalten wurde, bevor es ans Vergraben ging.

Als sie die Hauptstraße überquerten, musste der ganze Verkehr stehen bleiben und warten, sogar die großen Lastwagen, und die Kleine kam sich sehr wichtig vor, weil sie den Verkehr aufhalten durften mit dem Leichenzug, und die Kleine war sehr beeindruckt, dass ein Toter so wichtig ist, dass er die Lebenden aufhalten darf. Heiß war es, weil sie so lange gehen mussten auf der asphaltierten Straße, und der Kleinen taten bald die nach innen gebogenen Beine weh. Dem Nachbarn hinter ihr war es vielleicht auch schon zu lang, weil er zu reden anfing, während der Vorbeter seinen Betsatz aufsagte. Der Nachbar erzählte vom fetten Schreiner, der über hundert Kilo gewogen hatte, als er starb, und weil es damals so heiß war, ging der Schreiner im Sarg auf wie ein Krapfen auf der Reiter, und als man ihn in der Kirche abstellte, rann links und rechts der Leichensaft vom Schreiner heraus, wie die Marillenmarmelade beim Krapfen, weil ihn die Hitze so aufgetrieben hatte, dass es den Sarg sprengte. Da half das ganze Zunageln nichts.

In der Kirche war es angenehm kühl, und weil sich der Vater ausnahmsweise auch einmal in die Kirchbank gesetzt hatte, durfte die Kleine auch auf die Männerseite, sonst musste sie mit der Mutter oder der Großmutter immer auf der Weiberseite sitzen. Beim Hineinsetzen in die Bank hatten die Mutter der Kleinen und die Mutter der Almut nicht aufgepasst, und so kamen die beiden Cousinen nebeneinander zu sitzen. Während der Pfarrer etwas über das Leben des Großvaters erzählte, der in der Mitte vor dem Altar lag, hob sich in den Augen der Kleinen langsam der Sargdeckel und der Großvater blies sich auf wie ein Luftballon, bis er platzte, und dann quoll der Großvatersaft aus dem Sarg heraus und rann und rann und überschwemmte die ganze Kirche, bis alle mit dem Leichensaft vom Großvater hinausgeschwemmt wurden aus dem heiligen Raum, samt dem Pfarrer, der grad so fromm dreinschaute, mit ganz nach oben verdrehten Augen, während er das Kreuzzeichen machte. Die Kleine musste lachen, weil der Pfarrer nicht mehr stehen konnte bei so viel Leichensaft auf dem Boden, der seine Beine umspülte, und weil er nicht mehr reden konnte vor lauter Leichensaft, der ihm in den Mund rann. Und alle schwammen aus der Kirche hinaus, samt dem Großvater im Sarg, bis zum Friedhof hinaus, wo der Großvater automatisch in die Grube hineingespült wurde.

Die Kleine lachte in sich hinein, bis das ganze Kind bebte, und als sie auf die Seite schaute, sah sie den Bauch der Almut auch hüpfen, und zum Glück kamen der Kleinen gleich die Tränen, sie hielt sich die Hand vor den Mund, und aus den Augen spritzte es, als würde sie weinen wie eine Große und als könnte sie sich überhaupt nicht mehr beruhigen. Die Almut tat auch, als würde sie weinen, und weil die beiden Cousinen wussten, dass sie lachten anstatt zu weinen, konnten sie nicht aufhören damit. Und wenn sie sich mit den Taschentüchern die Tränen aus den Augen wischten, schauten sie einander kurz an, dann ging es weiter mit der Lacherei.

Auf dem Friedhof wurde der Sarg auf zwei quer gelegten Brettern über das offene Grab gestellt. Die Bretter drückten sich tief in die beiden Lehmhügel ein, die der Totengräber aus dem Erdreich herausgeschaufelt hatte. Und noch ein Vaterunser wurde gebetet, und der Pfarrer erzählte etwas von Staub, der aus dem Opa werden würde. Das war auch so ein Unsinn wie die anderen Geschichten, die die Erwachsenen erzählten, denn in diesem speckigen Lehm konnte wohl kein Körnchen Staub aus dem Opa werden.

Dann hielt auch noch ein Nachbar aus dem Dorf eine Rede, welch ein guter Mensch der Opa gewesen sei, und früher, als er noch Bürgermeister gewesen sei, habe er sich um alle Leute im Dorf gekümmert. Und die Kleine dachte sich, der sollte lieber die Oma fragen, bevor er hier solche falschen Geschichten über den Opa erzählt. Denn wenn er so gut gewesen wäre, müsste die Oma nicht so viel beten für ihn. Als der Nachbar fertig war mit seinen Geschichten, nahmen die Männer zwei Stricke, die sie unter dem Sarg hindurchschoben. An den Stricken hielten sie den Sarg fest und zogen die Bretter heraus. Dann ließen sie ihn langsam hinunter ins nasse Loch, unten stand Wasser, und der Sarg klatschte auf dem Wasser auf. Wenn der Großvater vielleicht noch nicht ganz tot war, spätestens da unten wäre er ersoffen, und fast war die Kleine erleichtert, weil die Großmutter manchmal Geschichten erzählt hatte von früher, als es vorgekommen ist, dass man den Sarg und den Toten noch gefunden hat unten im Loch, wenn man wieder einmal aufgegraben hat, um eine neue Leiche nachzulegen. Und da soll es vorgekommen sein, dass der Tote Holzsplitter unter den Nägeln hatte, weil er am Sargdeckel gekratzt hatte, ganz zerraufte Haare hatte oder verkehrt herum im Sarg lag, obwohl man ihn mit dem Gesicht nach oben hineingelegt hatte. Oft hatte die Kleine gehört, wenn die Erwachsenen redeten, dass dieser oder jene Verstorbene sich im Grab umdrehen würde, wenn er dieses oder jenes wüsste oder noch erleben müsste, und dachte, der Tote war dann vielleicht doch nicht so tot und wusste dieses oder jenes und drehte sich im Grab um, damit die später beim Ausgraben wissen, dass er doch mehr gewusst hatte als die anderen glaubten, dass er wusste.

Als der Opa endlich unten war im Loch und im Lehmwasser herumschwamm in seinem Sargboot, ging jeder noch einmal hin und musste helfen, den Großvater einzugraben. Jeder nahm die Schaufel und warf einen Patzen Lehm auf den Sarg. Als die Kleine dran war, schaufelte sie fest, einmal, zweimal, dreimal, sie wollte besonders fleißig sein und den ganzen Sarg zudecken, aber der Vater nahm ihr die Schaufel aus der Hand und gab sie an die Almut weiter. Nicht, dass die Kleine alles wegschaufelte und für die anderen nichts mehr übrig blieb, aber als dann alle fertig waren mit der Schaufelei, war der Sarg noch nicht einmal ganz mit Erde bedeckt und trotzdem gingen alle weg zum Totenessen, wo die Wirtsleute schon mit der Leberknödelsuppe und dem Rindfleisch mit Semmelkren auf die Begräbnisgäste warteten.

Nach dem Begräbnis des Großvaters durfte die Kleine bei der Großmutter einziehen. Der Bruder hatte schon seit Längerem den Diwan in der Stube zum Schlafen bekommen und die Mutter freute sich, dass sie die Kleine auch hinausbekam aus dem Schlafzimmer.

Die Matratze vom Opa verbrannte die Großmutter hinter dem Wirtschaftsgebäude im Obstgarten. Ihre eigene Matratze legte sie auf die Bettseite des Großvaters. Die Kleine bekam eine neue und durfte sich auf die Bettseite legen, auf der die Großmutter bis dahin geschlafen hatte.

Sie solle die neue Matratze doch selber nehmen, sagte die Mutter, die Kleine würde sie in kürzester Zeit vollgebrunzt haben. Aber die Großmutter hörte nicht auf ihre Schwiegertochter und gab die nagelneue Matratze trotzdem der Kleinen.

Nun hatte die Kleine auch ein großes Bett wie die Erwachsenen und musste mit ihren sieben Jahren nicht mehr in dem viel zu kleinen Gitterbett schlafen, wo die Füße zwischen den Gitterstäben hinausragten, wenn sie sich ausstreckte.

Die Großmutter störte es zum Glück nicht, wenn die Kleine in der Nacht trat im Schlaf. Sie durfte sich immer ganz fest ankuscheln und die Oma erzählte lustige Geschichten aus ihrer Kindheit. Dass die Kinder im Sommer barfuß in die Schule gegangen waren, weil ein Paar Winter- und ein Paar Sommerschuhe zu teuer gewesen wären. Und wie gerne sie in die Schule gegangen war, weil sie zu Hause immer hatte arbeiten müssen. Die Wäsche mit der Hand waschen, und auf der Rumpel auf- und abziehen, weil es keine Maschine gab. Den Holzboden mit der Bürste schrubben, Holz hacken für den Herd, oder auf dem Feld helfen beim Heutrocknen oder beim Zusammentragen und es dann auf eine Holzharfe befördern. Es gab damals auch noch kein elektrisches Licht und kein Wasser im Haus. Das musste kübelweise aus dem Brunnen gepumpt und in die Stube gebracht werden. Auch die Kühe und Schweine im Stall hatten damals keine Tränke und mussten mit Eimern voll Wasser aus dem Brunnen versorgt werden.

Am liebsten hörte die Kleine aber Geschichten über die Zeit, als sie selber noch ein Baby gewesen war. Wie sehr sich die

Großmutter darauf gefreut hatte, dass endlich ein Mädchen geboren wurde, nachdem ihr Sohn und ihre Tochter bis dahin nur Buben auf die Welt gebracht hatten. Und dann hätte die Kleine auch gleich so gescheit ausgesehen mit ihrem neugierigen, wachen Blick, und ganz feine Hände hätte sie gehabt, keine Abortdeckel wie die Buben und auch keine Patschhändchen wie die anderen Kinder. Und dass sie die Kleine immer heimlich herausgenommen hätte aus ihrem Bettchen und herumgetragen, während die Schwiegertochter auf dem Feld war und Maiskolben knickte oder Kartoffeln klaubte.

Im Zimmer auf dem Schubladenkasten hatte die Großmutter einen Gipsengel stehen. Dahinter hing ein ebenholzfarbiges Kreuz mit einem metallisch glänzenden Jesus an der Wand. Die Kleine nahm den Engel gerne in den Arm und wollte mit ihm spielen wie mit einer Puppe. Die Großmutter sagte, sie müsse sehr vorsichtig mit ihm umgehen, er sei sehr zerbrechlich, und wenn er kaputtgehe, könne er die Kleine nicht mehr beschützen. Als die Kleine das begriff und ihn ganz vorsichtig nahm, rutschte er ihr zwischen dem schmalen Arm und den Rippen durch und schlug auf dem Holzboden auf. Richtig geköpft hat ihn der Schlag und ein halber Flügel brach ihm auch ab. Die Kleine weinte, weil sie nun niemanden mehr hatte, der sie beschützen würde, aber die Großmutter zeterte nicht. Sie rührte einen Mehlpapp an, strich den Kleister auf den Hals des Engels und setzte den Kopf wieder drauf. Dort, wo es den Kleister am Hals herausgedrückt hatte, sah es nun aus, als würde der Engel eine Kette tragen, und er sah nach dem Halsbruch anders aus als davor. Sein Kopf war nun tiefer nach unten gebeugt, als wäre er traurig darüber, dass die Kleine ihn fallen gelassen hatte. Später dann, zur Erstkommunion, bekam die Kleine einen eigenen Engel als Bild, da waren zwei Kinder drauf, ein Bub und ein Mädchen, die über eine Holzbrücke gingen, auf der einige Bretter fehlten und die überhaupt sehr windschief in der Gegend stand, und darunter war ein reißender Fluss. Die Kinder hielten einander etwas ängstlich an der Hand, und der Engel stand dreimal so groß wie die Kinder hinter ihnen. Er hatte Mordsflügel, wie ein Riesenchristkind, und leitete die Kinder mit ausgebreiteten Armen über die Brücke, ohne dass sie bemerkten, dass jemand hinter ihnen stand oder ging. Die Kleine hatte das Bild über ihrem Bett hängen und fragte sich oft, wer die Kinder wohl waren und wohin sie gehen mussten so mutterseelenallein. Waren es Hänsel und Gretel, die versuchten, den Weg nach Hause zu finden? Oder hatten sie einer alten Tante oder Großmutter etwas zu essen und zu trinken gebracht und waren wieder auf dem Heimweg? Oder mussten sie zu irgendwelchen Verwandten ziehen, weil die Eltern gestorben waren? Aber dann hätten sie vielleicht mehr Gepäck dabei gehabt, einen Rucksack vielleicht, oder einen Koffer, und nicht nur ein Körbchen, das das Mädchen trug wie Rotkäppchen, wo vielleicht Wein und Kuchen drinnen war.

Manchmal verließ die Großmutter die Kleine, dann ging sie zur Tochter, der Mutter von der Almut, in die Stadt, und blieb dort ein paar Wochen, bis sie wieder zurückkam vor lauter Sehnsucht nach der Kleinen. Die Almut hatte in dem großen schönen Haus, das die Tante und der Onkel gebaut haben, ein eigenes Zimmer und wollte nicht bei der Großmutter im Bett schlafen. Die Tante und der Onkel hatten ein Glasereigeschäft in der Stadt, mit einer Werkstatt und einem Verkaufsladen, wo es feine Kristallgläser und zartes Porzellan zu kaufen gab.

In den Ferien durfte die Kleine auf Besuch kommen und mit der Almut spielen. Dann gingen die Kinder in die Werkstatt. Dort lagerten riesige Blöcke von Fensterkitt unter der großen Werkbank. Die beiden Mädchen verkrochen sich darunter und eröffneten eine Bäckerei mit Kittbrot, Kittkuchen und Kittbrezeln, die sie an die Eltern der Almut und an die Gesellen und Lehrlinge verkauften. Die taten so, als würden sie den Kuchen essen, aber in Wirklichkeit schmierten sie die Mehlspeisen in die Fugen der Fensterrahmen, sobald sie das zugeschnittene Glas draufgelegt hatten. Mit den Zehngroschenstücken, mit denen die Kundschaft die Mädchen für ihre Backwaren bezahlte, gingen sie in die gegenüberliegende Bäckerei, in der ein großes Gurkenglas mit Stollwerck auf der Budel stand. Ein Stück Stollwerck kostete zehn Groschen, und der Vater der Almut war ein großzügiger Mann und gab jedem Kind einen Schilling für das handgemachte Kittgebäck. Und die Kleine bekam ganz große Augen, weil sie sich sonst nie eine Süßigkeit kaufen durfte, wenn die Mutter sie zum Einkaufen schickte. Sie durfte immer nur

Feinkristallzucker, Korona-Kaffee, eine Zitrone oder die bittere schwarze Kochschokolade mitbringen, und die Mutter zählte das Restgeld immer auf den Groschen genau nach. Für Süßigkeiten ist kein Geld da, hatte die Mutter beschlossen, die Kleine kann einen Apfel essen oder ein Zuckerwasser trinken, wenn sie etwas Süßes will.

Auch in der Schule durfte die Kleine den warmen Kakao nicht trinken, der jeden Morgen von der Molkerei angeliefert wurde. Stattdessen gab ihr die Mutter in einer ausgewaschenen Essigflasche aus Plastik selbst angerührten Kakao von der eigenen Kuhmilch mit. Die Mutter füllte den heißen Kakao in die Hesperidenessigflasche, und wenn die Kleine den Schraubverschluss in der Schule öffnete, war der Kakao schon abgekühlt und es hatte sich eine Hautschicht auf der Oberfläche gebildet, vor der es der Kleinen so grauste, dass sie den Kakao der Mutter nicht trinken konnte. Der Kakao aus der Molkerei wurde in Glasflaschen geliefert und hatte einen Aluminiumdeckel drauf, den man mit einem Röhrchen durchstoßen konnte. Keine Milchhautfetzen hatte der Kakao von der Molkerei auf der Oberschicht, und er schmeckte viel besser als der von der Mutter angerührte. Manchmal schenkte eine Mitschülerin der Kleinen ihren Kakao, wenn sie ihn nicht mochte, oder sie bekam ihn, wenn ein Kind, das Molkereikakao bestellt hatte, krank war und nicht in die Schule kam. Den Mutterkakao schüttete die Kleine immer ins Klo, niemand wollte ihren Kakao aus der Essigflasche trinken, aber die Kleine getraute sich nicht zu sagen, dass sie den Kakao nicht trank, denn dann hätte die Mutter sie gezwungen, zu Hause eine Milch oder einen Kakao mit der Haut drauf zu trinken.

Die Almut und die Kleine saßen nach erfolgreichem Stollwerckkauf gerne draußen auf den Stufen des Geschäfts. Sie teilten gerecht, und wenn eine ungerade Zahl herauskam, bissen sie das zu teilende Stollwerck in der Mitte durch. Einmal durfte Almut durchbeißen, das nächste Mal die Kleine, und die Kleine biss immer etwas mehr als die Hälfte ab. Almut ärgerte sich darüber und aß ihr Stollwerck dann ganz langsam. Sie biss die kleinen Quader durch und ließ sie langsam im Mund zergehen, während die Kleine den ganzen Würfel in den Mund stopfte, ihn ein paarmal grob durchbiss und schnell hinunterwürgte. Sie war so gierig nach Süßigkeiten, dass sie so schnell essen musste. Almut genoss es hingegen, noch zwei, drei Stück vom Zuckerwerk zu haben, wenn die Kleine längst schon fertig war und sich die karamellverschmierten Lippen leckte und die noch immer genüsslich am Bonbon lutschenden Mundbewegungen der Almut mit ihrem Blick verschlang.

Doch Almut hielt die süßigkeitsverhungerten Augen ihrer Cousine, die so groß geworden waren wie von einem Biafra-Kind, nicht länger aus und gab ihr von den Stollwerck eines ab, das die Cousine aber ebenso rasch verputzte wie die anderen davor. Und sofort war wieder dieser ausgehungerte Blick in den Augen der Kleinen, der die Almut nochmals zum Spenden zwang, bis es endlich nichts mehr gab, worauf die Kleine ihr erbarmenswürdiges Geschau hätte werfen können.

Die Almut wohnte in einem großen, schönen Haus, in dem es so viele Zimmer gab, dass jeder ein eigenes hatte. Und es gab ein richtiges Klo im Haus, mit einer Porzellanschüssel, wo man keine Angst haben musste, in die Jauchegrube zu fallen, wenn man sich auf die Holzbrille draufsetzte. Der Haufen blieb in der Schüssel liegen, bis die Kleine ihn mit Wasser hinunterspülte, und wäre sie als Ganzes in die Schüssel geplumpst, wäre sie nur auf ihren Haufen gefallen, aber nicht in die Jauche der ganzen Familie. Es gab auch ein Badezimmer mit einer richtigen Badewanne und einem Duschschlauch. Die Mutter der Almut musste kein Wasser auf den Herd stellen, um es zu wärmen und dann in eine Blechwanne zu schütten, die fürs Baden in der Stube aufgestellt wurde.

In den Ferien durfte die Kleine mit der Großmutter mitfahren zu Onkel und Tante, und obwohl sie dort ein eigenes Bett hätte haben können, wollten die beiden zusammen in einem Bett schlafen. Die Kleine fürchtete sich immer, wenn sie allein zu Hause in dem dunklen Zimmer schlafen musste, wo es in mondlosen Nächten so schwarz war, dass sie ihre eigene Hand vor den Augen nicht sehen konnte. Die Mutter erzählte Geschichten vom Nachtvogel. Wenn er kommt und schreit, dann stirbt bald jemand. Die Kleine hatte eine Schulkollegin, bei der legte sich in der Nacht immer eine ausgestreckte Hand voll mit Spinnweben auf ihr Gesicht, wenn jemand in der Verwandtschaft gestorben war.

Daran musste die Kleine jeden Abend denken, wenn die Großmutter nicht bei ihr war, und sie hatte Angst, wenn sie die Augen zumachte, dass sich diese Hand mit den Spinnweben auch auf ihr Gesicht legen könnte und dann müsste die Großmutter sterben. Die Kleine kroch ganz tief unter die Tuchent, damit sie diese Hand nicht sah und damit sie den Nachtvogel nicht hörte, der »Komm mit, komm mit« rief, wenn er auftauchte.

Bei der Tante und dem Onkel war alles anders. Von draußen fiel das Licht der Straßenlaterne ins Zimmer und man konnte Umrisse sehen, wenn man in der Nacht aufwachte. Es waren vorbeifahrende Autos zu hören und das Schreien der Schweine, wenn im Morgengrauen das Schlachten in der nahe gelegenen Stecherei begann. Bis zu Mittag war der vor dem Haus vorbeifließende Saubach oft noch rot vom vielen Blut der armen Schweine. Aber es schrie kein Nachtvogel, und keine spinnwebenbedeckte Hand konnte einfach so daherkommen aus dem nachtschwarzen Nichts und sich auf das Gesicht der Kleinen legen, und deshalb musste die Großmutter auch nicht sterben.

Mit der Almut spielte die Kleine am liebsten Schweindelnkriegen, und die Almut spielte am liebsten Geschirrverkaufen. Beim Ferkelgebären musste sich Almut seitlich hinlegen, stöhnen und schnauben und so tun, als würde sie ein Schweinderl aus sich herauspressen. Mit der Almut spielte die Kleine das besonders gerne, weil sie aus Kitt kleine Schweine formen konnte, die die Almut dann aus sich herausgebären musste. Wenn es schwer ging, zog die Kleine das Ferkel zwischen den Schenkeln der Almut heraus, nabelte es ab und legte es der Muttersau an die Zitzen. Almut fand das Spiel nicht so lustig und wollte auch nicht grunzen, wie die Kleine es ihr anschaffte, aber sie hielt still, bis so viele Ferkel geboren waren, dass es der Kleinen genug war, denn sonst hätte sie mit ihr danach nicht Verkaufen gespielt.

Die Kleine wollte auch Sauabstechen mit der Almut spielen, aber da machte die Cousine nicht mehr mit. Sie wollte weder die Sau noch der Vater der Kleinen sein, der ihr mit der Hacke auf den Kopf schlägt und ihr dann den Hals durchschneidet, bis das Blut herausschießt.

Beim Verkaufenspielen war immer die Almut die Verkäuferin und die Kleine die Kundin, und immer durfte sie nur Töpfe und Pfannen einkaufen und Kochlöffel oder Schöpfer, weil sie die Gläser und Teller im Geschäft nicht anfassen durften. Und immer war das Spiel der einen für die andere fad, und die eine spielte nur mit, damit die andere dann auch beim eigenen Lieblingsspiel mitmachte.

Manchmal kam der große Bruder der Kleinen zur Mutter auf Besuch. Er war schon sehr groß und wuchs bei den Eltern der Mutter auf, weil er nur der Sohn der Mutter, aber nicht der Sohn vom Vater war. Wenn die Kleine wissen wollte, warum er nur der Sohn der Mutter war, sagten sie immer nur: »Das verstehst du nicht!«

Die Kleine wurde wütend, denn sie dachte, warum kann ich etwas nicht verstehen und alle anderen schon? Die Großmutter sagte ihr, dass die Mutter diesen Sohn schon gehabt hatte, bevor sie den Vater der Kleinen kennenlernte. Aber warum die Mutter ihn nicht mitnahm, als sie zum Vater zog, wollte die Kleine wissen. »Das hätte der Großvater nicht zugelassen«, sagte die Großmutter. Und als der Großvater gestorben sei und der Bruder hätte herziehen dürfen, sei er schon so groß gewesen, dass er es selber nicht mehr wollte.

Er kam meist nach der Arbeit. Eine Tischlerlehre machte er und schlief beim Bruder auf der Bettbank in der Stube. Dort war über der Bettbank der Fernseher montiert, und die beiden sahen dann immer sehr lange fern, und die Mutter sagte nichts, auch wenn der jüngere der beiden Brüder dann am nächsten Tag nicht ausgeschlafen war. Aber die Mutter hatte den großen Sohn so selten bei sich, dass sie ihm nichts verbot und nicht mit ihm schimpfte, wenn er einmal auf Besuch kam. Sie schaute auch, dass immer Bier zu Hause war, wenn er kam, obwohl für sonst niemanden Bier gekauft wurde.

Manchmal fuhr die Kleine mit der Mutter zu den Großeltern mütterlicherseits. Da lebte neben dem Bruder auch der Onkel der Kleinen, mit Frau und Sohn, und der Onkel hatte ein Pferd, das den Pflug zog und den Heuwagen, wenn er den Hafer einbrachte, mit dem er das Pferd den Winter über fütterte.

Von ihrem Cousin lernte die Kleine, wie man Fische im Bach mit der Hand fängt und Haselnüsse mit einem Stein so aufschlägt, dass nur die Schalen brechen aber nicht die Kerne. Die Kleine mochte den Cousin, weil er der einzige Bub weit und breit war, der sie nicht verspottete, wenn sie mit den X-Beinen beim Gehen ausschlug wie ein ungezähmtes Pferd.

Und sie mochte den Bach, der direkt hinter dem Haus vorbeiplätscherte, wo sie Staudämme bauten aus Steinen und Ästen und das Wasser so weit aufstauen wollten, dass sie darin schwimmen konnten. Aber das nächste Gewitter ließ den Bach anschwellen, wenn das Wasser aus den drainagierten Wiesen in das Bachbett schoss, und alles wurde hinweggeschwemmt, was sie vorher mühsam zusammengetragen hatten.

Die Mutter der Mutter war eine ganz andere Frau als die Mutter des Vaters. Sie achtete immer drauf, dass die Kinder nicht mit den Schuhen in das Haus gingen, nicht auf die Bett- oder Ofenbank stiegen, und am liebsten hätte sie alle aus der Stube hinausgekehrt, wenn sie sauber machte. Sie redete nie über etwas anderes als über die viele Arbeit, die sie hatte und die ihr alle machten. Und wenn sie jemanden ansprach, dann war es immer eine Zurechtweisung. Sie ging mit einem Stock, und wenn sie einmal lachte, was selten vorkam, zeigte sie nur zwei Vampirzähne, und ihre Stimme knarrte wie ein alter Holzbalken.

Die Kleine erschrak immer, wenn die Großmutter auflachte, und war froh, dass es meist sehr ernst herging in ihrem Leben.

Obwohl die Kleine ihren Cousin mochte, wollte sie nicht über Nacht dortbleiben. Denn die Oma achtete genau darauf, ob sie sich die Ohren und den Hals anständig wusch. Und sie half nach und rieb ihr die Ohren wund mit dem wenigen Wasser aus der Blechschüssel, die auf einen Stuhl gestellt wurde und das auch für die Füße reichen musste.

Nach dem Waschen brannten der Kleinen die Ohren wie nach einer Watsche, und es kam ihr vor, als hätte die Großmutter eine Drahtbürste auf ihren Fingern, dabei waren nur ihre Finger so rissig wie eine Drahtbürste.

Manchmal hatte die Mutter auch solche Finger, besonders bei der Maisstriezelernte. Die Maiskolben wurden in einem Korb gesammelt und zu mehreren Haufen aufgeschüttet. Am Abend fuhr der Vater mit dem Traktor samt Anhänger aufs Feld und lud die geernteten Kolben auf. Die Kleine liebte es, auf dem Anhänger mitzufahren. Und je mehr Kolben auf den Wagen geleert wurden, umso höher wurde der Maisstriezelthron, auf dem sie saß.

Sie knickte einen großen Maisstängel, riss die seitlichen Blätter ab, ließ die Fahne aber dran und nahm einen kleineren, zarteren Stängel dazu. Die große Staude legte sie über die Schulter und mit der kleinen strich sie darüber und spielte auf ihrer Maisgeige ein berühmtes Violinkonzert. Die Maisstängel auf den Feldern waren so gerührt von dem großartigen Konzert, dass sie mit ihren Blatthänden heftig applaudierten. Die Kleine verneigte sich nach allen Seiten, so, wie sie es in der Peter-Alexander-Show oder in der Sendung mit Anneliese Rothenberger gesehen hatte. Sie mochte die Samstagabendshows, die sich immer alle anschauten nach dem Baden in der kleinen Blechwanne, in die einer nach dem anderen hineinstieg, immer in das gleiche Wasser, das von einem Badenden zum nächsten immer trüber wurde. Nur warmes Wasser wurde nachgeschüttet, nichts wurde ausgetauscht, sodass zum Schluss lauter graue Hautschuppen auf der fetten Schlammschicht schwammen wie Maden. Die Kleine durfte zum Glück immer als Erste in die Wanne, seit sie geplärrt hatte wie am Spieß, als sich die abgeschrubbten fetten Hautstücke der anderen draufgesetzt hatten auf ihren dünnen Körper wie Würmer und sie von der Angst befallen wurde, sie könnte bei lebendigem Leib aufgefressen werden. Zum Glück half es, wenn sie schrie, als würde man sie abstechen. Bei dem Nachbarkind, der Evi, nützte das Schreien nichts. Weil die Evi so dünn war und das fette Fleisch nicht aufessen wollte, das es am Sonntag zu Mittag gab, sperrte ihr Vater sie in den finsteren Saustall und sagte, sie dürfe erst wieder heraus, wenn sie ihren Teller leer aß. Die Evi schrie stundenlang im finsteren Stall, und die Mutter sagte zur Kleinen: »Hörst du es? Da siehst du, wie gut es dir geht!«

Die Großmutter wollte hinübergehen zum Nachbarn und ihm sagen, dass er die Evi rauslassen soll, aber der Vater verbat es ihr und sagte: »Das geht uns nichts an, was der Nachbar mit seinen Kindern macht.«

Und wenn der Nachbarbub, der Willi, auf Besuch war und mit dem Bruder der Kleinen spielen wollte, schrie sein Vater meistens gleich nach ihm: »Willi, wenn du nicht sofort heimkommst, reiß ich dir den Arsch aus!« Aber der Willi folgte nicht immer gleich und dann hörte man ihn schreien zu Hause und die Kleine musste sich immer vorstellen, wie der Nachbar das anstellt, wenn er dem Willi den Arsch ausreißt. Wie soll der Willi dann gehen und vor allem, wie soll er sitzen, wenn er keinen Arsch mehr hat? Und immer, wenn sie den Willi sah, war die Kleine erleichtert, dass er nur grün und blau auf den Schenkeln und den Armen war, aber sein Arsch war zum Glück immer noch dran. Auch wenn er ihr jetzt kleiner vorkam als davor, bevor der Vater ihn grün und blau gedroschen hatte. Der Nachbar-Willi musste immer arbeiten, wenn er nicht in der Schule war. Deshalb war er in den Schulstunden gerne schlimm, stellte immer etwas an, weil er dann dortbleiben musste. Dann konnte er in Ruhe seine Hausaufgaben machen und für die Schularbeiten lernen. Die Dresch gab es sowieso jeden Tag für irgendwas. Da war es dem Willi lieber, er bekam sie für das Dortbleibenmüssen, weil er dann wenigstens Lob für seine Aufgaben und guten Aufsätze von den Lehrern bekam.

Irgendwie hätte es die Kleine aber schon gerne gehabt, dass dem Willi ein Stück Arsch fehlt. Dann wäre er vielleicht auch so komisch gegangen wie sie. Mit dem verdrehten Kreuz und den schiefen Hüften, die trotz Gips nie gescheit den Weg in die Pfanne gefunden haben. Immer wurde sie ausgelacht, auch vom Willi, wenn er ihren Gang nachmachte und sie ausspottete dafür. Dabei hätte sie sich gerne mit dem Willi verbündet, weil sie auch gut in der Schule war und Einser bekam, ohne dass sie sich dafür anstrengen musste. Den einzigen Zweier bekam sie in Turnen, weil sie weder so schnell laufen konnte wie die anderen noch so weit springen. Am schlimmsten war es beim Völkerballspielen. Da durften immer zwei aus der Klasse die Gruppen wählen. Und die Kleine blieb immer übrig, sogar die Dicken wurden vor ihr genommen und nicht einmal ihre Freundinnen riefen sie früher auf. Die guten Spieler der Gegenseite katapultierten den Ball mit einer solchen Wucht in ihr Spielfeld, dass er ihr aus den Händen sprang, wenn sie ihn zu fangen versuchte, oder er traf sie mit solchem Druck auf Bauch oder Schenkel, dass es noch tagelang brannte und blaue Flecken hinterließ. Es machte sie panisch, wie eine gehetzte Sau, die zum Abstechen bestimmt war, im Spielfeld hin und her zu laufen und zu wissen, dass sie nicht entkommen konnte.

Aber die Kleine war gut im Aufsatzschreiben, besser als die Besten in Turnen. Und sie machte einen Handel mit den guten Freundinnen aus: Wenn sie die Kleine früher in die Völkerballgruppe wählten, würde sie ihnen die Aufsätze schreiben. Das ging nicht lange gut, weil die Lehrerin sofort merkte, dass die Aufsätze von ihr geschrieben waren. Dann versuchte die Kleine sich bei der Turnlehrerin beliebt zu machen, um möglichst oft die Völkerballgruppe wählen zu dürfen. Das war die einzige Möglichkeit, um dem Übrigbleiben zu entkommen.

Später dann in der Hauptschule meldete sich die Kleine, als für eine Tanzaufführung zum Fest der tausendjährigen Marktgemeinde Kinder gesucht wurden. Die Turnlehrerin sollte den

Tanz mit ihnen einstudieren. Aber die Kleine merkte gleich, dass die Lehrerin keine Freude mit ihr hatte. Sie meckerte immer an ihr herum, bekrittelte, dass sie ihre Füße nicht gescheit heben könne und immer aus der Reihe tanze. Bis eine Mittänzerin aussprach, was alle dachten: »Wie willst du denn tanzen mit deinen verdrehten Haxen? Du kannst ja kaum damit gehen!«

Und alle lachten und die Lehrerin tat, als ob sie es nicht gehört hätte, und lachte heimlich auch in sich hinein. Die Kleine schaute sich ja nie zu beim Gehen. Ihr fiel das selber nicht so auf, sie bekam immer nur durch die anderen mit, dass etwas nicht stimmte mit ihr. Sie wollte nicht die Schlechteste beim Tanzen sein und sagte der Lehrerin dann, dass sie mit dem Rad gestürzt sei und sich das Bein verletzt habe und deshalb nicht weitertanzen könne. Die Lehrerin akzeptierte die Entschuldigung sofort, fragte nicht einmal nach, wie arg die Verletzung sei, oder schaute, ob sie einen Verband trug, die Kleine hatte das Gefühl, dass die Lehrerin nur erleichtert war, die Tänzerin mit den verkrüppelten Beinen losgeworden zu sein.

Beim Turnen ging es ihr nicht viel anders. Immer die Letzte sein, immer die, die nicht auf den Bock kommt, die das Rad nicht schlagen kann, beim Handstand das Gleichgewicht verliert und überhaupt ganz zornig wird, wenn die Turnlehrerin auf ihrer Trommel den Takt schlägt und die Kinder im Kreis laufen lässt, in die eine Richtung, und gleich wieder in die andere, nach vor, zurück, nach vor, zurück, weil ihr sonst nichts einfällt, um die Kinder in Bewegung zu halten. Immer wieder sah sie auf die Uhr und saß dabei selber nur auf der Bank mit ihrem fetten Arsch und ließ die Kinder nicht austreten, wenn sie Seitenstechen hatten, und sagte, dass sie nur zu faul zum Laufen seien. Warum sie nicht mitlief, fragte die Kleine, damit sie selber spüre, wie anstrengend das sei. Die Lehrerin schrie sie an, sie solle nicht frech werden und hatte ab diesem Zeitpunkt ein besonderes Auge auf sie, und nun durfte sie auch nie mehr die Gruppe für die Völkerballmannschaft auswählen.

Daheim erzählte die Kleine, dass die Turnlehrerin sie nicht mochte, aber es half ihr nichts. Deshalb ging niemand in die Schule und redete mit der Lehrerin, und die Mutter meinte, sie solle halt nicht ungut auffallen, dann werde die Lehrerin sie schon in Ruhe lassen. Die Mutter konnte sich gut vorstellen, wie frech die Kleine in der Schule war, so wie zu Hause halt auch. Sie hatte keinen Respekt vor den Eltern und tat sich immer nur mit der Großmutter zusammen, die sowieso alles durchgehen ließ, anstatt den Krüppel zu einem Menschen zu erziehen. Und ganz unrecht hatte die Mutter ja nicht, dachte die Kleine. Sie war sich schon immer gescheiter vorgekommen als ihre Eltern und hatte nie verstanden, warum die Mutter Dinge tat, die sie selber nicht verstand.

»Mutter, warum gießt du den Tee mit heißem Wasser auf, wenn wir ihn nur warm trinken?«

»Weil man das so macht!«

»Mutter, warum gehst du in der Mittagshitze Unkraut jäten?«

»Weil meine Mutter das auch gemacht hat!«

»Mutter, wie kommt der Tunnel unter die Erde? Der Spiegel aufs Wasser? Wer verlegt das Eis auf dem See, und wer hält den Boden, auf dem wir stehen?«

»Wie soll ich das wissen? Und außerdem, so blöde Fragen stellt kein normaler Mensch!«

Die Kleine merkte bald, dass sie nicht so normal war, wie die Mutter sie gerne gehabt hätte. Nur die Oma störte es nicht, wenn sie blöde Fragen stellte. Die Oma störte es auch nicht, als die Kleine sagt, dass sie einmal Päpstin werden möchte. Die Oma lachte und sagte: »Dir trau ich alles zu!«

Immer wartete die Kleine zu Weihnachten und zu Ostern vor dem Fernseher, bis der Papst sein »Urbi et orbi« sprach und alle Menschen auf der Welt segnete. Sie wartete, was dann passierte mit ihr. Sie musste doch spüren, dass sich etwas veränderte, sonst stand der Papst doch umsonst vor so vielen Menschen und vor den Fernsehkameras, sonst war alles nur Theater, wenn der Segen nicht hineinging in die Seelen der Menschen und sie gesund machte, sodass sie nachher andere waren als davor. Auch die Mutter saß vor dem Fernseher und machte ein Kreuzzeichen und schaute ganz fromm zu Boden, so als würde der Papst sein Kreuz über ihr Kreuz machen, damit es besonders gut wirkte. Und dann hoffte die Kleine, dass die Mutter eine andere war, von einem Saulus zu einem Paulus geworden war, wie sie es in der Lesung in der Kirche gehört hatte. Aber kaum war der Segen vorbei, richtete sich die Mutter wieder auf, schüttelte ihr gekrümmtes Kreuz gerade und übergoß weiter die aufgesetzte Henne im Rohr mit dem herausgebratenen Saft und schrie: »Aufdecken! Es gibt gleich Mittagessen!«

Die Kleine sollte den Tisch abwischen, weil die Mutter eine Saubere war, wie sie selber sagte, und immer den Tisch abwischte, bevor gegessen wurde. Aber der Fetzen, mit dem die Kleine abwischen sollte, war eine alte Unterhose der Mutter, ganz grau und im Schritt zerrissen, und er roch modrig und lag im Lavoir im Abwaschwasser, das die Mutter neben sich stehen hatte und das ganz braun war und voller Flankerln. Der Kleinen grauste es, in das Wasser hineinzugreifen und den Fetzen auszuwringen und dann den Tisch damit abzuwischen. Sie meinte, der Tisch wäre sauberer, wenn er nicht mit diesem Wasser und der alten Unterhose abgewaschen würde. Aber sie traute sich der Mutter nicht zu sagen, dass ihr vor dem Unterhosenfetzen der Mutter und dem Abwaschwasser grauste, sonst fing sie gleich eine. Denn dass sie keine Saubere sei, lasse sie sich von ihrem Fratzen nicht sagen. Als die Kleine einmal fragte, warum sie keinen richtigen Lappen kaufte und stattdessen die alte Unterhose nahm, meinte sie, sie sei nicht nur eine Saubere, sondern auch eine Verwerterin. Bei ihr wurde nichts weggeworfen, weder beim Essen noch bei der Kleidung. Und das hatte die Kleine auch schon zu spüren bekommen. Statt einer weißen Unterhose, wie die anderen Kinder eine hatten, bekam sie immer die kaputten blauen und braunen Strumpfhosen als Unterhose. Die Mutter schnitt die langen Beine ab, nähte die kurze Hose an den Rändern ein und schon war eine Unterhose daraus geworden. Beim Turnen lachten sie die anderen Mädchen aus, aber noch schlimmer war es, als der Arzt in die Schule kam, um die Kinder zu untersuchen. Da mussten sich alle, Buben und Mädchen, bis auf die Unterhose ausziehen. Und da konnten die Buben auch sehen, dass sie eine Strumpfhose anhatte und keine richtige Unterhose, wie die anderen Kinder.

Die Mutter selber hatte aber immer richtige Unterhosen an, das sah die Kleine, wenn die Mutter die Wäsche zum Trocknen aufhängte. Sonst bekam sie die Unterwäsche der Mutter nie zu sehen, weil sie die Mutter nie ohne ihre Mantelschürze zu sehen bekam, auch nicht, wenn sie sich täglich das Gesicht, die Achseln und den Hals wusch. Und wenn sie am Samstag in die Blechwanne in der Stube stieg, ging sie immer als Letzte, damit die anderen schon im Bett waren, und sie drehte das Licht ab und badete im Dunkeln, für alle Fälle und weil der Bruder der Kleinen ja in der Stube schlief und aufwachen hätte können.

Die Großmutter wusch sich immer in ihrem Zimmer und badete nie. Das machte sie nur, wenn sie zu ihrer Tochter fuhr in die Stadt, wo es eine richtige Badewanne gab, mit einem Wasserhahn, aus dem direkt das warme Wasser herauskam.

Angefangen hat es in der Nacht. Die Großmutter stöhnte plötzlich und jammerte, und als die Kleine sie wecken wollte und an ihr rüttelte und sie schüttelte, um sie aus einem schlechten Traum herauszuholen, jammerte sie weiter und weiter und war nicht wachzukriegen. Die Kleine rief nach den Eltern, die ins Zimmer gestürmt kamen und an der Großmutter herumrissen, damit sie endlich aufwachte. Aber die Oma wurde immer leiser, ganz weiß im Gesicht, drehte die Pupillen unter die Lider, sodass nur mehr das Weiße zu sehen war, und ließ Arme und Beine hängen. Der Vater schrie: »Sie stirbt, sie stirbt!« Aber die Kleine wusste, die Oma darf nicht sterben und schrie: »Nein, nein, Oma, du stirbst nicht!« Der Vater schrie: »Sie ist schon gestorben!« Und die Mutter fing laut zu heulen an, streckte ihre Hände und ihren Kopf zum Plafond und sagte: »Um Gottes willen!«

Und die Kleine warf sich auf die Großmutter und schrie: »Oma, du darfst nicht sterben!«

Da fing sie wieder zu röcheln an und Schaum kroch ihr aus dem Mund.

»Die Tropfen«, schrie der Vater, »wo sind ihre Herztropfen?«

Die standen auf dem Nachtkästchen. Die Kleine wusste, wie viel die Oma immer nahm, aber sie war zu aufgeregt, um sie auf einen Löffel zu zählen. Die Großmutter hielt den Mund fest zusammengepresst. Der Vater fuhr mit dem Tropfenlöffel wie mit einem Spaten zwischen die Zähne und sperrte ihr den Mund auf. Die Kleine tröpfelte hinein, so gut es ging. »Holt den Doktor«, schrie der Vater. »Schnell!«

Da war aber niemand, der schnell den Doktor holen konnte.

Telefon gab es keines, da musste der Vater sich schon selber auf seinen Puch-Roller setzen, vom Dorf in den Markt fahren und den Arzt aus seinem Schlaf herausläuten.

Langsam kam wieder Lebensfarbe in das Gesicht der Großmutter. Sie hörte auf zu röcheln, sie blies keinen neuen Schaum mehr aus ihrem Mund hinaus und die Pupillen, die hinter die Lider gekrochen waren, wanderten auch wieder zurück zu ihrem angestammten Platz. Aber sie schaute ihren Sohn mit unverwandtem Blick an, als würde sie ihn zum ersten Mal sehen, und fragte erschrocken: »Vater?«

»Das ist nicht dein Vater, das ist dein Sohn«, mischte sich nun die Mutter der Kleinen ein.

Die Großmutter schien nicht zu verstehen. Sie starrte vor sich hin, als würde sie angestrengt nachdenken, was das jetzt bedeutete, und fragte nach einiger Zeit: »Und wo ist mein Vater?«

»Der ist schon vor langer Zeit gestorben, weißt du das nicht mehr?«, fuhr die Mutter fort.

Die Großmutter schüttelte den Kopf und Tränen rannen ihr übers Gesicht. Warum sie denn weint, wollte nun der Vater wissen. »Weil mein Vater gestorben ist«, sagte die Großmutter. »Jetzt habe ich niemanden mehr!«

»Aber Oma, du hast doch mich«, sagte die Kleine und wischte ihr mit einem Taschentuch die Tränen aus dem Gesicht.

Die Großmutter schaute die Kleine lange an und nickte.

Langsam kam ihr Gedächtnis zurück und später kam auch der Arzt und verschrieb ihr stärkere Herztropfen. Sie schlief wieder ein und als sie am Morgen erwachte, wusste sie nicht mehr, was vorgefallen war. Auch dass der Arzt bei ihr gewesen war, hatte sie vergessen.

Aber die Kleine konnte den Vorfall nicht vergessen. Und noch weniger die Worte ihres Vaters: »Sie ist schon gestorben!« Die hallten in ihr nach wie ein böses Vorzeichen. Sie brauchte ihre Oma. Sie war die Einzige, die sie vor den Eltern beschützte, die an sie glaubte und sie nicht für einen Krüppel hielt, den niemand brauchte und aus dem nichts werden würde. Die Oma glaubte an sie und traute ihr alles zu, auch dass die Kleine einmal Päpstin werden würde. Für Religion hatte sie sich schon immer interessiert. Sie wollte wissen, warum die Oma so viel betete und weshalb der Himmelvater gerade mit ihr schimpfte, wie die Mutter meinte, wenn es donnerte. Woran merkte die Mutter, dass es der Kleinen galt und nicht jemand anderem, einem Nachbarkind zum Beispiel, denn beim Nachbarn donnerte es nicht weniger als bei ihnen, und warum ließ Gott auf alle ein fürchterliches Gewitter niedergehen, wenn es nur eine gab, die er ausschelten wollte? Das fragte sie die Mutter, die dann mit getragener Stimme antwortete: »Wir müssen alle dafür büßen, dass du gschnappig warst! Hoffen wir, dass es nicht so schlimm war, dass der Himmelvater nicht auch noch einen Blitz einschlagen lässt!«

Die Kleine wusste, was das bedeutete. Alle fürchteten sich vor einem Blitzschlag, weil dabei schon manches Gehöft bis auf die Grundmauern niedergebrannt war. Und viele Schweine und Kühe waren dabei ums Leben gekommen, um die tat es der Kleinen noch mehr leid als um die Bauersleute. Diese Verantwortung wollte sie nicht übernehmen und fragte, was sie tun konnte, um das zu verhindern.

»Beten«, sagte die Oma. »Beten hilft immer!« Und die Kleine erinnerte sich an die Geschichte im Religionsunterricht, als die Israeliten gegen die Amalekiten kämpften. Moses betete mit erhobenen Händen, dass Israel gewinnen möge. Und solange er die Hände himmelwärts streckte und Gott anbetete, waren die Israeliten stärker, sobald er vor Müdigkeit und Schmerzen die Arme sinken ließ, legten die Amalekiten an Kraft und Stärke zu und drängten die Israeliten zurück.

Aber irgendwann konnte Moses nicht mehr aus eigener Kraft die Arme heben, da hielten ihm zwei Mitstreiter die Arme so lange in die Höhe, bis die Israeliten gesiegt hatten.

Die Kleine betete auch mit erhobenen Armen und hoffte, das Gewitter auf diese Weise schnell zu vertreiben. Aber bald taten ihr die Arme so weh, dass sie nicht länger konnte. Es war abenddunkel in der Stube, so dick waren die Wolken, und wenn ein Blitz die Stube erhellte, folgte der Donner in der nächsten Sekunde.

»Das Gewitter ist genau bei uns«, sagte der Vater und schaute gebannt in Richtung Stall. »So viele Sekunden zwischen Blitz und Donner vergehen, so weit ist das Gewitter weg.«

Die Kleine zuckte erschrocken zusammen und wusste, sie musste weiterbeten, um das Gewitter zu vertreiben. Sie war Moses und das Gewitter waren die Amalekiten. Es klang für sie wie Termiten und sie stellte sich einen großen Ameisenhaufen vor, der sich auf sie zubewegte und auf sie stürzen würde, wenn sie aufhörte mit der Beterei. Als sie nicht mehr konnte, bat sie die Großmutter, ihr die Arme zu halten, und als die Mutter von der Speis hereinkam und sah, wie die Großmutter die erhobenen Arme der Kleinen hielt, lachte sie und fragte, welches Spiel das wieder sein sollte. Die beiden antworteten nicht und machten weiter, so lange, bis sie nach dem nächsten Blitz fünf Sekunden zählen konnten, ehe der Donner grollte, der sich nun schon weniger bedrohlich anhörte als davor, der nun wie ein vor sich hin schimpfender und grantelnder Gott klang und nicht mehr wie ein plötzlicher Wutausbruch beim Vater.

»Du hast wirklich magische Kräfte«, sagte die Großmutter bewundernd und ließ die Arme der Kleinen los.

Die Mutter lachte und sagte: »Glaubt ihr, ohne eure Herumturnerei hätte sich das Gewitter nicht verzogen?«

Die Großmutter und die Kleine ließen die Mutter reden.

Sie schauten einander nur wissend an. Die Kleine schlüpfte in die Arme der Großmutter. Sie hatte das Gewitter vertrieben und fühlte sich gleichzeitig mächtig und geborgen. Gemeinsam schauten sie dem Regen zu, wie er gegen die Einfachscheiben der Stubenfenster schlug und dagegen drückte, als letzter, hilfloser Versuch des Gewitters, der Großmutter und der Kleinen seine Macht zu zeigen.

»Hoffentlich kommt kein Hagel«, seufzte die Mutter.

Die Kleine sah die Großmutter an und seufzte auch. Sie wollte nicht noch einmal beten müssen.

»Der Hagel kommt vor dem Regen«, sagte der Vater, »wenn das Gewitter nicht zurückkommt, sind wir diesmal davongekommen.«

Und die Kleine war diesmal auch davongekommen. Bei der Großmutter war zum Glück nichts zurückgeblieben. Wenn sie wieder so einen Anfall bekam, half vielleicht nur Beten, aber dann würde die Kleine niemanden haben, der ihr die Arme hielt, wenn sie selber nicht mehr konnte.

Mit der Großmutter machte die Kleine im Sommer Ausflüge. Sie fuhren mit dem Zug zwei Stationen und wollten auf die Burg gehen, von der man einen schönen Blick über die nahe gelegene Bezirksstadt hatte. Wären die beiden in die richtige Richtung zum Bahnhof gegangen, hätten sie nur eine Station zu fahren gehabt und der Weg wäre kürzer gewesen. Aber sie gingen in die verkehrte Richtung, zu dem Bahnhof, der weiter von zu Hause entfernt lag. Dafür fuhren sie länger mit dem Zug und daheim vorbei, sodass sie aus dem Zugfenster hinüberschauen konnten zum Hof und sahen, wie der Vater auf dem Thron saß, der Hund mit den Vorderpfoten auf seinem Schoß lag und die Mutter auf dem Feld gebückt Unkraut von den Bohnenstauden wegjätete. Das war aufregend für die Kleine, wenn das Haus, das Wirtschaftsgebäude und die eigenen Felder am Zugfenster vorbeiflogen und sie ganz schnell schauen musste, um etwas davon zu erhaschen, was es daheim zu sehen gab. Beide winkten auch wie wild, aber niemand schaute her, für die Eltern war es ganz normal, dass der Zug an ihnen vorbeifuhr. Die Kleine war sehr stolz darauf, dass man ihr Haus vom Zug aus sehen konnte, und ihr Herz klopfte heftig vor Aufregung, während die anderen Reisenden gelangweilt aus dem Zugfenster sahen oder gar nicht, weil sie niemanden kannten, der dort draußen herumfuhrwerkte. Für so viele Menschen im Zug täglich sichtbar zu sein war für die Kleine, als wären ihr Haus und ihre Familie im Fernsehen. Als spielten sie in einer Serie mit und jeden Tag konnte man aufs Neue hinschauen, wie es weiterging in der Geschichte und was es Neues zu sehen gab.

Nach dem Aussteigen gingen die Großmutter und die Kleine durch die Einkaufsstraße der Bezirksstadt. Die Großmutter blieb immer bei komischen Auslagen stehen mit Bettwäsche, Handtüchern, Tuchenten und solch langweiligem Zeug. Die Kleine wollte weiter zu einem Spielzeuggeschäft. Aber die Oma tat nicht weiter, sosehr die Kleine auch quengelte und an ihr zog, an der Hand, am Rock, an der Weste. Da legte sie sich flach auf den Gehsteig hin und fing zu plärren an. Sofort kamen die Leute zusammengelaufen und fragten, was los sei mit dem Kind. Die Großmutter erschrak und zog die Kleine in die Höhe. »Nichts«, sagte sie, »sie mag nur nicht gerne warten!«

Die Großmutter sah, wie die Leute den Kopf schüttelten. Der Kleinen war es egal, Hauptsache, die Oma ging endlich weiter. Und sie ging nun rasch weiter. Und sie schimpfte nicht einmal mit ihr. Sie amüsierte sich eher darüber, dass die Kleine auf solche Einfälle kam, lachte in sich hinein und sagte: »Und die Leute haben gedacht, es wäre weiß Gott was passiert! Du kleines Luder, du!«

Die Kleine grinste ebenfalls und die Großmutter blieb beim Spielzeuggeschäft geduldig stehen, wo sich die Kleine die vielen großen Puppen mit den schönen gestärkten Kleidern genau ansah.

»Die sind nicht zum Spielen«, sagte die Oma, »die sind nur fürs Bett! Wenn man sie ständig aus- und anzieht, werden sie schnell kaputt!«

Die beiden gingen weiter und durchquerten die Stadt. Dann begannen die Weinberge, und eine Serpentinenstraße führte hinauf zur Burg, mitten durch die Weingärten hindurch. Die Kleine sah die blauen, prallen Trauben links und rechts von der Straße leuchten und hätte gerne eine genommen. Sie war inzwischen auch schon durstig vom vielen Gehen in der Spätsommersonne. Aber die Großmutter sagte, in den Weingärten verstecken sich Wächter, die nur darauf lauern, dass jemand eine Traube nimmt. Und wenn die Wächter jemanden ertappen beim Traubenstehlen, dann kommen sie heraus aus den Stockreihen und nehmen dem Dieb etwas Wertvolles weg: die Geldbörse, die Handtasche oder eine wertvolle Uhr.

Die Kleine konnte es sich nicht vorstellen, dass sich in den Weinbergen Menschen versteckten und darauf lauerten, dass jemand eine Traube nahm. »Und wenn ich nur eine einzige Traube nehme, kommen sie dann auch?«, wollte sie wissen. »Auch dann«, sagte die Großmutter.

Es war der Kleinen unbehaglich, so von allen Seiten beobachtet den Hang hinaufzugehen, und sie überlegte, was ihr die Traubenwächter alles wegnehmen könnten. Viel hatte sie nicht, aber um die Halskette mit dem Schutzengel hätte es ihr ebenso leidgetan wie um die Ohrringe mit dem blauen Stern, die sie zur Taufe bekommen hatte und die man ihr schon als Kleinkind eingestochen hatte, um sie als Mädchen zu markieren.

Es ließ sich aber kein Weinhüter blicken, und als sie die Burgruine endlich erobert hatten, sahen sie über das ganze Tal, und ganz weit hinten meinten sie, dass sie auch ihr Dorf noch erkennen könnten und die Hügel im Süden, bevor alles im Dunst, der am Horizont lag, zu einer grauen Masse verschmolz.

Die Burg selber war eher eine Enttäuschung, weil die Kleine statt der kahlen Wände fein ausgestattete Prunkräume erwartet hatte. Und wäre sie Rapunzel gewesen, in einen Turm eingesperrt für Jahre, dann hätte sie sich ihr Verlies so opulent ausgestattet wie die Wohnung der bezaubernden Jeannie in ihrer Flasche. Nie hatte sie verstanden, warum Jeannie immer herauswollte aus ihrer schönen Flaschenwohnung. Die Kleine hätte viel dafür gegeben, einmal hineinzudürfen in dieses kuschelweiche Leben zwischen Seide und Brokat. Auch wenn sie dafür so klein hätte werden müssen, dass sie in eine Flasche passte.

Manchmal fuhr die Großmutter mit der Kleinen auch in die große Stadt. Dann dauerte die Zugfahrt eine ganze Stunde. Und in der großen Stadt gingen sie zum großen Kaufhaus mit den vielen Stockwerken, das Kastner & Öhler hieß. All diese Stockwerke waren durch Rolltreppen miteinander verbunden. Anfangs fürchtete sich die Kleine davor, auf die fahrende Treppe aufzuspringen. Kaum wollte sie einen Schritt nach vor gehen, war die Stufe auch schon weg und die nächste rollte heran und legte sich scheinbar flach vor sie hin, um sich aber im nächsten Moment zu einem richtigen Hindernis auszuwachsen. Was, wenn sie es nicht schaffte, mit dem Fuß genau auf die Mitte der flachen Stufe zu treten? Wenn sie vielleicht in den Spalt zwischen der einen und der anderen Stufenfläche trat und die eine sich aufstellte und sie mit den Fußspitzen nach oben hob und mit den Fersen in der Luft stehen ließ?

Die Großmutter musste gut auf sie einreden, dass sie sich an der Hand nehmen und mitziehen ließ. Sie versprach ihr, dass sie sie festhalten würde, falls sie nach hinten kippte. Nach einigen Anläufen, bei denen die Kleine die Großmutter in letzter Sekunde wieder nach hinten gezogen hatte, machte sie auf »eins, zwei, drei« den Schritt und schaffte es tatsächlich, auf einer einzigen Stufe mit der Großmutter zu stehen. Sie starrte fasziniert auf die gerippten Metallflächen vor sich und hoffte, den Absprung rechtzeitig zu schaffen. Mit verkrampften Fingern hielt sie sich am Handlauf fest, aber der zog sie schneller nach oben als die Stufen fuhren und riss die Hand der Kleinen mit sich fort, sodass sie bald windschief auf der fahrenden Stufe klebte, seitlich mit der Hand am Gummilauf, der mit der rollenden Treppe um die Wette fuhr. Die Großmutter riss ihr die kleine Hand vom Gummihandlauf los und sagte, sie solle sich aufs Abspringen konzentrieren.

Als die Kleine den Eisenkamm am Ende der Rolltreppe sah, hatte sie Angst, als Ganzes frisiert und in Streifen geschnitten zu werden, wenn sie nicht rechtzeitig heruntersprang. Und so setzte sie viel zu früh zum Sprung an und landete erst noch auf der fahrenden Stufe, die sich zum Glück schon wieder geduckt und flach gelegt hatte, um unter dem Kamm hineinzuschlüpfen. Die Großmutter hatte die Kleine fest an der Hand, sodass sie ihren Sturz auffangen und sie von der Treppe mit herunterziehen konnte, als sie selbst mit einem weit ausladenden Schritt abstieg.

Kaum wieder festen Boden unter den Füßen, wollte die Kleine es in den nächsten Stock probieren. Diesmal hielt sie sich lieber an die feste Hand der Großmutter und ließ den Handlauf der Treppe sein eigenes Tempo rennen, ohne sich daran zu beteiligen. Mit jedem Stockwerk gelang es der Kleinen besser, im richtigen Moment auf die Treppe zu steigen und nach einer aufregenden Hochfahrt wieder abzuspringen. Eigentlich wollte die Kleine so schnell wie möglich in den vierten Stock, in dem es fast nur Spielzeug gab. Aber als sie endlich oben war, machte ihr das Rolltreppenfahren viel mehr Spaß. Sie wollte auch das Hinunterfahren lernen und schaffte es schließlich ganz allein, rauf und runter, rauf und runter, am liebsten den ganzen Nachmittag lang, bis das Kaufhaus zusperren würde. Aber der Großmutter wurde es irgendwann zu viel, sie bekam langsam Hunger und wollte in den Paradeiskeller gehen, um dort einen gefüllten Paprika zu essen. Die Kleine bekam Frankfurter Würstel und ein Fanta, weil sie den bitteren grünen Paprika nicht mochte. Nur von der süßen Paradeissauce und dem Reis aß sie etwas mit. Und zum Geburtstag wünschte sie sich eine Zugfahrt nach Graz und einen ganzen Tag lang Rolltreppenfahren bei Kastner & Öhler.

Daheim bauten sie ein neues Haus. Das alte wurde zur Hälfte abgerissen, es blieben nur das Schlafzimmer der Großmutter und das Schlafzimmer der Eltern stehen. Dort, wo das Vorhaus, die Stube und die Speisekammer waren, kam ein Teil des neuen Hauses hin. Es würde groß werden, mit vielen Zimmern, und es würde ein Badezimmer und ein eigenes Klo mit Wasserspülung haben. Und eine Zentralheizung, und im Winter würde es in jedem Zimmer warm sein. Nie mehr würde die Kleine durchs eiskalte Vorhaus mit den Steinplatten huschen müssen und dann die Füße ins Backrohr stecken, damit ihr richtig warm wird, wenn sie liest oder Aufgaben macht. Darauf freute sich die Kleine. Aber vorher mussten sie noch ein Jahr lang in die Garage ziehen. Dort wurde gekocht, gegessen, gebadet und ferngeschaut, und der Bruder schlief dort auf der Bettbank, die jeden Abend umgelegt und in der Früh wieder aufgerichtet wurde, bis er im neuen Haus ein eigenes Zimmer haben würde. Die anderen mussten abends über den Hof gehen und im Rest des alten Hauses schlafen, das erst abgerissen werden würde, wenn das neue Haus beziehbar war.

Es war Ende Februar, als sie übersiedelten. Das Mauerwerk von Vorhaus und Speisekammer wurde zu Bauschutt zerkleinert und das Holz der Stube aus dem Jahr 1764 – die Jahreszahl stand auf dem großen Tram in der Stube – wurde geschnitten und in die Tenne gebracht. Im Winter würden sie es verheizen. Sobald der Boden nicht mehr fror, würde der Keller ausgehoben werden und betoniert. Auf dem Gras waren schon Fäden gespannt, die den Umriss des neuen Hauses zeigten. In der Garage wurde ein grün-schwarz gesprenkelter Linoleumboden über den Beton gelegt. Das Blechwaschbecken aus der Stube übersiedelte ebenfalls in die Garage. Über dem Waschbecken wurden Plastikfliesen aufgeklebt. Ebenso wurde die Kredenz hinübergetragen und alles, was in eine Küche gehörte. Die Kleine half und trug Geschirr und Handtücher, Besteck und die roten Emailtöpfe und alles, was sie so tragen konnte. Es war kalt Ende Februar, Schneegatsch spritzte ihr beim Gehen in die Stiefel, eisiger Wind stach in den Nacken. Als das Notwendigste herüben war, machte die Mutter das große Garagentor zu und heizte das erste Mal den neuen Tischherd ein, den sie extra für das Leben in der Garage gekauft hatten. Nun würden sie die Garage nur mehr seitlich durch die Metalltür betreten. Die Kleine freute sich schon, wenn sie endlich ihren Anorak ausziehen und eine heiße Suppe würde essen können, die ihre Mutter gleich auf dem neuen Herd kochen würde. Aber kaum brannten die Scheiter an, qualmte es aus allen Öffnungen und die ganze Stube wurde zur Räucherkammer. Die Mutter riss das große Tor wieder auf, damit der Rauch abziehen konnte, und die Kleine weinte still vor sich hin, weil es nichts geworden war mit der Wärme und der heißen Suppe. Die Mutter schrie

»Um Gottes willen«, streckte ihre Hände gegen den Himmel, als würde ihr Beten helfen wie das Gewitterbeten der Kleinen, und die Kleine fragte sich, ob sie schon wieder etwas angestellt hatte, weil der Herrgott das Feuer der Mutter nicht annahm. Vielleicht sollte sie den Bruder holen, damit er einheizte, weil er vielleicht Abel war, von dem Gott das Feuer lieber hatte als von der Mutter. Der war aber noch im Stall und melkte die Kühe. Das hätte die Kleine jetzt auch lieber getan, sich mit der Wange an die warme Kuhflanke geschmiegt, das Euter gerieben und gestreichelt, bis die Milch einschoss und die Zitzen hart wurden. Wenn sie für ihre Katzen Milch brauchte, wusste die Kleine, wie das geht. Man musste das Euter an der Schaftwurzel mit Daumen und Zeigefinger zusammendrücken, damit die Milch nicht wieder entwich. Dann strich man sie langsam aus der Zitze heraus. Ja, sie konnte melken und sie konnte es auch mit der Maschine. Sie hatte schon öfter die Melkbecher angelegt und sie mochte das Sauggeräusch, das zu hören war, bis sich die Becher an die Zitzen angesaugt hatten und nur mehr ein leichtes Pulsieren zu vernehmen war, während man in den durchsichtigen Schläuchen beobachten konnte, wie die abgepumpte Milch in den Tank floss. Das leise Zischen der Pumpe machte sie meist schläfrig, wenn sie auf dem Melkstuhl saß und wartete, bis das Euter klein wurde und keine Milch mehr durch die Schläuche floss. Dann steckte sie einen Finger zwischen Zitze und Melkbecher, sodass die einströmende Luft das Vakuum löste und der Melkstutzen schlapp mit einem Seufzer der Erschöpfung herunterfiel und wie besinnungslos am Schlauch baumelte, als könnte er sich nie wieder dazu aufraffen, eine Arbeit zu verrichten.

Als der Bruder aus dem Stall kam, fing er erst gar nicht damit an, den Abel zu spielen. Er sah sofort, warum es mit dem Heizen in der Garage nicht klappte. Der Rauchfang war zu kurz, es kam keine Zugluft zustande. Sie würden eine Kaminverlängerung brauchen. Aber heute war es zu spät. Die Mutter hatte sich inzwischen eine elektrische Herdplatte vom Nachbarn ausgeborgt und kochte eine Erdäpfelsuppe. Alle saßen in Anoraks und Mänteln beim Essen. Die Neonröhre gab allen ein gespenstisch fahles Gesicht. Am Abend zog die Kälte nochmals ordentlich an, und als sich die Kleine das Gesicht waschen und Zähne putzen wollte, bevor sie schlafen ging, war das Wasser in der Leitung gefroren.

In der Nacht wachte die Kleine von einem Pumperer auf. Sie griff nach der Großmutter neben sich, aber da war nichts. Sie tastete mit dem Fuß nach ihr, aber der Fuß fuhr ins Leere. Sie machte das Nachtlicht an, das Bett war leer. Sie sah die Großmutter auf dem Fußboden liegen. Sie war weiß im Gesicht und schien nicht zu atmen. Die Kleine überlegte, ihre Eltern zu wecken, aber sie wollte das hysterische Geschrei nicht hören. Sie wollte nicht, dass der Vater sagte: »Sie ist schon gestorben«, und sie wollte nicht, dass die Mutter die Hände in die Höhe reckte und »Um Gottes willen« schrie. Zum Glück war die Großmutter schlank. Und sie lag auf dem Fleckerlteppich, der auf den Holzdielen aufgelegt war. Die Kleine zog den Fleckerlteppich mit der Großmutter drauf so weit wie möglich ans Bett heran. Sie packte die dünne Frau unter den Armen und mit aller Kraft hievte sie den Oberteil über die Bettkante. Als ihr das nach einigen Versuchen gelungen war, schob sie den Unterteil nach. Die Großmutter hatte wieder Schaum vor dem Mund. Die Augen waren verdreht, nur das Weiße war zu sehen. Ohne Hilfe gelang es ihr nicht, der Oma den zusammengepressten Mund aufzuspreizen. Sie zog einen Mundwinkel der Oma seitlich zurück und schüttete ihr Digilanid auf der Backenseite hinein. Wie gut, dass die Oma seitlich keine Zähne mehr hat, dachte sich die Kleine. Die Großmutter fing zu röcheln und zu blasen an. Sie atmete wieder. Die Kleine legte ihr auch noch den eigenen Polster unter den Kopf, damit sie nicht am Speichel und am Medikament erstickte. Sie rüttelte an ihr, tätschelte ihr die Wangen, sagte immer wieder »Oma, Oma«, aber nicht zu laut, damit die Eltern im Nebenzimmer nicht wach wurden. Dann fing sie mit erhobenen Armen zu beten an. »Herr, ich bin nicht würdig, dass du eingehst unter mein Dach, aber sprich nur ein Wort, so wird meine Oma gesund!« Als ihr die Arme so schwer wurden, dass sie beim besten Willen nicht mehr konnte, hielt sie die Handflächen gegen die Wand und stützte ihre betenden Arme ab.

Die Kleine wusste, dass sie es alleine durchstehen musste. Die Großmutter konnte nur gerettet werden, wenn sie verhinderte, dass der Vater die schrecklichen Worte aussprach, wenn sie Gott bewies, dass sie es allein schaffte, wenn sie erkannte, dass es ihre Prüfung war, die sie bestehen musste.

Irgendwann kam wieder Farbe ins Gesicht der Großmutter, die Pupillen wanderten zurück in die Mitte der Augen und sie atmete regelmäßig, ohne dabei zu blasen und ohne weiteren Schaum vor dem Mund zu produzieren, wie bei einem Seifenblasenspiel.

Die Kleine legte sich erschöpft hin. Ihre Hand bettete sie auf die Brust der Großmutter, um ihr klopfendes Herz zu spüren. Irgendwann schlief sie ein und als die Mutter sie in der Früh weckte, wusste sie nicht mehr, ob sie alles nur geträumt hatte. Die Großmutter konnte sich an nichts erinnern.

Diesmal freute sich die Kleine einmal richtig auf die Schule, weil sie es dort warm hatte. Aber sie hätte gerne wieder einmal gebadet und sich die Haare gewaschen und wäre ohne Anorak beim Essen gesessen, beim Lesen oder Aufgabemachen.

Der Kaminstutzen half wirklich. Als die Kleine von der Schule heimkam, hörte sie das Holz im Herd stöhnen. Warm war es noch immer nicht richtig, aber wenn man sich verkehrt an den Herd stellte, lief es einem doch angenehm über den Rücken.

Alle halfen beim Hausbauen. Die Nachbarn kamen und die Verwandten, und die Kleine durfte auch helfen und Mörtel in die Löcher der Ziegel füllen. Für die Kleine war es, als würde sie Kuchen backen und als wären die Ziegel das Biskuit und der Mörtel die feine Creme. Gerne hätte sie die Mörtelcreme auch zwischen den Ziegellagen verstrichen wie eine Buttercreme, aber der Vater ließ sie die Masse nur in zwei geraden Linien auftragen, damit in der Mitte der Ziegelverbindungen ein Hohlraum blieb. Das sei gut für die Dämmwirkung, sagte der Vater. Die Kleine rührte ständig mit der Kelle in der grauen Masse, damit sie nicht aushärtete. Sie kochte viel lieber ihr eigenes Süppchen als der Mutter beim Kochen zu helfen.

Die Kleine mochte die geschäftigen Tage auf dem Bau. Da hatte niemand Zeit, sie herumzukommandieren oder genau zu schauen, was sie tat. Sie servierte den Leuten Bier in der Flasche, Apfelmost im Krug und weiße Mischungen mit Wein und Wasser im Glas. Und den Tisch in der Garage deckte sie mit einem weißen Leintuch, das sie über das Plastiktischtuch legte, das immer auf der Resopalplatte lag. Die Kleine wollte auch zwei Teller nehmen, einen für die Suppe und einen für die Hauptspeise, so wie sie es bei der Tante gesehen hatte. Aber die Mutter ließ sie nicht und sagte, ein Teller sei genug, sonst müsse sie nachher so viel abwaschen.

Die Kleine war die Einzige in der Familie, die beim Essen zwei Teller verwendete. Es grauste ihr, aus dem angepatzten Suppenteller das Schnitzel zu essen oder den Knödel mit dem Schweinsbraten. Auch wenn die Mutter anfangs zeterte, konnte sich die Kleine durchsetzen und die Oma sagte, wenn es der Mutter zu viel sei, wasche sie den Zusatzteller der Kleinen ab. Einmal war sie bei einem anderen Onkel und bei einer anderen Tante in den Sommerferien. Die aßen auch nur aus einem Teller. Der Kleinen war es peinlich zu sagen, dass sie für die Hauptspeise einen frischen Teller wolle und so aß sie immer zwei bis drei Schöpfer Suppe und sagte dann, dass sie schon satt sei. Es war anstrengend, den Nötigungen der Verwandten zu entkommen, aber immer wieder »Nein danke, ich kann nicht mehr« zu sagen, war weniger schlimm, als aus dem mit Suppenresten verklebten Teller eine Hauptspeise zu essen. Ganz schlimm war es, wenn es als Nachspeise Topfenknödel oder Zwetschkenknödel gab. Gerne hätte sie etwas davon gehabt. Aber auch die Nachspeise wurde in den gleichen Teller gelegt und die Knödel wurden mit Messer und Gabel des Hauptspeisenbestecks zerteilt und dann mit dem gebrauchten Suppenlöffel gegessen. Es gefiel ihr eigentlich gut bei diesem Onkel und dieser Tante. Sie hatten auch ein Pferd, wie der andere Onkel, die Kleine durfte reiten und mit der kleinen Cousine, die noch im Kinderwagen saß, spazieren fahren. Sie durfte mit Schwammerl suchen und in den kleinen See baden gehen, der in Gehweite entfernt lag. Trotzdem ging die Kleine nie mehr in den Ferien zu ihnen, weil es ihr vor dem Tellersparen so grauste.

Das Haus wuchs in diesem Sommer so schnell wie der Mais. Kaum war die Kellerdecke betoniert, wurde das Erdgeschoß aufgestellt und die Kleine konnte in den Zimmern herumgehen und sich ausmalen, wie sie es einrichten würde. Ihr Zimmer würde aber im Dachgeschoß entstehen und das würde man erst später ausbauen, wenn wieder etwas Geld vorhanden wäre. Vorher würde die Kleine mit der Großmutter zusammen in ein Zimmer ziehen, und das war beiden recht, weil die Kleine sich nur so um die Oma kümmern konnte, wenn sie wieder die hinfallende Krankheit bekam.

In diesem Sommer kam auch die Almut auf Besuch und schlief mit der Kleinen und der Großmutter im Zimmer. Auf einmal fing die Oma im Bett zu stöhnen an. Die Kleine machte das Licht an und sah, wie sie die Augen verdrehte und Schaum aus dem Mund blies. Almut wachte auch auf und wurde ganz hysterisch. Sie fing zu schreien an, als sie die Großmutter in diesem Zustand sah. Die Kleine schrie erst die Almut an, sie solle aufhören zu plärren, und ging dann zum Zimmer der Eltern, um sie zu beruhigen. Sie sollen sich keine Sorgen machen, die Almut habe nur schlecht geträumt, sie werde sie schon beruhigen. Die Almut starrte mit entsetzten Augen auf die Großmutter und hechelte wie ein Hund und schrie in einem fort: »Sie stirbt, sie stirbt, sie stirbt«, bis die Kleine ihr links und rechts eine herunterhaute und sagte: »Sie stirbt nicht, du blöde Kuh!«

Die Almut war so geschockt von der bestimmten Art ihrer Cousine, dass sie zu plärren aufhörte. Die Kleine gab ihr Anweisungen, der Oma die Lippen seitlich aufzuspreizen. Das Digilanid war schnell eingeträufelt. Die Almut war wie erstarrt und konnte ihren Blick nicht von der Großmutter nehmen, während die Kleine der Oma die Wangen tätschelte und auf die Brust drückte, damit das Herz wieder seinen Rhythmus fand und ordentlich weiterschlug.

»So, und jetzt müssen wir nur noch beten«, sagte die Kleine und hob die Hände. »Warum beten?«, wollte die Almut wissen, die bei Weitem nicht so religiös war wie die Kleine. Die Kleine wollte ihr Geheimnis, das sie mit Gott hatte, nicht verraten, wer weiß, was Gott sonst wieder einfiel, weil er sich darüber ärgerte, und so sagte sie zur Almut, dass die Großmutter das Gebet wahrnahm und daher wieder zu Kräften kam. »Das beruhigt die Oma am meisten nach so einem Anfall!«

Das verstand die Almut und sie betete die Vaterunser und Gegrüßet seist du, Maria lautstark mit, nur die Hände erhob sie dabei nicht, sondern faltete sie wie bei der Messe in der Kirche.

Die Kleine sah immer wieder auf die Großmutter, wenn sie den Blick von der Decke nahm, durch die sie hindurchschaute, in den Himmel hinauf, wo Gott und Jesus und Maria auf dem Wolkenrand saßen und prüfend auf sie herabschauten. Als die Oma keinen Schaum mehr spie und die Pupillen zurückwanderten, hörte sie mit der Beterei auf. Für diesmal war die Großmutter wieder gerettet, und als sie zu sich kam, schaute sie die Kleine und die Almut lange und durchdringend an. »Mutter«, sagte sie zur Kleinen und ergriff ihre Hand. Die Almut schaute die Kleine erschrocken an. »Das vergeht wieder«, sagte die Kleine.

»Emma«, sagte die Großmutter, und meinte ihre Tochter, die Mutter der Almut, nachdem sie die Almut sehr lange angeschaut hatte.

»Das ist nicht die Emma«, sagte die Kleine, »das ist die Almut, die Tochter von der Emma.«

»Ach so«, die Großmutter war erstaunt und konnte sich vor Verwunderung nicht fassen, »die Emma hat eine Tochter? Na so was!«

Die Almut konnte sich nicht zurückhalten, sie weinte. So hatte sie ihre Großmutter noch nie gesehen. Aber die Kleine tröstete sie und sagte: »Das geht vorbei, Almut, in ein paar Stunden weiß sie wieder, wer du bist!«

Warum die Kleine nicht ihre Eltern holt, wollte Almut wissen. »Weil die auch so herumplärren wie du und vom Sterben reden. Und dann stirbt sie vielleicht wirklich, weil sie das hört!«

Die Almut konnte lange danach nicht einschlafen und die Kleine bat sie, niemandem etwas zu erzählen, auch ihren Eltern nicht. Die Kleine hatte Angst, dass man sie dann nicht mehr bei der Oma schlafen ließe und dann würde es niemand mehr geben, der auf sie aufpasste und sie rettete, wenn der Anfall kam.

Am Morgen stand die Großmutter auf, fühlte sich ein bisschen wackelig, aber das war schon alles. Sie erinnerte sich an nichts, was in der Nacht gewesen war, und die Almut hätte wohl gedacht, sie hätte nur schlecht geträumt, wenn die Kleine ihr nicht zugestimmt hätte, dass da wirklich etwas war in der Nacht.

Danach wollte die Almut nicht mehr bei der Oma schlafen, und am Tag darauf kamen ihre Eltern und holten sie ab, weil die Almut geweint und den Eltern erzählt hatte, was in der Nacht vorgefallen war.

Die Kleine ärgerte sich sehr, dass die Almut geredet hatte, diese Verräterin! Sie konnte aber schlecht abstreiten, dass etwas gewesen war und sagte, es sei nicht schlimm gewesen und sie komme damit zurecht.

Ob das öfter vorkomme, wollten Onkel und Tante wissen. »Ab und zu«, sagte die Kleine, aber es sei für die Großmutter besser, wenn kein Arzt und keine Eltern kämen. Das rege sie nur auf.

Die Eltern der Almut konnten nicht glauben, dass die Kleine solche Situationen mutterseelenallein bewältigte. Ihre Eltern waren aber gar nicht so aufgebracht wie Almuts Eltern. Sie sagten, wenn es was Ernstes wäre, würde die Kleine sie bestimmt rufen, so wie sie damals gerufen hat, als die Großmutter den Anfall hatte.

Und so durfte die Kleine weiter mit der Großmutter im Zimmer schlafen. Den Eltern war es recht, wenn sie sich um die Oma kümmerte, sie hatten andere Sorgen während des Hausbaus und wo hätte die Kleine denn schlafen sollen, wenn nicht bei der Oma?

Das Haus wuchs täglich ein Stück in diesem Sommer. Noch vor dem anhaltenden Herbstregen stand auch das Obergeschoß im Rohbau und konnte eingedeckt werden. Dann konzentrierte sich alles auf den Keller. Dort wollten sie einziehen, bevor es Winter wurde. Die Mutter stemmte den ganzen Tag Vertiefungen in die Ziegelmauern, damit der Installateur die Leitungen legen konnte. Ein Onkel war Maurer und haute den Putz drauf. Im Erdgeschoß wurden die Fliesen in Bad und Klo gelegt und in zwei Zimmern kam ein Holzboden auf den Estrich. Der Bruder sollte fürs Erste in der Wohnküche im Keller seinen Diwan hingestellt bekommen, die Eltern und die Großmutter samt der Kleinen bekamen je ein Schlafzimmer im Erdgeschoß. Dann würde man weitersehen. Es gab zwar von der Landesregierung einen zinsenlosen Kredit für den Hausbau, aber die Schulden mussten trotzdem zurückgezahlt werden. Und wenn vom nächsten Maststier, der verkauft wurde, etwas übrig blieb, konnte damit vielleicht ein elektrischer Herd für die neue Küche im Erdgeschoß gekauft werden. Bis dorthin würde der Tischherd, der mit in den Keller umgezogen war, für das Kochen zuständig bleiben.

Die Viehhändler kamen immer im Morgengrauen, weil die Rinder um diese Zeit noch nicht gefüttert wurden, sonst hätten sie einige Kilo mehr auf die Waage gebracht. Und meist sagte der Viehhändler auch nicht, an welchem Tag er den Stier holen kam, denn manche Bauern standen sonst noch zeitiger auf als sonst und fütterten oder tränkten das zu verkaufende Tier. Jedem Bauern tat es leid, wenn der Stier noch schiss, bevor er verladen wurde oder auf der Brückenwaage stand. Das machte ihn wieder um ein paar Kilo leichter, die in seinem Darm verblieben ein feines Körberlgeld gewesen wären.

Die Kleine freute sich über den Umzug ins neue Haus. Nie war es in der Garage richtig warm geworden, wenn es draußen kalt war. Und im Sommer brannte die Sonne auf das Wellblechdach, dass die Hitze nicht auszuhalten gewesen wäre, wenn sie das große Garagentor nicht ständig offen gehabt hätten. So konnte aber jeder, der auf der Straße vorbeifuhr, genau sehen, was sie gerade taten. Ob die Mutter kochte, die Großmutter Zeitung las, der Vater auf dem Diwan ein Schläfchen hielt, die Kleine ein Rätsel in der Bauernbundzeitung löste und der Bruder auf der Tuba übte, weil er jetzt bei der Marktkapelle mitspielte und von dort ein Instrument bekommen hatte. Das ganze Familienleben konnte man von der Straße aus sehen und die Kleine kam sich vor wie in einem Theaterstück. Drinnen war die Bühne, auf die man durch das große Garagentor schauen konnte, und manchmal stellte sie sich viele Zuschauer vor, die gebannt verfolgten, was drinnen passierte. Und damit es dem Publikum nicht langweilig wurde, nahm die Kleine manchmal den Schneebesen aus der Küchenlade, stellte sich mit ihrem Mikrofon wie eine Schlagersängerin auf die Bühne und sang los. Am liebsten mochte sie Lieder mit fremdartigem Akzent, wie zum Beispiel von Daliah Lavi: »Maine At Libe zu zaign, das ischt gans einfach Schwaign, Worde zrrrstörrn, wo sie nischt hingehörrrn.«

Dem Vater ging ihr Geplärre bald auf die Nerven, der wollte schlafen, den Bruder störte es auch beim Hmtata-Üben, die Mutter sagte, von ihrer Familie habe sie das nicht, dass man so gar keine Stimme zum Singen habe. »Aber von meiner«, sagte die Großmutter, klatschte eifrig in die Hände und sagte, dass sie noch ein Lied hören wolle. Die Mutter fragte kopfschüttelnd, wie sich die Großmutter das Geplärre nur anhören könne, und diese antwortete: »Das ist der Vorteil, wenn man kein musikalisches Gehör hat. Mir gefällt es, und die Kleine kann auf jeden Fall besser singen als ich!«

In der alten Stube hätte ihr der Vater vielleicht ein paar

Tetschn gegeben, wenn sie nicht aufhörte, aber auf offener Bühne traute er sich doch nicht, die Kleine zu schlagen, und schon gar nicht, wenn die Großmutter gerne hören wollte, was die Kleine sang.

Und die Kleine plärrte die Lieder, eines nach dem anderen, die sie bei der Radiosendung »Autofahrer unterwegs«, die die Eltern jeden Mittag aufgedreht hatten, so oft gehört hatte, dass sie bald alle auswendig konnte. Als sie merkte, wie sehr sie Vater und Mutter quälte, sang sie immer lauter und absichtlich immer falscher, und die Großmutter lächelte noch immer und die Kleine wusste nicht, ob sie nicht auch eine heimliche Freude daran hatte, dass sich die Ohren der Eltern richtig bogen, weil sie die Schreierei nicht mehr hören konnten.

Zu Hause war die Kleine durch die Großmutter geschützt vor den Singwatschen, aber in der Kirche fing sie einmal eine von der Mutter. Alle sangen mit, als die Orgel spielte, und die Kleine hatte auch Lust, mitzuplärren. Da sie den Text aber nicht konnte, sang sie »Zipfel eini, Zipfel aussi, aber heit geht's guat, aber heit geht's guat«, wie sie es im Radio oft gehört hatte, wenn zu Hause das Wunschkonzert aufgedreht war. Die Mutter knallte ihr eine und die Kleine glaubte, weil sie so falsch sang. Erst als sie es der Großmutter erzählte, die meinte, dass es kein gutes Lied sei und man es nicht nachsingen solle, erfuhr sie, dass es eher am Text lag als an ihrer Stimme.

Im Sommer lief der Vater immer in der schwarzen Glatthose herum. Sonst hatte er nichts an, weil er seinen schönen Körper nicht zu verstecken brauche, wie er meinte. Der Mutter war es nicht unrecht, weil sie weniger zu waschen hatte, wenn der Vater keine Hemden und keine Rippleibchen verschwitzte. Die Kleine fand seine Wampe nicht besonders schön, aber er sagte, sie solle lieber auf seine schlanken Beine schauen, das seien doch die schönsten Männerbeine im ganzen Dorf. Und überhaupt war der Vater ein fescher Kampel, vor allem früher einmal, sagte die Mutter, als er noch einen dichten, gewellten Schopf hatte und das Gesicht noch ganz schmal war und die schwarzen Augen groß waren und glasig, vom vielen Hungern im Krieg. Ja, er hatte schlanke Beine, aber an einem Bein hatte er an der Innenseite beim Knie ein tiefes Loch mit verschrumpelter Haut drauf.

»Was ist das?«, wollte die Kleine wissen.

»Eine Schussverletzung«, sagte der Vater. Und dann fing er zu singen an und sein Blick wanderte in die Ferne: »Ich hatt' einen Kameraden. Einen bessern find'st du nicht. Die Trommel schlug zum Streite. Er ging an meiner Seite, in gleichem Schritt und Tritt!«

Die Kleine verstand nicht und fragte: »Hat dein Kamerad dich angeschossen?«

Der Vater nickte und lächelte gerührt. »Und mir das Leben gerettet!«

»Du wolltest, dass er dich anschießt?«, fragte die Kleine.

»Ich habe ihn darum gebeten. Eigentlich habe ich damit gerechnet, dass ich den Haxen verliere. Aber lieber ohne Haxen heimkommen als ohne Kopf, hab ich mir immer gesagt!«

Und dann erzählte er weiter, er habe im Lazarett immer Zahnpasta auf die Wunde geschmiert, damit sie nicht heile und schön eitere, denn solange er verletzt war, musste er nicht hinaus an die Front.

Der Vater hatte täglich Wege zu erledigen und war nach dem Füttern den Vormittag über meist fort. Entweder fuhr er zur Genossenschaft, Unkrautvertilgungsmittel oder einen neuen Wetzstein für die Sense kaufen, oder er musste aufs Amt, um irgendwelche Eingaben zu machen. Wenn die Kleine Lust hatte, ihn zu begleiten, nahm er sie auf seinem Motorroller mit, sie durfte immer vorne draufstehen. Wenn die ganze Familie wo hinmusste oder die Mutter sonntags mit der ganzen Familie in die Messe gehen wollte, dann wurden alle auf den Roller gepackt. Die Mutter saß hinten drauf, der Bruder auf dem Gepäckträger im Kindersitz, und die Kleine stand vorne zwischen den Beinen des Vaters. Die Kleine mochte das Kirchengehen am Sonntag gerne, da durfte sie ein Kleid anziehen, das nicht einmal für die Schule erlaubt war. Sie mochte den Weihrauchgeruch, die bunten Kleider des Pfarrers und die weißen Gewänder der Ministranten. Gerne wäre sie auch Ministrantin geworden, aber ministrieren durften nur die Buben. Als sie endlich die Erstkommunion hinter sich hatte, freute sie sich die ganze Messe lang auf den Herrn Jesus, den sie sich zum Schluss als Belohnung einverleiben durfte. Ihr schmeckte der Leib Christi, und am liebsten wäre sie zehnmal hintereinander zur Kommunion gegangen, um möglichst viele Leiber Christi zu essen. Man darf aber nur einen Leib pro Tag zu sich nehmen, hieß es im Religionsunterricht. Es tat ihr der arme Herr Jesus zwar leid, dass er sich von so vielen Menschen essen lassen musste, aber ihr taten die Hühner und Schweine auch leid, die schon wie am Spieß schrien, wenn sie aus dem Stall geholt und abgekragelt wurden. Aber sie schmeckten trotzdem gut, dann am Spieß oder in der Pfanne, und der Herr Jesus schrie wenigstens nicht, weder in dem Kelch, aus dem der Pfarrer ihn herausnahm, noch im Mund, wenn sie ihn kaute und schluckte. Später ging die Kleine zur Jungschar und durfte helfen, eine Jungscharmesse vorzubereiten. Sie meldete sich für das Vorbereiten von Brot und Wein und durfte in der Sakristei die benötigten Hostien von der Schachtel, in der sie aufbewahrt wurden, in den Kelch zählen. Für jedes Mädchen ein Stück und eine für den Kaplan. Aber die Schachtel war voll mit Hostien, und da niemand in der Nähe war, der sie beobachtet hätte, aß sie die Hostien wie ein Packerl Krachmandeln. Eine nach der anderen stopfte sie sich in den Mund, es krachte richtig, wenn sie draufbiss. Sie musste den Geschmack einer einzigen Hostie nun nicht mehr bis ins Letzte auskosten, sie aß so lange, bis sie satt war. Ein bisschen fürchtete sie sich dann, der Herr Jesus könnte es ihr übel nehmen, dass sie ihn vor lauter Gier massenweise in sich hineingestopft hatte, und sie stellte sich vor, wie viele kleine Jesuskinder in ihrem Bauch herumlagen und schrien und wieder herauswollten aus ihr, weil es drinnen gar so grummelte und rumorte. Und sie durfte nicht daran denken, auf welchem Weg sie ihren Körper wieder verließen. In den nächsten Tagen konnte sie kaum aufs Klo gehen. Was, wenn die vielen kleinen Jesuse in ihrer Wurst waren, sich daran festklammerten und dann doch in der Jauchengrube verschwanden und dort ertranken? Da war es kein Wunder, wenn Gott böse auf sie war und der Großmutter wieder einen Anfall schickte und sich an ihr rächte und die Großmutter vielleicht sterben ließ, so wie sie die vielen Jesuskinder in der Jauchengrube versenkt hatte.

Beim Jungschargottesdienst durften die Kinder und Jugendlichen auch einen Schluck wässrigen Wein aus dem Kelch trinken, den der Kaplan im Kreis herumgehen ließ. Die Kleine fürchtete sich davor, weil es ihr so grauste, von der gleichen Stelle zu trinken, von der zuvor die anderen Kinder getrunken hatten. Zwar wurde ein Tuch mitgereicht und jede wischte die Stelle ab, von der sie getrunken hatte, aber die Kleine würgte es schon bei der Vorstellung, sie würde den Speichel riechen, den die anderen dort hinterlassen hatten, und sie betete: »Herr, lass diesen Kelch an mir vorübergehen und mach dieses eine, einzige Mal, dass mein Wille geschehe.«

Aber trotz des heimlichen Betens näherte sich der Kelch von Mund zu Mund, und er wurde ihr genauso in die Hand gedrückt wie den anderen. Sie hatte genau geschaut, alle tranken von der gleichen Stelle, und als der Kelch bei ihr landete, drehte sie ihn um und trank von der anderen Seite. Sie sah, wie der Kaplan sie mit einem bösen Blick anschaute, und die Kleine dachte, wahrscheinlich ist er mir böse, weil es ihm genauso graust wie mir und weil er die andere Seite des Kelches für sich benützen wollte. Außerdem war ihr der Wein zu sauer, sie war froh, dass sie bei normalen Messen nur den Leib des Herrn essen durfte und sein Blut nicht trinken musste.

Zu Hause tranken alle den ganzen Tag lang nur Most. Apfelmost. Im Herbst mochte ihn die Kleine, wenn er frisch gepresst wurde und noch süß schmeckte. Aber spätestens im November, Dezember war er vergoren und sauer. Die Kleine zuckerte ihn, weil er ihr sonst nicht geschmeckt hätte. Die Großmutter und die Mutter waren nicht sehr durstig und tranken nur zum Mittagessen ein Glas voll. Aber der Vater hatte immer Durst und pippelte den ganzen Tag kleinweise vor sich hin, wie die Mutter sagte. Und oft hatte er am Nachmittag dann schon einen Dusel beisammen und lief mit einem hochroten Kopf durch die Gegend. Er wurde dann schnell aggressiv und kam schon bei Kleinigkeiten in Wut. Ob die Kühe im Stall nicht schnell genug auf die Seite gingen, wenn er frische Sägespäne einstreute, oder ob der Bruder mit dem Traktor fuhr und der Vater daneben saß und »links« sagte und der Bruder nach rechts einbog, da bekamen Kühe und Bruder gleichermaßen eines drübergezogen in seiner angeduselten Ungeduld. Die Mutter schlug er nicht, weder seine eigene noch die Mutter der Kleinen, er schmiss höchstens einen nassen Fetzen nach ihr, wenn sie mit ihm schimpfte, weil er sich mit der Stallhose auf die Bettbank gelegt und sie mit Kuhmist beschmutzt hatte.

Wenn es der Mutter zu viel wurde, nützte sie die Zeit, in der der Vater auf Lepschi war oder auf dem Thron saß. Dann füllte sie einen Eimer mit Wasser und schüttete es in das Mostfass, in dem gerade die Pipe angeschlagen war.

Heimlich lachte sie sich dann ins Fäustchen, wenn der Vater mit dem Tonkrug in den Keller ging und »Durst, Durst, Durst« vor sich hin murmelte. Ja, sauf du nur mein Wasser, dachte sie, und je heißer es im Sommer wurde, umso öfter füllte sie das Fass auf. Bis der Vater irgendwann sagte, »dieser Most heißt auch nichts mehr, der ist schon ganz letschert«, und ein neues Fass anschlug.

Mit seiner Trinkerei wurde es besser, als er den Busführerschein machte. Den C-Führerschein hatte er in jungen Jahren schon zusammen mit dem B-Schein gemacht, und er fuhr eine Zeit lang Lastwagen, als der eigene Vater noch voll in der Landwirtschaft arbeitete und für ihn Zeit blieb, auf andere Weise Geld ins Haus zu schaffen, als dem Mais und der Gerste beim Wachsen zuzuschauen. Als Bundeskanzler Kreisky die Gratisschulfahrt einführte, schaffte sich der Automechaniker und Mercedeshändler im Ort zwei Busse an und brauchte auch Chauffeure dafür. Dem Vater kam das zu Ohren und er meldete sich, obwohl er keinen Führerschein für den Bus hatte. In der Früh ein paar Runden drehen und zu Mittag nochmals ein paar Runden, das ging sich neben der Landwirtschaft gut aus. Außerdem waren dann alle in der Familie bei der Gebietskrankenkasse versichert und nicht bei der Bauernkrankenkasse, was den Vorteil hatte, dass man keinen Selbstbehalt zahlen musste. Dem Mercedeshändler gefiel der seriös wirkende Vater und er sagte ihm zu, dass er den Job bekäme, wenn er den Busführerschein machte. Und so setzte sich der Vater mit den Achtzehnjährigen in den Führerscheinkurs und lernte alles Theoretische, was er zum Teil schon vergessen hatte, noch einmal. Bei den Übungsfahrten mit dem Bus stellte er sich geschickt an und schaffte die Prüfung auf Anhieb.

Die Kleine war stolz auf ihren Vater. Es gab nicht viele Menschen im Ort, die einen Busführerschein hatten und berechtigt waren, so viele Leute zu transportieren. Außerdem wurde er auf diese Weise eine Respektsperson für die anderen Kinder, denn wenn sie im Bus mitfuhren, sagten sie genauso »Herr

Chauffeur« wie sie in der Schule »Herr oder Frau Fachlehrer« sagten. Und irgendwann wussten alle in der Schule, dass der Schulbuschauffeur der Vater der Kleinen war. Und wenn die Buben sie verspotteten wegen ihrer X-Haxen und wenn sie ihren Watschelgang unter Lachen und Gegröle nachmachten, dann sagte sie jetzt: »Wart nur, das sag ich meinem Vater!«

Das half aber nur eine Zeit lang. Denn die Kinder hatten bald heraußen, dass der Vater der Kleinen nicht mit ihnen schimpfte und sie daher weitermachen konnten, wie sie wollten.

Der Vater hielt sich nicht an Regeln und wurde schnell beliebt. Er ließ die Kinder beim Heimbringen meist vor der Haustür aussteigen und nicht an der Haltestelle, wenn die weiter weg lag als das Elternhaus. Waren nur noch wenige Kinder im Bus, brachte er sie auf entlegeneren Gehöften bis vor die Haustür, auch wenn der Hof abseits der vorgeschriebenen Route lag. Manche Kinder liebten das Fahren im Bus so sehr, auch wegen der Arbeit, die sie zu Hause sonst verrichten hätten müssen, dass sie manchmal nicht ausstiegen, wenn sie früher aus hatten und lieber noch eine Runde mitfuhren. Da es keinen öffentlichen Verkehr gab, kam der Schulbus auch den älteren Leuten gelegen, wenn sie in den Markt mussten zum Arzt oder zum Einkaufen, da war es angenehm, dass sie niemanden bitten mussten, sie zu bringen und zu holen oder gar den weiten Weg zu Fuß gehen. Obwohl es verboten war, stiegen sie ebenso ein wie die Kinder und fuhren zu Mittag wieder mit dem Schulbus nach Hause. Der Vater nahm sie immer mit, und zwar gerne, denn oft schaute auch ein Trinkgeld für ihn dabei heraus. Einmal hatte er eine Kontrolle und wurde mit den alten Leuten an Bord erwischt. Der Kontrolleur fragte ihn, warum er den Leuten nicht verbiete mitzufahren. Der Vater sagte: »Was soll ich machen, wenn die alten Leute schwerhörig sind und trotzdem einsteigen?« Der Kontrolleur ging zu den alten Frauen und sagte, dass es nicht erlaubt sei, mit dem Schulbus mitzufahren. Sie sollten wieder aussteigen. Die Frauen ignorierten ihn und taten, als ob sie ihn nicht hörten. Und als der Kontrolleur zum Vater an den Fahrersitz zurückkam, der wartete, ob er weiterfahren sollte oder nicht, meinte er auffordernd: »Sie können die Frauen ja gerne hinaustragen!« Da ging der Kontrolleur und kam nicht wieder. Die alten Frauen aber kamen zum Vater, zwinkerten ihm in ihrer Bauernschläue zu und sagten: »Manchmal ist es schon gut, wenn man terrisch ist!«

Die Kleine durfte einiges nicht, was die anderen Kinder durften, weil ihre Haxen nicht dafür geeignet schienen. Zum Beispiel Ski fahren. Nie hatte sie zu Weihnachten Ski bekommen wie ihr Bruder. Wenn sie sagte, sie würde auch gerne Ski fahren, taten die Eltern das ab und meinten, mit ihren Quadratlatschen würde das sowieso nichts werden. Wenn an einem strahlenden Wintersonntag der Onkel und die Tante kamen, und die Almut und ihr Bruder dazu, und den Bruder der Kleinen abholten, weil sie auf den Berg fuhren, musste die Kleine zu Hause bleiben. Sie hatte weder Ski noch Skischuhe oder einen Skianzug. Ja, sie hätte mitfahren können und zuschauen, wie die anderen den Berg hinuntersausten, oder sie hätte ein bisschen in der Schneeluft spazieren gehen können. Aber das taten nur die alten Leute. Manchmal fuhr die Großmutter mit und schaute zu. Am schlimmsten war es, als die Schulklasse auf Skikurs fuhr. Gerne wäre die Kleine mitgefahren, und selbst wenn sie in die Anfängergruppe gekommen wäre, hätte sie sich nicht geniert. Denn zu Hause blieben nur die ganz Armen und die Dummen, die sogar fürs Skifahren zu dumm waren. Als sie den Vater fragte, ob sie mitfahren dürfe, sah er sie nur verständnislos an und sagte: »Warum willst du mitfahren? Du hast ja nicht einmal Skier!« So, als wäre es ihre Schuld gewesen, keine Skier zu haben.

»Man könnte ja welche ausborgen«, versuchte sie es weiter.

»Das kostet alles nur Geld«, sagte der Vater. »Wir bauen ein Haus, wir brauchen das Geld für etwas anderes!«

Das war es also! Ihre X-Beine waren nur ein Vorwand, um ihr keine Skiausrüstung zu kaufen und keinen Skikurs zahlen zu müssen.

Es war ihr peinlich, in der Schule zuzugeben, dass sie nicht Ski fahren konnte und dass sie keine Ski hatte, weil sie so arm waren. Sie sagte, sie habe keine Lust mitzufahren, es sei ihr zu dumm, den ganzen Tag nur den Berg hinauf und hinunter zu fahren. Die anderen Kinder glaubten ihr aber nicht und fragten den Vater, warum die Kleine nicht mit auf Skikurs fahre. »Wie soll sie denn mitfahren? Sie hat ja nicht einmal Ski«, gab er zur Antwort.

Die Kleine hätte heulen können vor Wut. So bloßgestellt wie der Vater sie hatte. Die Kinder lachten sie aus und stellten sie als Lügnerin hin. Und sie hatte nichts, womit sie sich rechtfertigen konnte. Wenn der Vater doch geschwiegen hätte. Wenn er gesagt hätte: »Ich weiß es nicht. Fragt sie selber«, dann hätte er ihr wenigstens die Würde gelassen. Noch dazu, wo es der Vater war, der die Lehrer und Klassenkollegen und -kolleginnen mit dem Bus ins Skigebiet brachte und nach einer Woche wieder abholte. Sie hätte mitfahren können, zum Bringen und zum Abholen. Sie hätte sich die Vorfreude der anderen anhören können, die sich schon in Gruppen zusammenschlossen und die Zimmeraufteilung berieten, die sich bereits Streiche ausdachten und Süßigkeiten in einem Extrasack mitgenommen hatten für die diversen Zimmerpartys, die sie veranstalten wollten. Sie hätte beim Abholen mitkommen und in die braun gebrannten Gesichter schauen können. Die neuen Gruppenzusammengehörigkeiten beobachten, zu denen sie nicht gehörte, der Geheimsprache lauschen, weil sie ja doch vieles nicht verstanden hätte, was geredet wurde, weil ihr die Erlebnisse dazu gefehlt hätten. Nein danke, das wollte sie nicht. Es reichte, wenn sie das am Montag in der Schule erlebte, wenn alle noch voll waren von den Ereignissen, wenn es Getuschel gab über dieses Mädchen und jenen Burschen, die einander geküsst hatten oder beim Händchenhalten oder gemeinsamen Süßigkeitenessen erwischt worden waren. Oder wenn über jenes Zimmer gesprochen wurde, in dem Buben und Mädchen sich getroffen hatten und die Lehrer einen Krach schlugen, als sie etwas entdeckten, was streng verboten war. Sie ersparte es sich, das Kichern und Tuscheln zu hören, nachdem sie selber nichts zu kichern und zu tuscheln hatte.

In der Woche, in der die Klasse weg war, kam sie sich vor wie ein Zirkuskind. Die saßen auch immer ein paar Tage in irgendeiner Klasse, verstanden meist nicht, was dort vor sich ging, und waren nach ein paar Tagen, wenn der Zirkus weiterzog, wieder weg. So saßen auch die zurückgebliebenen Kinder in fremden Klassen herum, auf irgendwelchen letzten Bänken weit hinten, damit sie möglichst wenig stören konnten. Allen Lehrern waren diese zurückgebliebenen Kinder nur lästig, man wusste nicht, wohin mit ihnen, hatte keine rechten Aufgaben für sie. Für die Klassen der Jüngeren waren sie zu alt, für die höheren Klassen zu jung, um mitmachen zu können. Hauptsache, sie waren ruhig, mehr verlangte man nicht von ihnen. Gerne wäre die Kleine in dieser Woche zu Hause geblieben, gerne hätte sie es sich erspart, jeden Morgen aufs Neue herumgeschoben zu werden, die Ratlosigkeit der Lehrer zu sehen, was man mit diesen Übriggebliebenen eigentlich machen soll. Gegen Mitte der Woche wurde sie krank. Sie bekam Bauchschmerzen, die immer heftiger und schließlich so stark wurden, dass es weder nützte, wenn ihr die Großmutter warme Handtücher auflegte, noch wenn sie ihr den Bauch massierte. Die Verhärtung war nicht weich zu kriegen. Die Mutter meinte, die Bauchschmerzen kämen nur, weil sie nicht in die Schule gehen wollte. Als sie dann aber erbrach und auch noch Fieber bekam, war der Vater gleich ganz besorgt und fuhr den Arzt holen. Der vermutete eine Blinddarmentzündung und ließ die Kleine mit der Rettung in die Kinderabteilung des Landeskrankenhauses einliefern. Die Kinderabteilung war aber überfüllt, sodass die Kleine in die Erwachsenenchirurgie weitergeschickt wurde. Dort musste sie zwar auf dem Gang liegen, aber sie kam ziemlich bald auf den Operationstisch, und als sie aufwachte, war sie von älteren Frauen umgeben, die um ihr Bett herumsaßen und sie anlächelten. Die Frauen freuten sich, dass sie ein Kind in ihrer Abteilung hatten, und kümmerten sich liebevoll um die Kleine. Nun lag sie in einem Zimmer mit fünf Frauen und hatte großen Durst. Der aufgeschnittene und wieder zusammengenähte Bauch tat weh, und da sie am ersten Tag noch nichts trinken und essen durfte, erzählten die Frauen ihr Geschichten von ihren Kindern und Enkelkindern, um der Kleinen die Zeit zu vertreiben und sie vom Durst abzulenken. Am nächsten Tag bekam sie Apfeltee und trockenen Zwieback, der ihr nicht schmeckte. Aber die Frauen brachten ihr Zucker, streuten ihn in den Tee und über den Zwieback, sodass er wie Kekse schmeckte. Neben den älteren Frauen lag auch Gisela im Zimmer. Sie war zwanzig und hatte lange blonde Haare und war ebenfalls Blinddarm-operiert. Gisela hatte schon einen Freund, der sie regelmäßig besuchen kam. Sie lebte in der Stadt und arbeitete bei Kastner & Öhler, in dem großen Kaufhaus mit den vielen Stockwerken und Rolltreppen.

Auch die Schwestern waren nett zu ihr. Sie sagten, dass es

nicht erlaubt sei, bei anderen Patientinnen im Bett zu liegen, aber sie lachten nur, wenn sie die Kleine immer wieder im Bett von Gisela erwischten.

Gisela war schön. Und sie wusste so viel und nie sagte sie, das verstehst du noch nicht. Gisela hatte nicht nur eine Wunde von der Blinddarmoperation, sondern auch eine zwischen den Beinen. Die Kleine bemerkte es, als Gisela bei der Schwester nach einem frischen Nachthemd und nach einer Binde verlangte, um die Wunde dort zu verbinden, aus der sie blutete. Wie sie sich denn da verletzt habe, wollte die Kleine wissen und Gisela lachte und erzählte ihr, dass Frauen auch bluten, wenn sie nicht verletzt wären und dass es bei ihr auch bald so weit sein werde.

»Ich will aber nicht bluten, einfach so«, sagte die Kleine. Außerdem glaube sie nicht, dass es bei allen Frauen so sei, denn ihre Großmutter habe sie noch nie bluten gesehen. Und wenn sie diese Krankheit auch hätte, wäre es ihr längst aufgefallen. Gisela erklärte ihr, dass nur die jungen und die etwas älteren Frauen bluteten, aber nicht die alten, bei denen höre die Bluterei wieder auf. Ganz von selber, so wie es ganz von selber angefangen habe. Warum das so sei, wollte die Kleine wissen. Und Gisela erklärte ihr die Geschichte mit dem Kinderkriegen und erzählte ihr genau, was der Mann da in die Frau hineinsteckte und wie ein Kind dadurch entstand.

»Nie«, sagte die Kleine, »nie kann das stimmen. Meine Oma hat bestimmt nie so etwas in sich hineinstecken lassen. Noch dazu vom Opa, der ihr immer wieder eine heruntergehaut hat, wenn ihm die Hand ausgekommen ist. Außerdem ist diese Lulupipe doch ekelhaft und stinkt. Warum sollte sich eine Frau das hineinstecken lassen?«

»Weil es sonst keine Kinder auf der Welt gäbe«, sagte Gisela.

»Und das macht man nur, weil man Kinder haben will?«

Sie dachte daran, was die arme Großmutter über sich ergehen lassen musste, nur damit der Vater der Kleinen und ihre Tante auf die Welt kommen konnten.

»Nicht nur«, antwortete Gisela, »es macht auch Spaß!«

»Es macht Spaß? Man tut das freiwillig?«

Gisela nickte und gab zu, dass sie es mit ihrem Freund auch machte. Und dass sie noch keine Kinder haben wollte, dass sie sogar eine Tablette nahm, um noch keine Kinder zu bekommen.

»Und zur Strafe dafür musst du dann bluten?«, fragte die Kleine.

»Nein, das Bluten ist keine Strafe, es tut auch nicht weh!«

»Aber warum blutet der Mann nicht, wenn es keine Strafe ist?«

»Weil der Mann keine Kinder bekommen kann!«

»Aha, man blutet also nur, wenn man es tut, obwohl man Kinder bekommen kann und keine will! Wenn man bereit ist, auch Kinder zu bekommen, gibt es kein Blut. Und weil ein Mann immer bereit ist, Kinder zu bekommen, muss er nicht bluten!«

»Ganz so einfach ist es nicht«, sagte Gisela, der das Gespräch langsam zu kompliziert wurde, »aber im Prinzip stimmt es!«

Als der Freund von Gisela auf Besuch kam, starrte ihn die Kleine an und stellte sich seine Pipe in der Hose vor und wie Gisela vor Vergnügen lachte, wenn er sie bei ihr dort hineinsteckte, wo jetzt das Blut herauskam, weil es ja so lustig war.

»Warum schaut die so?«, wollte der Freund wissen, als die Kleine nicht aufhörte, auf seinen Hosenstall zu starren.

Und Gisela lachte, bis ihr der frisch zusammengenähte Bauch wehtat und sie ihn halten musste, damit die Naht nicht aufplatzte, wenn der Bauch so in der Gegend herumhüpfte. Dem Freund war es peinlich, als Gisela ihm erzählte, woran die

Kleine die ganze Zeit dachte, und Gisela schickte sie hinunter in die Kantine und bat sie, ein Cola zu kaufen.

Als die Kleine mit der Flasche Coca Cola zurückkam, war der Freund schon weg und die Kleine legte sich wieder zu Gisela ins Bett. Sie schaute unglücklich drein.

»Was ist los?«, wollte Gisela wissen.

Die Kleine seufzte. »Ich werde das nie tun können.«

»Was?«

»Das mit dem Hineinstecken. Ich will das sicher nie, nie, nie tun. So ein stinkendes Lulu in mich hineinstecken lassen.«

»Macht ja nichts«, sagte Gisela. »Du musst ja nicht, wenn du nicht willst!«

»Aber dann kann ich keine Kinder bekommen!«

»Kannst ja auch welche adoptieren. Oder du wirst Kinderdorfmutter. Dann hast du gleich zehn und brauchst keinen Mann dazu!«

»Babys auch? Ich möchte Babys haben!«

»Bestimmt. Babys auch!«

Die Großmutter kam die Kleine besuchen. Sie brachte Bananen und in Staubzucker gewälzten Zwieback mit. Und sie war sehr erleichtert, als sie sah, wie gut es der Kleinen im Krankenhaus ging. Sie sagte, dass sie sich schon wieder freue, wenn die Kleine heimkäme und bei ihr im Bett schliefe und die Kleine war ein bisschen traurig, weil sie so gerne hier war und mit Gisela im Bett schlief und noch keine Sehnsucht nach zu Hause hatte.

Zwei Tage später holte der Vater sie ab. Gisela musste noch bleiben. Die Kleine weinte, weil sie Gisela verlassen musste, und Gisela weinte auch, weil die Kleine ging. Sie umarmten einander lange und fest und versprachen, einander zu besuchen, und die Kleine wollte oft mit der Großmutter zu Kastner & Öhler fahren, nicht nur zum Rolltreppenfahren, sondern auch um Gisela zu treffen.

In der Schule hatte die Kleine nun auch etwas zu erzählen. Nicht nur die Skikurskinder konnten prahlen mit ihren Erlebnissen. Und wenn ihr jemand nicht glaubte, dass sie im Krankenhaus gewesen war und einen aufgeschnittenen Bauch hatte, weil sie vorher mit den Skiern gelogen hatte, dann zeigte sie ihre frische Narbe her, die noch wulstig war und wo man die Nadelstiche noch gut sehen konnte. Es tat ihr leid, dass der Blinddarm nicht etwas früher wehgetan hatte, denn nach der Operation durfte sie drei Monate lang nicht Ski fahren. Das wäre die beste Begründung gewesen, warum sie daheimbleiben musste. Sie durfte auch drei Monate lang nicht schwimmen gehen, aber das war ihr im Winter sowieso egal, und das Beste war, sie durfte drei Monate lang nicht turnen.

Das Allerschönste am Kranksein aber war, dass alle lieb zu ihr waren. Nicht nur die Großmutter, die die Kleine dauernd umarmte und abbusselte, weil sie sich so freute, dass sie wieder da war. Auch der Vater gab ihr ein paar Schilling, als er von einem Ausflug zurückkam, auf den er eine Gruppe von Leuten chauffiert hatte. Wenn es den Leuten gefiel und sie vielleicht auch noch etwas getrunken hatten, gaben sie ordentlich Trinkgeld, das der Vater dann aus einem Nylonsack auf den Küchentisch leerte und wie der Bankangestellte in der Raiffeisenkasse in Zehnertürmen aufstapelte, wenn Weltspartag war und sie ihre Sparbüchse zum Ausleeren brachte. Die Zehnertürme konnte man dann gut abzählen. Die Kleine durfte dem Vater immer helfen, aber er schaute genau, dass sie nie heimlich etwas einsteckte. Und diesmal gab er ihr einen ganzen Turm Einschillingmünzen. Das hatte er noch nie getan. Und die Mutter zeterte mit keinem Wort herum, als sie sah, dass ein

Scherzel vom frischen Brotlaib fehlte, obwohl noch altes Brot zum Aufessen im Plastiksack war.

Als die Kleine von der Mutter zum Einkaufen geschickt wurde, fragte sie, ob sie Schokolade kaufen dürfe, die habe sie im Krankenhaus auch bekommen, die sei gut für die Heilung. Da schluckte die Mutter zwar, aber sie schluckte ihr »Nein« hinunter und sagte: »Ausnahmsweise!«

Die Kleine fragte lieber nicht, in welcher Größe sie die Schokolade kaufen durfte. Es gab Riegel für einen Schilling, für zwei Schilling und eine Tafel für fünf Schilling. Und sie nahm vorsichtshalber die große, wer weiß, wann die Mutter wieder so großzügig war. Manchmal bekam die Kleine von der Großmutter Geld für Schokolade. Die dunkelblauen Schleifen sammelte sie. Wenn man viele davon hatte, konnte man sie in eine Schachtel packen und der Schokoladenfirma schicken. Dafür gab es dann eine kleine Schachtel mit Ein-Schilling-Schokolade, und da waren auch Schleifen drauf, die man gleich wieder sammeln konnte für das nächste Mal zum Einschicken an die Firma Bensdorp.

Es passierte, als sie dreizehn war. Andere in der Klasse hatten sie schon und gaben damit an. Sie taten geheimnisvoll, als wären sie nun erwachsener als die anderen. Sie tuschelten miteinander, saßen in den Turnstunden nur auf den Bänken herum und die Turnlehrerin führte Buch darüber, wer wie oft aus diesem Grund nicht mitturnte. Es passierte in der Nacht. Als die Kleine am Morgen aufwachte, waren die Pyjamahose und ihr Leintuch voll Blut. Sie zeigte es der Großmutter und die sagte: »Jetzt bist du noch so klein und schon unwohl. Bin ich froh, dass ich das Glumpert nicht mehr hab!«

»Was soll ich jetzt tun?«, fragte die Kleine.

»Geh zu deiner Mutter. Die hat bestimmt Watte!«

Die Mutter schlug die Hände zusammen und sagte: »Um Gottes willen! Jetzt bist du auch noch unwohl! Das wird eine Wascherei werden!«

Sie ging mit der Kleinen ins Schlafzimmer und zog unter ihrem Bett ein paar braune Fetzen hervor, die, so wie sie aussahen, einmal Unterhosen oder Handtücher gewesen waren.

»So«, sagte sie, »die legst du in die Hose und wenn sie voll sind, bringst du sie mir zum Waschen. Ich nehme die auch immer!«

Der Kleinen grauste es vor den braunen Fetzen, die einmal weiß gewesen waren und wo das Blut beim Waschen wohl nicht ganz herausgegangenen war. Sie griff nur mit zwei Fingern danach. Außerdem wollte sie keine Fetzen in die Unterhosen legen, die die Mutter auch in ihrer Unterhose gehabt hatte. Es würgte sie bei dem Gedanken und beim Anblick der Fetzen und sie überlegte, Klopapier zu verwenden, das sie im

Haus hatten, seit es eine Toilette mit Wasserspülung gab, weil das dicke Zeitungspapier alles verstopft hätte. Die Kleine zeigte der Großmutter angeekelt die Fetzen und die Großmutter gab der Kleinen Geld, damit sie sich einen Packen Watte kaufen konnte. »Und wenn du neue Watte brauchst, kommst du zu mir, dann kauf ich dir wieder welche!«

Die Kleine fuhr gleich mit dem Fahrrad zum Geschäft und war erleichtert. Sie war der Großmutter so dankbar, dass sie fast gehofft hätte, sie möge in der Nacht wieder einen Anfall bekommen, damit sie ihr aus lauter Dankbarkeit wieder einmal das Leben retten konnte. Aber die nächtlichen Anfälle der Großmutter wurden weniger, und so, wie sie gekommen waren, verschwanden sie mit der Zeit auch wieder. Das war wie mit der Brille. Eine Zeit lang hatte die Großmutter schlecht gesehen und brauchte für alles eine dicke Lesebrille. Aber irgendwann konnte sie wieder ganz ohne Brille lesen.

Die Kleine brachte der Mutter ihre Blutlappen zurück und sagte, dass sie nicht für sie waschen müsse. Sie werde Watte verwenden, die könne man wegwerfen, wenn sie voll ist. »Bitte«, sagte die Mutter, »wenn du so viel Geld hast, dann kauf halt die teure Watte!«

Zum Fertigbauen des Hauses brauchten die Eltern noch einen zinsenlosen Kredit vom Land. Und die Kleine bekam nicht nur die Regel, es wuchsen ihr auch Brüste, schneller und größer, als der Kleinen das lieb war. Sie wurde wegen ihrer Brüste angesprochen. Besonders im Markt, wenn sie an einer Baustelle vorbeimusste und Bauarbeiter hinter ihr her pfiffen und ihr nachriefen, welch schöne Tutteln sie habe und ob sie einmal davon trinken dürften. Die Kleine wäre am liebsten in der Baugrube versunken. Sie duckte sich und schob die Schultern vor, damit möglichst wenig von ihren Brüsten zu sehen war.

Der Nachbarbub kam jetzt immer öfter zum Fernsehen. Bei ihm zu Hause gab es kein TV-Gerät, und für manche Sendungen wie die »Löwinger-Bühne« oder »Der goldene Schuß« kamen die Nachbarn immer wieder gerne am Samstagabend zum Fernsehen, eine Unterhaltung, die sie sich am Wochenende gönnten. Der Nachbarbub kam aber auch während der Woche. Und am liebsten wenn die Eltern der Kleinen im Stall waren und die Großmutter in ihrem Zimmer herummurkste. Und bald merkte die Kleine, dass es ihm nicht darum ging, was auf dem Bildschirm zu sehen war, er starrte vielmehr auf ihre Brüste und versuchte immer wieder, sie zu berühren. Ging sie von ihm weg, stieg er ihr nach. Schob sie seine Hände von den Brüsten weg, fand sie seine Pratzen auf ihren Schenkeln wieder. Gerne hätte sie »Bezaubernde Jeannie« geschaut, aber der Grapscher neben ihr vermieste ihr den Spaß. Sie flüchtete zur Großmutter ins Zimmer, dann ging auch der Nachbarbub nach Hause.

Sie spürte, dass die Männer sie mit einem anderen Blick betrachteten, seit sie Brüste hatte. Sie mochte diesen Blick nicht, da war etwas unangenehm Glasiges in den Augen, ein seltsam rauer Ton in der Stimme, ein schnellerer Atem kam aus der Männerbrust. Es war ihr unheimlich und sie verstand nicht, warum ihre Brüste das auslösten. Sie kam sich völlig losgelöst von ihnen vor, so als hätte sie ihr über Nacht jemand umgeschnallt, um sie zu markieren, so wie die Regel über Nacht gekommen war und sie angeblich zur Frau gemacht hatte, obwohl sie keine Ahnung hatte, was das sein sollte: eine Frau.

Um einen weiteren Kredit genehmigt zu bekommen, kam ein Herr Hubert von der Landesregierung und inspizierte das bisher Gebaute. Anscheinend war er mit dem Baufortschritt zufrieden, und der bestehende Kredit mit dreißig Jahren Laufzeit wurde monatlich ordnungsgemäß abgestottert. Die Kleine stand dabei und war mit den Eltern und dem Bruder stolz auf das Haus, das sie gebaut hatten, und die Mutter erzählte dem Herrn Hubert, dass die Kleine und ihr Bruder im Dachgeschoß eigene Zimmer bekommen würden, wenn sie das Geld vom Land bekämen. Herr Hubert lächelte die Kleine an. Die Mutter bemerkte es. Und als sie vom unausgebauten Dachgeschoß die Betonstiege wieder hinuntergingen in die provisorische Küche im Keller, mit dem Resopaltisch, wo die Mutter dem Herrn Hubert Wein und einen Aufschnitt servierte, flüsterte sie ihr zu: »Mach dem Herrn Hubert schöne Augen, damit es was wird mit dem Kredit und deinem eigenen Zimmer!«

Die Kleine wusste nicht, wie sie dem Herrn Hubert schöne Augen machen sollte. Der Blick, mit dem er sie anschaute, war ihr unangenehm. Der hatte etwas Hungriges, Verschlingendes. Am liebsten wäre sie weggegangen, aber wenn sie schon etwas dazu beitragen konnte, dass die Eltern noch einen Kredit bekamen, dann wollte sie es nicht vermasseln. Herr Hubert war alt, sicher schon fünfundzwanzig, er war stämmig, hatte ein breites Gesicht mit einem breiten Mund, aber schmale schräge Augen und einen blonden Haarschopf. Er füllte mehrere Formulare aus und ließ die Eltern unterschreiben. Beim Aufschnittessen sah er die Tuba des Bruders und unterhielt sich mit ihm über Musik, da er auch ein Blasinstrument spielte. Dann musste er weiter zu einem anderen Bauern außerhalb vom Dorf, der auch einen Kredit beantragt hatte. Er fragte die Eltern nach dem Weg, der etwas kompliziert zum Ansagen war. Da hatte die Mutter eine Idee: »Kleine, fahr doch mit, und zeig dem Herrn Hubert, wo die Silberschneider wohnen!«

Und die Kleine fuhr mit in seinem Opel Kadett und zeigte ihm den Weg, der durchs Dorf hinausführte an Maisäckern vorbei bis zum Unterholz, wo noch ein paar Häuser standen, bevor der große Wald begann. Der Herr Hubert lachte laut auf und stieg aufs Gas, als er mit der Kleinen so allein auf der Straße fuhr, und bog in einen Feldweg ein, der sich links und rechts der Maisäcker befand. Herr Hubert blieb abrupt stehen und fiel ohne ein Wort über die Kleine her, langte mit seiner dicken Zunge nach ihrem Mund, griff nach ihren Brüsten, knetete sie wie die Mutter den Brotteig und griff ihr dann unter den Rock. Die Kleine wusste nicht, ob das dazugehörte, wenn sie ihm schöne Augen machen sollte und ob die Mutter gemeint hatte, dass sie das mit sich machen lassen sollte, damit es schnell gehe mit einem neuen Kredit. Es grauste ihr vor der dicken, schleimigen Zunge des Mannes in ihrem Mund und es würgte sie, dass sie Angst hatte, sie musste gleich speiben und die Zunge vom Herrn Hubert herausspeiben aus sich. Ein bisschen hatte sie es ja schon geübt gehabt mit der Almut, sie hatten wissen wollen, wie das ist, wenn eine Zunge eine andere Zunge berührt, und beide hatten ihre Zungen herausgestreckt und sich mit den Spitzen angetupft und dann schnell wieder zurückgezuckt, weil sie es so grauslich fanden. Und nun schob ihr der Herr Hubert seinen ganzen fetten Lappen in den Mund und rührte drin herum wie mit einem großen Kochlöffel und die Kleine hatte das Gefühl, bald zu ersticken, aber sie dachte an den Kredit und an das eigene Zimmer, das sie sonst nicht bekommen würde, und was die Mutter sagen würde, wenn sie schuld wäre, dass sie nicht mehr weiterbauen könnten. Sie klammerte sich am Sitz fest und hoffte, dass der Herr Hubert bald genug hätte und aufhören würde mit dem Herumrühren in ihrem Mund. Es tat ihr weh, wie er ihre Brüste knetete und sich auf sie drauflegte, sodass sie keine Luft mehr bekam. Und als der Herr Hubert auch noch versuchte, ihr die Baumwollstrumpfhose hinunterzuziehen und seinen Seichschlauch bei ihr hineinzustecken, konnte sie nicht mehr weiter helfen, den

Kredit zu bekommen. Sie starrte den Herrn Hubert mit entsetzt aufgerissenen Augen an und wollte ihn wegschieben. Aber der Mann war schwer wie ein Gerstensack. Die Kleine griff nach der Türschnalle hinter sich und zog an. Endlich, endlich sprang die Autotür auf. Die Kleine zog sich mit einem Ruck unter dem Herrn Hubert hervor und trat ihm ins Gesicht, so fest, dass er aufschrie. Dann lief sie davon, in den Maisacker hinein. Sie lief und lief und wurde immer panischer. Was, wenn er ihr nachrannte, wenn er sie umbrachte, weil sie ihn getreten hatte? Sie hatte so etwas schon bei »Aktenzeichen XY« gesehen. Irgendwann bekam sie keine Luft mehr und blieb stehen. Sie keuchte so laut, dass sie nicht hörte, ob jemand hinter ihr her war. Und als sich ihr Atem langsam beruhigt hatte, hörte sie es überall knacken und rascheln. Sie überlegte, in welche Richtung sie weiterlaufen sollte, wenn der Herr Hubert wieder hinter ihr her war. Nur nicht zurück, dachte sich die Kleine. Sie schaute auf den Boden und sah ihre Fußspuren im Erdreich. Die konnte Herr Hubert auch sehen, wenn er sie verfolgte. Immer in der Zeile bleiben. Dann musste sie irgendwann aus dem Maisfeld herauskommen. Die Kleine stand noch eine Weile ruhig und lauschte und zitterte, als sie hörte, dass ein Rascheln näher kam. Sie hörte ihr eigenes Blut in den Ohren dröhnen. Das Dröhnen wurde immer lauter, je näher das Rascheln kam. Schließlich hielt sie es nicht mehr aus und lief davon. Eine Krähe flog auf, die Kleine lief und lief, bis sie ans Ende des Ackers kam. Sie sah schon die ersten Häuser im Dorf. Zur Straße hin wollte sie aber erst gehen, wenn sie das Dorf erreicht hatte.

Nun rannte die Kleine durch das hohe Gras. Und jetzt halfen ihr die X-Beine dabei, dass sie die langen Halme nicht zwischen die Schenkel bekam. Sie drückte sie mit jedem Laufschritt geschickt auf die Seite, ohne die Wiese niederzustampfen. Bevor sie das erste Haus erreichte, ging sie auf die Straße. Und tat, als ob sie nur einen Spaziergang gemacht hätte. Nur ab und zu drehte sie sich um und schaute, ob von hinten ein Auto kam. Als sie eines brummen hörte, bog sie ab zum Haus ihrer Großtante und ihres Großonkels. Sie war schon länger nicht mehr bei ihnen gewesen. Lange hatte die Kleine geglaubt, die beiden seien verheiratet, aber sie lebten als Geschwister zusammen. Die Tante Rosa war die jüngste Schwester der Großmutter und irgendwie kam sie der Kleinen mehr wie ein Kind vor als wie eine Großtante. Sie lachte immer sehr laut und hatte zwei Schneidezähne aus Gold. Die langen weißen Haare waren zu einem Zopf geflochten und wie ein Schneckenhaus auf ihren Hinterkopf gedreht, sodass sie als Ganzes wie eine große Schnecke mit einem kleinen Haus aussah. Sie legte größten Wert darauf, dass man Roserl zu ihr sagte und nicht Rosi, und Großtante wollte sie auch nicht genannt werden, die Kleine durfte höchstens Tante zu ihr sagen. Sie meinte auch, dass sie immer noch ein Fräulein sei. Mit den Kindern wollte sie immer Fangen spielen, und war die Kleine früher gerne zu ihr gegangen, so fand sie es inzwischen komisch, dass ihr die alte Tante Roserl immer noch nachlaufen wollte. Das Holzhaus sah von außen wie ein Hexenhaus aus, es war windschief, aber innen komplett mit Plastik abgedichtet. Die Fenster waren mit Plastikfolien so verhüllt, dass man nicht nach draußen sehen konnte. Der Holzboden war mit Plastik bedeckt und auch die Stühle und die Bettbank in der Stube waren mit einer Plastikhaut überzogen. Es roch modrig und je älter die Kleine wurde, umso mehr störte sie dieser Geruch. Die Tante und der Onkel hatten auch eine Katze, die Peter hieß. Die Peter durfte nie ins Freie und saß tagtäglich auf der Fensterbank und hoffte, durch das Plastik hindurch einen Blick auf einen Baum oder auf einen Vogel zu erhaschen.

Die Tante Roserl fühlte sich von den Nachbarn bedroht und sie fürchtete, das Gift, das sie auf ihrem Grund und auf das Haus spritzten, würde durch die Ritzen in das Haus hineindringen und sie umbringen. Und auch die Katze wäre schon längst vergiftet worden, wenn sie die Peter hinauslassen würde.

Der Großonkel hieß Rudi. Er wollte aber nicht, dass man Ruderl zu ihm sagte. Er saß den ganzen Tag am Herd und zitterte so stark mit den Händen, dass er mit den Fingerknöcheln auf die metallene Herdbank aufschlug. Es sah für die Kleine aus, als würde er sie ständig nach ihrer Haltbarkeit abklopfen. Auch seinen Kopf schmiss er in einem zittrigen Nein hin und her, sodass der Kleinen meist schon vom Hinschauen schwindlig wurde.

»Onkel, halt den Kopf einmal still«, sagte sie und konnte sich nicht vorstellen, dass es anstrengender war, den Kopf ruhig zu halten, als ihn ständig hin und her zu bewegen.

Der Großonkel hatte einen dicken, aufgezwirbelten Schnurrbart, an dessen Rändern schwarzer Kaffee klebte. Unter der Nase war der graue Bart gelb und aus der Nase wuchsen die Haare in dicken gelben Büscheln wie Palmkätzchen, bevor sie ihren Samen abwerfen.

Wenn die Kleine einfach so auf Besuch kam, musste sie dem Großonkel nur die Hand geben, das war nicht schlimm. Nur einmal im Jahr gingen alle hin, um dem Großonkel zum Geburtstag zu gratulieren. Und da verlangte er ein Geburtstagsbusserl von der Kleinen. Es grauste ihr bei dem Gedanken, vom kaffeeverpickten Schnurrbart gestreift zu werden oder gar mit seinen blauen hängenden Lippen in Berührung zu kommen, die immer halb geöffnet waren und frei in der Luft zu hängen schienen. Da der Großonkel seinen Speichel selten hinunterschluckte, war der Raum zwischen der Unterlippe und den schwarzen Stumpen, die einmal Zähne gewesen waren, immer mit dicker gelber Spucke gefüllt. Durch das ständige Kopfschütteln wurde die Spucke von einer Wangenseite auf die andere geschleudert und machte ein schmatzendes Geräusch.

Der Großonkel merkte, wie unangenehm es der Kleinen war, ihm ein Bussel zu geben. Er lachte und deutete auf seine Wange. Alle, von der Tante Roserl über den Bruder bis zu den Eltern, standen um die Kleine herum und redeten auf sie ein wie auf ein zu dressierendes Tier, sie solle sich endlich vorbeugen und dem Großonkel einen Kuss auf die Wange geben.

Die Kleine holte tief Luft, schloss die Augen und schnellte nach vor. Da drehte der sonst zittrige Onkel geschwind seinen Kopf zu ihr, und ihr Mund landete statt auf seiner Wange direkt auf seiner wabbeligen, dicken blauen Unterlippe. Sogar seinen Speichel spürte sie klebrig auf ihren Lippen.

Alle lachten laut auf, weil der Großonkel ihr diesen Streich gespielt hatte, und am meisten lachte der Großonkel selber. Die Kleine hätte heulen können vor Wut und Ekel und sie spürte einen sauren Geschmack auf ihren Lippen, der sogar Tage danach nicht verschwand, sosehr sie auch in ihrem Gesicht herumrieb und wischte.

Der Großonkel lachte noch immer und nestelte mit zittrigen Fingern einen Geldschein aus der Brieftasche. Es war ein Zwanziger. Er hielt ihn der Kleinen hin, und als sie nicht danach greifen wollte, weil es ihr nun auch vor dem Geld vom Onkel grauste, boxte die Mutter sie in die Seite und sagte: »Los, so nimm schon. Sonst war die ganze Busselei umsonst!«

Der Bruder kam nach ihr dran zum Gratulieren. Er musste den Großonkel nicht küssen. Er streckte nur die Hand hin, sagte »Alles Gute« und bekam einen Fünfziger dafür. Die Kleine ärgerte sich darüber. Als sie zu Hause die Mutter fragte, warum sie nur einen Zwanziger und der Bruder einen Fünfziger bekommen hat, meinte sie: »Weil du ihm kein gescheites

Bussel gegeben hast. Ich würde dem Großonkel zehnmal ein Bussel geben, wenn er jedes Mal einen Schein dafür auspacken würde!«

»Auch auf den Mund?«, fragte die Kleine und verzog das Gesicht vor Ekel. Die Mutter zuckte mit den Schultern. »Kommt drauf an, wie viel er dafür springen lässt!«

Der Kleinen grauste vor dem Zwanziger in ihrer Hand. Er war pickig und ihre Finger waren auch pickig, weil sie ihn schon so lange in der Hand hielt. Sie wusste nicht, was sie damit tun sollte. Selbst wenn sie damit Schokolade kaufte, würde die Schokolade pickig sein wie der Geldschein und nach den sauren Lippen des Großonkels schmecken.

Wegen dem Großonkel wäre die Kleine nie auf Besuch gekommen. Aber die Großtante hatte etwas, womit sie alle Kinder im Dorf anlockte: Eine Geh- und Sprechpuppe, die so groß war wie ein kleines Kind. Sie hatte diese Puppe beim Kastner-&-Öhler-Versand bestellt. Als die Kleine noch kleiner war, konnte sie es kaum erwarten, die Puppe zu sehen, aber die Tante machte ein großes Theater daraus, sie hielt sie lange hin und fragte sie aus, wie es in der Schule gehe und ob sie wohl fleißig lerne, bevor sie endlich mit ihr in das Stübel ging, wo die Puppe in einem weißen Spitzenkleid auf dem gemachten Bett der Tante saß.

Als die Kleine noch richtig klein war, hatte die Tante ihr erzählt, dass ihr das Christkind die Puppe gebracht habe. Und die Kleine ärgerte sich, warum das Christkind der alten Tante so eine schöne, feine Puppe brachte und ihr nur ein derbes Weichplastikpuppenkind.

Die Bettpuppe der Großtante Roserl hatte eine dunkle samtige Haut, langes glänzend schwarzes Haar und strahlend leuchtende blaue Augen. Wenn die Tante die Puppe vom Bett nahm, ihre Beine aus der Sitzhaltung drehte und sie auf den

Arm legte, fielen dichte Wimpern über ihre blauen Augen. Sie hieß Caroline. Niemand hieß so im ganzen Dorf.

Nie durfte die Kleine die Puppe berühren, sie durfte immer nur zusehen, wenn die Tante Roserl Caroline bei den Schultern hielt und über den Tisch führte. Bei jedem Schritt, den Caroline machte, bewegte sie auch den Kopf. Einmal schaute sie nach links, einmal nach rechts, immer gegengleich zu jenem Fuß, den sie gerade nach vor setzte. Auf dem Boden durfte Caroline nie gehen, der wäre nicht vornehm genug für sie gewesen. Die Kleine schaute und schaute und konnte nicht genug davon bekommen, Caroline beim eleganten Gehen und der vornehmen Kopfdrehung zuzusehen. Aber einmal über den Tisch und zurück ist genug Laufsteg für die schöne Caroline, beschloss die Tante Roserl, dann nahm sie Caroline auf den Schoß und griff ihr in den Nacken. Dort tat sie etwas Geheimnisvolles und dann redete Caroline. Die Großtante brachte sie dazu, all ihre Vorzüge aufzuzählen. Von »Ich kann gehen wie eine Prinzessin« bis zu »Ich habe schönes schwarzes Haar« ließ Caroline nichts aus, um auf ihre Schönheit und Eleganz hinzuweisen.

Nach den Besuchen bei der Großtante war die Kleine immer ganz erfüllt von der Schönheit und dem selbstbewussten Auftreten Carolines. Sie schaute dann ihr schweinchenrosafarbiges Weichplastikpuppenkind an mit den im Guss angedeuteten Haarlocken, die auch schweinchenrosa waren, und den wimpernlosen Augen ohne Lider. Einmal nahm die Kleine den schwarzen Filzstift und malte ihrer Puppe Wimpern über die ausgebleichten Augen und ein paar dunkle Locken in die hohe Stirn. Trotzdem wurde keine Caroline daraus.

Die Kleine wollte wissen, warum das Christkind der Tante so eine vornehme Puppe brachte und ihr nicht, und die Tante Roserl sagte: »Ich bin immer sehr brav gewesen!«

Die Kleine schmollte, und die Tante versprach ihr, dass sie Caroline erben würde, wenn sie einmal starb.

Und wieder war ihr die Christkindgeschichte um eine Spur komischer erschienen. Hieß das denn, dass die Mutter und die Großmutter doch nicht so brav waren, wie sie immer taten, denn ihnen hatte das Christkind noch nie so eine schöne Puppe gebracht, oder brachte das Christkind der Tante Roserl nur deshalb eine so schöne Puppe, weil sie kein Kind hatte, das sie aus- und anziehen und spazieren führen konnte?

Die Kleine fragte die Großmutter, warum der Onkel und die Tante keine Kinder hatten und warum sie nie geheiratet hatten. Die Großmutter sagte, dass die Tante Roserl nie weg habe wollen von daheim und alle Frauen vertrieben hat, die der Onkel Rudi je heimgebracht hat. Und so sei ihm nur die Roserl geblieben.

Abends betete die Kleine mit der Großmutter, und heimlich, als sie schon fertig waren, fügte sie dem Gebet so leise hinzu, dass die Großmutter es nicht hören konnte: »Lieber Gott, lass bitte die Tante Roserl bald sterben, damit ich die schöne Caroline erben kann!«

Aber der liebe Gott erhörte die Kleine nicht, und jedes Mal, wenn sie an die Haustür der Tante Roserl klopfte, schlurfte sie heran und fragte mit krächzender Stimme, wer denn draußen sei. Oft lief die Kleine gleich wieder weg, bevor die Tante öffnete, weil sie nur wissen wollte, ob die Tante noch lebte. Und manchmal zeigte ihr die Tante die schöne Caroline gar nicht, wenn sie sich nicht gut fühlte und lieber über ihre Krankheiten reden wollte. Dann rülpste sie der Kleinen schon entgegen und verdrehte die Augen, weil ihr so schlecht war und sie wieder etwas aus dem Garten gegessen hatte, das vergiftet war. Die Kleine starrte sie unentwegt an und hoffte, dass die Vergiftung ausreichte für einen schnellen Tod der Tante Roserl, aber nach anfänglichem Jammern erholte sie sich bald wieder und fing an, über die Leute im Dorf zu schimpfen, die sie alle umbringen wollten. Die Kleine verstand nicht, warum die anderen das wollten, denn die Einzige, die einen Grund dafür gehabt hätte, wäre sie gewesen. Einmal konnte die Kleine es nicht lassen und fragte die Tante, wann sie denn sterben werde. Da seufzte sie und blickte so weit in den Himmel, dass nur mehr das Weiße in ihren Augen zu sehen war und sagte: »Bald. Sehr bald!«

»Schau an, schau an, welch ein seltener Besuch«, sagte die Tante vorwurfsvoll, »du kommst ja gar nicht mehr vorbei!«

»Aber jetzt bin ich da«, antwortete die Kleine und gab der Großtante einen Kuss auf die Wange, als sie ihr das Gesicht mit den Bartstoppeln am Kinn vor die Augen hielt. Dem Großonkel, der am Herd saß, rauchte, schwarzen Kaffee trank und seinen Herdplattenrhythmus klopfte, hielt sie die Hand hin, die er mit seinen zittrigen Fingern ergriff.

Die Tante jammerte zwar noch immer, wie schlecht es ihr ging. Aber die Kleine war inzwischen so groß, dass sie nicht mehr nach Caroline fragte und auch nicht mehr um den Tod der Großtante betete, weil sie nicht mehr interessiert daran war, die Puppe zu erben.

Die Tante Roserl grapschte nach einer Brust der Kleinen und sagte: »Jetzt hast du schon eine richtige Brust!« Der Kleinen war das unangenehm, sie wollte nicht darüber reden.

»Jetzt musst du aufpassen. Jetzt sind die Buben hinter dir her. Wenn man einmal eine Brust hat, sind alle hinter einem her!«

»Tutteln«, sagte der Großonkel und lachte, dass man seine gelben Stummeln sah, und nickte. »Tutteln hat sie jetzt, die Kleine. Richtige Tutteln, wie eine Große!«

Es war ein seltsames Lachen und der Großonkel hörte nicht

auf damit. Immer wieder sagte er »Tutteln« und gluckste vor sich hin, so lange, bis es sogar der Großtante zu viel wurde und sie sagte: »Jaja, Rudi, wir haben es gehört. Ist schon gut!«

Der Kleinen war das alles peinlich und am liebsten wäre sie sofort wieder gegangen, aber sie traute sich nicht, solange ihr kein Grund einfiel, da sie ja erst gekommen war.

»Du musst deine Brust einpacken«, fuhr die Tante Roserl fort. »Sonst wackelst du daher wie eine Milchkuh. Warte einmal, ich schau, ob ich ein Brustgeschirr habe, das dir passen könnte!«

Die Kleine schüttelte den Kopf: »Nein, danke, Tante Roserl. Die Oma kauft mir das schon!«

»Deine Oma«, sagte die Tante und wischte sie mit der Hand weg, »die weiß ja nicht einmal, was eine Brust ist. Die hat nie eine gescheite Brust gehabt. Bei der hat es nicht einmal zum Stillen gereicht. Was soll die schon über ein anständiges Brustgeschirr wissen?«

»Tutteln«, sagte der Onkel Rudi wieder und gluckste.

»Du musst ein Brustgeschirr umschnallen, sonst fängt bald alles zu hängen an. Und dann hast du die Brust am Bauch. Das ist nicht schön bei einem jungen Mädchen!«, fuhr die Tante fort.

»Und wenn die Tutteln bis zu den Knien hängen, kannst du Fußball spielen damit«, mischte sich der Onkel Rudi wieder ein und gluckste und gluckste. »Opferbeutel«, fügte er unter Lachen hinzu, »schauen dann aus wie Opferbeutel.« Und die Kleine stellte sich die samtroten Beutel in der Kirche vor, die der Mesner an einer Stange hielt und mit denen er in der Kirche herumging und in die man das Geld fallen ließ, das während der Messe abgesammelt wurde. Solche Beutel wollte sie nicht mit sich herumtragen müssen, und sie wollte die Großmutter gleich um Geld für einen BH fragen, wenn sie heimkam, denn ein altes Brustgeschirr der Tante Roserl wollte sie nicht haben, und überhaupt Brustgeschirr, war sie ein Pferd oder was, dass sie ihr gleich ein Brustgeschirr anlegen wollte?

Ob sie denn unwohl auch schon sei, wollte die Tante wissen. Der Kleinen war es noch peinlicher, über das Blut zu reden, das jetzt monatlich zwischen ihren Beinen herauskam, und schon gar neben dem depperten Großonkel, von dem sie nicht wusste, was ihm dazu vielleicht einfiel und was er daran lustig fand.

Sie schüttelte den Kopf. Aber die Tante ließ nicht locker: »Das wird auch bald kommen, wenn du schon so eine große Brust hast. Hat dir deine Mutter noch nichts gesagt?«

Die Kleine schüttelte wieder den Kopf und hoffte, dass die Tante dann aufhörte mit der Rederei. Aber nein, sie fuhr erst recht damit fort: »Da wirst du dann alte Handtücher und Fetzen brauchen zum Einlegen in die Hose, damit nicht alles blutig wird. Warte einen Moment, ich geh ins Stübel schauen, ob ich noch welche aufgehoben habe. Die kann ich dir gleich mitgeben, weil ich sie nicht mehr brauche. Bei mir hat das zum Glück schon aufgehört, ich war froh, wie das wieder weg war, das rote Glumpert.«

»Nein danke«, beeilte sich die Kleine zu sagen. »Die Mutter hat bestimmt genug davon. Und wenn nicht, dann komm ich, wenn ich sie brauche!«

»Aber wenn du schon da bist, du kommst ja eh kaum noch, und für die Caroline interessierst du dich auch nicht mehr. Musst nur sagen, wenn du sie nicht mehr willst, dann vererbe ich sie einem anderen Kind!«

Die Kleine wollte nicht unhöflich sein und die Tante Roserl auch nicht enttäuschen und sagte, dass sie die schöne Caroline noch immer haben wolle, und sie ließ sich einen ganzen Plastiksack voll alter rostbrauner Fetzen aus zerrissenen

Unterleiberln vom Onkel Rudi und zerschlissener Handtücher mitgeben. Aber es grauste ihr so davor, dass sie nur überlegte, wo sie den Sack hinwerfen könnte, ohne dass irgendjemand es merkte.

Der einzige Ort, wo man wirklich etwas loswerden konnte, war die Ziegellacke am Waldrand. Dort wurde früher Lehm abgebaut. Und nun war dort eine Grube mit Wasser, die mit Müll aufgefüllt wurde. Alle Leute brachten ihr Zeug dorthin, wenn sie es nicht mehr brauchten. Alte Kühlschränke, kaputte Fahrradgestelle oder Sardinendosen, aber auch Bücher und Zeitschriften, und die Kleine fuhr immer wieder einmal mit dem Rad dorthin und schaute, was sie finden konnte. Am meisten interessierten sie Zeitschriften, in denen Schlagersänger abgebildet waren. Am liebsten waren ihr die »Bravo«-Hefte, da wurde seitenweise über das Leben von Sängern berichtet, die sie im Radio hörte. Von Peter Maffay über Peter Kraus bis zu Udo Jürgens und Bernd Clüver. Und manchmal war auch noch ein Poster drin in der Zeitschrift, das sie dann im Zimmer aufhängte, neben dem Heiligenbild mit dem Riesenengel und den beiden Kindern. Gern mochte sie auch die Foto-Love-Story und die Seite von Doktor Sommer, der die Fragen der Jugendlichen zum Thema Sex und Liebe beantwortete. Gern hätte sie auch einmal einen Starschnitt gesammelt. Aber dafür hätte sie die Hefte kaufen müssen und so viel Geld bekam sie nicht. Wenn man jede Woche die Ausschnitte eines Stars sammelte und dann zusammenklebte, bekam man irgendwann ein Poster in Lebensgröße zusammen. Gerne hätte sie Bernd Clüver oder Peter Maffay in Lebensgröße neben ihrem Bett an die Wand geklebt. Bei Peter Maffay wäre sie vielleicht enttäuscht gewesen, denn seine Lebensgröße war viel kleiner als sie im Fernsehen aussah, und zu ihm hätte sie längst nicht mehr aufschauen können. »Du«, hat er gesungen, »du bist alles, was ich habe auf der Welt, du bist alles, was ich will. Du allein kannst mich versteh'n, Du darfst nie mehr von mir geh'n!« Ja, die Kleine wäre gerne die gewesen, die der Peter Maffay unbedingt wollte, und der er versprach, dass er sie nie im Stich lassen würde, denn er gefiel ihr mit seinem sanften Gesicht mit dem Muttermal über der Oberlippe. Sie schaute im Fernsehen nun am liebsten »Spotlight«, die Sendung mit Peter Rapp, wo der Maffay und die anderen Sänger auftraten. Und wenn der Maffay sang, schaute er so ernst dabei, dass sie ihm jedes Wort glauben musste, das er aus seinem Innersten aus sich hinausschrie in die Welt.

Nun stand sie aber da mit dem Sack Fetzen und wusste nicht, wohin damit. Zur Ziegellacke wollte sie nicht fahren, denn es konnte ihr immer noch der Herr Hubert entgegenkommen.

Als sie auf der Dorfstraße ging, mit dem Sack in der Hand, kam sie beim Dorfkreuz vorbei. Dort hing Jesus mit schmerzverzerrtem Gesicht und blutete aus seinen fünf Wunden. Dort passen die Fetzen hin, dachte die Kleine, genau unter das Kreuz, damit all das Blut aufgefangen wird und nicht auf die Erde tropfen muss. Sie stellte den Sack ab, bekreuzigte sich und starrte das Gesicht des Herrn Jesus so lange an, bis sie ein sanftes Lächeln darin sah. Dann ging sie nach Hause.

Die Mutter lauerte schon hinter der Tür mit ihrer Neugierde. »Und? Hast du dem Herrn Hubert das Haus gezeigt?«

Die Kleine nickte.

Die Mutter sah ihre schmutzigen Schuhe. »Warum schauen deine Schuhe so aus?«

»Bei den Silberschneiders war ein Gatsch vor dem Haus!«

»Hast du was geredet mit dem Herrn Hubert? Der hat viel zu sagen bei der Landesregierung!«

Die Kleine nickte wieder. Sie zog die Schuhe aus und ging ins Bad. Dort wusch sie erst einmal ihr Gesicht und spülte den

Mund aus, in dem sie noch immer den Zungenklumpen vom Herrn Hubert spürte. Der Mutter wollte sie nicht erzählen, was sie erlebt hatte, obwohl sie wahrscheinlich eh schon alles kaputtgemacht hatte mit ihrem Tritt in das Herr-Hubert-Gesicht. Aber dann sollten die Eltern wenigstens nicht wissen, dass sie schuld war, wenn es kein Geld mehr gab. Und das eigene Zimmer im Dachgeschoß hatte sie sich auch verpatzt.

Die Kleine bekam das Bild von den Opferbeuteln nicht mehr aus dem Kopf, die bald an ihr herunterhängen würden, wenn sie sich keinen BH umschnallte. Sie fragte die Großmutter um Geld für einen BH. Die Mutter wollte sie nicht bitten, die hätte ihr wahrscheinlich einen alten von sich selber angedreht. Die Großmutter gab ihr das Geld, und nach der Schule begleitete sie Karin aus ihrer Klasse, die auch schon einen Busen hatte und einen BH trug, ins Geschäft im Markt, das Unterwäsche verkaufte. Allein wäre es ihr viel zu peinlich gewesen, nach einem BH zu fragen, aber zu zweit ging das irgendwie. Allerdings hatten sie nur gefütterte BHs mit einem Reifen drin und die Verkäuferin sagte, das gehört sich so, dass der Reifen die Brust stützt, und Karin hatte auch einen solchen BH an. Und so kaufte ihn die Kleine und war unglücklich damit, weil ihr Busen durch den Reifen und den gefütterten Stoff noch einmal so groß aussah wie davor ohne BH.

In der Nacht hatte es ziemlich gestürmt und als sie nach dem BH-Kauf nach Hause kam, sah sie rotbraune und graue Fetzen an den Bäumen und Sträuchern hängen. Der Wind hatte den Plastiksack vom Kreuz weggetragen und die Leiberln und Handtücher im Dorf verstreut. Die Kleine tat, als hätte sie keine Ahnung, was da durch die Luft geflogen war. Die Mutter holte aber mit dem Obsthaken zwei Leiberln, die sich in den Zweigen verfangen hatten, vom Fetzenbaum und legte sie zur

Schmutzwäsche. »Wenn sie gescheit gewaschen werden, kann man sie immer noch brauchen«, sagte sie. Und die Kleine hoffte, dass der Wind weiter wirbelte und die anderen grauslichen Fetzen weit weg brachte, am liebsten bis zur Ziegellacke, wo sie dann wie der andere Mist angezündet würden, wenn sie nicht direkt im Wasser landeten.

Manchmal, bei ungünstigem Wind, kam der Rauch vom angezündeten Abfall direkt bis ins Dorf und kratzte den Leuten die Kehle auf und trieb ihnen Tränen in die Augen. Das ging erst wieder vorbei, wenn der Wind sich drehte.

Der Lindner-Traktor zeigte Altersschwächen. Er starb oft mitten in der Arbeit ab und musste immer häufiger zur Reparatur. Außerdem wäre es schön gewesen, einen Traktor mit Verdeck zu haben, der ganz hohe Profilräder hatte und mit dem man auch bei Regenwetter mähen oder pflügen konnte oder ins Lagerhaus fahren und Kunstdünger holen, ohne dass man sich den Gummimantel anziehen musste. Alle Bauern im Dorf hatten schon einen Traktor mit Verdeck. Der größte Bauer hatte sogar einen mit Sitzheizung. Nicht der Vater, der hatte seinen Bus, aber der Bruder hätte gerne einen neuen Traktor gehabt. Er arbeitete schon fleißig mit auf dem Hof und im Winter besuchte er die Landwirtschaftliche Fachschule.

Der Landmaschinenhändler sollte mit Prospekten kommen und alle Modelle zeigen, die es gab, nicht nur die, die er in seinem Betrieb als Ausstellungsstücke stehen hatte. Es kam aber der Sohn vom Landmaschinenhändler, der im elterlichen Betrieb arbeitete. Einen McCormick hätte der Bruder gerne gehabt, das war der modernste auf dem Markt. Dem Vater war es egal welcher, sein Bus war sowieso größer als jeder Traktor. Hauptsache, dass er preislich einigermaßen leistbar war, und den alten tauschte der Händler zum Glück ja ein. Außerdem spekulierten die Eltern damit, dass sie einen Teil des neu gewährten Kredits verwenden würden, um den Traktor zu bezahlen, und die Kleine hatte ein schlechtes Gewissen und dachte, sie muss den Eltern endlich sagen, dass es nichts werden wird mit dem neuen Kredit, so wie sie den Herrn Hubert ins Gesicht getreten hat, aber es war ihr peinlich, darüber zu reden, und sie hatte auch keine Worte für das, was alles passiert war, als sie mit dem Herrn Hubert im Auto mitfahren musste. Und so sagte sie nichts darüber und meinte nur, dass sie es gerne hätte, wenn der neue Traktor wieder rot wäre so wie der alte, und schön sollte er sein, obwohl sie nicht genau wusste, was an einem Traktor schön war und was nicht.

Er war sehr groß, hatte schulterlanges blondes Haar und ein weiches Gesicht. Der Druck seiner großen Hände war leicht und angenehm trocken. Die Kleine musste schlucken, obwohl sie nichts im Mund hatte außer der eigenen Spucke. Was war das für ein seltsames Gefühl, das da plötzlich in ihrem Bauch herumschaukelte und sie beinahe schwindlig machte? Der Sohn hieß Hans, wie sein Vater, und er sagte gleich, dass man ihn mit dem Vornamen ansprechen solle, und er schaute neugierig zur Kleinen und fragte: »Und wie heißt du?«

Die Kleine musste sich räuspern, es blieb ihr fast die Stimme weg, als sie ihren Namen sagte, und Hans nickte und meinte: »Auch dein Name ist hübsch!«

Die Mutter lachte seltsam hoch auf, und die Kleine wusste nicht, ob er seinen eigenen Namen hübsch fand oder sie, noch bevor er ihren Namen kannte. Sie schaute dem Hans in die Augen und er schaute ihr in die Augen und sie musste heftig atmen und dachte, jetzt müsste ich es eigentlich sagen, dass es nichts wird mit dem neuen Traktor, jetzt wäre es höchste Zeit, aber sie wollte den Hans wiedersehen und wenn sie jetzt vom Herrn Hubert erzählt hätte, wäre der Hans wohl aufgestanden und gegangen und nicht wiedergekommen, weil es kein Geld für einen neuen Traktor gab. Und so sagte sie nichts und tat, als würde sie sich auch für die Prospekte interessieren und blätterte drin herum und wenn ihr der Hans einen neuen Prospekt herüberreichte, spürte sie für einen ganz kurzen Moment, wie seine Fingerspitzen ihre streiften, und sie spürte sie noch immer, auch wenn er seine Hände längst wieder bei sich selber hatte. Sie schaute verstohlen auf seine Finger, die schlank waren und bei den Nägeln ganz sauber und ohne Risse an den Fingerkuppen. Niemand hatte in der Familie solche Hände. Die hatten sonst nur die Lehrer und der Pfarrer. Und sie hörte seine angenehme Stimme und er redete auch anders als die Eltern, sagte »Traktor« statt »Trakter« und »euch« statt »eich« und »Sohn« statt »Bua«.

Er hatte das Modell, für das der Bruder sich am meisten interessierte, nicht in der Ausstellungshalle stehen, aber er kannte einen Bauern, der genau so einen Traktor gekauft hatte, und er schlug dem Bruder vor, mit ihm zu diesem Bauern zu fahren und ihn zu bitten, ob der Bruder ihn ausprobieren dürfe. Das war allen in der Familie recht so, und als er aufstand, um wieder zu gehen, schaute er der Kleinen fest in die Augen und fragte, ob sie in zwei Wochen zum Ball der Landwirtschaftlichen Fachschule kämen. Die Mutter sagte sofort zu, natürlich würden sie gehen, weil der Bruder den Ball dort mit einer Polonaise eröffnen werde. Ob sie die Tochter auch mitnehmen würden, wollte Hans wissen.

Der Vater und die Mutter schauten einander an und die Kleine spürte ihr Herz im Hals schlagen und dachte: »Ja, bitte sagt Ja!«

Als der Hans sich verabschiedete, gab er jedem die Hand und bei der Kleinen legte er kurz seine linke Hand auf ihre rechte drauf und sagte: »Dann sehen wir uns ja bald wieder!«

Und als er draußen war aus der Kellerküche, sagte die Mutter: »Du gefällst dem Hans«, und der Kleinen war das peinlich, sie wusste nicht wohin mit ihrer Aufregung und lief die Kellerstufen hinauf ins Zimmer, legte sich aufs Bett und begann zu heulen. Die Großmutter saß auf einem Stuhl und betete Zeitung. Die Kleine sagte immer, die Oma betet die Zeitung, weil sie beim Lesen die Lippen bewegte. Und jetzt fragte die

Oma, warum sie denn weine und die Kleine sagte, sie wisse nicht wieso. Sie wusste es wirklich nicht, aber sie wollte nicht vor der Mutter weinen, die sie vielleicht ausgelacht hätte, weil die Kleine nicht wusste, wohin mit dem um sich schlagenden Herzen im Hals und der Hollywoodschaukel im Bauch.

Ein Dirndl. Ein Dirndl sagten sie, brauche sie für den Ball. Ein Dirndl würde ihr gut stehen, wenn es schön weit ausgeschnitten war bei der Brust. Sie habe den richtigen Busen dafür. Und möglichst lang solle es sein, damit man ihre schiefen Haxen nicht sehe. Die Mutter würde mit ihr einkaufen gehen. Ein Dirndl würde sie jetzt öfter brauchen, wenn sie mitgehen wolle auf die Bälle im Winter und auf die Zeltfeste im Sommer. Und im Dreivierteltakt tanzen müsse sie auch lernen, damit sie nicht nur herumhocke den ganzen Abend und damit sie ordentlich aufgefordert werde von den größten Bauernsöhnen mit dem meisten Grund.

Die Mutter war ganz aufgeregt. Sie drehte das Radio lauter, sie nahm die Kleine an den Armen, zog sie in die Mitte der Küche im Keller und drehte sich mit ihr im Kreis. Dabei machte sie komische, hüpfende Schritte und die Beine der Kleinen verschlangen sich mit den Beinen der Mutter. »So musst du es machen, einszweidrei, einszweidrei«, sagte die Mutter und hüpfte im Kreis wie eine wild gewordene Wachtel.

Die Kleine wollte es lernen, wollte es dann ja können auf dem Ball, wenn sie den Hans wiedersah und er mit ihr tanzen würde. Sie drehte sich auch im Kreis und machte es der Mutter nach. »Der Wechselschritt«, sagte die Mutter. »Du darfst auf den Wechselschritt nicht vergessen. Du drehst dich ja im Kreis wie ein Kind!« Die Mutter machte ihr den Wechselschritt vor, auch beim Geradegehen, und sprang weiter herum wie ein aufgeregter Vogel. Die Kleine machte es ihr nach, auch wenn sie sich komisch dabei vorkam, und der Doppelschritt gelang ihr auch, solange es geradeaus ging. Aber kaum drehte sie sich im Kreis, kamen ihr die Schritte durcheinander und sie wusste nicht mehr, welcher der linke Fuß war und welcher der rechte, und sie musste aufpassen, dass sich ihre Beine nicht miteinander verknüpften, vielleicht so stark, dass sich der Beinknoten dann nicht mehr lösen ließ. Und wieder nahm die Mutter die Kleine an den Armen und tat das, was für sie selber eine Leichtigkeit war und immer eine Leichtigkeit gewesen war, und wo die Mutter aufblühte, ein Funkeln in den Augen bekam, wo plötzlich alles Gebückte und Schwere weg war und sie der Kleinen ganz fremd wurde, so wie sie sie anglitzerte und anfunkelte in ihrer Herumschweberei.

»Tanzen war immer meines«, sagte die Mutter, »und als ich jung war, habe ich mich gedreht, bis der Tanzboden ein Loch gehabt hat! Und heimgegangen bin ich erst, wenn es hell geworden ist und Zeit zum Viehfüttern und Melken war!«

Sie nickte für sich selber und erinnerte sich und bekam ein ganz weiches Lächeln um den harten Mund.

»Und den Vater? Den hast du beim Tanzen kennengelernt?«, wollte die Kleine wissen. Aber da war es auch schon wieder vorbei mit dem weichen Lächeln.

»Ach wo«, sie wischte den Gedanken der Kleinen auch gleich mit der Hand beiseite. »Der hat doch kein Gefühl für so etwas. Den habe ich mein Lebtag noch nie tanzen gesehen.«

Dann glänzten die Augen der Mutter aber wieder wie die kleinen Glaskugeln, mit denen die Kleine früher gerne gespielt hatte.

»Aber meine Brüder. Die hättest du sehen sollen. Wir haben keinen Samstag ausgelassen, wenn irgendwo ein Ball oder ein Zeltfest war. Und solange die Musik gespielt hat, waren wir auf dem Tanzboden!«

Sie griff abermals nach den Armen der Kleinen und drehte ihre Tochter zur Hmtatahmtata-Musik im Kreis. Und die Kleine kam wieder nicht mit den schnellen Schritten mit und ließ sich schleifen, bis die Mutter ungeduldig wurde und sagte: »Jetzt komm schon, stell dich nicht so an. So schwer ist das nicht. Ich will mich doch nicht genieren mit dir, wenn dich die feschen Burschen zum Tanzen holen und du springst herum wie ein Rumpelstilzchen!«

Die Kleine wollte der Mutter gefallen und bemühte sich, aber sosehr sie sich auch anstrengte, sie bekam das nicht hin mit den Doppelschritten im Kreis. Wenn es ihr gelang, dann ging sie geradeaus und der Mutter davon, sodass sie die Kleine wieder einfangen musste, um mit ihr weiterzutanzen. Aber ihre Beine kamen der Mutter immer wieder in den Weg, bis die Mutter sie wegschob und sagte: »Schau mir einfach zu, vielleicht lernst du es dann schneller!«

Die Mutter hatte ihre Arme in einem weiten Bogen ausgebreitet, als würde sie jemanden umarmen, und neigte den Kopf auf die Seite, als würde sie etwas hören, was die Kleine nicht hörte, und lächelte, und es war der Kleinen, als würde die Mutter schweben, wie sie die Mutter noch nie hatte schweben gesehen, ganz woanders schien sie zu sein und ihre Beine bewegten sich so flink, dass der Kleinen ganz schwindlig wurde beim Zuschauen.

»Und den Vater vom großen Bruder, hast du den beim Tanzen kennengelernt?«, wollte die Kleine wissen. Die Mutter machte plötzlich die Augen zu und drehte sich noch schneller und schrie fast, so aufgeregt war sie: »Der konnte tanzen wie ein Gott. Kein Wunder, dass alle Weiber auf ihn geflogen sind! Den hättest du sehen müssen! Damals!«

Die Kleine konnte sich aber nichts vorstellen darunter, denn Gott hatte sie sich immer als einen behäbigen alten Mann vorgestellt und Jesus schien auch nicht der Schnellste zu sein, wenn er es nicht einmal schaffte, vor den Soldaten am Ölberg davonzulaufen. Und ein tanzender Jesus zur Hmtatahmtata-Musik? Vielleicht gar in Lederhosen und kariertem Hemd? Oder im Steireranzug?

Die Mutter blieb stehen, als die Musik im Radio zu Ende war, und atmete heftig. Sie strich sich die Mantelschürze glatt und fuhr sich durchs Haar, das ihr in die Stirn gefallen war.

»So«, sagte sie, »genug mit den Dummheiten. Die Arbeit wartet!«

Die Kleine probierte schon das vierte Dirndlkleid und wurde immer unglücklicher. Sie hasste die Rüschenbluse mit dem weiten Ausschnitt, und wenn sie den dicken Leib des Kleides darüberzog und unter der Brust festschnürte, schob das harte Korsett ihren Busen in die Höhe. Als sie sich im Spiegel sah, kam es ihr vor, als hätten sich ihre Arschbacken auf die Brust gesetzt, und sie griff nach ihrem Hintern, ob sie wirklich noch dort waren, wo sie hingehörten. Sie bekam keine Luft und die Tränen standen ihr in den Augen. So etwas konnte dem Hans nicht gefallen, da war sie ganz sicher. Außerdem waren ihre Hüften breit wie bei einer Suppenhenne durch den von der Taille abwärts in Falten gelegten Stoff. Aber die Verkäuferin und der Besitzer des Modegeschäfts schlugen vor Begeisterung die Hände zusammen, weil sie ein richtiges Dirndlmannequin sei.

»So eine schöne Büste«, sagte der Mann. »Wenn du wüsstest, wie wenige Mädchen so eine Büste haben, würdest du das Dirndl mit stolzgeschwellter Brust tragen!«

Doch die Kleine ging zu den Abendkleidern und fragte die Mutter, ob sie eines probieren dürfe.

»Aber die Dirndln passen dir doch gut. Außerdem haben

dort alle eines an, wie schaut das denn aus, wenn du mit etwas anderem daherkommst.«

Die Kleine überlegte, wie sie die Mutter überzeugen konnte, ihr etwas anderes für den Ball zu kaufen. »Aber sie sind zu kurz. Schau einmal, die Dirndln hören schon bei den Knien auf und dann sieht man meine komischen Beine und dass ich sie beim Tanzen nicht gescheit bewegen kann.«

»Das wirst du schon noch lernen. Das haben noch alle gelernt!«

»Aber wenn nicht? Wenn ich das Talent zum Tanzen vom Vater habe? Dann ist besser ein langes Kleid, wo man das nicht so sieht.«

Die Mutter fragte den Modegeschäftinhaber nach einem langen Dirndl. Er zeigte ihr welche, aber die waren so prunkvoll, aus Brokatstoff und mit Verzierungen und um so vieles teurer als die normalen, dass die Mutter gleich abwinkte.

Die Kleine stierte wieder nach der Stange mit den schwarzen Abendkleidern. Eines war ganz hochgeschlossen, dafür ohne Ärmel. Sie nahm es vom Haken und fragte die Mutter, ob sie es probieren dürfe, nur einmal probieren. Und sie wartete nicht ab, ob die Mutter es erlaubte, sie schlüpfte in die Kabine damit. Das schwarze Kleid aus Kunstseide fiel wie von selbst über ihren Körper. Kein Schnüren in Haken und Ösen wie bei einem Bergschuh war notwendig, ein Reißverschluss an der Seite und fertig war die Ballgarderobe. Bis zum Hals reichte das Kleid und dort, wo bei den Dirndlkleidern nichts als Ausschnitt war, schmückten ein paar Glitzersteine das nicht vorhandene Dekolleté. Und statt der Puffärmel war es unter der Achsel ausgeschnitten und zeigte ihre geschmeidigen Arme. Ja, so gefiel sie sich, das Kleid saß locker auf ihrem Körper, der Busen war nur auszumachen, wenn sie sich bewegte und das Kleid nachgab, als wäre es ein duftiger Schleier. Sie wollte dieses Kleid und kein Dirndl. Sie schaute auf den Preis und konnte auch damit argumentieren. Die Baumwolldirndln waren teurer als das schwarze Kunstseidenkleid. Sie kam aus der Garderobe und strahlte. Aber heraußen strahlte niemand.

»Wie schaut denn das aus? Du bist ja komplett nackt auf den Armen bis unter die Achseln!«, sagte die Mutter.

Und der Modegeschäftsbesitzer meinte: »Mir hat sie im Dirndl besser gefallen. Hier ist die ganze Büste weg!«

Und die Verkäuferin: »Mehr zum Schauen haben die Burschen sicher beim Dirndl!«

»Ich will aber das«, sagte die Kleine bestimmt.

»Das kauf ich dir aber nicht. Du bekommst ein Dirndl!«, antwortete die Mutter.

»Ich will kein Dirndl!«

»Du bekommst ein Dirndl oder gar nichts!«

»Gut, dann will ich gar nichts!«, sagte die Kleine. »Und ich geh auch nicht mit auf den Ball!«

Lieber wollte sie dem Hans gar nicht begegnen als in diesem lächerlichen Dirndlkleid. Lieber wollte sie zu Hause sitzen und um den Hans weinen, als ihn lachen zu sehen, weil sie in diesem blöden Dirndl daherkam.

Die Mutter schnaufte: »Nimm eines der Dirndln und dann gehen wir!«

»Wir können gleich gehen, ich nehme kein Dirndl!«

»Kein Dirndl, kein Ball!«

Die Kleine sah der Mutter fest in die Augen und zuckte mit den Schultern.

»Und was ist mit dem Hans?«, fragte die Mutter. »Was wird der Hans sagen, wenn wir dich nicht mitbringen?«

Die Kleine zuckte nochmals mit den Schultern.

Die Mutter kniff die Lippen zusammen. Machte sie kurz noch einmal auf und sagte: »Nimm den blöden Fetzen!«

Das ließ sich die Kleine nicht zweimal sagen. So schnell konnte die Mutter nicht schauen, wie sie herausschlüpfte aus dem schwarzen Fließkleid und es dem Modehausbesitzer in die Hand drückte, damit er es einpackte.

Ja, die meisten hatten ein Dirndl an. Aber die Mutter trug ein graues Trachtenkostüm mit einer weißen Bluse drunter, der Vater einen Salonsteirer. Der Bruder hatte einen Tisch für seine Eltern reserviert. Die Leute drängten sich in den Räumen. Die Schulklassen waren zu Gaststuben umgewidmet worden. Die Schulbänke trugen weiße Tischtücher, die Stühle waren mit einem Polster belegt und als Sessel verkleidet. Die Kleine war stolz, als sie ihren Bruder in dem blumengeschmückten Saal die Eröffnungspolonaise tanzen sah. Die Leute standen dicht gedrängt am Rand des Festsaals. Die Kleine schaute, ob sie den Hans sah. Er war so groß, er hätte herausstechen müssen aus der Masse. Aber nein, kein Hans weit und breit. Einerseits sah sie dem Bruder gerne zu, wie er mit seiner Tanzpartnerin einherschritt und im Gleichklang mit den anderen Tänzern komische Figuren machte, andererseits konnte sie kaum erwarten, dass die Eröffnung zu Ende war und der Hans endlich schauen konnte, wo sie war. Die Polonaise endete damit, dass die Musikkapelle einen Walzer spielte und die Burschen mit ihren Partnerinnen im Kreis tanzten. Der Bruder wirbelte seine Tanzpartnerin herum, dass die Beine nur so durch die Gegend flogen. Und die Mutter stieß der Kleinen mit dem Ellbogen in die Seite und sagte: »Da, schau dir deinen Bruder an. Der hat das Tanzen im Blut!«

Nach und nach gingen auch andere Gäste auf die Tanzfläche und mischten sich unter die Eröffnungstänzer, und bald war der Tanzboden so voll, dass der Bruder in der Menge verschwand.

Zusammen mit den Eltern setzte sich die Kleine wieder an den reservierten Tisch in einem der Klassenzimmer. An dem Tisch saßen auch andere Leute im Alter der Eltern und fingen an sich zu unterhalten. Die Kleine suchte nur nach dem einen Gesicht. Ein anderer Bursch kam vorbei und forderte sie zum Tanzen auf, aber sie lehnte ab, sie wollte nicht riskieren, dass der Hans vorbeikam und sie womöglich nicht fand.

Die Mutter zischte sie an: »Warum gehst du nicht mit?«

Die Kleine zuckte mit den Schultern: »Ich kann ja nicht tanzen, hast du gesagt!«

»So wirst du es auch nicht lernen, wenn du am Tisch hocken bleibst!«

Irgendwann an dem Abend kam auch der Bruder vorbei.

»Geh, nimm deine Schwester und bring ihr das Tanzen bei«, sagte die Mutter. Und wieder verweigerte die Kleine und sagte: »Üben können wir zu Hause auch. Wie schaut das denn hier aus, wenn ich es nicht kann!«

Der Bruder forderte die Mutter auf, die plötzlich ihre Lippen kokett stülpte und mit den halbhohen Stöckelschuhen, die sie sonst nur beim Kirchgang trug, so elegant ging, wie die Kleine es bei ihr noch nie gesehen hatte. Sie schlich der Mutter und dem Bruder nach und wollte ihnen zusehen, wie sie mit ihren Beinen um sich warfen, und sie hoffte, beim Zuschauen etwas zu lernen. Und wie sie ihnen nacheilte, stand plötzlich der Hans mitten im Weg und nahm sie an der Hand. »Da bist du ja«, sagte er. »Wo hast du dich versteckt?«

Sie brachte keinen Ton heraus, so aufgeregt war sie. Sie schaute nur stumm zu ihm hinauf und nickte, als er sie fragte, ob sie mit ihm tanzen gehe.

Er zog sie aber nicht auf die Tanzfläche, sondern ging mit ihr eine Treppe hinunter und dort war es dunkel und verraucht und Musik vom Plattenspieler war zu hören. Eine schnelle

Nummer, bei der der Hans die Kleine herumwirbeln wollte, die sich aber immer in den eigenen Beinen verhedderte. Sie lachte verlegen und der Hans lachte auch. Und zum Glück begann die nächste Nummer, ganz langsam, sie musste nur die Hände auf seine Schultern legen, er nahm sie um die Mitte und die Kleine erkannte schon am Mitsummen des Sängers, was hier gespielt wurde. Und dann legte der Maffay los: »In deinen Augen steht so vieles, was mir sagt, du fühlst genauso wie ich!«

Und der Hans sah ihr tief in die Augen, als wollte er ganz in sie hineinschauen und in ihrem Innersten herumrühren mit seinem Blick und jeden Winkel von ihr aufspüren, und sie musste aufpassen, dass ihr die Knie nicht wegsackten, so weich fühlte sich auf einmal alles an. Seine Hände um ihre Mitte, seine Haare, die ihre Stirn streiften, sie hatte Angst, sich als Ganzes aufzulösen hier und wegzuschmelzen wie ein Schneemann bei Föhnwetter.

»Du bist das Mädchen, das zu mir gehört, ich lebe nur noch für dich!«

Er schaute sie unentwegt an und lächelte und sie konnte nicht einmal lächeln, obwohl sie das gern getan hätte, sie konnte überhaupt nichts mehr tun als aufpassen, dass sie sich nicht komplett verflüssigte und der Hans am Ende nur noch das Kleid in seinen Händen hielt, weil sie längst weggeschmolzen war.

»Du bist alles, was ich habe auf der Welt, du bist alles, was ich will«, schrie Peter Maffay so laut aus sich heraus, wie er nur konnte, und der Hans legte seine weichen Lippen auf ihre und sie spürte, wie fest er sie um die Mitte hielt und dass er sie nicht fallen ließ, auch wenn ihr die Beine zu einem Pudding wurden. Ihr Mund öffnete sich von selber und der Hans steckte ganz sanft seine Zunge hinein und berührte ihre Zunge, und sie wusste nicht mehr, wie sie ihre Zunge halten sollte, dass sie nicht an seine rührte.

»Du allein kannst mich versteh'n. Du darfst nie mehr von mir geh'n«, schrie Peter Maffay nun ganz weit in der Ferne weiter. Und die Kleine sagte in ihrem Kopf »Ja und nein. Ja, du verstehst mich und nein, nie, nie mehr will ich von dir gehen!« Und nie mehr sollte diese Überschwemmung aufhören, die sie im ganzen Bauch spürte, und nie sollte dieses Lied zu Ende gehen und das Rühren der beiden Zungen aneinander, und am liebsten wäre es der Kleinen gewesen, die Zungen wären zusammengewachsen und der Hans hätte sich nie mehr von ihr trennen können, genauso wie der Maffay sang: »Nichts kann mich trennen von dir!«

Aber das Lied ging zu Ende und der Hans nahm seine Zunge wieder zurück, und die Kleine musste schauen, dass sich ihre Puddingbeine wieder verfestigten, damit er sie nicht von der Tanzfläche tragen musste, obwohl ihr das gefallen hätte und groß und stark genug wäre er gewesen, dass er sie aufheben und über die Schwelle hätte tragen können ins gemeinsame Brautgemach. Aber es wurde das nächste Lied auf den Plattenteller gelegt, und es drehte sich schnell und auf Englisch und der Hans ließ ihre Mitte los, nahm sie nun an der Hand und führte sie hinaus aus dieser warmen Dunkelheit, die so hell für sie war im Inneren, in dem sie leuchtete und strahlte wie der Komet den Heiligen Drei Königen.

Die Kleine fragte nicht, wohin sie jetzt gingen, sie wäre mit dem Hans sowieso überallhin gegangen, notfalls hätte sie sogar steirisch mit ihm getanzt, wenn er es gewollt hätte. Aber als sie die Treppe wieder hinaufgegangen waren, fragte er sie, wo denn ihr Platz sei, und sie zeigte ihm den Weg. Und die ganze Zeit hielt er ihre Finger mit seiner trockenen großen Hand, während sie sich an den vielen Leuten vorbeidrängten und der Hans dauernd jemanden grüßte, weil er so viele Leute kannte auf diesem Ball.

An ihrem Tisch saß nun niemand mehr, auch der Vater hatte sich verzogen. Trotzdem lud der Hans die Kleine dort mit einem Lächeln ab und sagte: »Du hast ein wunderschönes Kleid an. Schade, dass du noch so jung bist!«

Und die Kleine lächelte nur in ihrem Glück und in ihrer Verzweiflung, sie wusste nicht, was sie darauf sagen sollte, und das Einzige, was ihr einfiel, war »Bleib bei mir«, aber das getraute sie sich nicht zu sagen, denn das hätte der Hans schon selber wollen müssen, und wie sehr sie es wollte, das hätte er in ihren Augen sehen können, wenn er wirklich tief genug hineingeschaut hätte.

Der Hans ging einfach davon und ließ sie zurück in ihrem schönen Kleid, das ihm so gefallen hatte. Sie saß da, mit glühenden Wangen, und nahm einen Schluck von ihrem Apfelsaft gespritzt, der inzwischen schal geworden war. Aber das war ihr egal, sie hätte die Spritzigkeit sowieso nicht geschmeckt, das Einzige, was sie schmeckte, war sein Kuss, der noch immer in ihrem Mund prickelte, und die Wärme seiner Hand, die noch immer auf ihren Fingern glühte. Sie fasste sich selbst um die Mitte und wollte schauen, ob die Wärme seiner Hände auch dort noch vorhanden war und wie es sich wohl anfühlte, wenn er sie dort anfasste mitsamt dem fließenden Stoff des Kleides.

Der Bruder brachte die Mutter zurück, und als sie die Kleine so allein sitzen sah, rief sie ihr entgegen: »Was? Du sitzt noch immer da? Holt dich niemand zum Tanzen?«

»Doch«, sagte sie, »der Hans war da und hat mit mir getanzt!«

»Aha, ich habe euch gar nicht gesehen auf dem Tanzboden!«

»Wir waren unten. In der Diskothek!«

»Aha, das war aber ein kurzes Ausführen, wenn du schon wieder hier sitzt!«

Die Kleine wusste selber, dass es viel zu kurz gewesen war,

und es war ihr peinlich, dass die Mutter es aussprach. Am liebsten wäre sie unter den Tisch gekrochen und hätte sich unter dem großen Tischtuch versteckt, und Prügel mit dem Besen hätten nicht schlimmer sein können als die Worte der Mutter, auf die sie nichts erwidern konnte.

»Vielleicht gehst du doch mit deinem Bruder tanzen, damit du nicht nur herumhockst den ganzen Abend!«

Folgsam stand die Kleine auf und ging mit dem Bruder. Vielleicht sah sie den Hans beim Tanzen wieder oder auf dem Weg dorthin, sitzen bleiben half nun bestimmt nicht mehr. Was sollte das heißen, dass sie zu jung war. Er war alt, ja, sicher schon zwanzig oder einundzwanzig, aber so alt auch wieder nicht, dass sie zu jung für ihn war. Und für sein Alter schaute er noch ziemlich jung aus mit den weichen Wangen und den vollen Lippen und dem dichten Haar. Nein, es störte sie nicht, sie hätte ihn auch so alt genommen.

Der Bruder versuchte eine Polka mit ihr zu tanzen, aber sie verhedderte sich zwischen seinen Beinen und sie konnte sich auch nicht auf die Tanzerei konzentrieren, sie schaute sich dauernd um, ob sie den Hans irgendwo sah. Was machte der Bruder ständig für komische Schritte, anstatt sich mit ihr einfach im Kreis zu drehen. Sie kam ihm nicht nach und verhaspelte sich immer mehr, sodass sie beinahe umfielen, als die Musik immer schneller wurde und der Bruder das Tempo halten wollte. Schließlich gab er auf. Er winkte ab und sagte: »Das wird nichts. Deine komischen Haxen sind nicht geeignet fürs Tanzen!«

Der Bruder brachte sie zurück in das Zimmer, in dem die Eltern saßen. Doch die Kleine stutzte. Am Tisch saß der Herr Hubert und unterhielt sich mit Vater und Mutter. Nein, da wollte und konnte sie sich nicht dazusetzen. Der Bruder sagte: »Schau, der Herr Hubert. Der will sicher mit dir tanzen! Aber vielleicht ist es besser, du gehst nicht mit, sonst ist der Kredit beim Teufel, so wie du tanzt!«

Die Kleine versuchte zu lächeln und musste schlucken dabei. Sie sagte zum Bruder, sie müsse nur schnell aufs Klo und rannte davon.

Im Handwaschraum des Damenklos blieb sie das erste Mal stehen und versuchte Luft zu holen. Der Herr Hubert! Damit hatte sie nicht gerechnet. Sie konnte nicht an den Tisch gehen, solange er dort saß. Was, wenn er den Eltern erzählte, dass sie ihm ins Gesicht getreten hatte und dass sie deshalb keinen neuen Kredit bekämen? Dann würden sie auch den neuen Traktor abbestellen müssen und sie würde den Hans nie mehr wiedersehen. Oder erst in einem Jahr, wenn sie wieder auf den Ball der Landwirtschaftschule käme, und dann würde sie ein ganzes Jahr älter sein. Vielleicht wartete er auf sie, auch ohne Traktor, wenn sie jetzt noch zu jung für ihn war. Ihr fiel das Lied von Michael Holm ein, in dem er sang: »Wart auf mich! Ein Jahr ist keine Ewigkeit, wart auf miiich! Wart auf mich!«

Die Kleine schaute bei der Klotür hinaus, ob niemand davor lauerte, der sie vielleicht an den Tisch zurückbringen wollte, wo der Herr Hubert vielleicht noch immer auf sie wartete. Sie kannte den Weg hinunter in die Diskothek, dort war es dunkel, dort konnte sie sich in ein Eck stellen und den Leuten beim Tanzen zuschauen, dort würde sie so bald keiner finden. Es wurde eine schnelle Nummer gespielt über Pretty Belinda, die auf dem Hausboot wohnt und die jeder kennt, weil sie so hübsch ist. Nach Chris Andrews kam Christian Anders und sang: »In den Augen der andern gehörst du nicht mir. Denn wir zwei sind zusammen ohne Ring und Papier!« So fühlte sie sich auch, wenn sie an den Hans dachte, und schaute versonnen auf die vielen Tanzenden im Dunkel, auf die immer wieder für einen Moment der farbige Schein einer Lichtorgel fiel, und auf einmal erkannte sie in diesem Schein den Hans, der hier tanzte und nun, da sie ihn gesehen hatte, sah sie ihn auch im Dunkeln und bei blauem und grünem Licht genauso wie bei gelbem und weißem Licht, und als Christian Anders nicht sang, sondern redete und sagte »So viele geh'n nach kurzer Zeit wieder auseinander, sie haben Küsse bei heißer Musik mit Liebe verwechselt. Wir wollen das nicht, wir wollen sicher sein!«, küsste er das Mädchen, so wie er vorher die Kleine geküsst hatte. Sie musste sich mit beiden Händen an der Wand festhalten, damit sie nicht zu Boden sackte, weil ihr die Knie jetzt noch weicher wurden als beim Tanzen vorhin. So war das also. Als er mit ihr getanzt hatte, hatte er Küsse bei heißer Musik mit Liebe verwechselt, aber vielleicht hatte er das gar nicht, vielleicht war nur sie es, die das verwechselt hatte.

Die Kleine wollte nicht, dass Hans sie sah und ihre Enttäuschung und wie sie kaum Luft bekam vor dem Entsetzlichen, das sich vor ihren Augen abspielte. Sie drückte sich an der Wand entlang und war froh, dass sie die Wand hatte, sie wusste nicht, ob sie nicht zusammensacken würde, wenn sie frei gehen müsste, und dass sie wegen dem Hans zusammenbrach, diesen Anblick wollte sie ihm nicht gönnen. Da müsste sie auf der Stelle sterben, dann ja, und er müsste merken, dass sie an gebrochenem Herzen gestorben war, und müsste ein Leben lang um sie trauern, um die große Liebe seines Lebens, die er nicht wieder lebendig machten könnte. Ja, sie wäre gerne gestorben, auf der Stelle, einfach ohnmächtig werden und umfallen und dann nichts mehr wissen und keinen Schmerz mehr spüren, der im Hals so wehtat, dass sie kaum schlucken konnte und der ihr die Tränen in die Augen trieb, dass alles glasig und verschwommen wurde, was sie sah. Sie hatte sich an der Wand entlang bis zum Ausgang des Discokellers gedrückt und merkte, dass sie doch stehen konnte auf den eigenen Beinen, ohne sich irgendwo anhalten zu müssen. Sie taumelte die Stufen hinauf, während sie Christian Anders noch plärren hörte: »Judy, oh Judy, I love you!« Und sie dachte sich, jaja, Hans, lieb sie nur, diese Äffin, mit der du tanzt und die du küsst, wie du mich geküsst hast, denn niemand hier in der ganzen Gegend heißt Judy. Judy heißt nur die Äffin bei »Daktari«, einer Serie, die in Afrika spielt und die sich die Kleine am späten Sonntagnachmittag gerne ansah. Ja, die Judy war lieb und die Kleine mochte sie genauso gerne wie den Clarence, den schielenden Löwen, aber trotzdem war und blieb die Judy ein Affe.

Als sie an den Tisch der Eltern zurückkam, war der Herr Hubert nicht mehr da.

»Grad ist er weg«, rief ihr die Mutter entgegen. »Er hat auf dich gewartet. Wo warst du so lang?«

Er hatte auf sie gewartet? Warum? Was wollte er von ihr? Und er hatte den Eltern nichts davon erzählt, dass sie ihn getreten hatte? Sonst hätte die Mutter sie längst ausgeschimpft.

»Er wollte mit dir tanzen gehen«, fuhr die Mutter fort.

»Hast du ihm nicht gesagt, dass ich nicht tanzen kann?«, fragte die Kleine.

»Wer weiß, vielleicht hätte er es dir beigebracht«, konterte die Mutter.

Die Kleine drängte darauf, nach Hause zu gehen. Was sollte sie noch hier. Dem Herrn Hubert wollte sie auf keinen Fall begegnen, und der Hans hatte keine Zeit für sie.

Der Kleinen ging es nicht gut nach dem Ball. Einerseits war sie noch immer verliebt in den Hans und konnte nicht verstehen, dass ihm dieser Kuss egal war, andererseits war sie zum Sterben gekränkt darüber, dass er gleich nach ihr wieder ein Mädchen geküsst hatte. Wie ging das? Wie war das möglich? Sie hätte nie und nimmer jemand anderen küssen können und würde es wahrscheinlich auch nie mehr tun in ihrem Leben. Lieber wollte sie vor Kummer sterben, als ihre Liebe zum Hans mit einem anderen Kuss zu verraten. Die Großmutter merkte, dass die Kleine unglücklich war. Sie merkte, dass sie wenig redete, die ganze Zeit nur herumsaß oder vor dem Radio hockte und sich traurige Lieder anhörte.

»Magst du wieder einmal auf Graz fahren? Zum Kastner? Rolltreppenfahren?«, fragte die Oma. Und die Kleine schüttelte den Kopf und die Oma ging enttäuscht weg. Sie verstand, dass die Oma ihr eine Freude machen wollte. Aber zum Rolltreppenfahren war sie schon viel zu groß. Und überhaupt, wenn, dann wäre sie lieber mit einer Freundin oder der Almut auf Graz gefahren und wäre gerne mit ihnen Klamotten kaufen gegangen, aber nicht mit der Oma. Und überhaupt, die Kleine hätte auch schon gerne ein eigenes Zimmer gehabt, aber auch das hätte die Großmutter gekränkt, wenn sie es ihr gesagt hätte. Und von dem eigenen Zimmer konnte sie ohnehin nur weiter träumen, weil sie die Sache mit dem Kredit vermasselt hatte.

Als die Kleine sah, dass die Großmutter traurig war, weil sie nicht mehr mit ihr auf Graz fahren wollte, wurde sie auch traurig, weil sie nicht mehr mit der Großmutter Zug fahren wollte.

Sie hätte gerne gewollt, dass es wie früher war, als sie sich ein Leben ohne ihre Großmutter nicht vorstellen hatte können. Und jetzt musste sie dauernd an den Hans denken, und die Großmutter war ihr lästig, wenn sie fragte, warum sie so still war und ob sie nicht mehr reden wollte mit ihr. Die Kleine betete auch nicht mehr mit ihr am Abend und las nun lieber Bücher vor dem Einschlafen. »Vom Winde verweht« hatte sie in der Schule im Kasten gefunden. Ein dickes Buch zwar, aber die Kleine kam gleich in die Geschichte hinein, denn Scarlett O'Hara war auch unglücklich verliebt in einen Mann, der eine andere hatte. Die anderen Mädchen in der Klasse mochten so ein dickes Buch nicht lesen, aber sie waren neugierig, was da drinnen stand und die Kleine erzählte ihnen jeden Morgen, was sie am Abend gelesen hatte. Sie schleppte das Buch auch jeden Tag in die Schule mit, und wenn ihr in einem Fach wie Physik und Chemie oder Geografie und Wirtschaftskunde langweilig war, setzte sie sich mit dem Buch in den Kasten, bevor die Lehrperson in die Klasse kam. Dann fiel es nicht auf, ob sie da war oder nicht, denn im Klassenbuch wurde die Anwesenheit schon in der ersten Stunde eingetragen. Und die anderen warteten ungeduldig, bis es zur Pause läutete, weil sie wissen wollten, wie es weiterging mit Scarlett und Ashley.

Außerdem bemerkte der Physiklehrer sowieso nicht, ob jemand da war oder nicht. Er hatte meist schon in der Früh eine Fahne und war froh, wenn die Kinder ihn beim Schlafen nicht störten. Meist sagte er ihnen vor der Stunde, sie sollten das nächste Kapitel durchlesen und dann ins Heft schreiben, was sie davon verstanden hätten. Alle im Ort wussten, dass der Physiklehrer trank und den Kindern nichts beibrachte, aber da er der Sohn vom Direktor war, sagte niemand etwas. Manchmal wachte er plötzlich auf und holte ein Kind an die Tafel. Und während er eine Formel aufschreiben ließ und sie zu erklären versuchte, bohrte er ohne es zu merken in seiner riesigen Nase, betrachtete das Herausgeholte versonnen und verschlang es im nächsten Moment. An seinem großen Adamsapfel konnten die Kinder gut sehen, wie er es schluckte, und schon war es unten in seinem Magen. Arschgeige war sein Lieblingswort. Er wusste nur die Namen der Tochter des Bürgermeisters, des Gemeindearztes und des Rechtsanwalts. Alle anderen waren Arschgeigen für ihn und als Arschgeigen rief er sie auch an die Tafel.

Gerne mochte die Kleine aber die Frau Klassenvorstand, die Deutsch und Geschichte unterrichtete. Sie war eine junge Lehrerin und kam aus Wien. Weil sie einen Lehrerkollegen aus der Gegend geheiratet hatte, war sie von der Stadt aufs Land gezogen. Und wenn sie von den Theater- und Opernaufführungen schwärmte, die sie in Wien gesehen hatte, kam es der Kleinen vor, dass sie ihr Leben in der großen Stadt vermisste. Sie erzählte von berühmten Stücken mit Josef Meinrad, Fritz Muliar oder Klausjürgen Wussow, die sie gesehen hatte. Und zwar in Wirklichkeit, nicht nur im Fernsehen, wie die Kleine, die Josef Meinrad als Don Quijote von La Mancha kannte, Fritz Muliar als braven Soldaten Schwejk und Klausjürgen Wussow als Kurier der Kaiserin. Und sie bekam glänzende Augen und wollte einmal in die Stadt ziehen, wo man die großen Schauspieler von ganz nahe sehen konnte.

Die Kleine liebte aber auch den Geschichtsunterricht der Wiener Lehrerin. Besonders gerne hörte sie die spannenden Erzählungen über die Götter der Griechen und Römer und die wunderbaren Bauwerke, die man für sie errichtet hatte und die die Kleine alle einmal sehen wollte. Und interessant fand sie auch die Geschichten über den Sonnenkönig in Frankreich, der sich lieber einparfümierte anstatt sich zu waschen, und später die Geschichten über Kaiser Franz Joseph und Elisabeth, die sie zum Teil schon aus den Sissi-Filmen kannte. Aber entsetzt war sie, was die Lehrerin über den Zweiten Weltkrieg erzählte. Das war nicht so lange her. Die Lehrerin zeigte den Kindern auch einen Film über diese Zeit mit Menschen, die Hitler zugejubelt hatten, als er »einmarschierte«, wie sie es nannte. Für die Kleine sah er wie ein Verrückter aus mit diesem dummen Grinsen im Gesicht und der komischen Handbewegung, als wäre er eine Puppe, die an Fäden hing, die man aber nur sehen konnte, wenn man sehr genau schaute. Und die Lehrerin erzählte von den Millionen Juden, die Hitler verfolgen und ermorden ließ. Natürlich wusste sie, dass man auf den Schlachtfeldern metzelte, erschlug und erschoss, aber dass man Menschen nach ihrer Herkunft aussuchte, aussortierte und dann in ein Lager brachte, um sie dort massenweise zu vergasen, das war doch mehr, als sich die Kleine vorstellen konnte. Und viele Soldaten hatten sich daran beteiligt. Sie dachte an die Schussverletzung ihres Vaters und war erleichtert, dass er lieber im Lazarett herumgelegen war als sonst wo im Krieg. Sechs Millionen Juden, sagte die Lehrerin. Das waren ungefähr so viele, wie das ganze Land an Einwohnern hatte.

»Wie soll ich mir das nur vorstellen?«, fragte sie verzweifelt. Als die Lehrerin merkte, wie interessiert die Kleine an diesem Teil der Geschichte war, brachte sie ihr »Das Tagebuch der Anne Frank« mit. Die Kleine stürzte sich gleich auf die Schilderungen dieses dreizehnjährigen Mädchens, das in Amsterdam in einem Versteck lebte und über seine Ängste und Hoffnungen schrieb. Dieses Mädchen, eingesperrt mit ihrer Familie in einem Hinterhaus, hatte so viele ähnliche Gedanken wie sie, auch die Kleine fühlte sich in ihrem Dorf und ihrer Familie eingesperrt und wartete, dass irgendjemand kommen würde, um sie zu befreien. Und während sie las, was die kleine Anne so beschäftigt hatte, hielt sie es kaum aus, von vornherein zu wissen, dass es Menschen gab, die sie verraten hatten, und dass es Menschen gab, die sie in ein Konzentrationslager verschleppten, wo sie dann ums Leben kam. Wer konnte das tun? Wem konnte es gefallen, eine ganz normale Familie umzubringen, nur weil sie nicht die gleiche Religion hatte wie sie selber?

Die Kleine beschäftigte es, dass Anne Frank in ihrem Tagebuch so offen darüber schrieb, wie ihr die Eltern auf die Nerven gingen und dass sie öfters gerne ganz allein gewesen wäre. Sie empfand das auch und selbst die Großmutter ging ihr jetzt oft auf die Nerven und gleichzeitig tat ihr die Großmutter leid, weil sie nun etwas einsam war. Alle Arbeit im Haus und auf dem Hof hatte ihr die Mutter längst abgenommen und wenn sie etwas tun wollte, ging die Mutter ähnlich mit ihr um wie mit der Kleinen. Sie sagte ihr auch, was sie gerne anders hätte und alles lieber selber machen würde. So blieb der Großmutter vor allem im Winter nicht viel zu tun, als ab und zu zur Tochter zu fahren, ihr im Haushalt zu helfen, und im Sommer ihren kleinen eigenen Garten zu pflegen und auf den Herbst zu warten, wo sie dann Äpfel klauben und Kürbisse putzen konnte. Im Garten der Großmutter gab es nur Obst und im Garten der Mutter nur Gemüse. Die Oma hatte Erdbeeren, Stachelbeeren, Himbeeren und Brombeeren, und sogar ein Pfirsichbaum hatte einige Jahre in ihrem Garten überlebt, bis ihm ein strenger Winter dann doch zu kalt war und er im Frühjahr nicht mehr austrieb.

Der Großmutter zuliebe sagte die Kleine, dass sie gerne mit ihr auf Graz fahren wolle, und sie sah, wie die in Falten eingebetteten Augen der alten Frau plötzlich wieder leuchteten.

Die Oma war aufgeregter als die Kleine, sie schusselte schon am Tag vorher herum und wusch sich extra die Haare vor der großen Reise. Es kam nicht oft vor, dass sich die Großmutter die Haare wusch, vielleicht drei- bis viermal im Jahr. Und dann sah die Kleine fasziniert zu, wie die Großmutter die langen weißen Strähnen ausgiebig kämmte, bis sie jede Verfilzung gelöst hatte, und wie sich die Haare durch das ständige Flechten in kleine Wellen legten, sobald sie zu trocknen anfingen. Wie ein alter Engel sah die Großmutter dann aus. Ein bisschen erahnte die Kleine, wie sie einmal ausgesehen haben könnte, als sie noch jung war, aber mit langen offenen Haaren ist sie nie herumgelaufen, sagte die Großmutter, das hat sich damals nicht geschickt für ein anständiges Mädchen. Sie trug immer Zöpfe. Als kleines Mädchen zwei, links und rechts einen, später einen in der Mitte, und als sie verheiratet war, wand sie den Zopf zu einem Knoten.

Sie legte die schöne Kleidung heraus auf den Schubladenkasten und wäre am liebsten schon am Tag vorher zum Bahnhof gegangen, um die Fahrkarten zu kaufen, damit sich zeitlich alles gut ausginge. Sie waren schon ein paar Jahre nicht mehr zusammen auf Graz gefahren und überhaupt nicht mehr zusammen Zug gefahren, seit die Kleine in die Hauptschule ging. Und seit es in der Bezirksstadt ein Krankenhaus gab, musste man auch für Krankenbesuche nicht mehr auf Graz fahren. Die Großmutter war nervös, sie wollte schon eine halbe Stunde vor der Zugabfahrt los, damit sie rechtzeitig dort wären. Der Vater brachte sie in seinem VW Käfer zum Bahnhof, vorbei waren die Zeiten, als sie die Strecke zu Fuß gegangen waren. Im Warteraum hing eine Pendeluhr und zerhackte mit dem Perpendikel die Wartezeit in kleine Teilchen. Es stand dort ein großer weißer Ofen, in dem es leise knisterte. Der schwarze Holzboden roch so stark nach Öl, dass es beim Atmen im Hals kratzte. Abgesehen von den Pendelschlägen der Uhr war es so leise, dass man das Knacksen von jedem Schritt hörte, den sie machten. Hinter dem Fahrkartenschalter war es totenstill, und die Großmutter sorgte sich, es könnte niemand da sein, der ihnen Zugkarten verkaufte. Sie ärgerte sich, dass ihre locker gewordenen Haarsträhnen immer wieder ins Gesicht fielen, das war immer so nach dem Waschen, obwohl sie einen Zopf geflochten und auf dem Hinterkopf zu einem Dutt zusammengedreht hatte. Durch die hervorgekrochenen Haarsträhnen wirkte die Großmutter jünger und der Kleinen gefiel es, aber die Großmutter mochte es nicht und sie verstaute sie schnell wieder mithilfe der schwarzen Spangen, so gut es eben ging.

Endlich rührte sich etwas auf der anderen Seite. Ein Sessel wurde gerückt, ein Telefon läutete, es wurde abgenommen. Und andere Leute kamen in den Warteraum. Die Großmutter stellte sich sofort beim Schalter an. Und sie sagte, sie hätte gerne eine Karte für alte Leute und eine für Kinder.

»Das heißt für Senioren«, raunte ihr die Kleine zu und es war ihr peinlich, dass die Großmutter nicht wusste, wie man das richtig sagte.

Beim Einsteigen war sie hastig, sie wollte, dass die Kleine sich bei den Aussteigenden vorbeidrückte, bis der Schaffner sie ermahnte: »Zuerst aussteigen lassen, meine Herrschaften!«

Und weil sich die Großmutter so darauf gefreut hatte, vom Zug hinauszuschauen auf den Hof daheim, in der Hoffnung, sie würde jemanden sehen im Garten oder auf dem Feld, waren sie zum Bahnhof gefahren, der weiter weg war von Graz. Und als sie daheim vorbeifuhren, war sie aufgeregt wie ein kleines Kind und rief laut: »Schau, schau, da wohnen wir«, und zwar so laut, dass die anderen herschauten und in sich hineinschmunzelten. Die Kleine sah, was sich die anderen dachten, und hätte sich am liebsten versteckt, damit sie nicht merkten, dass sie zu der alten Frau gehörte. »Schau, dein Papa führt grad die Jauche aus«, sagte sie wieder so laut, dass die anderen es hörten, »ob er es sieht, wenn wir ihm winken?«

Oh Gott, dachte die Kleine, wie peinlich, und dann winkte die Großmutter auch noch mit beiden Händen so heftig, als würde sie davonflattern. Wenn der Vater wenigstens mit dem Schulbus unterwegs gewesen wäre, und die Oma hätte gerufen: »Schau, da ist er mit dem Bus«, aber von einem Vater, der Jauche ausführte, war das Letzte, was sie hören wollte.

»Schrei nicht so, Oma«, sagte die Kleine und hatte das Gefühl, alle Leute im Waggon schauten nur auf sie und lachten, weil die Großmutter aufgeregt war wie ein kleines Kind.

»Oh, bin ich zu laut?«, antwortete die Oma und flüsterte der Kleinen zu, ob sie auch schon Hunger habe und die Jause essen wolle. Aber die Kleine wollte keine Jause im Zug essen. Die anderen aßen auch nicht. Außerdem würden sie beim Kastner in das Restaurant gehen. Warum musste sich die Großmutter jetzt schon vollstopfen? Die Kleine sagte nichts, aber es machte ihr keinen Spaß mehr, mit der Großmutter unterwegs zu sein. Ja, sie hatten früher auch während der Fahrt gegessen. Aber nun mochte sie das nicht mehr. Und irgendwie ärgerte es sie auch, dass ihr das alles peinlich war. Aber sie konnte nichts dagegen tun, so wie sie nichts dagegen tun konnte, dass sie sich vorstellte, sie würde mit dem Hans auf Graz fahren und er würde hier sitzen statt der Oma. Und sie würden zusammen auf den Schlossberg gehen und unter dem Uhrturm würde er sie küssen und ihr sagen, dass er die andere Frau nicht mehr wolle, nur sie, so wie Peter Maffay es gesagt hatte bei ihrem Tanz.

Als sie in Graz ankamen, gingen sie zu Fuß durch die stark befahrene Annenstraße und der Kleinen fiel der Auszählreim wieder ein, den sie als Kind oft aufgesagt hatte: »Andrea hat sich küssen lassen mitten auf der Annenstraßen, Mutter hat's geseh'n und du musst geh'n!« Ja, Andrea hat sich küssen lassen, dachte die Kleine, ihre Mutter hatte es nicht gesehen, aber sie konnte trotzdem nicht zum Hans gehen, weil er sie nicht wollte.

Als sie endlich beim Kastner waren und mit der Rolltreppe hinauffuhren, sagte die Oma: »Erinnerst du dich, als wir hier waren und du das erste Mal mit der Rolltreppe gefahren bist?« Die Kleine nickte, aber sie wollte nicht daran erinnert werden, wie ungeschickt sie sich angestellt hatte. Auch das war ihr peinlich. Wie musste das für die anderen ausgesehen haben, dieses ungeschickte Kind mit den X-Beinen! Und sie dachte, wie es wohl für die Großmutter gewesen war, und fragte: »Oma, war es für dich nicht peinlich, dass ich so ungeschickt war?«

Die Großmutter lachte und strich ihr zärtlich über den Kopf, was sie auch nicht mehr mochte, so in der Öffentlichkeit. »Aber nein«, sagte sie, »du warst so eifrig dabei, es zu lernen. Bei mir war es auch nicht viel anders das erste Mal, da wäre es noch viel peinlicher gewesen, weil ich schon erwachsen war!«

Und die Kleine war ziemlich froh, dass sie nicht hatte dabei sein müssen, als die Großmutter das erste Mal Rolltreppe gefahren war und sich vielleicht auch so tölpelhaft angestellt hatte wie sie.

Die Kleine durfte sich ein Kleidungsstück aussuchen beim Kastner und sie wollte eine Jeans, mit Glocken von den Knien abwärts, und bei den Knöcheln zwei oder drei Fußlängen weit, denn das war modern.

Geduldig stand die Großmutter daneben, während sie probierte und probierte und sich von der Verkäuferin beraten ließ. Die Großmutter mischte sich nicht ein wie die Mutter und bestimmte auch nicht, was sie kaufen durfte, nur weil sie bezahlte. Und da war die Kleine der Großmutter auch wieder dankbar und hätte sie am liebsten auf der Stelle geküsst und umarmt, wenn sie es nicht vor den anderen komisch gefunden hätte in ihrem Alter, besonders vor der Verkäuferin, die die

Kleine so lässig fand, weil sie so weite Schlaghosen wollte. Die Kleine zog die neue superlässige Glockenhose gleich an und sie fragte auch nach Gisela, mit der sie vor ein paar Jahren im Krankenhaus gelegen war. Aber die Verkäuferin kannte keine Gisela in ihrem Stock. Und von den Verkäuferinnen in den anderen Stockwerken kannte sie persönlich nur wenige. Die Kleine bekam Lust, Gisela zu suchen. Sie hatte ihr einmal einen Brief geschrieben, aber Gisela hatte nicht geantwortet und so hörte sie von der Zimmerkameradin im Landeskrankenhaus nie mehr was und sah sie auch nicht wieder. Nun wollten sie schauen, ob sie Gisela fänden. Zuerst suchten sie die junge Frau in den beiden Stockwerken, wo es Mode gab, und dann in den anderen, es hätte ja sein können, dass sie die Abteilung gewechselt hatte. Aber sie fanden sie nirgends und die Großmutter meinte: »Wer weiß, ob sie noch arbeitet. Vielleicht hat sie inzwischen schon Kinder!«

Und die Kleine erinnerte sich an ihre Empörung darüber, was Gisela mit ihrem Freund so gerne tat und wie schrecklich sie das damals gefunden hatte und dass sie die Vorstellung inzwischen bei Weitem nicht mehr so furchtbar fand.

Vom Kastner war es nicht weit auf den Schlossberg. Sie mussten in der schmalen Sackstraße nur über die Schienen gehen und aufpassen, dass sie nicht von den Straßenbahnen niedergeführt wurden, die knapp am schmalen Gehsteig vorbeirauschten. Dann ging es den im Zickzackkurs geführten Kriegssteig mit den steinernen Stufen hinauf. Die Großmutter konnte nicht mehr so schnell wie früher. Sie hatte es noch immer mit dem Herz, auch wenn die Anfälle kaum noch auftraten. Hatte sie früher mit der Kleinen gespielt, wenn sie vorausgeeilt war, und gerufen: »Nicht so schnell, ich komm dir nicht nach«, damit die Kleine sich freute an ihrer Geschwindigkeit und gluckste vor Lachen, weil sie um so vieles schneller als die

Großmutter war, so musste sie jetzt immer wieder stehen bleiben und warten, bis sich das Herz beruhigt hatte. Die Kleine eilte aber trotzdem weiter, sie wollte ohne Großmutter beim Uhrturm ankommen und dort eine kurze Zeit allein sein und sich vorstellen können, sie wäre Hand in Hand mit dem Hans diesen Weg gegangen und sie stünden jetzt dort, etwas außer Atem, aber glücklich, würden über die roten Dächer der Stadt schauen und einander dann lange und intensiv küssen.

Und als die Großmutter daherschnaufte, aber über das ganze Gesicht strahlte und sich freute, dass die Kleine mit ihr auf den Schlossberg gegangen war, fühlte sich die Kleine etwas traurig, dass sie sich nicht mehr darüber freuen konnte, mit der Großmutter unterwegs zu sein, sondern sich nur den Hans herbeiwünschte. Aber als sie oben im Kaffeehaus auf einen Kakao gingen und gemeinsam über die Stadt schauten, war es wieder gut, und später auf dem Grazer Bahnhof war die Kleine wieder froh, dass sie schon Rückfahrkarten hatten, die sie vom Schaffner nur mehr zwicken lassen mussten, und die Großmutter nicht wieder vor allen Leuten eine Karte für alte Leute kaufen würde.

Es ging auf das Ende des Abschlussjahres an der Hauptschule zu und die Eltern dachten, die Kleine sollte den Polytechnischen Lehrgang machen und in dem Jahr würden sie schauen, ob sie eine Lehrstelle für sie fänden. Die Mutter freute sich schon darauf, dass die Kleine nur mehr ein einziges Schuljahr herunterzubiegen hatte und dann bereits selber etwas verdienen und vielleicht etwas zum Ausbau vom Dachgeschoß beitragen konnte. Als die Kleine in der Schule gefragt wurde, was sie nach der Schulzeit machen würde, und mitteilte, was sich die Eltern für sie ausgedacht hatten, wurden Vater und Mutter zur Frau Klassenvorstand bestellt. Die meinte, dass die Kleine geeignet dafür sei, weiter in die Schule zu gehen. Sie schreibe gute Aufsätze, interessiere sich für das Lesen und würde bei der Mitarbeit interessante Dinge sagen. Die Mutter nickte: »Das kann ich mir vorstellen. Gschnappig war sie immer schon, und wenn man zu ihr was sagt, bekommt man immer eine Antwort drauf! Wenn sie nicht das letzte Wort hat, dann ist sie es nicht!«

Die Lehrerin nickte, das konnte sie sich auch gut vorstellen. »Aber sie schreibt auch die besten Aufsätze in ihrer Klasse und liest Bücher, die für ihr Alter eigentlich noch gar nicht geeignet sind!«

»Und wieso geben Sie ihr die Bücher überhaupt, wenn sie für die Kleine nicht geeignet sind? Daheim sitzt sie immer mit so einer Schwarte herum, anstatt dass sie mir bei der Arbeit hilft!«

»Ich habe ihr die Bücher nicht gegeben«, sagte die Lehrerin. »Sie hat sie selber genommen!«

»Und das haben Sie erlaubt?«

»Ich dachte nicht, dass sie diese dicken Bücher wirklich zu Ende liest!«

»Und jetzt haben wir den Scherben auf«, die Mutter fühlte sich bestätigt. »Wissen Sie, wir können es uns gar nicht leisten, dass die Kleine weiter in die Schule geht. Wir haben Haus gebaut und brauchen unser Geld zum Fertigbauen!«

»Die Schule würde nichts kosten«, sagte die Frau Klassenvorstand.

»Aber die Zugkarten auf Graz, das Schulgeld und dann die Hefte und die Bücher«, gab die Mutter zu bedenken.

»Es gibt schon lange kein Schulgeld mehr für höhere Schulen. Und der Kreisky hat die Schülerfreifahrt eingeführt, die gilt auch für den Zug nach Graz, und die Bücher sind auch in den weiterführenden Schulen gratis!«

»Der Kreisky«, sagte die Mutter mit Verachtung in der Stimme, »das ist ja ein Roter! Trotzdem«, die Mutter blieb dabei, »wenn sie arbeiten geht, bringt sie Geld heim und hilft uns, das Haus fertigzubauen!«

»Wenn sie etwas länger in die Schule gehen kann, bringt sie später mehr Geld heim«, argumentierte die Lehrerin. »Sie könnte ja statt des Polytechnischen Lehrgangs einmal mit dem Gymnasium anfangen, und dann kann man immer noch weiterschauen!«

Der Vater hatte bis jetzt noch nicht viel gesagt. Das Gespräch in der leeren Schulklasse war ihm unangenehm. Wie Schüler saßen die Eltern der Lehrerin gegenüber, sie hinter dem Pult, und Vater und Mutter davor.

»Sie haben ja auch von der Schülerfreifahrt profitiert«, wandte sich die Lehrerin nun an den Vater. »Sie haben eine gute Arbeit dadurch bekommen und verdienen auch ganz gut, und Sie können das neben der Landwirtschaft machen! Geben Sie Ihrer Tochter doch auch eine Chance, wenn es nicht einmal etwas kostet!«

Ja, der Kreisky war ein Roter, der Vater wusste, dass er den Beruf als Schulbuschauffeur seiner Politik verdankte, diesen Beruf, den er so mochte, aber die Bauern wählten immer Schwarz. Er sagte das zwar niemandem, aber seit er die Arbeit als Buschauffeur hatte, wählte er heimlich den Kreisky, aus lauter Dankbarkeit. Er liebte es, in seinem mächtigen Gefährt zu sitzen und von allen respektvoll gegrüßt zu werden, er war bei den Leuten fast so angesehen wie eine Lehrperson, weil er eine Respektsperson für die Kinder war, und er bekam zu Weihnachten und vor den Sommerferien viel Trinkgeld von den Eltern, weil die Kinder ihn mochten und weil er die Kinder mochte, und weil er sehr vorsichtig fuhr und sich der Verantwortung bewusst war, wenn er vierzig bis fünfzig Kinder in seinem Bus hatte. Manchmal wurde er gefragt, ob ihn die Schreiereien und Raufereien im Bus nicht störten, aber es machte ihm nichts aus. Kinder sind so, dachte er, im Bus dürfen sie sich austoben, zu Hause wartet meist eh nur Arbeit auf sie. Er bekam monatlich ein sicheres Gehalt und die ganze Familie war nun bei der Gebietskrankenkasse versichert. Er musste keinen Selbstbehalt mehr bezahlen wie bei der Bauernkrankenkasse, wenn jemand zum Arzt oder ins Spital musste.

»Außerdem bekommt Ihre Tochter eine Schülerbeihilfe, wenn sie gute Noten hat«, fügte die Lehrerin hinzu, als sie sah, wie der Vater überlegte.

Als die Eltern von dem Gespräch mit der Frau Klassenvorstand nach Hause kamen, sagte die Mutter zur Kleinen: »Du hast nie erzählt, dass du deine Aufsätze immer vorlesen musst!« Die Kleine zuckte mit den Schultern und meinte: »Ich dachte nicht, dass es euch interessiert!«

»Was willst du denn später einmal werden?«, fragte die Mutter.

»Schlagersängerin«, sagte die Kleine. Sie wollte singen wie

Daliah Lavi oder Vicky Leandros, aber bis auf die Oma hielten sich noch immer alle die Ohren zu, wenn sie sang.

»Dafür würde das Polytechnikum auch genügen«, meinte die Mutter. Die Kleine sang zwar immer noch gerne, aber die Töne kamen nicht so aus ihrer Stimme heraus, wie sie es wollte. Sie hörte es inzwischen selbst, wie es krächzte und krachte, sobald sie in eine höhere Tonlage wechselte. Die Großmutter hatte zwar immer gemeint, sie könne alles werden, was sie wolle, aber langsam fing sie zu zweifeln an, ob es mit dem Singen etwas werden würde. Keine Tänzerin war sie schon, eine Sängerin würde sie auch nicht werden und so war sie ganz froh, dass die Frau Klassenvorstand meinte, sie solle weiter in die Schule gehen. Das gab ihr Zeit, da konnte sie noch ein paar Jahre lang überlegen, wenn es mit ihrer Stimme nichts mehr würde.

Obwohl sie gerne schon bald etwas geworden wäre. Für den Hans. Damit er aufmerksam würde auf sie, damit er sie bewunderte und die andere vielleicht doch stehen ließe und es ihm nichts ausmachte, dass sie so jung war.

»Duhuhu«, sang sie, dass man es im ganzen Haus hörte, »du allein kannst mich versteh'n. Duhuhu, du darfst nie mehr von mir geh'n!«

Der neue Traktor kam im Sommer. Aber nicht der Hans brachte ihn, sondern sein Vater. Die Kleine hoffte, dass er wenigstens mit dem Auto nachkäme und den Vater abholte. Aber auch das machte nicht der Hans, sondern ein Angestellter, und als der Bruder dem Hans Grüße ausrichtete, sagte der Vater, dass es dem Hans nicht gut gehe. Im Sturm beim letzten Gewitter sei er unterwegs nach Hause gewesen und ein Baum sei auf das Auto gefallen und habe ihn am Kopf verletzt. Jetzt liege er im Krankenhaus.

Die Kleine fiel fast um, als sie das hörte. Sie war einerseits darüber erschrocken, was passiert war, andererseits aber auch erleichtert. Hatte sie schon gedacht, der Hans komme nicht, weil er ihr aus dem Weg gehen wolle, so gab es jetzt einen festen Grund, warum er nicht hier war. Am liebsten wäre sie auf Graz gefahren und hätte ihn besucht und geschaut, wie schwer verletzt er wirklich war. Sie hatte nicht mehr gebetet bei den Gewittern. Schon eine Zeit lang nicht, aber sie bekam nun ein schlechtes Gewissen, dass sie es nicht getan hatte. Wäre der Hans vielleicht verschont geblieben, wenn sie das Unwetter weggebetet hätte? Und wie weit reichte ihre Kraft? Hätte sie auch bis in die nächste oder die übernächste Ortschaft gereicht, bis dorthin, wo der Hans unterwegs gewesen war?

Und der Traktor? Wovon würde der Vater ihn bezahlen, wenn das Geld vom Hauskredit nicht käme, nachdem sie alles verpatzt hatte?

Am Wochenende stand es auch in der Zeitung, dass der Hans einen Unfall gehabt hatte. Und es war ein Foto von ihm abgedruckt. Der Kleinen schlug das Herz bis ins Hirn, als sie den Hans auf dem Bild sah. Sie wollte das Bild haben, es ausschneiden und in ihrem Geldtäschchen aufbewahren, aber niemand durfte wissen, dass sie hinter dem Bild her war, die Eltern hätten sie ausgelacht. Der Hans war kein Schlagersänger, den man einfach ausschnitt und an der Wand festnagelte. Die Kleine bangte, als die Eltern die Zeitung lasen beim Essen, wenn das Kernöl vom Salat auf die Zeitung tropfte. Wenn sie das Bild herausgeschnitten hätte, wäre es auffällig gewesen und so riss sie lieber die ganze Seite heraus, bevor sie das Bild fein säuberlich herausschnitt wie früher die Putzerln aus dem Quelle-Katalog. Den Rest der Seite warf sie ins Klo beim Wirtschaftsgebäude, damit sie in der Jauche versank und nicht mehr gefunden wurde. Dem Vater fiel auf, dass die Seite fehlte, und er fragte herum, wer sie herausgerissen hätte. Aber die Kleine sagte genauso wie die anderen, dass sie es nicht gewesen war und auch wenn es anstrengend war zu lügen, so war es die Anstrengung wert, denn irgendwie log sie ja auch für ihre Liebe zum Hans, den sie nun immer bei sich haben konnte.

Im Sommer wuchsen überall Zelte wie riesige Schwämme aus dem Boden. Und es gab Feste mit vielen Biertischen und großen Tanzflächen. Die Feste der Freiwilligen Feuerwehr und des Kameradschaftsbunds, des Sportvereins und der Musikkapelle, des Jagdvereins und der Katholischen Jugend. Seit die Kleine mit der Hauptschule fertig war, durfte sie mitgehen, auch abends, nicht nur untertags, wenn die Kinder herumliefen und Lose verkauften. Jetzt war es an der Zeit, dass sie einen Mann fand, denn bis zum Alter von sechzehn Jahren hatten fast alle jungen Frauen einen und dann bliebe am Ende keiner mehr übrig für die Kleine, die mit ihren komischen Haxen, mit denen sie nicht gescheit tanzen konnte, sicher nicht leicht einen finden würde, sagte die Mutter. Die Kleine ging mit, weil sie hoffte, vielleicht den Hans dort zu sehen, aber sie zog ihre Schlaghosen an und kein Dirndl wie die anderen Mädchen, die in einen Volkstanzkurs gingen, weil man dort am schnellsten einen Burschen kennenlernt, der auch in den Volkstanzkurs geht, um schnell ein Mädel kennenzulernen, das er bald heimführen kann auf seinen Hof, damit er jemanden hat, der die Arbeit mit ihm teilt, wenn Mutter und Vater nicht mehr können.

Die Kleine wollte aber nirgendwohin heimgeführt werden von einem Bauernburschen, denn dann ginge das Leben ja weiter wie daheim, nur dass sie dort keine Großmutter hätte, die ihr die Arbeit abnahm, und das konnte nicht alles gewesen sein. Wenn sie den Hans heiratete, bekäme sie immerhin den Sohn des Landmaschinenhändlers, da wäre mehr Abwechslung im Leben, wenn alle Bauern hinkämen und etwas wollten vom Hans oder von ihr. Das wäre auf jeden Fall besser, als sie würde einen Bauern heiraten und nur ab und zu zum Landmaschinenhändler fahren, weil sie ein neues Gerät bräuchten. Sie ging mit auf das Zeltfest der Freiwilligen Feuerwehr. Aber es gefiel ihr dort nicht. Sie mochte den Geruch von zertretenem Gras und feuchter Erde in dem dunstigen Zelt genauso wenig wie den Biergeruch und die Volksmusik und die braunen Uniformen der Feuerwehrmänner. Und sie mochte nicht, dass man beim Reden gegen die Musik schreien musste. Das war anstrengend, da war es kein Wunder, dass die meisten nur vor sich hin tranken und in die Gegend stierten.

Sie saß mit den Eltern an einem Tisch, der große Bruder war auch da, der schon rauchte, Bier trank und dann an den Schießstand ging, wo er mit Zielschießen einen Pokal gewinnen wollte. Es waren noch andere Verwandte da, der Bruder der Mutter und seine Frau. Die Kleine schaute zum Tanzboden, wo mit Verbissenheit herumgehüpft wurde. Niemand lachte beim Tanzen, sie schauten alle drein, als hätten die Musikanten keine Instrumente in der Hand, mit denen sie die Tanzenden durch immer schneller werdenden Rhythmus antrieben, sondern Gewehre, mit denen sie gleich losschießen würden, wenn sich die Tanzenden nicht weiter und nicht immer schneller im Kreis drehten. Auch der andere Bruder, der schon eine Freundin hatte, tanzte um sein Leben, und die beiden hatten den Rhythmus im Blut, wie die Mutter sagte, und zum Glück sei der Sohn da nach ihr geraten und nicht nach dem Vater. Und während die Kleine auf die Tanzenden schaute und die Mutter redete, stand auf einmal ein rotgesichtiger Bursche im Trachtenjanker neben der Kleinen und fragte den Vater, ob er mit ihr tanzen dürfe. Der Vater nickte und die Mutter nickte noch heftiger und war froh, dass sie für die Tochter nicht umsonst Eintritt bezahlt haben. Der Bursche wollte gleich loslegen mit seinem Wechselschritt und hatte beim Gehen auf die Tanzbühne wohl nicht auf die Haxen der Kleinen geschaut, sonst hätte er an ihrem Gang schon merken können, dass es nicht einfach werden würde mit ihr und dem Wechselschritt und wäre gleich wieder umgedreht. Sie blieb gleich zwischen seinen Schenkeln stecken, es war ihr peinlich und sie versuchte, selber über ihre Ungeschicktheit zu lachen, und der Bursche lachte auch. Dann probierten sie es erneut und der Bursche versuchte ihr zu erklären, wie sie die Schritte machen müsse beim Hmtata, und die Kleine tat, als hätte es ihr noch niemand erklärt, und machte folgsam, was der Bursche sagte, und landete erst wieder unfreiwillig in seinen Armen. »Du brauchst nur auf den Rhythmus hören«, schrie er ihr ins Ohr. Sie nickte und hörte keinen Rhythmus, der ihr gesagt hätte, wie sie sich bewegen sollte. Was war los mit ihrem verdammten Blut, in dem keine Musik drinnen war. Im Blut nicht und in der Kehle auch nicht. Und endlich spielte die Musik etwas Langsameres, wo man bloß hin- und hergehen musste und für die anderen sah es vielleicht trotzdem nach Tanzen aus. Der Bursche redete während des Tanzens mit ihr, fragte sie, woher sie kam und ob sie öfters auf Feste ging. Er roch aus dem Mund und seine Hand, mit der er ihre Hand hielt, war rau und rot vom vielen Arbeiten und hatte dicke Schwielen an den Fingern, sie war nicht groß und weich, wie die Hand vom Hans gewesen war. Der Bursche war freundlich, aber er gefiel ihr nicht und sie wollte keinen von denen zum Freund. Er fragte auch, wie sie hieß, und sagte, er wolle ihr das Tanzen beibringen, aber sie wollte nichts über ihn wissen, nicht einmal seinen Vornamen, und dass er ihr nichts beibringen konnte, was weder der Mutter noch dem Bruder gelungen war, wusste sie auch im Vorhinein. Sie wollte heim, sich verkriechen, lieber lesen, als sich hier einem Vergnügen aussetzen, das keines für sie war. Sollte das ihre Jugend sein? Die Jugend, bei der die Mutter glänzende Augen bekam, wenn sie sich erinnerte? Halbe Nächte auf Tanzböden herumhüpfen und den Burschen schöne Augen machen, wie die Mutter sagte, auch wenn man sie nicht begehrte? Sie an der Nase herumführen und Ja sagen, wenn man Nein meinte und umgekehrt, damit sie nicht wissen, woran sie sind und möglichst lange um ein Mädchen kämpfen müssen? Sie sagte, ihr täten die Beine weh und sie wolle zurück an den Tisch der Eltern und sie wisse nicht, wann sie wieder einmal mitgehen dürfe auf ein Fest. Als der Bursche sie zurückbrachte und sie erleichtert aufatmen wollte, sah sie, dass der Herr Hubert am Tisch saß. Aber sie wollte nicht schon wieder davonlaufen und sich einsperren müssen, damit sie ihm nicht begegnete. Sie setzte sich dazu und die Mutter sagte: »Schau, der Herr Hubert!«, und die Kleine nickte und antwortete: »Ja, ich seh ihn auch!«

Der Herr Hubert fragte die Kleine, ob sie mit ihm tanzen gehe, und sie schüttelte den Kopf und sagte, dass sie nicht tanzen könne und es auch nie lernen würde. Aber er könne doch mit der Mutter tanzen, die hätte sicher eine Freude, wenn er sie aufforderte.

»Ich möchte aber mit dir tanzen«, blieb er hartnäckig. Die Mutter verstand nicht, was sie redeten, weil die Musik so laut war und sie ums Eck saß, und sie lächelte, weil sie dachte, die beiden unterhielten sich nett miteinander. Der Vater sah nicht her, er trank seine Mischung und unterhielt sich mit dem Schwager. Die Kleine verstand nicht, warum der Herr Hubert unbedingt mit ihr tanzen wollte. Sie sah, dass ihr Fuß keine Spuren in seinem Gesicht hinterlassen hatte und war halb erleichtert, weil nichts mehr nachzuweisen war, und halb enttäuscht, weil sie ihm seine breite Nase mit den großen Nüstern doch gerne von der Mitte ins Eck seines Riesenschädels gerammt gehabt hätte.

»Aber ich nicht mit dir!«, sagte die Kleine.

Da wandte er sich an ihre Mutter: »Sie will nicht mit mir tanzen!«

Die Mutter funkelte sie mit bösen Augen an und schrie, damit die Tochter sie auch sicher hörte: »Warum willst du mit dem Herrn Hubert nicht tanzen?«

Die Mutter hätte sie wohl auf den Tanzboden gefotzt, wenn sie freiwillig nicht gegangen wäre, und die Kleine fürchtete, dass sie ihre eigene Nase bald von der Wange herunterholen konnte, wenn sie weiter stur blieb.

Und so ging sie mit dem Herrn Hubert auf den Tanzboden, und als er sie fest um die Mitte nahm und mit ihr loslegen wollte, machte sie sich steif und ließ die Beine nachschleifen wie eine Puppe.

»Siehst du jetzt, dass ich nicht tanzen kann«, sagte sie. Aber so schnell gab er nicht auf. Er war nicht nur vierschrötig, er war auch kräftig und hob sie ein Stück in die Höhe, sodass er sie gegen seinen Bauch presste und ihre Beine in der Luft hingen.

»Eins, zwei, drei, eins, zwei drei«, sagte er und schaute sie durchdringend an. »Geht ja, man muss nur wollen!«

Sie bekam keine Luft so fest an den Bauch gepresst und wollte schnell wieder hinunter auf den Boden, aber der Herr Hubert lachte nur und hielt sie weiter fest und lachte weiter, auch wenn ihm der Schweiß über das Gesicht rann, weil die Kleine sich so schwer machte, wie es nur irgend ging. Als die Musik endlich aus war, stellte der Herr Hubert die Kleine wieder ab. Sie sagte, sie habe genug vom Tanzen und wolle zurück zum Platz ihrer Eltern. Aber sie könnten doch an die Bar noch etwas trinken gehen, meinte ihr Tänzer. Sie wolle nichts trinken, sagte die Kleine und ging los. Er hielt sie aber fest an der Hand und ging mit. Bestimmt wollte er den Eltern sagen, dass sie nicht mit ihm an die Bar gehen wolle. Aber die Eltern saßen nicht mehr dort. Der Onkel sagte, sie hätten schon gehen wollen und der Bruder habe sie nach Hause geführt und komme bald wieder. Sie wollten die Kleine beim Tanzen nicht stören, sie könne dann ja mit dem Bruder nach Hause fahren oder der Herr Hubert kann sie nach dem Tanzen bringen.

»Ja, gern bring ich sie«, sagte der Herr Hubert und lachte laut auf. »Wenn sie vorher noch mit mir an die Bar geht!«

Die Kleine war von allem angewidert. Von den Eltern, die einfach verschwunden waren, damit sie dem Herrn Hubert ungestört schöne Augen machen könne, und vom Herrn Hubert, der längst wusste, wie scharf die Eltern darauf waren, dass er sich was anfing mit der Kleinen. Sie hätte dem Herrn Hubert am liebsten vor allen Leuten noch einmal in die Goschen getreten vor lauter Wut, dass man sie in eine solche Situation gebracht hatte.

Aber sie setzte ein freundliches Lächeln in ihr Gesicht und sagte, sie müsse nur aufs Klo, dann komme sie mit an die Bar. Das Klo war zum Glück draußen. Keinen Schluck Alkohol wollte sie trinken und schon gar nicht mit dem Herrn Hubert, der sie vielleicht am liebsten betrunken machen wollte, um leichter an sie heranzukommen. Sie musste sich Ruhe verordnen, damit sie nicht beim Hinausgehen schon lief und der Herr Hubert sehen konnte, dass sie vor ihm davonrannte. Aber draußen war es dunkel und sie bog ab zur Straße und sauste los, hinein in die Finsternis. Nur wenn ein Auto kam, sah sie kurz die Straße, auf der sie lief. Immer, wenn von hinten der Lichtschein eines Autos auftauchte, sprang sie in den Straßengraben, um sich zu verstecken. Denn irgendwann würde der Herr Hubert bemerkt haben, dass sie nicht zurückkam, und sich ärgern, dass sie ihn versetzt hatte. Sie lief so schnell sie konnte, aber bald ging ihr die Luft aus und es war noch weit bis nach Hause. Langsam gewöhnte sie sich an die Dunkelheit und sah die Begrenzung der Straße und war nicht mehr angewiesen auf das Licht der entgegenkommenden Autos. Und ihr fiel ein, wenn der Herr Hubert sie wirklich suchte, würde er nicht nur von hinten kommen, sondern auch wieder umdrehen und sie finden, wenn sie nicht bei jedem Auto im Straßengraben verschwand. Die Kleine hörte ihr eigenes Keuchen so laut, als wäre jemand hinter ihr her, und das Herz schlug ihr bis in die Schläfen hinein. Sie wurde fast ohnmächtig vor Angst, aber sie musste weiter und wusste, dass die schönen Schlagjeans, die sie mit der Großmutter beim Kastner gekauft hatte, ganz schmutzig würden vom Straßengraben, und die Schuhe auch, und immer wieder drehte sie sich um, wenn sie das Klappern ihrer Plateauschuhe hörte, denn in der Stille der Nacht klang es so laut, als würde sie jemand im Gleichschritt verfolgen. Sie ging und ging und kein Mond stand am Himmel und leuchtete ihr heim, wie es sich gehört hätte für einen anständigen Gespons der Sonne. Wo war er nur hin, wenn man ihn einmal brauchte? Wo versteckte er sich, mit seinem höhnischen Grinsen, als wäre die Nacht sein Revier und als säße er irgendwo hinter einem Holzverschlag versteckt auf dem Hochstand und zielte auf sie wie auf eine Wildsau, die täglich nachts unterwegs ist, um sich zu versorgen. Nein, sie wühlte nicht in der Erde, sie war nur aufgewühlt von nächtlicher Angst und dem Grausen vor einem Mann. So durfte es nicht sein mit der Liebe, so wollte sie es nicht, da musste noch etwas anderes kommen, und sie hatte es kennengelernt, beim Hans, beim Hans und noch einmal beim Hans! Warum war die Welt so ungerecht und schickte ihr den schleimigen Hubert anstatt des weichen, sanften Hans und warum musste er in ein Gewitter kommen und nicht der Herr Hubert, den der Blitz ruhig hätte erschlagen können. Nein, sie wusste, dass sie das nicht denken durfte, und dass der Blitz sie erschlagen könnte, wenn sie das dachte, was ihr eben durch den Kopf ging, aber lieber war ihr, der Blitz erschlug sie auf der Stelle, als dass sie den

Herrn Hubert hätte nehmen müssen statt den Hans, und wenn er hundert Kredite besorgte für Vater und Mutter.

Irgendwann kam sie doch zu Hause an. Die Tür war nicht abgesperrt, wie immer, wenn noch jemand auswärts war. Sie war froh, dass die Großmutter im Zimmer lag. Dorthin würde ihr der Herr Hubert doch nicht folgen.

»Da bist du endlich, ich habe mir schon Sorgen gemacht«, sagte die Großmutter in die Dunkelheit hinein.

»Du bist noch wach?«, fragte die Kleine.

»Ja glaubst du, dass ich schlafen kann, wenn du dich allein herumtreibst draußen? Ich habe schon geschimpft mit deinem Vater, wie sie dich nur haben dort lassen können in der Nacht und bei wildfremden Menschen!«

»Was haben sie denn gesagt, wo sie mich gelassen haben?«, wollte die Kleine wissen.

»Bei einem Herrn Hubert, den sie gut kennen und mit dem du so schön getanzt hast, dass sie dich nicht stören wollten!«

Die Großmutter schaltete die Nachtkästchenlampe ein und setzte sich auf. »Und, war es schön?«

Die Kleine setzte sich aufs Bett und nickte.

Die Großmutter schaute skeptisch.

»Und? Hat er dich mit Anstand heimgebracht auch, dieser Herr?«

Die Kleine nickte wieder.

»Es gehört sich trotzdem nicht, dass sie dich dort lassen, in deinem Alter.«

Die Kleine nickte wieder, ohne die Großmutter anzusehen.

Danach ging die Kleine den ganzen Sommer auf kein Fest mehr mit. Auch wenn die Mutter sie einen Sonderling nannte, der lieber zu Hause herumhockte und las, anstatt sich zu vergnügen, wie es sich gehörte für ein Mädchen in ihrem Alter.

»Aber ich vergnüg mich ja«, sagte die Kleine. »Ich lese gerne und schau mir auch die Nachtfilme an!«

Besonders auf den Montag freute sie sich. Da gab es ganz spät noch immer den guten Film. Und es gefiel ihr, wie langsam sich die Schauspieler in den guten Filmen bewegten und wie viel Zeit sie bekam, auf alles zu achten, was sie im Film sah. Sie lernte Filme von Bergman kennen, von Pasolini, Truffaut, Antonioni und Godard. Und es gefiel ihr viel besser, diese Filme zu schauen, als in den dunstigen Bierzelten herumzuwarten, ob sie jemand zum Tanzen holte oder dann herumzuhüpfen nach einer Musik, die sie schrecklich fand. Sie wäre auch gerne ins Kino gegangen, aber dort spielten sie meist nur Dirndln-und Lederhosen-Filme und davon sah sie genug, wenn sie sonntags in die Kirche oder danach mit zum Frühschoppen ging. Manchmal gab es auch Heintje-Filme, denen sie aber schon entwachsen war, und ganz selten Filme wie »Vom Winde verweht« oder »Doktor Schiwago«, von denen sie längst das Buch gelesen hatte und ganz neugierig war, wie die Personen im Film aussahen, von denen sie eine genaue Vorstellung hatte. Sie fuhr mit dem Rad in die Bezirkshauptstadt und wollte sich die Filme unbedingt ansehen. »Doktor Schiwago« gefiel ihr so, wie er war. Nur bei »Vom Winde verweht« war sie enttäuscht, da Scarlett O'Hara im Film nur ein Kind bekam und nicht drei, wie im Buch, alles konzentrierte sich auf die kleine Bonnie, die dann bei einem Reitunfall starb. Und die Kleine weinte wieder Rotz und Wasser, genauso, wie sie es auch beim Lesen des Buches getan hatte, aber von Ashley war sie enttäuscht. Den hatte sie sich viel attraktiver vorgestellt, so hartnäckig wie Scarlett hinter ihm her war. Die Geschichte mit Ashley begleitete sie lange und immer wieder fragte sie sich, wie Scarlett nur so verrückt nach ihm sein konnte. Aber vielleicht ging es gar nicht um Ashley. Vielleicht wollte Scarlett nur jemanden erobern, der für sie nicht zu haben war, und nicht um einen Mann, der ihr wirklich gefiel. Und was Scarlett an Rhett Butler hatte, merkte sie erst, als es zu spät war, als Rhett nicht mehr um sie kämpfte und sie endgültig verließ, auch wenn Scarlett meinte, sie könnte ihn zurückerobern, weil morgen auch noch ein Tag war.

Die Kleine traf sich mit Freundinnen im Schwimmbad oder las auf der Liegewiese und ließ sich bräunen. Meist zog sie den Bikini schon zu Hause an, denn in den Umkleidekabinen waren überall Löcher gebohrt, durch die jemand von der anderen Kabine herüberschauen konnte. Einmal war sie selber neugierig gewesen und hatte ihr Auge an eines dieser Spechtellöcher gelegt und dann direkt in das Auge von jemandem in der Nebenkabine geblickt. Seither stopfte sie die Löcher immer zu, bevor sie sich umzog, oder sie blieb nach dem Schwimmen in der Badekleidung, bis sie trocken war.

Manchmal fuhr sie mit dem Rad zu Almut und die beiden erinnerten sich, wie sie unter der Werkbank mit Kitt gespielt und sich das Geld für die Süßigkeiten mit dem Kittgebäck verdient hatten. Nun waren sie nicht mehr so gierig nach Süßigkeiten, aber die Kleine suchte die Küche und die Speis nach Essbarem ab und war ganz wild nach den Ananasdosen, die Almuts Mutter dort stehen hatte. Ananas, so etwas hatte es zu Hause noch nie gegeben! Nur Orangen und die ein einziges Mal in richtigen Mengen. Irgendwann schien eine Lieferung für die Geschäfte nicht mehr gut genug zu sein und es wurde ein ganzer Lastwagen voll Orangen in der Ziegellacke abgeladen. Alle Dorfleute fuhren hin und holten sich die guten Orangen, von denen noch eine Menge dabei war. Kistenweise schleppten sie die Pomeranzen, wie die Großmutter die Früchte nannte, nach Hause und konnten es nicht fassen, dass nun so viele Orangen zum Essen da waren, wie sie wollten. Das ganze Dorf war im Orangenfieber, alle redeten nur mehr darüber, wie viele Orangen sie gegessen hatten, die Frauen tauschten Rezepte aus und überlegten, ob sie die Schalen für die Tiere verkochen oder doch lieber auf den Misthaufen werfen sollten. Die Kinder nahmen einen Rucksack voll Orangen mit in die Schule, um sie an die Lehrer und die anderen Kinder zu verteilen. Die meisten freuten sich darüber, nur ein paar mokierten sich und sagten, dass sie keinesfalls essen würden, was die da im Dorf aus dem Dreck geholt hätten. »Dreckfresser«, sagten sie verächtlich, aber vielleicht auch neidisch, weil sie keine Orangen hatten, die sie aus dem Vollen schöpfen konnten. Nach etwa einer Woche war der Spuk vorbei. Alle hatten genug von Orangen, und was bis dahin nicht gegessen worden war, verfaulte oder verschimmelte in einem rasanten Tempo, sodass die Früchte nicht einmal mehr zum Saftpressen geeignet waren.

Ananas gab es damals nur in Dosen und selbst die kauften nur die wohlhabenderen Leute wie Almuts Eltern. Das war knapp vor der Zeit, als das Ananasfieber ausbrach und zu jedem feinen Essen eine Scheibe Ananas dazugelegt wurde. Die Zeit, als der Toast Hawaii in jedem Gasthaus Einzug hielt oder das Hawaiischnitzel, und selbst wenn man ganz nobel essen ging, war auf einer Grillplatte die goldgelbe Ananasscheibe als Krönung des Gerichts nicht mehr wegzudenken.

Die Kleine schaffte es ganz allein, eine Dose Ananas zu verschlingen, denn sie musste solche köstlichen Dinge auf Vorrat essen, wer weiß, wann sie wieder dazu kam. Am liebsten hätte sie so viel davon gegessen, dass ihr für alle Zeit gegraust hätte, wenn sie eine Ananasdose sah. Aber so war es nicht, am nächsten Tag hatte sie wieder Lust auf Ananas.

Dann spielten die Almut und sie Federball und bemühten sich, den Ball so lang wie möglich in der Luft zu halten. Ihr Rekord war bei dreihundertneunundzwanzigmal, und wenn sie es wieder angingen, versuchten sie, den eigenen Rekord zu brechen.

Gegen Ende der Ferien fuhren Almuts Eltern ans Meer und nahmen die Kleine mit. Ans Meer! Niemand von den Kindern im Dorf hatte schon einmal das Meer gesehen. Das endlose, weite Meer, wo man bis zum Horizont nur Wasser erblickte und, wenn man genau schaute, sogar die Krümmung der Erde. Die Kleine hatte viele Filme gesehen, die am Meer spielten, und sie war so aufgeregt, dass sie die ganze Nacht nicht schlafen konnte. Nun würde sie das Meer mit eigenen Augen sehen und irgendwann auch die Pyramiden, von denen die Geschichtslehrerin so viel erzählt hatte, und die Akropolis. Die Lehrerin war schon dort gewesen, auch in Italien, und hatte Orangen und Zitronen auf den Bäumen gesehen, und sie hatte an den Blüten gerochen und diesen feinen, süßen Duft beschrieben, der von den Hainen bis auf die Straße und in die Gassen zu riechen war. Das alles wollte die Kleine auch riechen und sehen, und sie hoffte, nicht zu sterben, bevor sie das alles erlebt hatte. Nicht vorher zu sterben wie die Barbara, die Tochter der Wirtsleute im Dorf, die eine Sommergrippe bekommen hatte mit hohem Fieber, das nicht mehr weggegangen war. Vierzehn Tage nach Ausbruch dieser Grippe war sie tot. Sie war ein Jahr älter als die Kleine und hatte gerade mit einer Koch- und Kellnerlehre begonnen und war früher oft dabei gewesen, wenn die Dorfkinder Fangen gespielt hatten auf den Bänken des Dorfkreuzes. Irgendwann hörten die Größeren auf, sich beim Kreuz zu treffen. Sie hatten keine Lust mehr, im Bad war es genauso. Hatten sie früher im großen Becken Eckengangerl gespielt, bis die Lippen blau waren und die Zähne schepperten wie die Klapotetz im Herbst, wenn sie die Trauben blau schlug, so schwammen sie jetzt grad einmal ein paar Längen, um sich abzukühlen, und ärgerten sich über die lästigen Kinder, die dauernd vom Beckenrand sprangen.

Die Barbara war sehr hübsch. Sie hatte große dunkle Augen und glänzendes schwarzes langes Haar, und da sie bereits bei Schuhgröße neununddreißig angelangt war und die Kleine längst um einen Kopf überragte, sagte man über sie, dass sie eine große Schönheit werden würde. Und dann war die Barbara tot, einfach so, an einer Grippe gestorben. Als der Hausarzt nicht mehr weiterwusste, ließ er sie noch ins Krankenhaus auf Graz überführen. Der Nachbar, der gerade vom Gasthaus kam, machte die Dorfrunde. Und während er die Nachricht von Haus zu Haus verbreitete, hörte man aus der Ferne schon das Zügenglöcklein läuten. Die Kleine musste immer an eine Ziege denken, die an der Glocke zog, obwohl sie wusste, dass es Zügen heißt, weil es früher geläutet wurde, als der Sterbende noch in den letzten Zügen lag. Es war ein feines, hohes Dingen und kein Ding-Dong wie bei der großen Glocke, wenn sie zum Kirchengehen mahnte. Es tat in den Ohren weh, selbst dem Hund, und er fing zu jaulen und zu heulen an, als wüsste er, dass jemand gestorben war, der noch nicht sterben durfte. Die Kleine konnte sich die Barbara nicht tot vorstellen. Einfach ruhig daliegend und nichts mehr spürend. Noch nie war jemand in ihrem Alter gestorben. Fünfunddreißig- oder vierzigjährige Väter und Mütter an Krebs oder bei einem Autounfall, ja, das kam vor und war schlimm für die Kinder, aber niemand, der so jung war. Einmal hatte sie ein Buch gelesen, das hieß »Hallo, Mister Gott, hier spricht Anna«, und in diesem Buch stirbt die kleine Anna bei einem Autounfall, und die Kleine erinnerte sich, wie sie nicht aufhören konnte zu weinen, weil sie Anna mochte und auch wenn Anna an den Himmel glaubte und vielleicht auch wirklich dort war, so trauerte die Kleine doch mit Fynn, dem Erzähler, der seine wunderbare Freundin verloren hatte. Immer wieder musste die Kleine es damals lesen und immer wieder suchte sie nach tröstlichen Zeilen, aber sie konnte nicht verhindern, dass die Tränen liefen und liefen und liefen, und sie versteckte sich im Tischwinkel und zog eine Decke über ihren Kopf und sagte, dass ihr kalt sei, denn es wäre ihr peinlich gewesen, wenn die Eltern gesehen hätten, dass sie wegen einer Geschichte heulte wie der Hund, wenn das Zügenglöcklein läutete.

Als sie vom Tod der Barbara hörte, war ihr gar nicht nach Weinen zumute, es war eher ein Gefühl von Erstarrung, das sie verspürte. Und Empörung darüber, dass die quietschlebendige Barbara so etwas Unmögliches tat wie sterben. So als hätte sie sich dafür entschieden, den Wind um die Trauer auszukosten, der nun gemacht wurde. Mit nichts kann man mehr Aufsehen erregen, als wenn man stirbt, dachte die Kleine, und immer wieder stellte sie sich vor, wer an ihrem Grab wirklich trauern würde. Gerne hätte sie die Mutter einmal richtig weinen gesehen um sie. Ein bisschen beneidete sie die Barbara darum, dass so viel Wirbel um ihren Tod gemacht wurde, und sie hoffte, dass sie von irgendwoher zusehen und sich darüber freuen konnte, wie alle jammerten und schluchzten, damit nicht alles sinnlos war.

Am Abend gab es bereits die erste Totenwacht und die Gaststube wurde zum Wachtzimmer und draußen hing eine Tafel: »Wegen Todesfall geschlossen!«

Die Leute strömten von allen Seiten herbei, als gäbe es ein Fest zu feiern, und die Eltern der Barbara nahmen die Beileidsbezeugungen wie Gratulationen entgegen. Die Kleine fand es komisch, dass in der Gaststube, in der es nach Bier und abgestandenem Rauch stank, und in der sonst Karten getippelt wurde und das Radio lief, nun Rosenkranz gebetet wurde. Fast alle weinten und selbst die Mutter der Kleinen hatte Tränen in den Augen und sagte zur Mutter der Barbara: »Wer weiß, was ihr erspart geblieben ist!«

Die Kleine verstand nicht, was die Mutter meinte. Gönnte sie der Barbara das Meer nicht, und die Pyramiden und die Akropolis? Und sich richtig verlieben und mit dem Burschen schlafen, mit dem man wirklich möchte. Das alles ist ihr erspart geblieben. Der Kleinen waren die Worte peinlich, die ihre Mutter zur Mutter der Barbara gesagt hatte.

Vor dem Begräbnis wurde die Barbara noch einmal nach Hause gebracht und in ihrem Zimmer aufgebahrt. Sie lag im offenen Sarg, der mit weißem Damast ausgepolstert war. Die Mutter stand darübergebeugt und starrte unentwegt und tränenlos auf ihr totes Kind. Sie strich ihr über den Kopf und legte ihr die Hand zärtlich an die Wange, als würde es die Barbara noch spüren. Die Begräbnisgäste gingen einzeln am Sarg vorbei, blieben kurz stehen und spritzten ein bisschen Weihwasser auf das weiße Spitzenkleid, das die Barbara trug. Sie sah schön aus mit ihren schwarzen Haaren und dem Weiß rundherum. Der Kopf war auf einen weißen Polster gebettet und leicht zur Seite geneigt. Das gab ihr etwas Weiches, Anmutiges. Nicht so starr und gerade und mit dem strengen Mund, wie die alten Leute dalagen. Seltsam war nur, dass ihre Haare nun gelockt waren, und die Nachbarin hinter der Kleinen flüsterte der Mutter zu: »Das kommt daher, dass sie viel geschwitzt hat!«

Sie sah aus, als würde sie schlafen, und trotzdem war sie fremd. Die Kleine musste intensiv an die lebende Barbara denken, um sich die Züge im toten Gesicht zusammenzureimen und sich zu vergewissern, dass es wirklich die Barbara war, die hier vor ihr lag. Die tote Barbara war schön, aber sie sah nicht mehr aus wie die lebendige Barbara.

Almut war auch beim Begräbnis. Aber diesmal lachten die Cousinen nicht, auch nicht, als sie nebeneinander gingen. Zu sehr mussten sie daran denken, sie würden selber in diesem Sarg liegen und bald unter einer zwei Meter tiefen Erd- und Lehmschicht darauf warten, dass die Würmer sie fraßen. Das war gruselig und alles andere als zum Lachen.

Erst nachher, als alles vorbei war und die Almut und die Kleine im Badezimmer vor dem Alibert-Spiegel standen, versuchten sie zuerst die tote Barbara nachzumachen und verzogen dann ihre Gesichter so, wie sie sich vorstellten, dass sie selber aussehen würden, wenn sie tot wären. Die Kleine gefiel sich nicht mit dem toten Gesicht und sagte: »Ich möchte aber eine wunderschöne Tote sein!«

Die Almut schüttelte den Kopf: »Das wird nichts bei dir. Da müsste man dich stark schminken, mit viel Wimperntusche und Lippenstift, damit du etwas gleichschaust!«

»Würdest du mich schminken?«, fragte die Kleine.

Almut zuckte mit den Schultern.

»Bitte, versprich es mir!«

»Na gut«, Almut seufzte.

»Und ein weißes Kleid hätte ich auch gern! Und du? Was möchtest du?«

»Dass du am Grab ein kleines Loch hinuntergräbst bis in den Sarg«, wünschte sich die Almut.

»Warum?«

»Damit ich reden kann mit dir, falls ich doch nicht so ganz tot bin! Versprichst du es?«

Die Kleine nickte und seufzte ebenfalls.

Und als die Mutter der Almut hereinkam und fragte, was sie hier täten, sagte die Almut: »Nichts!«

Und die Kleine: »Wir spielen nur Totsein!«

»Kinder, mit dem Tod spielt man nicht!«, sagte die Mutter streng, ging hinaus und machte die Tür fest zu. Die beiden schauten einander an und mussten lachen.

Nun würde die Kleine also das Meer sehen. Während der Fahrt lagen die Mädchen einander auf den Rücksitzen des Opel Caravan gegenüber und die eine hielt der jeweils anderen die stinkenden Füße ins Gesicht. Das fanden sie lustig und sie schlugen auf die Füße ein, wenn sie Mund und Nase zu nahe kamen. Den Eltern ging das Geschrei und Gelächter auf die Nerven und sie schrien schon einmal, dass sie endlich Ruhe haben wollten. Allzu lange hielt die Ruhe nicht an, denn immer mochten sie auch nicht »Ich seh, ich seh, was du nicht siehst …« spielen. Was sie aber schon mochten, war, die Fußsohlen gestreichelt zu bekommen. Wenn sie sich selber streichelten, spürten sie ganz wenig, wenn sie es gegenseitig taten, spürten sie viel mehr, aber am allerbesten fühlte es sich an, wenn nur eine die andere streichelte und die es richtig genießen konnte. Die Unberechenbarkeit machte die große Lust aus. Dass sie es nicht kontrollieren konnten, wann es angenehm war oder zu viel wurde und nur mehr kitzelte, sodass es kaum auszuhalten, aber doch zu überwinden war, wenn man durchhielt und sich daran gewöhnte. Sie spielten »Schere, Stein, Papier« und wer gewann, musste der anderen eine Viertelstunde lang die Füße streicheln. Dann wurde erneut geknobelt.

Die Eltern wiesen immer wieder auf die schöne Landschaft hin, aber das interessierte die Kinder nicht. Spannend war es nur in Spielfeld, wo sie über die Grenze nach Jugoslawien fuhren und einen Stempel in ihren Pass bekamen. Für die Kinder war es der erste Stempel in ihrem Leben und es war das erste Mal, dass sie in ein anderes Land fuhren. Und gleichzeitig waren sie enttäuscht, weil es hinter der Grenze gleich aussah wie davor. Interessant wurde es erst wieder, als sie bei Rijeka auf die Küstenstraße fuhren. Da setzten sie sich auf und schauten aus dem Fenster. Das blau glitzernde Meer tief unter ihnen und ein ebenso tiefblauer, wolkenloser Himmel. Sie meinten, eher zu fliegen als zu fahren, auch wenn sie noch nie geflogen waren. Sie waren schon an verschiedenen Seen gewesen, am Klopeiner See und am Wörthersee, und die Seen glitzerten auch, aber nicht so intensiv wie das Meer. »Das liegt am Salzgehalt!«, sagte die Mutter der Almut. Und ihre Eltern erzählten, dass sie schon einmal hier gewesen waren, auf der Hochzeitsreise, die sie zusammen mit den Eltern der Kleinen gemacht hätten. Beide seien damals mit Motorrädern unterwegs gewesen. Und einmal hätte der Vater der Kleinen die Mutter auf einem Rastplatz vergessen und erst während der Fahrt bemerkt, dass sie nicht mehr hinten drauf saß. Dann drehten beide um und holten sie von der Stelle, wo sie vergessen worden war und wo sie ziemlich grantig wartete. Sie konnte dann nicht mitlachen mit den anderen, aber jetzt lachten alle im Auto, als sich die Eltern der Almut daran erinnerten und den Kindern die Geschichte erzählten.

»Warum fahrt ihr heute nicht mehr zusammen auf Urlaub?«, wollte die Kleine wissen.

»Weil sich damals noch Oma und Opa um den Hof kümmerten, die Tiere versorgten und die Kühe molken. Heute können deine Eltern nicht mehr für längere Zeit weg!«

Das tat der Kleinen leid und sie wollte mit dem Bruder reden, dass sie sich ein paar Tage lang um alles kümmern würden und die Eltern dann auch noch einmal ans Meer fahren könnten.

»Das alles hier ist Altösterreich«, sagte der Onkel mit einem gewissen Stolz, »das hat alles einmal uns gehört!« Er sagte es so, als wäre er es persönlich gewesen, dem das alles gehört hatte, und die Kleine stellte sich vor, wie er hier mit seinem Lieferwagen herumgefahren war und Glas in alle Fenster eingeschnitten hatte. Ihr Onkel kam der Kleinen besonders wichtig vor, seit sie einmal im Radio die berühmte Weihnachtsansprache von Leopold Figl aus dem Jahr 1945 gehört hatte, in der er davon redete, dass er nichts habe und den Leuten nicht einmal Glas geben könne, das sie in die Fenster einschneiden könnten. Aber ihr Onkel hatte das Glas und er konnte einschneiden und hatte so viel Arbeit, dass er Tag und Nacht hätte kitten und einschneiden können.

Ein bisschen enttäuscht war sie aber, dass die Eltern der Almut dauernd davon redeten, wie das hier früher geheißen hatte. Ljubljana sei Laibach gewesen, Rijeka Fiume und Zagreb Agram, denn sie wollte in ein richtig anderes Land fahren, wo alles anders war, und nicht wohin, wo die Eltern der Almut ständig nach Spuren suchten nach dem, was ihnen einmal gehört hatte und wo es ausgesehen hatte wie daheim.

Aber als sie die ersten Palmen und Pinien sah, atmete die Kleine erleichtert auf. Am Nachmittag erreichten sie Crikvenica und fuhren erst einmal in den Gassen herum, um nach einem Quartier Ausschau zu halten. Sie achteten auf die Schilder an den Häusern, auf denen es meist auch in Deutsch angeschrieben war, wenn es noch freie Zimmer gab. Der Onkel stieg immer wieder aus, aber es war meist nur mehr ein einziges Zimmer frei. Erst bei einem etwas größeren Haus klappte es. Die Räume hätten zwar keinen Meerblick, weil ein großes Hotel davor stand, aber sie seien sauber, sagte die Tante, nachdem der Onkel alle ins Haus gewinkt hatte. Die Kinder wollten so schnell wie möglich an den Strand. Und die Kleine wollte Palmen einmal ganz von der Nähe sehen. Doch außer bei einer Hotelanlage, an der sie vorbeigingen und wo ein paar Dattelpalmen in großen Töpfen herumstanden, fand sie keine. Am Strand breiteten die Kinder ihre Badetücher aus und liefen ins Wasser. Sie jaulten vor Vergnügen und spritzten sich gegenseitig an. Die Kleine probierte gleich einen Schluck Meerwasser, denn es sah köstlich klar aus, aber es war so versalzen, wie die Mutter es noch mit keiner Suppe geschafft hatte. Sie hustete und spuckte und sah mit tränenverschwommenen Augen hinaus aufs Meer. Aber es gab keinen Blick auf den weiten Ozean frei. Auch nicht, als die Salzwassertränen wieder weg waren. Die Insel Krk verstellte die Sicht auf den großen Horizont.

Gegen Abend verdrückte sich die Sonne still und leise hinter der Insel, als wollte sie nicht, dass die Kleine merkte, dass sie nicht rot im Meer versank, wie es im Caprifischerlied besungen wurde und wie sich die Kleine erwartet hatte, dass es überall am Meer passieren würde, auch in Jugoslawien. Sie packten ihre Badetücher und ihre Luftmatratzen zusammen und schlurften zur Pension zurück, um sich für das Abendessen herzurichten. Doch sie hatten beim Weggehen die Fenster offen gelassen, um den klebrigen Geruch aus den Zimmern zu vertreiben, und nun waren die weißen Wände schwarz vor lauter Gelsen, die sich dort versammelt hatten. Der Onkel suchte gleich den Vermieter und erzählte ihm mit Händen und Füßen, was in den Zimmern los sei, denn bis auf ein paar Worte sprach der Zimmerwirt kein Deutsch. Aber den aufgeregten Onkel verstand er gleich und sagte: »Hamma gleich« und kam mit einer großen Buckelspritze, die er auf dem Rücken trug. Er drückte ein paarmal auf die Pumpe und spritzte sämtliche Wände ab, auch über das Bettzeug ging er einmal drüber und sagte: »Ist DDT, ist Beste gegen Musica!«

»Nix Musica«, sagte der Onkel, »Gelsen!« Er machte das Geräusch der Gelsen nach.

»Da, da, da, Musica«, antwortete der Zimmerwirt und machte das Geräusch ebenfalls nach. Dann deutete er, dass sie die Fenster wieder schließen sollten, damit nicht noch mehr Musica nachkämen.

Die toten Tiere bröckelten von den Wänden ab wie alter, feuchter Verputz und der Onkel schloss die Fenster und nun wussten sie, welch ein Geruch das war, gegen den sie den ganzen Nachmittag gelüftet hatten.

Am Abend gingen sie in eines der vielen Lokale essen, die es an der Strandpromenade gab. Sie probierten Ćevapčići, Ražnjići und Djuvec und hörten die Musikkapelle aus dem nahe gelegenen Hotel Slavija spielen, und die Kleine horchte auf, als sie das Caprifischerlied vernahm. Nicht auf Deutsch, sie sangen auf Jugoslawisch oder auf Serbokroatisch oder wie das hieß, aber den Text konnte sie sowieso auswendig und so konnte sie ihn im Kopf mitlaufen lassen. Und die Musik der Caprifischer war so langsam, da hätte sie beim Tanzen keinen Wechselschritt gebraucht, und sie stellte sich vor, der Hans wäre hier und würde mit ihr tanzen und sie küssen. Und morgen würde sie am Nachmittag mit dem Hans auf die Insel fahren, denn hinter der Insel war der Horizont und gegen Abend auch der rote Sonnenball, der dort langsam im Meer versinkt. Und in der Abenddämmerung würden sie Muscheln suchen gehen, von denen sie auch noch keine einzige am Strand gefunden hatte. Dann wäre der Urlaub perfekt.

Nach dem Frühstück mit Buttersemmel und Marmelade gingen Almut und die Kleine gleich an den Strand, die Eltern der Almut kamen später nach, blieben etwa eine Stunde und drängten dann zum Mittagessen. Danach gingen die Eltern zurück aufs Zimmer und machten dort ihren Mittagsschlaf, weil es ihnen am Strand zu heiß war. Anfangs dachte die Kleine, sie hätte noch Wochen und Monate so verbringen können, am Strand herumliegen und sich abkühlen. Wenn Burschen sie anredeten, hörte sie nicht hin, denn sie wollte dem Hans treu bleiben, außerdem kicherte die Almut daneben herum, sodass sowieso alles nur peinlich war. Nach drei Tagen hatten sie aber trotz Sonnencreme Verbrennungen auf den Schultern und auf dem Bauch, und es wurde ihnen langweilig mit schwimmen und in der Sonne liegen, wenn sonst nichts passierte.

Gerne hätte die Kleine Muscheln vom Strand mit nach Hause genommen. Am liebsten große, schneckenförmige, wo man noch das Meer rauschen hörte, wenn man sie ans Ohr legte und ganz leise atmete. Aber sie fand keine, sooft sie den Strand auch abging und suchte. Die Muschelsucher waren wahrscheinlich schon bei Sonnenaufgang unterwegs und nahmen alles mit, was angespült wurde. Am Abend kauften die Eltern den Kindern Schmuckkassetten. Sie waren aus Holz, innen rot lackiert und außen mit Muscheln, Meeresschnecken und Sand beklebt. Die Kleine war hingerissen von diesem schönen Geschenk. Zu Hause riss sie schweren Herzens ein paar Ecken von den Meermandeln und Herzmuscheln ab, damit sie einige Mitbringsel für die Freundinnen hatte. Nur die Meeresschnecke ließ sie ganz und hielt die Schmuckkassette immer wieder ans Ohr, um das Meer rauschen zu hören, wenn sie die Sehnsucht nach dem Urlaub überkam.

Die Großmutter war in ihrem ganzen Leben nie am Meer gewesen. Früher hatte sie Sehnsucht danach gehabt, aber damals war das nur etwas für die reichen Leute. Und später, als ihre Tochter sie hätte mitnehmen können, wollte sie nicht mehr, seit sie am Stock ging und es ihr zu beschwerlich gewesen wäre. Vor allem die lange Fahrt im heißen Auto hätte sie nicht vertragen und den Zugwind, wenn man das Fenster öffnete. Wie sie die Hitze überhaupt nicht mehr vertrug, seit sie alt geworden war. Die Großmutter war auch in ihrem ganzen Leben nie schwimmen gewesen, so richtig mit Badeanzug und im tiefen Wasser. Sie konnte gar nicht schwimmen und war in ihrer Jugend höchstens mit anderen jungen Leuten aus dem Dorf zum Bach gegangen, wo sie ihre heißen Füße in das kühle Wasser gehalten hatte. Wie es sich anfühlt, wenn man nach dem Schwimmen vor Kälte zittert und sich dann in die Sonne legt und jeden einzelnen Tropfen spürt, der von der Sonne langsam aufgesaugt wird und wie sie im Gegenzug ihre heißen Strahlen durch die Poren hindurch in den Körper schickt und das Blut wieder aufheizt, bis man Lust hat, sich mit einem einzigen Sprung wieder abzukühlen, dieses Gefühl hat die Großmutter nie kennengelernt.

»Oma, wie stellst du dir das Meer vor?«, fragte die Kleine, während sie auf ihrem Bett saß und die Muscheln auf ihrer Schmuckkassette streichelte.

»Das Meer stelle ich mir wie den Himmel vor, wenn er blau ist«, sagte die Großmutter und schaute beim Fenster hinaus, »und das Rauschen des Wassers stelle ich mir wie das Rauschen der Bäume vor und wenn eine Wolke am Himmel kommt und weiterzieht, dann denke ich mir, dass sie eine Welle ist, die da kommt und wieder verschwindet, ihre Form verändert und sich irgendwo auflöst. Und wenn es stürmt, dann sind es viele Wellen, die sich auftürmen, wie die Wolken, bevor ein Gewitter kommt. Wenn ich mich im Obstgarten hinten ins Gras lege und in den Himmel schaue, dann bin ich oft am Meer. Und die Flugzeuge sind dann wie Boote, die in der Ferne den Ozean kreuzen. Und der weiße Streifen, den sie hinterlassen, sieht aus wie verwirbeltes Kielwasser, das bei den Booten hinten herauskommt und sich erst langsam wieder mit dem anderen Wasser verbindet.«

»Oma, woher kennst du das alles?«, wollte die Kleine wissen.

»Früher waren dein Großvater und ich öfter in Kärnten, mit dem Motorrad. Und da sind wir am Ufer vom Wörthersee gelegen und ich habe auf den See geschaut und da habe ich im Wasser des Sees alles gesehen, was ich auch sehe, wenn ich mich unter den Birnbaum lege und in den Himmel schaue!«

Im Herbst ging es los mit der neuen Schule in Graz. Nun hieß es für die Kleine, jeden Tag, außer am Sonntag, um halb sechs Uhr aufstehen, denn um viertel sieben ging der Zug. In Graz stand am Bahnhof zwar auf den gelben Kacheln in Rot geschrieben: »Mit dem Roten Blitz in die schöne Weststeiermark«, aber der Rote Blitz fuhr nie um Viertel nach sechs, wenn er die halbe Weststeiermark zum Arbeiten oder zum Schulbesuch nach Graz transportierte. Es war die schwarze Dampflok, deren Waggons eine kleine Veranda hatten, auf der man im Freien stehen konnte, wenn man sich den Fahrtwind ins Gesicht blasen lassen wollte. Aber wer frisch gewaschene Haare hatte oder einen hellen Pulli trug, vermied die Veranda oder das offene Fenster, denn die Kohlenstaubfussel, die mit dem Dampf hinausgeblasen wurden, verfingen sich gerne im Haar und der helle Pullover oder die weiße Bluse waren bald schwarz gesprenkelt, und man stank als Ganzes wie eine Selchkammer voll mit Osterfleisch. In den schwarzen Waggons gab es vorwiegend Holzbänke, nur vereinzelte waren mit einer grünen Polsterung ausgestattet. Und die Polsterbänke waren meist schon voll, wenn die Kleine einstieg. Aber das Zugfahren war aufregend. Sie lernte endlich auch Jugendliche kennen, die von anderen Schulen kamen und nun ebenfalls auf Graz fuhren. Dort angekommen ging es noch mit der Straßenbahn weiter, und die Schule befand sich in einem großen gelben Haus, das aussah wie ein Spital mit den hohen Räumen, den langen Gängen und den Steinböden. Dafür durften die Schüler ihre Schuhe anbehalten, was in der Hauptschule nicht erlaubt gewesen war. Und anders als in der Hauptschule sagten die neuen Lehrer »Sie« zu den Schülern und Schülerinnen, und sie sprachen sie auch mit dem Nachnamen an. Anfangs kicherten die Jugendlichen deshalb, weil es das erste Mal war, dass sie gesiezt wurden, aber bald gewöhnten sie sich daran, und auch daran, Frau und Herr Professor zu sagen statt Herr und Frau Fachlehrer.

Und die Professoren waren noch kurioser als die Lehrer in der Hauptschule. Da gab es einen Englischprofessor, der Engländer war. Als Erstes brachte der den Schülern englische Buch- und Filmtitel bei und fragte, um welche Bücher und Filme es sich handelte. Für die Kleine war das leicht, denn sie hatte »Gone With the Wind« ebenso gelesen und gesehen wie »The Godfather« und »The Old Man and the Sea« und sie wollte auch immer wissen, wie die Originaltitel lauteten. So fiel sie dem Englischprofessor bald auf.

»The rose is red
the violet is blue
the honey is sweet
and so are you«,

sagte er zu ihr und nannte sie ab da für den Rest der Schulzeit nur mehr »Honey«. Er sah sich die Montagnachtfilme ebenso gerne an wie sie, und wenn sie am Dienstagmorgen unausgeschlafen in die Schule kam, drückte er ein Auge zu, nahm sie nicht dran bei der Vokabelabfrage, denn er hatte sich den Nachtfilm meist auch angesehen und redete mit ihr darüber. Mr. Parsons war ein älterer Herr, der sich überhaupt nicht veränderte, wenn der Direktor kam und inspizierte, wie es lief im Unterricht. Er sagte auch in Anwesenheit des Direktors »Honey« zu ihr und sprach mit ihr über Filme, wenn ihm gerade danach war. Das war ungewöhnlich, denn die meisten Lehrer veränderten ihre Persönlichkeit, sobald der Direktor auch nur seine Nase bei der Tür hereinsteckte. Sie wurden nett und freundlich zu den Schülern, auch wenn sie vorher getobt hatten, oder sie schrieben eifrig an die Tafel, auch wenn sie sonst nur diktierten, und lobten Schüler für ihre Antworten, was sonst kaum vorkam. Mr. Parsons erzählte den Schülern auch gerne aus dem Leben anderer Professoren, so zum Beispiel über ihren Klassenvorstand, der ein begeisterter Kunstsammler und schon einmal im Kittchen gewesen sei, weil er eine gotische Madonna aus einer Kirche gestohlen habe. Und er erzählte es nicht, um den Klassenvorstand bloßzustellen, im Gegenteil, er war sehr beeindruckt von der Besessenheit des Geografielehrers für alte Kunst und bewunderte ihn dafür, dass er sich getraut hatte, in eine Kirche einzubrechen und eine Madonna zu rauben. Und anstatt Geografie und Wirtschaftskunde zu unterrichten, wurde immer ein Kunstgeschichteunterricht daraus, weil er nur von Orten erzählte, an denen es berühmte Mosaike gab oder grandiose Bilder und Skulpturen, und die Kleine lernte auf diese Weise früh den Unterschied zwischen Plastik und Skulptur kennen und die Lieblingsstädte des Professors, aber keine Länder und Orte, in denen es nicht von grandiosen Bauwerken oder Museen wimmelte.

In Mathe bekamen sie einen Lehrer mit langen Haaren und einem dicken Schnauzer, der die Oberlippe komplett verdeckte und in den Mund hineinwuchs. Aber statt Mathe unterrichtete er lieber politische Bildung. Er redete davon, was alles falsch lief und wie die Leute getäuscht würden von den Politikern und wie wenig das im Zusammenhang stehe mit dem, was sie sagten und taten. Die Kleine war enttäuscht, denn sie hatte gedacht, mit Kreisky wären sie eh gut dran und sie fragte den Matheprofessor, welches Land denn eine Regierung hätte, die ihn überzeugte.

»China«, sagte er, »Mao hat es richtig gemacht!«

Die Kleine wusste damals schon, dass Mao viele Menschen

foltern und hinrichten und kulturelle Baudenkmäler zerstören ließ, und sie dachte, hoffentlich sind der Klassenvorstand und der Mathelehrer nie allein im Lehrerzimmer. Denn der Klassenvorstand würde es sicher nicht dulden, dass der Mathelehrer das Zerstören von Kultur- und Kunstgütern guthieß, und würde ihm vielleicht eins drüberziehen, sodass er nochmals ins Gefängnis käme wegen seiner Liebe zur Kunst.

Für die Zugschüler gab es im Untergeschoß des Hauptbahnhofs einen Jugendwarteraum. Der stand Schülern, Lehrlingen und Studenten zur Verfügung, die dort ihre Zeit bis zum nächsten Zug verbringen durften und nicht an öffentlichen Plätzen herumlungern mussten. Es gab große Holztische, an denen man gut lesen, arbeiten und lernen konnte, sodass die Wartezeit auf den Zug nicht umsonst war. Gesprochen durfte nur leise werden, um jene nicht zu stören, die in eine Arbeit vertieft waren. Die Burschen und Mädchen saßen meist in Klassengruppen im Zug und Annäherungen waren nicht einfach, weil es immer die ganze Gruppe sah, wenn jemand ein Auge auf jemanden geworfen hatte. Und dann wurde darüber geredet. »Schau einmal, wie der dich ansieht«, sagte Elvira, die immer von ihrem älteren Bruder redete, in den sie offensichtlich verliebt war. Denn vom Bruder durfte man schwärmen, da bestand keine Gefahr, dass jemand sagte: »Du spinnst wohl auf den!«

»Wie denn?«, fragte die Kleine, obwohl sie selber sah, wie der schaute.

»Gefällt dir der vielleicht? Schau einmal, wie der ausschaut!«, sagte Susi, die Große, der ganz andere Burschen gefielen als der Kleinen.

»Eh nicht so schlecht«, meinte Helga und lachte mit ihrem breiten Mund. Helga, die nur dieses eine Jahr überbrücken und dann eine landwirtschaftliche Lehre beginnen und Milchbäuerin werden und einmal den Hof ihrer Eltern übernehmen wollte.

»Aber die Haare. Und der Pullover«, sagte Susi, die meist nach dem Unterricht in der Stadt herumstreunte und sich die lässigsten Klamotten kaufte.

»Und diese O-Haxen!« Das war Elvira, die außer an ihrem Bruder an jedem etwas auszusetzen hatte.

Wie sollte die Kleine da zugeben, dass ihr der mit den vielen Haaren und dem altmodischen Pullover trotzdem gefiel?

Wenn einer auf eine schaute, wurde er von den anderen in der Gruppe heruntergemacht. Denn sonst hätte eine vielleicht einen Freund gehabt und die anderen nicht. Das musste verhindert werden.

Im Jugendwarteraum war alles anders. Da ging man auch alleine hin. Während sich die anderen aus der Gruppe lieber in der Stadt herumtrieben, im Kaffeehaus saßen oder beim Kastner Klamotten probierten, fuhr die Kleine nach dem Unterricht oft gleich zum Bahnhof, weil sie im Jugendwarteraum in Ruhe lesen konnte, was im Zug dann nicht möglich war, wenn alle daherkamen und zu reden anfingen. Und da saß auch er öfter, der zur Runde der Bulme-Schüler gehörte: Bundeslehranstalt für Maschinenbau und Elektrotechnik. Er schaute die Kleine nicht an, er starrte richtiggehend, manchmal minutenlang, und er bewegte den Blick nicht weg von ihr, auch dann nicht, wenn sie ebenfalls hinsah. Immer wenn die Kleine von ihrem Buch aufsah, lag sein Blick fest auf ihrem Gesicht. Sie musste zugeben, er hatte schöne blaue Augen mit dichten Wimpern und üppigen Augenbrauen darüber, aber warum starrte er sie unentwegt an und sagte doch kein einziges Wort?

Einmal war kein Tisch mehr frei und der Bulme-Schüler saß allein an einem Tisch. Die Kleine ging auf ihn zu und fragte, ob bei ihm noch frei sei. Er nickte, brachte aber kein Wort heraus. Er hatte Taschenrechner und Hefte vor sich liegen, sie packte die »Deutschstunde« aus und wollte lesen. Sie konnte sich aber schlecht konzentrieren, da sie seinen Blick auf sich spürte.

Sie sah auf und fragte: »Was ist?«

Er deutete auf das Buch: »Das da, das habe ich auch gelesen!«

»Wow, du kannst reden! Und lesen«, sagte sie.

Er nickte. »Aber lesen besser als reden!«

»Ich wusste gar nicht, dass Bulmisten lesen können! Außer Mathematikbücher.«

Sie sah jetzt aus der Nähe, dass er nicht nur schöne Augen, sondern auch schöne volle Lippen hatte. Und eine scharfe, gerade geschnittene Nase. Und sie mochte die dichten, langen Haare, die ihm in den Nacken und über die Ohren fielen.

»Wir haben das Buch zu Hause, deshalb habe ich es gelesen.«

»Was? Ihr habt ein Buch zu Hause?«

»Ja, mehrere, ein ganzes Zimmer voll!«

Die Augen der Kleinen wurden immer größer.

»Du kannst dir jederzeit ein Buch aussuchen, lesen und es wieder zurückstellen? Wann immer du willst?«

Er nickte.

»Du musst nicht in die Schulbibliothek gehen und es dann wieder zurückbringen, obwohl du es gerne behalten würdest?«

Er schüttelte den Kopf.

»Wer bist du?«

»Arthur, und du?«

»Andrea!«

»Und wer sind deine Eltern, dass sie ein Zimmer voll Bücher haben?«

»Mein Vater ist der Richter.«

»Aha. Und warum starrst du mich immer so an?«

Nicht einmal diese Frage brachte ihn in Verlegenheit.

»Weil ich dich hier immer lesen sehe. Und weil du die gleichen Bücher magst wie ich!«

Andrea war etwas enttäuscht. Es hätte ihm ja etwas an ihr gefallen können, was mit ihrem Aussehen zu tun hatte. Und es musste nicht gerade der Busen sein.

»Und deshalb musst du mich die ganze Zeit anstarren?«

»Ich mache Augentraining«, sagte er ungerührt und schaute sie an. »Ich übe, wie lange ich schauen kann, ohne dass ich blinzeln muss!«

Andrea kannte das. Sie hasste es, dass sie die Augendeckel immer wieder schließen musste, auch wenn sie es nicht wollte. Auch sie konzentrierte sich öfters darauf, die Augen offen zu halten, solange es ihr gefiel. Aber bald fingen sie zu tränen an und taten höllisch weh. Und sie fühlte sich dann so gefangen in ihrem Körper, der ihr ständig etwas aufzwang, was sie nicht wollte, dass sie keine Luft mehr bekam. Aber auch das Atmen ging ihr auf die Nerven, dieses ständige Luftholenmüssen und Wiederausstoßenmüssen, und kaum hatte sie ausgeatmet, musste sie schon wieder einatmen und manchmal konnte sie die längste Zeit nichts anderes tun als atmen, und wieder atmen, weil es so anstrengend und aufreibend war in dem Wunsch, es wenigstens eine Zeit lang selbst bestimmen und aussetzen zu können.

Und das erzählte sie Arthur, und Arthur nickte, weil er sie verstand, und er sagte dann: »Jetzt weißt du, warum ich dich anschaue und niemand anderen. Irgendwie wusste ich, dass du es verstehst! Aber das Luftanhalten kann man auch trainieren!«

»Ich schaffe es höchstens eine Minute!«, meinte Andrea.

»Ich zwei«, sagte Arthur, »aber der Weltrekord liegt bei siebzehn Minuten und vier Sekunden!«

»Wow! Siebzehn Minuten und vier Sekunden, in denen ich

tun kann, was ich will, in denen ich meinen Körper beherrsche und nicht er mich! Das muss ein tolles Gefühl sein!«

»Das stelle ich mir auch vor!«, Arthur nickte heftig. »Aber dafür muss man vorher speziell einatmen und nicht wieder ausatmen, damit sich der Sauerstoff im Blut anreichert, und den kann man dann aus dem Blut herausholen, während man nicht atmet.«

»Ich muss oft daran denken, dass ich die Lider zumachen und aufmachen und zumachen und aufmachen und einatmen und ausatmen muss«, sagte Andrea.

Arthur nickte: »Das sind Zwänge.«

»Und dass ich einen Fuß vor den anderen setzen muss beim Gehen! Und mir vorstellen muss, wie das für die anderen aussieht, die lachen und mich nachmachen beim Gehen!«

Arthur verstand: »Ich kann mich nie gerade hinstellen, so beide Füße nebeneinander. Dann sieht man, dass ich solche O-Beine habe!« Er machte mit den Händen ein riesiges Ei, größer als von einem Strauß.

»Und ich habe X-Beine«, sagte Andrea.

»Das ist mir schon aufgefallen«, meinte Arthur.

»Du sagst wohl alles, was du dir denkst?«

Er schüttelte den Kopf. »Ich sage meistens gar nichts. Aber ich denke, wer den Atem und den Lidschlag anhalten will, der versteht, was ich meine!«

Andrea fing zu lesen an und Arthur machte seine Matheübungen. Sie hörte das Klappern des Taschenrechners, wenn er darauf tippte, und sein Atmen, wenn er nicht tippte, und ihr Atmen stellte sich auf seinen Rhythmus ein, oder er sein Atmen auf ihren? Sie wusste es nicht genau, aber es war ganz leicht, im gleichen Rhythmus ein- und auszuatmen.

Später saßen sie im Zug wieder bei ihrer Gruppe, er bei dem langen Gernot, der mindestens zwei Meter groß war und niemanden anschaute, weil er sich selber so schön vorkam und bewundert werden wollte, und bei Ignaz, der klein und zaundürr war und ziemlich schiach, und der immer ein aufgeschlagenes Buch oder Heft vor sich hatte. Und Andrea war es gar nicht mehr unangenehm, wenn Arthur sie anstarrte. Sie hielt dann die Luft an, und sie wollte so lange nicht atmen, bis er blinzelte.

Zu Hause erzählte Andrea der Großmutter von Arthur und den vielen Büchern, die seine Eltern besaßen.

»Die müssen aber ein riesiges Haus haben«, meinte die Großmutter, »wenn es dort ein eigenes Zimmer für Bücher gibt!«, und blätterte in ihrer »Neuen Illustrierten Wochenschau«, die der Briefträger jeden Mittwoch brachte. Und bevor sie umblätterte, fuhr sie mit dem Daumen zum Mund und leckte über die Fingerkuppe. Im Zimmer lag ein Stoß mit vielen alten Zeitungen auf ihrem Schubladenkasten. Und Gebetsbücher, auf die der Gipsengel mit seinem geklebten Kopf nachdenklich schaute. Und auf einem anderen Stoß die Schulbücher von Andrea, alte und neue, und die paar Romane, die sie sich zu Weihnachten und an ihren Geburtstagen wünschen durfte. Und als Nächstes wünschte sie sich ein Bücherregal, wo sie die wenigen Bücher, die sie besaß, aufrecht hineinstellen konnte, so wie man Mäntel und Kleider dicht nebeneinander in den Kasten hängt. Sie wollte auch einmal ein ganzes Zimmer voller Bücher haben und sie nicht nur einmal lesen, sondern immer wieder, und dran riechen und Sätze unterstreichen, die ihr besonders gut gefielen, und etwas dazuschreiben, wenn ihr etwas einfiel zu einem Gedanken oder einer Geschichte. So wie die Großmutter immer wieder in ihren Gebetsbüchern las und in dem Gelesenen noch immer Neues fand, das sie interessierte.

Als sie das nächste Mal gleich nach der Schule zum Bahnhof fuhr und sich in den Jugendwarteraum setzte, anstatt die Zeit bis zum nächsten Zug in der Stadt herumzustreunen, setzte sich Arthur gleich ohne zu fragen an ihren Tisch. Es schien ihm selbstverständlich, dass der Platz neben ihr frei für ihn war. Andrea lächelte und hielt den Atem an, während er lächelte und sie ohne auch nur mit einer einzigen Wimper zu zucken anschaute.

»Hast du geübt?«, fragte er.

Sie nickte und stieß die angehaltene Luft aus sich heraus.

»Aber ich kann es noch lange nicht so lang, wie du die Augen anhalten kannst!«

»Und macht es dich freier?«

»Wie freier?«

»Ich meine, löst es dich von deinem Körper, irgendwie?«, wollte er wissen.

Andrea dachte nach. »Ich weiß nicht. Ich strenge mich damit so an, dass ich mich nicht von meinem Körper wegdenken kann. Aber in dieser Zeit muss ich wenigstens nicht daran denken, dass er mich zum Atmen zwingt, weil ich ihn zwinge, nicht zu atmen!«

»Wärst du gerne jemand anders?«, fragte er weiter.

»Ich wäre gerne anders«, sagte sie. »Ich möchte nicht konkret eine andere Person sein, die ich kenne. Aber ich hätte gerne gerade Beine, kleine Brüste und möchte gerne singen können!«

Er lachte. »Deine Brüste sind mir auch als Erstes aufgefallen!«

Andrea erschrak. »Nein!«

»Na ja, wenn du in den Zug einsteigst, dann sieht man als Erstes deine Brüste!«

»Das ist mir total peinlich!« Sie wäre am liebsten unter den Tisch gekrochen.

Doch Arthur winkte ab. »Aber ich steh nicht auf Brüste!«

Sie atmete erleichtert auf und fragte: »Auf was stehst du denn?«

»Zum Beispiel darauf, dass jemand singen kann«, lachte er.

»Mich will niemand singen hören außer meiner Oma«, sagte sie schmollend.

»Ist deine Oma schwerhörig?«

»Nein, aber sie hat mich richtig gern!«

»Ich möchte dich auch singen hören«, sagte Arthur.

Am meisten freute es die Schüler, wenn die erste Schulstunde ausfiel. Dann konnten sie eine Stunde länger schlafen und mit dem nächsten Zug fahren. Und das war dann wirklich ein Roter Blitz, mit grau gesprenkelten Skai-Bezügen auf den gepolsterten Bänken. Und er fuhr auch wie ein Blitz, er raste auf Graz zu und blieb an vielen kleinen Stationen nicht stehen. Er schaffte es in knapp mehr als einer halben Stunde bis in die Hauptstadt hinein. Seit Andrea Arthur jeden Morgen im Frühzug sah, taugte es ihr nicht mehr ganz so wie früher, wenn sie eine Stunde länger schlafen konnte. Für Susi war es umständlicher, sie konnte nicht an ihrer Haltestelle einsteigen, sondern musste zu einer Station vor oder nach Gussendorf fahren. Als sie an diesem Morgen zusammen mit Andrea in den Roten Blitz stieg, blieb er aber in Gussendorf stehen, obwohl er das sonst nicht tat. Und es stieg auch einer ein, den Susi kannte, und sie fragte ihn, wie er denn habe wissen können, dass der Rote Blitz gerade heute in Gussendorf stehen blieb. Der Mann sagte, er habe es nicht gewusst, er hätte bloß verschlafen und den Frühzug versäumt.

Daraufhin fragte Susi den Schaffner, warum der Zug diesmal in Gussendorf stehen geblieben sei, und der Schaffner antwortete: »Da ist einer an der Haltestelle gestanden. Den kann man doch nicht einfach stehen lassen!«

Und Susi überlegte, ob sie das nächste Mal auch zur Haltestelle gehen sollte und darauf hoffen, dass der Zug für sie ebenfalls stehen bliebe.

Das nächste Mal, als Andrea in den Jugendwarteraum ging, saß Arthur schon da und schien auf sie zu warten. Er schaute ständig zur Tür und winkte ihr, damit sie ihn nicht übersah. Er hatte auch keine Arbeit auf dem Tisch liegen und schien mit dem Schauen und Warten ganz ausgelastet zu sein.

»Heute habe ich schon früher ausgehabt, aber ich bin nicht mit dem vorigen Zug gefahren, sonst hätte ich dich nicht mehr gesehen«, sagte er.

»Du hast extra auf mich gewartet?«, fragte Andrea und spürte, wie es in der Herzgegend pumperte und im Magen krachte vor Aufregung.

»Ja, ich ziehe nämlich nach Graz. Meine Mutter hat eine Wohnung für meine Schwester und mich gefunden. Ich fahr dann nur mehr am Wochenende heim!«

Andrea sagte nichts, sie starrte ihn nur an.

»Wieso sagst du nichts?«

Sie zuckte mit den Achseln.

»Wo soll ich dann hinschauen beim Zugfahren?«

»Wir können uns ja trotzdem sehen«, sagte Arthur etwas zaghaft.

»Wie soll das gehen?«

»Am Montag beim Hineinfahren und am Samstag beim Herausfahren! Und wenn du magst, können wir uns auch in Graz treffen!«

Sie sagte nichts.

»Oder am Samstagnachmittag oder am Sonntag daheim!«

»Am Sonntag gehe ich in die Kirche«, sagte Andrea.

»Was? Du gehst noch immer in die Kirche?«

»Ja, alle gehen. Bis auf meine Oma, die geniert sich, seit sie mit dem Stock geht!«

»Bist du religiös?«, wollte er wissen.

»Ich glaube schon«, antwortete Andrea. »Und du?«

Er schüttelte den Kopf.

»Du glaubst also an nichts?«

»Als ich noch in die Kirche gegangen bin, hat der Pfarrer die Namen meiner Eltern gesagt und ich war stolz darauf, dass der Pfarrer meine Eltern für so wichtig hielt, dass er ihre Namen nannte. Als ich es ihnen dann erzählt habe, haben sie gesagt, das war nur, weil sie aus der Kirche ausgetreten sind!«

»Die sind wirklich ausgetreten? Ich kenne niemanden, der nicht katholisch ist!«

»Vielleicht lernst du meine Eltern kennen, dann kennst du jemanden!«

»Als ich klein war, musste ich mit meinem Glauben alle retten!«

»Wie?«, wollte Arthur wissen.

»Ich habe dafür gebetet, dass der Blitz nicht einschlägt und dass meine Großmutter nicht stirbt!«

»Und hat es geklappt?«

Sie nickte. »Zumindest hat der Blitz nicht eingeschlagen und meine Großmutter ist nicht gestorben. Es wäre also in meinem Fall unvernünftig, nicht zu glauben!«

»Du glaubst wirklich, es ist nichts passiert, weil du gebetet hast?«

Andrea zuckte mit den Schultern. »Ich würde mich nie trauen, auszutreten. Wer weiß, was dann passiert. Und vor dem Einschlafen bete ich immer noch: ›Herr, ich bin nicht würdig, dass du eingehst unter mein Dach, aber sprich nur ein Wort und es wird meine Oma gesund.‹«

»Meine Großeltern sind schon lange tot«, sagte Arthur, »die Großmutter habe ich nicht gekannt und an den Großvater kann ich mich kaum noch erinnern.«

Zu Hause arbeiteten die Mutter und der Bruder im Wohnzimmer. Sie verlegten einen Parkettboden. Bald würden sie also vom Keller ins Erdgeschoß ziehen. Für die Böden im Schlafzimmer der Eltern und in ihrem Zimmer, das sie mit der Großmutter teilte, hatten sie Fichten aus dem eigenen Wald herausgeschlägert. Aber gekauftes Parkett war teuer. Konnte es sein, dass sie den Kredit doch bekommen hatten? Sie wagte nicht zu atmen.

»Woher?«, fragte Andrea aufgeregt. »Woher habt ihr das Geld für das Parkett!«

»Stier verkauft«, antwortete der Bruder kurz angebunden und sah nicht auf, während er das Parkettstück in die Fugen des schon gelegten Teils einpasste und mit einem Hammer so lange seitlich anschlug, bis es keinen Deut mehr nachrückte.

Doch kein Aufatmen und die Mutter legte nach: »Wenn du nicht mithilfst und lieber vor dem Fernseher hocken bleibst, anstatt dass du mitgehst auf die Sommerfeste, geht halt nichts weiter mit dem Kredit!«

Das nächste Mal traf Andrea Arthur vor dem Taubenbrunnen auf dem Schlossbergplatz. Das letzte Mal war sie mit der Großmutter hinaufgegangen und hatte sich nichts mehr gewünscht, als dass der Hans mit ihr auf den Schlossberg ging. Und jetzt war Hans in die Ferne gerückt und sie freute sich darauf, mit Arthur zu gehen. Den Eltern hatte sie nichts davon gesagt, nur dass sie am Nachmittag Turnen habe und deshalb erst am Abend nach Hause komme. Sie wollte nicht riskieren, dass sie ihr den Umgang mit Arthur verboten, in der Hoffnung, sie würde dann mit auf die Zeltfeste und Bälle gehen.

Als Andrea ankam, sah sie Arthur beim Brunnen stehen und in das Becken starren. Sie war etwas eifersüchtig auf den Brunnen und dachte, Arthur ist alles recht, um sein Augentraining zu machen. Sie kam von vorne auf ihn zu, tauchte ihre Finger in das Wasser und spritzte ihn an. Er schaute nicht auf, sondern sagte in das Wasser hinein: »Es hat das längste Gedächtnis der Welt. Es weiß, dass wir hier stehen und wenn du deinen Finger hineintauchst, merkt es sich das für alle Zeit. Es sähe unter dem Mikroskop anders aus, wenn du deinen Finger nicht hineingetaucht hättest!«

»Wer?«

»Das Wasser natürlich!«, Arthur schaute auf.

»Und was tut es mit diesem Wissen?«, fragte Andrea.

»Vielleicht wieder einmal zu jemandem sagen: ›He du, tauch deine Finger hier ein und benetze den Mann, den du liebst, als würdest du ihn weihen. Er wird diesen Moment nie mehr vergessen!‹«

Andrea lachte auf, um nicht zu zeigen, wie berührt sie war. So hatte sie noch niemanden reden gehört und konnte nicht glauben, dass dieses Reden wirklich ihr galt.

»Du meinst, das Wasser hat zu mir gesprochen und mich aufgefordert?«

»Es könnte sein«, sagte er und lächelte sie an.

Sie wollte diesen Moment nicht zerstören, aber sie wusste auch nicht, wie sie ihn anhalten sollte. Alles, was sie darauf hätte sagen können, schien ihr falsch, und so fragte sie: »Was weißt du noch über das Wasser?«

»Zum Beispiel: Wenn man gutes Wasser zum Frieren bringt und es unter dem Mikroskop anschaut, dann hat jeder Kristall eine Form von großer harmonischer Schönheit, bei schlechtem, verschmutzten Wasser aber nicht. Da brechen die Zacken weg, die Formen sind unregelmäßig!«

»Ist ja klar, weil der Dreck dabei ist«, sagte sie.

»Aber das, was du als Dreck bezeichnest, könnte ja auch harmonisch sein!«

»Stimmt, aber nicht in Verbindung mit Wasser. Wasser möchte halt lieber rein sein! Die Tropfen kuscheln sich zusammen und schreien ›Hilfe‹, wenn der Dreck kommt, und sie strampeln und schlagen um sich!«

»Ja«, sagte Arthur, »die Kristalle schlagen wie mit Händen und Füßen um sich und der Kristallkörper windet sich. Genau so ist es!«

»Armes Wasser«, sagte Andrea, sie tauchte den Zeigefinger nochmals in den Brunnen und setzte den Wassertropfen auf ihrem Handrücken ab, dann streichelte sie ihn, bis er verdunstet war, »stell dir vor, wie es ihm geht, wenn wir es trinken!«

Arthur nickte.

»Also ich möchte kein Tropfen sein, der durch einen menschlichen Körper hindurchmuss«, Andrea beutelte sich wie ein nasser Hund.

»Kein schönes Ende«, gab ihr Arthur recht. »Zumindest vorerst. In der Kläranlage wird er wieder gereinigt!«

»Aber er ist trotzdem traumatisiert, nach allem, was er erlebt hat, und kann es nicht vergessen, laut deiner Theorie!«

»Das ist keine Theorie, sondern eine These!«

»Du nimmst es aber genau!«

Arthur ging nicht darauf ein und blieb beim Wassertropfen: »Er hat aber auch Schönes erlebt, vor dem Trinken, vielleicht, bei einem angenehmen Abendessen, bei dem sich zwei Menschen sinnvoll unterhalten haben!«

»Trotzdem, das Schlimmere ist stärker und traumatisiert. Deshalb werde ich Therapeutin für Wassertropfen!«

Sie lachten beide und Andrea fühlte sich ganz leicht mit Arthur. Sie hatte das Gefühl, dass es nichts gab, worüber sie mit ihm nicht hätte sprechen können.

Sie gingen den im Zickzackkurs gebauten Kriegssteig hinauf und am liebsten hätte Andrea Arthur an der Hand genommen.

Bei den Aussichtserkern blieben sie leicht keuchend stehen und schauten auf die Stadt, die röter und röter wurde, je höher sie stiegen, da sich die hohen Ziegeldächer immer deutlicher zeigten. Arthur versuchte unterhalb des Murflusses das Haus auszumachen, in dem er jetzt wohnte.

»Kommst du mich besuchen?«

Andrea nickte. »Wohnst du schön?«

»Ich glaube nicht. Wir haben eine Dusche in der Küche und das Klo am Gang. Aber die beiden Zimmer sind groß.«

Andrea zuckte mit den Schultern. »Bevor wir gebaut haben, hatten wir nur ein Klo im Stallgebäude und zum Baden haben wir eine Wanne in der Stube aufgestellt!«

»Aus welcher Zeit kommst du?«, fragte Arthur.

»Hm«, Andrea dachte nach. »Mittelalter vielleicht?«

Arthur sah sie von oben bis unten an und nickte.

»Ich komme aus der Zukunft«, sagte er.

»Wie? Aus der Zukunft?«

»Ich hoffe, dass ich aus der Zukunft komme!«

»Warum?«

»Weil ich etwas verändern möchte, und das können nur Menschen, die aus der Zukunft kommen!«

»Ist es nicht fad, hier zu sein für jemanden, der die Zukunft schon kennt? Ich möchte nicht in einer früheren Zeit leben. Von der weiß ich ja schon, wie es war!«

»Aber wenn du dort wärst, wüsstest du es ja nicht!«

»Das ist etwas anderes. Da ich jetzt lebe, weiß ich es. Ich bin gespannt, was weiter passiert. Mit dem sauren Regen zum Beispiel. Und was wir tun werden, wenn das Öl ausgeht, und ob die Russen wirklich kommen, wenn Tito einmal nicht mehr ist!«

Arthur dachte nach, er wippte mit dem Fuß, als würde er den Takt zu einer Melodie treten, die er in seinem Inneren hörte.

»Na, du aus der Zukunft, sag es mir!«, Andrea schaute ihn kokett an.

»Man müsste die Formel kennen, mit der man alles lösen kann«, sagte er nach einer Weile.

»Aha, die Formel«, antwortete Andrea spöttisch, »die kennt man anscheinend in der Zukunft auch nicht, aus der du kommst!«

Er lächelte etwas schief, sie gingen weiter und erreichten den Uhrturm, bei dem sie nach dem Aufstieg mit der Großmutter von Hans hatte geküsst werden wollen.

»Eigentlich hatte ich vor, dich hier zu küssen«, sagte Arthur und griff nach Andreas Hand.

»Und jetzt?«, fragte sie und sah ihm in die Augen, ohne zu blinzeln.

»Ich dachte, das ist romantisch. Jetzt kommt es mir aber kitschig vor!«

»Wie meinst du das?«

»Ich denke, hier küssen sich alle und denken, es ist für ewig, auch die, die dann wieder auseinandergehen!«

»Du meinst, wir brauchen einen besseren Ort, um uns zu küssen?«

»Ja, einen, der nicht so vorbelastet ist!«

»Gibt es keinen Brunnen hier oben?«

»Doch, den Türkenbrunnen«, sagte er. »Aber der ist vierundneunzig Meter tief!«

»Vielleicht kann das Wasser auch hören und merkt sich, was wir ihm sagen«, meinte Andrea.

Sie liefen mehr, als dass sie gingen, um den Türkenbrunnen zu finden, der etwas abseits vom Uhrtum lag. Er sah unspektakulär aus, eine weniger als einen halben Meter hohe sechseckige Steinumrandung mit einem Eisengitter in der Mitte. Das war alles. Arthur legte seine Arme um ihre Schultern und seine Lippen auf ihren Mund. Sie fühlten sich weich an. Und als Andrea den Mund öffnete, hörte sie den Maffay singen: »Duuhu, du allein kannst mich versteh'n. Duuhu, du darfst nie mehr von mir geh'n!«

Ja, dachte sie, Arthur versteht mich wirklich und wahrscheinlich hat er noch nie ein Mädchen geküsst und es tat ihr leid, dass sie schon einmal geküsst hatte und hoffte, er würde sie nicht fragen. Sie wollte ihn nicht anlügen, aber sagen wollte sie es ihm auch nicht. Aber vielleicht hatte er doch auch schon und war möglicherweise genauso froh, wenn sie ihn nicht fragte.

Nach dem Kuss kniete sie sich zum Brunnen hin und schrie hinein: »Hey, du Wasser da unten. Arthur und ich haben uns geküsst. Merk dir das, für alle Zeiten!« Sie hörten, wie »Zeiten, Zeiten, Zeiten« als Echo widerklang.

Als sie schweigend und einander an der Hand haltend den Schlossberg hinabstiegen und auch wieder am Taubenbrunnen vorbeikamen, tauchte Andrea ihren Finger abermals in den Brunnen, strich mit dem anhaftenden Wasser über ihre und dann über Arthurs Lippen und ließ das plätschernde Brunnenwasser über ihren Finger laufen.

Sie war froh, dass sie abends auf der Heimfahrt allein war und sich ungestört weiter mit dem Nachmittag auf dem Schlossberg beschäftigen konnte. Arthur kam vielleicht nicht wirklich aus der Zukunft, aber doch aus einer anderen Welt als alle Burschen, die sie bis jetzt kennengelernt hatte. Und es war eine Welt, die ihr gefiel und in der sie alles entdecken wollte, was es dort gab.

Der Vater holte sie mit seinem VW Käfer vom Zug ab und erzählte, dass die Großmutter heute auf der Wiese ohnmächtig geworden war. Der Arzt war bei ihr gewesen und hatte gesagt, sie dürfe nicht mehr in die Sonne gehen, sie vertrage sie nicht mehr.

Andreas Herz schlug schneller vor Angst. War es ihre Schuld, dass die Großmutter wieder krank wurde? Weil sie sich in der Stadt herumtrieb, anstatt sich um die Oma zu kümmern? Sie konnte es kaum erwarten, die Großmutter zu sehen.

Sie lag aufgepolstert in ihrem Bett und hatte einen Wundverband an der Schläfe. Sie strahlte Andrea an, als sie sich zu ihr an den Bettrand setzte und nach ihrer Hand griff, die leicht zitterte.

»Stell dir vor, jetzt falle ich schon am helllichten Tag um«, sagte sie und drückte fest Andreas Hand. »Wie soll das denn weitergehen? Ich will noch nicht umhängen, jetzt, wo wir es so schön haben im neuen Haus!«

Umhängen, so hatte die Großmutter es immer genannt, wenn jemand stirbt. Früher, als sie ihre Anfälle hatte und in der Nacht umgekippt war, konnte sie sich nicht erinnern und hatte am Morgen alles vergessen, aber jetzt bekam sie Angst, dass es zu Ende gehen könnte mit ihr. Andrea wurde traurig und sagte: »Solange ich bei dir bin, wirst du nicht umhängen, das verspreche ich dir!«

Und doch hatte sie das Gefühl, dass sie nicht mehr richtig aufpasste auf die Großmutter, seit sie nicht mehr beten konnte wie ein Kind. Wo war er hingegangen, der naive Kinderglaube, dass Gott alles sah und lenkte und dass man mit Gebeten gut auf ihn einreden und ihn umstimmen konnte, wenn man sich nur ernsthaft genug darum bemühte. Wenn sie nicht mehr daran glauben konnte, nützte auch ihr Bemühen nichts.

Die Großmutter lächelte matt und sagte: »Wo warst du heute so lang? Du bist mir abgegangen!«

Andrea überlegte, ob sie die Großmutter auch anlügen sollte, wie sie die Eltern angelogen hatte, aber da war doch noch genug Glaube, dass es jemand hören könnte, der wichtig war und sie dafür strafte. Es war also das Mindeste, der Großmutter die Wahrheit zu sagen, damit sie wieder gesund werden konnte.

Andrea drückte etwas herum: »Ich habe einen Freund getroffen und bin mit ihm auf den Schlossberg gegangen!«

»Einen netten?«, wollte die Großmutter wissen.

Andrea nickte. »Einen sehr netten. Er geht auch noch in die Schule!«

Und nun nickte auch die Großmutter: »Du bekommst sicher einmal einen Studierten, so gescheit wie du bist!«

Andrea lächelte und die Großmutter setzte nach: »Ich bin froh, dass du wieder jemanden hast, der mit dir auf den Schlossberg geht. Ich werde das wohl nicht mehr schaffen!«

Sie sah Arthur am Samstag wieder, als er mit seinen Klassenkameraden nach Hause fuhr. Aber sie konnten nicht beieinander sitzen. Wie zwei Königskinder saßen sie einander schräg gegenüber, gefangen von der eigenen Gruppe, und der Gang dazwischen war so tief wie der Marianengraben, und sie konnten zueinander nicht kommen, auch wenn das tiefe Wasser nicht zu sehen war, das sie voneinander trennte. Der Lange schüttelte dauernd den Kopf und schaute zu den kichernden Mädchen, während er auf seine Schulkameraden einredete.

Und Susi lachte noch lauter und sagte so laut, dass die Burschen es hören mussten: »Schaut nur, wie der Lange über uns lästert, weil wir nicht so gescheit daherreden wie die Bulmisten!«

Und schon wieherten die Mädchen los, als wäre die Sechserbank eine zu enge Koppel, in die sie gesperrt waren.

Dann stiegen sie der Reihe nach aus. Zuerst Susi und dann Helga. Aber Elvira blieb sitzen, weil sie an der gleichen Station ausstieg wie Andrea. Und die Burschen blieben sowieso sitzen, weil sie alle aus der Bezirkshauptstadt kamen und keine solchen Provinzler waren wie die Mädchen, wie sie sagten.

Und trotzdem stand Arthur auf, als Elvira und Andrea zur Tür gingen. Er warf sich in die Gangfluten, arbeitete sich zu Andrea vor, die schon beim Ausstieg lehnte, und fragte sie, ob sie einander am Sonntag sehen könnten. Er habe ein Moped und könnte wohin kommen, wenn sie auch könnte. Und Andrea war so aufgeregt, dass ihr momentan gar nichts einfiel, und Elvira lachte daneben blöd, als hätte Arthur etwas ganz Dummes gesagt, aber Arthur ignorierte sie einfach, und Andrea nickte endlich, bevor der Zug hielt und sie aussteigen musste und sagte, sie könnten sich bei der Konditorei treffen, zum Eisessen, sie könnte mit dem Rad dorthin kommen.

Als sie draußen waren aus dem Zug, lachte Elvira noch lauter und schrie Andrea an: »Was? Mit dem O-Haxigen willst du Eis essen gehen?«

»Ja, will ich«, sagte Andrea stur. »Und du würdest auch gehen, wenn er dich gefragt hätte!«

Wieder wieherte Elvira und richtete ihre Brille gerade. »Ich? Nie mit dem!«

»Und mit welchem gingest du dann auf ein Eis?«

»Mit keinem von denen! Ich geh nur mit meinem Bruder wohin!«

Andrea kam es komisch vor, dass Elvira mit ihrem Bruder Eis essen ging. Auf diese Idee wäre sie nie gekommen. Sie hatte nichts gegen ihren Bruder und sie stritten auch kaum, aber ihre Interessen waren sehr unterschiedlich. Er mochte das Leben im Dorf und die Blaskapelle und den Jagdhornbläserverein, aber er interessierte sich nicht für die Musik, die sie hörte, und die Bücher, die sie las. Und er hatte eine Freundin, die so gut tanzte wie er und mit der er gerne auf Zeltfeste und Bälle ging. Sie klemmte die Schultasche auf den Gepäckträger und schwang sich auf ihr Rad.

»Und mit wem gehst du Eis essen, wenn dein Bruder einmal eine Freundin hat?«

»Ha, dann geh ich halt mit«, sagte Elvira, streckte den Kopf in die Höhe, als wäre das Thema damit beendet. Auf dem Heimweg fuhren sie hintereinander und redeten kein Wort mehr, bis Elvira angekommen war. Sie war kein Bauernkind, sondern kam aus einem der Siedlungshäuser. Ihre Mutter stand schon im eingezäunten Garten und wartete auf Elvira wie in den Kinderbüchern, die Andrea gelesen hatte. Elviras Vater hatte eine Aktentasche und arbeitete im Büro. Er fuhr auch jeden Tag mit dem Zug nach Graz, aber schon mit einem früheren als die Schulkinder. Die Mutter war für den Haushalt zuständig und kochte immer frisches Essen, wenn Elvira nach der Schule nach Hause kam. Und zu ihren Geburtstagen buk die Mutter eine Torte und steckte Kerzen drauf.

So etwas gab es bei Andrea nicht. Sie war froh, wenn die Eltern ihren Geburtstag nicht vergaßen und wenn ihr der Vater zwanzig Schilling gab, was nicht jedes Jahr vorkam. Die Mutter schenkte ihr eine Dreierpackung Ergee-Feinstrumpfhosen, um sie zu motivieren, ab und zu einen Rock zu tragen, damit sie nicht immer nur in diesen Bluejeans herumlief, und die Großmutter ließ an diesem Tag einen Extra-Hunderter springen.

Sie erkannte Arthur nicht gleich, weil er noch den Helm auf dem Kopf hatte, als sie mit dem Rad bei der Konditorei ankam. Da saßen mehrere Typen auf ihren Mopeds herum. Erst als er abstieg und sie seine O-Haxen sah, wusste sie, dass er es war, und ging auf ihn zu. Langsam nahm er den Helm vom Kopf und sagte: »Den Kopf muss man am besten schützen. Denn der Mensch sitzt im Kopf!«

»Aha, deshalb hast du so lange Haare«, antwortete Andrea.

»Und weil sich der Helm dann besser anfühlt!«

»Ich dachte, der Sitz des Menschen ist das Herz!«

Arthur lächelte, überlegen, wie es Andrea schien, er machte den Reißverschluss seines Anoraks auf. »Das denken viele«, sagte er, »aber ich kann dir beweisen, dass es nicht stimmt!«

»Und wie?«

»Wenn jemand mit zwei Herzen geboren wird, kann man ihm eines wegschneiden und er lebt trotzdem als ein Mensch weiter! Wenn man aber einem Menschen mit einem Körper und zwei Köpfen einen abschneidet, hat man einen Menschen getötet!«

Er schaute sie erwartungsvoll an, sie zuckte mit den Schultern.

»Vielleicht tötet man einen Menschen auch, wenn man ihm das zweite Herz herausschneidet!«

»Aber der lebt dann ja noch!«

»Ja, der eine, aber nicht der andere in ihm, der mit dem zweiten Herzen! Wenn man einem den Kopf abschneidet, lebt der andere ja auch noch weiter!«

Arthur dachte nach. Schaute sie lange an und sagte: »Du musst auch alles infrage stellen, was?«

»Du doch auch«, sagte Andrea ungerührt.

»Gehen wir auf ein Eis?«

Andrea nickte. »Aber wie hältst du es?«

»Mit der Religion?«

»Nein, das Eis!« Andrea deutete auf seine Hände. Arthur hielt in der einen Hand den Sturzhelm und in der anderen den Anorak.

»Gar nicht«, sagte er. »Ich meine ein richtiges Eis. Mit sitzen und Bedienung und so!«

Andrea überlegte.

»Du bist sowieso eingeladen«, beeilte er sich zu sagen. »Meine Mutter hat mir Geld mitgegeben, damit ich mit meinem Mädchen auf ein Eis gehen kann!«

»Deine Mutter weiß von mir?«

»Ja, und sie hat gesagt, ich soll dich bald mitbringen, damit sie dich auch kennenlernt!«

Andrea kam es seltsam vor, dass Arthur seiner Mutter sagte, dass er sich mit einem Mädchen traf. Sie fragte sich, wie ihre Eltern wohl reagierten, wenn sie von Arthur erzählte.

Als Andrea am Montagmorgen Elvira abholte, weil sie gemeinsam mit dem Rad zum Bahnhof fuhren, lachte Elvira schon hysterisch, während sie noch der Mutter winkte, die hinter dem Zaun wartete, bis die Mädchen in der Ferne verschwunden waren.

»Na, wie war es mit dem O-Haxigen?«, fragte Elvira.

»Gut«, sagte Andrea. »Er hat mich auf ein Eis eingeladen!«

»Was? Du hast dich von dem auf ein Eis einladen lassen?«

Andrea nickte. »Und wir sind auf der Terrasse gesessen und es hat gut geschmeckt!«

Danach redete Elvira kein Wort mehr mit ihr. Sie fing zu summen an und wurde immer lauter und sang schließlich: »Hello darkness, my old friend. I've come to talk with you again. Because a vision softly creeping, Left its seeds while I was sleeping.«

»Du kannst den Text von ›Sound of Silence‹?«, fragte Andrea beeindruckt.

»Den hat mein Bruder mitgeschrieben beim Plattenhören.«

»Kannst du ihn mir borgen zum Abschreiben? Ich hätte ihn auch gerne!«

»Da muss ich erst meinen Bruder fragen«, sagte Elvira und sang weiter.

Ziemlich falsch, wie Andrea fand.

Sie wollte sich nicht weiter heimlich mit Arthur treffen müssen. Er hatte ein Moped, er konnte sie am Wochenende zu Hause abholen. Aber er war eben ganz anders als die Burschen auf den Zeltfesten, auf den Pfarr- und Bauernbällen. Er hatte lange

Haare, trug keine Trachtenanzüge und konnte mit den Eltern weder über die Landwirtschaft noch über Kredite oder Ernteeinnahmen reden. Sie konnte sich nicht vorstellen, dass es überhaupt etwas gab, worüber er mit ihren Eltern reden konnte. Was würden sie sagen, wenn sie ihn vorstellte? Er kam auch nicht von einem großen Bauernhof. Wenn sein Vater wenigstens Arzt oder Tierarzt wäre, das würde vielleicht noch Eindruck machen. Aber Richter? Der Vater sagte doch immer »Wir werden keinen Richter brauchen«, wenn er einen Stier verkaufte und den Preis per Handschlag mit dem Viehhändler vereinbarte.

Trotzdem verkündete sie am Freitagabend, als alle in der Stube, die im neuen Haus Wohnzimmer hieß, saßen und »Zeit im Bild« schauten: »Am Sonntag gehe ich mit einem Freund Eis essen. Ich kenne ihn vom Zugfahren. Er holt mich ab!«

»Kommt nicht infrage«, sagte der Vater, ohne den Blick vom Fernseher zu wenden.

»Wo kommt er denn her und was sind seine Eltern?«, die Mutter war doch neugierig.

»Aus der Bezirksstadt und sein Vater ist Richter«, antwortete Andrea.

»Was hat er denn für ein Auto?«, wollte der Vater wissen.

»Gar keines«, sagte Andrea, »er ist erst sechzehn und hat ein Moped!«

»Einer von den Langhaarigen aus der Stadt?«, fragte die Mutter. »Die sind doch alle Hascher da oben. Mit so einem brauchst du uns nicht kommen! Wir haben genug anständige Burschen!«

»Jaja, den Herrn Hubert und so!«, sagte die Kleine aufmüpfig.

»Du, sag nichts gegen den Herrn Hubert«, die Mutter warnte mit dem Zeigefinger, »der hat uns zweimal zu einem Kredit verholfen!«

»Ihr habt den zweiten Kredit schon bekommen?«, fragte Andrea und schrie dabei vor Aufregung.

Jetzt drehten sich Vater und Mutter zu ihr hinüber und schauten sie verwundert an. Andrea war wütend. Warum hatten ihr die Eltern das nicht längst gesagt? Sie meinte, dass sie die Steine rumpeln hören mussten, die von ihrem Herzen abfielen. Nie mehr musste sie nett zum Herrn Hubert sein und nie mehr würde sie mit auf ein Zeltfest gehen müssen, wo sich Leute wie der Herr Hubert herumtrieben. Und auf einmal war es ihr auch egal, was die Eltern über Arthur sagten und ob der Vater es erlaubte oder nicht. Sie stand demonstrativ auf, ging in ihr Zimmer und später, als die Großmutter nachkam, drückte sie Andrea einen Fünfzigschillingschein in die Hand. »Da«, sagte die Großmutter, »damit du dich nicht einladen lassen musst von deinem Verehrer. Bleib immer dein eigener Herr!«

Andrea bedankte sich und fragte die Großmutter: »Bist du auch immer dein eigener Herr geblieben?«

Die Großmutter schüttelte den Kopf und lächelte. »Aber du sollst keinen Bauern heiraten müssen, nur damit du versorgt bist! Aber einen anderen auch nicht, nur weil er vielleicht etwas hat und du nicht!«

Sie hatte mit Arthur verabredet, dass er sie am Sonntag um drei von zu Hause abholen würde. Andrea fürchtete, es könnte etwas dazwischenkommen, und ein Telefon gab es nicht bei ihr daheim. Sie ging schon um halb drei vor die Tür und umkreiste Haus und Hof, damit er nicht vorbeifuhr an ihr. Sie stellte sich vor, wie es bei ihr wohl aussehen würde für ihn. Das halb fertige, noch immer nicht verputzte Haus mit einem Steg, der in das Dachgeschoß führte, um darauf die Materialien zu transportieren, die sie für den Ausbau benötigten. Der Hof mit den verschiedenen Ställen. Kühe hier, Schweine dort. Und Hühner, die frei herumliefen und ihre Pfifferln fallen ließen, wo sie standen und gingen. Der Hund, der auf jeden zulief und ihm seine trenzende Schnauze auf den Schenkel legte, sobald er sich setzte. Wie es bei Arthur zu Hause wohl aussah? Am neugierigsten war sie auf das Zimmer mit den Büchern.

Andrea hörte von Weitem ein Mopedgeräusch, das langsam näher kam. Ihr Herzschlag legte an Tempo zu. Sie sah durch die halbhohen Maisfelder nicht gut hinüber auf die Straße. Aber es war eindeutig, dass der Mopedfahrer von der Hauptstraße abgefahren und in die Dorfstraße eingebogen war. Doch plötzlich erstarb das Geräusch, als wäre der Mopedfahrer angekommen, ohne bei ihr zu landen. Sie war enttäuscht und irritiert. Wo konnte er hingefahren sein? Sie hatte ihm genau erklärt, wo sie wohnte. Sie waren der erste Hof im Dorf. Und bevor es um die Ecke ging, stand nur das Kellerstöckel des Nachbarn. Er konnte doch nicht glauben, dass sie in dieser Keusche wohnte.

Sie ging hinunter auf die Straße und wollte sehen, wohin es den Mopedfahrer verschlagen hatte. Sie bog um die Ecke und da stand er, auf der gelben KTM sitzend, den Helm noch auf dem Kopf, und starrte auf sein Handgelenk. Er nahm Andrea nicht wahr, als sie näher kam.

»Hey«, sagte Andrea, »glaubst du, ich wohne da drin?«

Arthur nahm den Blick noch immer nicht von seinem Handgelenk und antwortete unter dem Helm: »Meine Mutter hat gesagt, ich darf keine Minute vor der vereinbarten Zeit bei meinem Mädchen erscheinen. Frauen mögen es nicht, wenn der Mann zu früh kommt, weil sie bis zur letzten Minute damit beschäftigt sind, sich schön zu machen!«

Er sah noch immer nicht auf, als würde er Andrea beim Sich-schön-Machen ertappen, wenn er sie anblickte.

»Wie lange müssen wir noch warten?«, fragte Andrea und ging um ihn herum.

»Sieben Minuten«, sagte er.

»Und wenn ich schon fertig bin mit dem Mich-schön-Machen?«

»Das weiß ich ja nicht, bevor es Punkt drei ist!«

»Aber wenn ich vor dir stehe und es dir sage?«

»Du könntest es dir noch überlegen!«

Andrea schnappte sich den Rückspiegel von Arthurs Moped und bog ihn zu sich. Sie starrte hinein und schaute, ob es etwas gab, das noch verbesserungswürdig wäre. Sie hatte das Bestmögliche getan. Sie hatte die Wimpern getuscht, einen schwarzen Strich auf dem Ober- und dem Unterlid gezogen und einen leicht gefärbten Labello auf die Lippen aufgetragen, damit sie glänzten. Dass man tagsüber mit Make-up sparsam umgehen soll und sich den Mund untertags nicht knallrot färben, weil das nuttig aussieht, hatte sie schon im »Bravo« von der Ziegellacke gelesen.

Als es auf Arthurs Uhr Punkt drei war, sah er das erste Mal auf, nahm dem Sturzhelm ab und sagte: »Jetzt bin ich da! Hübsch siehst du aus!«

Andrea setzte sich hinten drauf und gemeinsam fuhren sie in den Hof ein und gingen ins Haus. Der Vater lag im Wohnzimmer auf der Bettbank. Er schnarchte. Die Großmutter saß am Tisch und betete die Zeitung. Mit dem Finger fuhr sie jedes Wort mit, das sie las. Und die Mutter rumorte in der Küche mit den Töpfen herum. Vom Keller herauf war der gleichmäßige Basston einer Tuba zu hören. Der Bruder übte für das Blasmusikkonzert. Und im Radio lief das »Wunschkonzert«, bei dem der allerliebsten Oma oder dem lieben Papa von seinen Liebsten gratuliert und dann sein Lieblingslied gespielt wurde. Im »Wunschkonzert« konnte man Stücke bestellen, und einmal hatte die Nachbarin ihren Mann zum fünfzigsten Geburtstag im Radio hochleben lassen. Sie hatte es allen im Dorf erzählt und in jedem Haus lief das Radio und alle warteten, wann dem lieben Willi von seiner Frau Rosalia und seinen lieben Kindern Willi, Evi und dem Herzpinkerl Rosi alles Gute gewünscht wurde. Danach hatte es ein Geburtstagsständchen von den Oberkrainern gegeben.

»Das ist Arthur«, sagte Andrea.

Die Großmutter sah von ihrer Zeitung auf. Er reichte ihr die Hand. Sie nahm sie und legte ihre andere drauf. »Grüß Gott, junger Herr«, sagte sie. »Passen Sie gut auf meine Enkelin auf, sie ist das gescheiteste Kind im ganzen Dorf!«

Andrea war das peinlich, sie sah Arthur entschuldigend an, aber er lächelte nur, als ob es ihm nichts ausmachte, wenn ihre Oma so mit ihm redete.

Die Mutter schaute grantig aus der Küche heraus. Als Arthur ihr die Hand reichen wollte, hielt sie ihm nur kurz den Handrücken hin: »Ich habe noch ganz nasse Hände von der Arbeit!«, und schepperte weiter mit den Töpfen.

»Ein Topfkonzert«, sagte Arthur.

»Was?«, rief die Mutter aus der Küche.

»Sie machen ein richtiges Topfkonzert!«

Die Mutter schüttelte den Kopf.

Andrea ging mit Arthur ums Eck, wo die Bettbank und der Fernseher standen. Der Vater lag mit offenem Mund da und sägte an seinem geträumten Wald.

»Was machen wir jetzt?«, fragte Andrea.

»Pfeifen«, antwortete Arthur. »Pfeifen hilft immer!«

»Kannst du pfeifen?«

Er nickte. »Um deinen Vater zu wecken, reicht es!«

Arthur pfiff los, ohne verlegen oder verschämt zu sein. Und bald erkannte Andrea, dass es die Melodie von »The Sound of Silence« war. Und irgendwie passte der Schnarchrhythmus des Vaters zur Melodie und selbst die entfernte Tuba aus dem Keller und das Topfkonzert aus der Küche hörten sich an, als würden sie dazugehören. Als Arthur bei »When my eyes were stabbed by the flash of a neon light« angekommen war, machte der Vater die Augen auf und den Mund zu.

Arthur pfiff die Strophe zu Ende und der Vater schaute verwirrt, was da vor sich ging, sodass ihm der Mund gleich wieder offen blieb.

»Papa, das ist Arthur«, stellte Andrea vor.

Ächzend setzte sich der Vater auf und griff nur ganz langsam nach der Hand, die Arthur ihm schon die längste Zeit hingestreckt hatte.

»Und du pfeifst mir gleich was«, begrüßte er ihn.

»Nicht irgendwas«, sagte Arthur. »Es ist der Klang der Stille, mit dem ich Sie aufgeweckt habe!«

»Soso, der Klang der Stille«, sagte der Vater abfällig, »und was ist mit deinen Haaren? Die bräuchten einmal den Klang einer Schere. Gibt es keinen Friseur bei euch in der Stadt?«

Andrea war es peinlich, sie wäre am liebsten unter die Bettbank gekrochen. Aber Arthur war nicht verlegen: »Keine guten. Die schneiden zu kurz!«

»Na, bei dir kann es gar nicht kurz genug sein«, sagte der Vater.

»Mir gefallen seine Haare«, mischte sich Andrea ein. »Und jetzt fahren wir in die Konditorei auf ein Eis!«

Arthur wollte sich von den Eltern und der Großmutter verabschieden, aber Andrea zog ihn an der Hand und raunte ihm zu: »Schnell, damit wir fortkommen. Sonst fällt ihm noch was ein!«

Arthur wollte aber nicht mit ihr zur Konditorei fahren, sondern zu sich nach Hause. Seine Eltern wollten das Mädchen kennenlernen, mit dem er sich traf. Und ein Eis gab es auch von der Mutter.

Andrea mochte es, bei ihm auf dem Moped zu sitzen und sich an ihn zu schmiegen. Und sie mochte das Wehen ihrer Haare im Wind, weil sie keinen Sturzhelm hatte. Und Arthur fuhr ganz vorsichtig mit ihr hinten drauf, als hätte er die Mahnung der Großmutter sehr ernst genommen.

Arthur wohnte nicht mitten in der Stadt, sondern auf einem Weinberg, ganz nahe bei der Burg, zu der sie als Kind mit der Großmutter gerne einen Ausflug gemacht hatte. Es war ein altes Haus, aber ganz anders alt, als ihr altes Haus gewesen war. Es hatte eine hohe, schwere Eingangstür mit einem Schlüssel so groß wie für ein Burgtor. Und das steingeflieste Vorhaus mit Garderobe und Sitzgruppe sah beinahe wie ein Wohnzimmer aus. Arthurs Mutter kam ihnen schon im Vorhaus entgegen und begrüßte Andrea mit einem herzlichen Händedruck. Arthur umarmte und küsste die Mutter, als wäre er von einer weiten Reise zurückgekehrt. Die Mutter hatte hochgesteckte rötliche Haare und keine Dauerwellen wie die Mutter von Andrea, und es lag etwas Feines in ihrem Lächeln. Sie führte den Sohn und seine Freundin durch die geräumige Küche, in der es auch einen Esstisch gab, weiter in das Wohnzimmer, das mit alten dunklen Möbeln und einem Bücherschrank ausgestattet war, und dann hinaus auf eine Terrasse. Dort saß Arthurs Vater auf einer Hollywoodschaukel und rauchte versonnen vor sich hin. Die Schaukel quietschte im Rhythmus seiner leichten Bewegung. Arthur stellte Andrea vor, der Vater gab ihr die Hand und nickte, ohne etwas zu sagen. Erst jetzt nahm Andrea die Aussicht von der Terrasse wahr, die über die Weinberge hinunter bis zur Stadt reichte. Sie sah die Hauptstraße mit der Kirche und dem Rathaus, und ganz in der Ferne meinte sie auch ihr Dorf auszumachen.

»Seltsam, dass du immer zu mir hinunterschauen kannst«, sagte sie zu Arthur.

»Manchmal stelle ich mir vor, ich drehe die Wasserleitung auf und lasse rinnen, bis die ganze Stadt mit Wasser gefüllt ist. Dann könnte ich jederzeit schwimmen gehen und hätte immer einen Blick auf den See!«, antwortete er.

»Aber dann wäre ich auch unter Wasser«, meinte sie empört.

»Darum tu ich es auch nicht!«, grinste er.

Andrea nickte. »Und das Wasser würde sich dran erinnern und es dir heimzahlen!«

»Wie?«

»Indem dich beim Mopedfahren die Hagelkörner erschlagen zum Beispiel!«

Die Mutter kam mit einem Tablett, auf dem Glasbecher mit Eis standen, und meinte: »Na, ihr führt aber nette Gespräche!«

Nun grinste auch Andrea.

Der Vater seufzte auf, als wäre etwas Schreckliches passiert, Andrea drehte sich erschrocken zu ihm. Aber der Seufzer war nur die Einleitung für das, was er sagte: »Mein Sohn wird noch im Gefängnis landen, bei allem, was er sich so ausdenkt!«

»Fürs Denken kommt man nicht ins Gefängnis«, sagte Arthur, ohne den Vater anzusehen.

Zum Eisessen setzte sich auch der Vater an den Tisch. Die Eltern interessierten sich dafür, in welche Schule Andrea ging und was ihre Eltern machten. Es war ihr peinlich, zu sagen, dass sie von einem Bauernhof kam. Als sie kleiner gewesen war, hatte sie jemanden besonders interessant gefunden, wenn er in einer Fabrik arbeitete. Der ging dort im weißen Mantel herum und erledigte wichtige Arbeiten an komplizierten Maschinen. Und sie dachte, dass ein Fabrikarbeiter ein Fabrikbesitzer sei. Und nun redete sie viel lieber davon, dass ihr Vater Autobuschauffeur war. Aber Arthurs Mutter war an der

Landwirtschaft mehr interessiert und ob Andrea auch mithelfe. Die Mutter sagte, sie hätte immer gerne einen Bauernhof mit Kühen und Schweinen gehabt, aber auf dem Berg ließen sich Wiesen und Felder nur schwer bearbeiten. Da wäre es mit dem Weinbau etwas leichter.

Als sich der Vater nach dem Eis eine Zigarette anzündete, war das für Arthur das Zeichen, dass sie den elterlichen Tisch verlassen konnten. Er zeigte Andrea die Bibliothek. Es gab tatsächlich einen Raum, der von oben bis unten mit Büchern voll war. Meist dicke, alte Bücher in Leinen, manche auch in Leder gebunden, und wenn Andrea eines herausnahm und hineinschaute, dann war es in Fraktur gedruckt. Andrea war wie in Trance.

»Die waren immer schon hier? Seit du auf der Welt bist?«

Arthur nickte.

»Und ich konnte immer in die Buchhandlung gehen und mir kaufen, was ich wollte!«

»Und so viele du wolltest?«

Arthur nickte.

In einem Regal standen auch Taschenbücher moderner Autoren wie Siegfried Lenz, Günter Grass, Hermann Hesse oder Heinrich Böll. Arthur ließ sie in Ruhe schauen und fischte dann die »Ansichten eines Clowns« heraus und drückte es ihr in die Hand. »Das hier nimm mit. Es hat mir gut gefallen!«

»Warum?«, wollte Andrea wissen.

Arthur drückte mit dem Zeigefinger seine schlanke, gerade Nase zu einer Knolle und sagte: »Ich bin ein Clown und sammle Augenblicke!«

Andrea nahm das Buch und sie gingen weiter in Arthurs Zimmer. Dort gab es neben einem großen alten Bett mit einem hohen Haupt aus Holz, einem ebenso alten Schreibtisch und einem Klavier auch einen modernen Glastisch, auf dem ein Plattenspieler stand. Andreas Augen wurden groß wie zwei Langspielplatten.

»Du hast einen Plattenspieler?«, flüsterte sie. »Du kannst deine Lieblingsmusik so oft hören, wie du willst? Du musst nicht darauf warten, ob das Lied im Radio kommt?«

Sie dachte daran, wie viel sie Radio hörte, nur um an die Lieder heranzukommen, die sie wirklich hören wollte. In manchen Sendungen sagten sie vorher an, wer gespielt würde, und wenn es einer ihrer Lieblingssänger war, dann hörte sie die ganze Sendung in der Hoffnung, es käme dann auch jenes Lied, das sie hören wollte.

Sie sah Platten herumliegen von den Rolling Stones, David Bowie, The Who, Bob Dylan und Led Zeppelin, und darunter auch die Langspielplatte »Sounds of Silence« von Simon & Garfunkel, und sie sah zum ersten Mal, wie die beiden ausschauten. Der eine mit den hellen Wuschelhaaren und der andere mit dem dunklen Schlurf. Sie gingen auf einer seltsamen Straße, die eigentlich ein Hohlweg war, links und rechts dicht bewachsen, und es schien, dass der Hohlweg weiter vorne völlig zugewachsen war. Die beiden Sänger drehten sich im Gehen um und schauten den Betrachter an, als hätte er ihnen noch etwas Wichtiges zugerufen, bevor sie ihren Weg fortsetzen und im Dickicht verschwinden würden.

Andrea hatte das Gefühl, dass Arthur viel mehr von Musik verstand als sie. Es lehnte auch eine Gitarre am Klavier. Sie verkniff es sich, ihm zu sagen, dass sie gerne den Maffay und andere Schlagersänger hörte. Von den englischsprachigen fiel ihr grad noch Janis Joplin ein, von der sie »Me and Bobby McGee« kannte, und Donovan mit »Atlantis«. David Cassidy erwähnte sie lieber nicht, der war längst out und davor sowieso nur ein Mädchenschwarm gewesen.

Arthur spielte ihr seine Lieblingslieder vor. Sie sah, wie vorsichtig er die Platte aus der Hülle nahm und darauf achtete, sie nur am Rand zu berühren. Punktgenau setzte er den Schwenkarm mit der Nadel auf die dicke Rille. Es knisterte wie bei einem Kaminfeuer, bevor die Musik das Knistern übertönte. Bei manchen Liedern mochte sie das Knistern lieber als die Musik. Dann legte er »Sounds of Silence« auf den Plattenteller und ließ die ganze Seite der Platte laufen. Er küsste sie, während die Musik lief. Als die Seite fertiggespielt war, fragte Andrea: »Ist das deine Küsserplatte?«

Er drehte sie um und meinte: »Sie könnte es werden!«

Es war schon am Dunkelwerden, als Arthur Andrea nach Hause brachte. Sie wollte nicht, dass er nochmals mit zu den Eltern ging, und winkte ihm nach, als er gleich wieder fuhr. Die Eltern hatten die Stallarbeit bereits erledigt. Der Vater saß bei der »Zeit im Bild« und die Mutter werkelte in der gleichen Art und Weise in der Küche herum wie am Nachmittag, als Andrea gegangen war. So, als wäre sie die ganze Zeit dort gestanden. Die Mutter begrüßte sie mit einem »Na, das war aber ein großes Eis!« Der Vater fragte, ob sie sich die ganze Zeit mit dem langhaarigen Haschbruder herumgetrieben habe.

»Wir waren bei ihm zu Hause«, sagte Andrea mit einem Triumph in der Stimme.

»Bei ihm zu Hause«, wiederholte die Mutter spöttisch, »waren seine Eltern nicht da?«

»Doch, seine Mutter hat uns ein Eis gemacht! Und dann haben wir Platten gehört!«

»Was für Platten denn? Auch von so langhaarigem Gesindel?«, setzte der Vater nach.

»Simon & Garfunkel, Bob Dylan, Rolling Stones, The Who«, begann Andrea.

»Wie das schon klingt«, unterbrach die Mutter.

»Ich sag ja, lauter Haschbrüder«, stichelte der Vater weiter.

»Und hast du seine O-Haxen gesehen? Dabei haben wir so nette Burschen hier bei uns«, seufzte die Mutter und drehte sich beleidigt weg. »Als ob die nicht gut genug wären für dich!« Sie schepperte laut mit dem Topf.

»Nein, sie braucht einen Gammler von da oben. Dort schauen alle so aus!«

Andrea ging in ihr Zimmer. Die Großmutter lag schon im Bett und hörte den Abendgottesdienst im Radio.

»Kommst du von deinem Freund?«, fragte sie.

Andrea nickte.

»Scheint ein sehr netter Bursch zu sein«, meinte die Großmutter.

Andrea nickte und lächelte. Sie setzte sich zur Oma aufs Bett und gab ihr einen Kuss: »Das ist er auch, Oma!«

Die Eltern und der Bruder fingen an, das Dachgeschoß auszubauen. Und zu Andrea sagten sie, dass sie arbeiten gehen solle, wenn sie ihr Zimmer einrichten wolle. Sie sei alt genug dafür. Andrea dachte, lieber arbeiten gehen, als noch einmal mit dem Herrn Hubert mitzufahren, damit die Eltern noch einen Kredit bekommen. Aber andererseits wollte sie mit der Schule nicht aufhören, auch wenn es oft langweilig war und es wenig gab, das sie interessierte. Englisch mochte sie, damit sie die Liedtexte besser verstehen konnte, wenn sie nun die englischsprachigen Platten mit Arthur hörte. Ganz selten waren auf dem Plattencover die Texte auch abgedruckt. Die lernte sie dann auswendig und schaute später im Langenscheidt nach, was sie nicht verstand. Es blieb aber trotzdem vieles unverständlich bei den vielen Abkürzungen und Apostrophen, die sie in der Schule ja nicht lernte. Sie mochte auch Maschinschreiben, das sie als Freifach genommen hatte, denn sie hatte gehört, dass es Leute gab, die so schnell waren, dass sie mitschreiben konnten, was andere redeten. Aus Pappendeckel und einer Schnur mussten sich die Schüler eine Abdeckung bauen, die sie sich um den Hals hängten, damit sie nicht auf die Tasten schauen konnten, während sie einen Text abtippten. Schnell war Andrea, aber sie schaffte es nicht, ohne Fehler zu schreiben. Sie mochte auch Warenkunde, weil es sie interessierte, woraus die Dinge hergestellt wurden, die sie umgaben und mit denen sie sich umgab. Aus welchen Materialien bestand ein Kleidungsstück? Oder aus welchen Zutaten setzte sich Beton zusammen? Und was war in einem Leberkäse wirklich drin?

Was sie nicht mochte, war Mathematik. Sinus, Cosinus und

Tangens langweilten sie ebenso wie das Konstruieren von Dreiecken mit den Kongruenzsätzen. Sie schaffte gerade ein Genügend, sie fiel nicht mehr als gute Schülerin auf, auch wenn sie ihre Aufsätze noch immer vorlesen durfte. Die Eltern waren enttäuscht, weil Andrea nicht den Notendurchschnitt für eine Beihilfe schaffte, und drängten sie umso mehr dazu, arbeiten zu gehen. Eine Lehre als Friseurin zu machen oder als Schreibhilfe in eine Anwaltskanzlei zu gehen, da sie nun immerhin passabel maschinschreiben konnte.

Andrea brauchte Geld. Sie wollte ein eigenes Zimmer und sie brauchte es, damit Arthur auch zu ihr kommen konnte. Die Großmutter war sicher traurig, wenn sie auszog, aber sie würde verstehen, dass sie Platz für sich benötigte und auch einen Platz, wo sie mit dem netten Burschen zusammen sein konnte.

Andrea bemühte sich um einen Job in den Sommerferien und schrieb einige Firmen und Anwaltskanzleien an. Zumal Arthur in den Ferien auch arbeiten musste, denn in seiner Schule gehörte ein Sommerpraktikum zur Ausbildung. Eine Elektrofirma aus Graz antwortete ihr und lud sie zu einem Vorstellungsgespräch ein. Der Firmenbesitzer begutachtete sie kurz, fragte sie nur, ob sie maschinschreiben könne und welche Tiere sie zu Hause hätten. Er sagte, sie bekomme den Job als Urlaubsvertretung, weil sie ein Bauernkind sei. »Bauern sind verlässlich«, sagte er, »die wissen, dass man die Kühe täglich versorgen muss, auch wenn man krank ist!«

»Und wenn Geburten kommen, muss man auch da sein, und wenn die Kuh rauscht, muss man den Tierarzt rufen für die Besamung!«, antwortete Andrea. Für sie war es so selbstverständlich, dass man sich um die Tiere zu kümmern hatte, dass sie nicht verstand, was der Unternehmer eigentlich meinte. Sie war gerne dabei, wenn eine Kuh kalbte, auch wenn es Schwerarbeit war. Zuerst war es meist ein blutiger Schleim, der an der Scheide der Kuh klebte. Dann sah man die Fußspitzen des Kalbes herausblitzen. Der Vater band dann einen Strick um die rechte und einen um die linke Klaue. An den Enden des Stricks wurde ein Holzstab eingefädelt. Nun mussten alle helfen und ziehen. Dabei musste man genau darauf achten, wann die Kuh presste. Denn ziehen durfte man nur beim Pressen. Das Schwierigste war der Kopf. Andrea erschrak immer, weil das Kalb eine blaue Zunge hatte, die ihm aus dem Mund hing, als wäre es tot. War der Kopf erst einmal heraußen, ging der nächste Zug meist bis zum Becken. Dort konnte es wieder sehr eng werden, wenn das Kalb groß gebaut war. Der Vater und der Bruder stemmten die Beine dann gegen die Mistrinne und zogen mit aller Kraft. Die Kuh hatte Schaum vor dem Mund vor lauter Schmerz und schrie auf, wenn er besonders heftig war. Der Vater hatte Schaum vor dem Mund, weil es so anstrengend war, und er stöhnte bei jedem Zug. War das Kalb endlich heraußen, schüttete die Mutter einen Kübel kaltes Wasser über seinen Kopf. Nüstern und Maul wurden vom Gebärmutterschleim gereinigt, damit es endlich atmen konnte. Wenn es sehr schlaff war, fasste der Vater ein Vorderbein des Kalbes und pumpte damit gegen den Brustkorb, um auf diese Weise den Herzschlag anzuregen. Nach der Geburt waren meist alle schweißgebadet. Die Kuh, der Vater, der Bruder, die Mutter. Zeigte das Kalb eindeutige Lebenszeichen, durfte Andrea es mit einem Sack abreiben. Danach kam es in die Kälberbox. Und die erschöpfte Kuh wurde dazu gedrängt aufzustehen. Wenn sie es allein nicht schaffte, half man ihr. Manchmal rief man auch den Nachbarn, um der Kuh aufzuhelfen. Denn stand sie nach der Geburt nicht auf, bestand die Gefahr, dass sie eine Nervenschädigung erlitt und nicht wieder in die Höhe kam.

Einmal hatte Andrea auch erlebt, dass ein Kalb im Bauch der Mutter abgestorben war. Der Tierarzt musste geholt werden, und mit einem scharfen Draht fuhr er in die Gebärmutter der

Kuh und sägte die einzelnen Teile des Kalbes heraus. »Dabei muss man sehr aufpassen«, sagte er, ein Kollege habe sich einen Finger abgeschnitten bei einer solchen Operation.

Einmal war bei einer Kuh der Geburtskanal zu eng, und es musste wieder der Tierarzt gerufen werden, weil nichts weiterging. Er machte einen Kaiserschnitt. Die Kuh wurde örtlich betäubt und stand während der ganzen Operation. Andrea durfte helfen und die Gedärme im Bauch der Kuh halten, damit sie nicht herausfielen. Nachdem die Gewebeschichten durchtrennt waren und der Tierarzt das Kalb herausgeholt hatte, wurde der Bauch der Kuh Schicht für Schicht wieder zugenäht. Das war eine viel langwierigere Arbeit als das Aufschneiden. Aber Andrea mochte es, mit ihren Händen in den warmen Gedärmen der Kuh zu wühlen und darauf zu achten, dass sie nicht mit dem kotverschmutzten Stallboden in Berührung kamen.

Der Elektroinstallationsunternehmer hatte schon recht. Die Viecher mussten betreut werden, egal ob die Eltern die Grippe hatten oder einen gebrochenen Arm. Egal wie windig und kalt es war, zum Füttern, Melken und Ausmisten mussten der Bauer und die Bäuerin hinaus. Zweimal am Tag. Und wenn es dem Vater oder der Mutter grad ganz schlecht ging, dann nahmen sie ein fiebersenkendes Pulver, um wenigstens für diese Zeit aufstehen zu können. Richtig krank sein, das gab es bei den Bauern nicht.

Andrea war schon als Kind ein Kretinl gewesen, das nicht so einfach zu behandeln war mit füttern, Essen geben und Windeln wechseln. Sie hatte bald eine Sonderbehandlung gebraucht und dafür war eigentlich keine Zeit gewesen. Jetzt sollte sie endlich arbeiten gehen und ihr Geld selber verdienen und nicht noch länger auf der Brieftasche des Vaters liegen. Und vielleicht gefiel es ihr ja auch, und vielleicht war Arbeiten spannender als das Herumsitzen in der Schule und sich den ganzen Tag nur anhören, was die Lehrer Jahr für Jahr gelangweilt herunterbeteten.

Deshalb freute sie sich auf den Sommerjob, und wenn es ihr gefiele und dem Unternehmer gefiele, wie sie arbeitete, wer weiß, vielleicht wollte er sie behalten, dann würde sie sich im Herbst abmelden von der Schule und tatsächlich ihr eigenes Geld verdienen.

Als Andrea mit den Eltern am Sonntag in die Kirche ging, sollte sie danach zum Frühschoppen mitkommen. Da seien auch alle Burschen aus der Gemeinde. Sie müsse auch nicht tanzen. Sie könne mit den anderen Jugendlichen zusammensitzen und reden.

»Das kannst du sowieso besser als tanzen«, sagte die Mutter auf dem Kirchplatz.

»Aber was soll ich mit ihnen reden?«, fragte Andrea.

»Was man halt so redet!«

»Und was redet man so?«

»Übers Wetter, wer mit wem zusammen ist und dass du auch bald arbeiten gehst und Geld verdienst, das kannst du ja erzählen! Weil die anderen verdienen alle schon was in deinem Alter!«

Andrea schüttelte den Kopf. »Ich gehe nicht zum Frühschoppen, Mutter. Arthur kommt mich holen, seine Eltern haben mich zum Mittagessen eingeladen!«

»Was?«, die Mutter schrie auf und merkte selber, dass sie lauter war, als sie wollte. Dann dämpfte sie ihre Stimme, damit nicht alle zu ihr hersahen: »Du gehst zu dem Langhaarigen mittagessen? Hier warten die Burschen, dass du mitkommst!«

»*Du* willst, dass ich mitkomme. Nicht die Burschen«, sagte Andrea.

»Du kommst jetzt mit!«, die Mutter wurde wieder lauter, als sie wollte.

Andrea schüttelte den Kopf. »Ich geh jetzt heim und warte auf Arthur!«

Die Mutter hätte Andrea am liebsten eine gepickt. Und zu Hause hätte sie es wohl getan in ihrer Wut, auch wenn Andrea aus dem Kinderschlagalter längst heraußen war. Aber auf dem Kirchplatz war Andrea sicher. In der Öffentlichkeit genierte sich die Mutter. Der Vater stand bei den Männern und kriegte von alldem nichts mit. Und der Mutter ging es nicht nur um die Burschen, es ging ihr auch um sich selbst. In Gedanken sah sie sich auch schon mit den größten Bauern zusammensitzen, die vielleicht Andreas Schwiegereltern werden würden oder mit den Eltern eines Burschen, auf dessen Vater sie einmal ein Auge geworfen hatte. Was ihr nicht gelungen war, würde ihrer Tochter gelingen. Hatte sie den Vater des Burschen nicht bekommen, so bekam die Tochter doch dessen Sohn.

Andrea ahnte, was sie der Mutter vermieste. Aber deshalb ließ sie sich ihr Leben von der Mutter nicht vermiesen. Sie ging los, bat niemandem darum, dass er sie nach Hause brachte. Sie ließ die Mutter auf dem Kirchplatz zurück.

Diesmal waren Arthurs Schwester und ihr Freund auch anwesend. Sie schien Andrea außergewöhnlich hübsch, sehr schlank und sehr groß. Sie hatte lange dunkle Haare, schmale Hüften und fast keinen Busen. Das gefiel Andrea, sie hätte viel darum gegeben, auch so auszusehen, und sie kam sich klein und hässlich vor neben Arthurs schöner älterer Schwester. Ihr Freund war ebenfalls dabei, auch so schlaksig wie sie, mit langen Haaren und Bart. Die Schwester hieß Adele, war vier Jahre älter als Arthur und studierte bereits, und ihr Freund Gottwald war sogar schon fertig mit dem Studium und arbeitete im Pflanzenschutz. Das klang gut für Andrea, und als sie auf der Terrasse standen und warteten, bis die Mutter sie an den gedeckten Tisch rief, wollte Andrea wissen, was es bedeutete, dass Gottwald im Pflanzenschutz arbeitete. Er sagte, er verkaufe Unkraut- und Insektenvertilgungsmittel.

»Und dafür hast du studieren müssen?«, fragte Andrea verwundert. »Du bringst also das DDT ins Lagerhaus, das mein Vater dort kauft!«

»Ich berate zum Beispiel den Einkäufer der Lagerhäuser. Erkundige mich, welche Getreidesorten die Bauern kaufen und empfehle dazu den entsprechenden Pflanzenschutz, damit es keine Ernteausfälle wegen Unkrauts oder Insektenbefalls gibt.«

Dann erzählte er noch, wie wichtig das sei, um den Welthunger bei steigender Bevölkerungszahl in den Griff zu bekommen.

Die Mutter rief alle an den Terrassentisch. Der Vater kam wieder von der Hollywoodschaukel, wo er vor sich hin geraucht und dabei so wichtig dreingeschaut hatte, als würde er hoch komplizierte Gerichtsfälle wälzen. Es gab Wasser und eine Flasche Wein aus dem eigenen kleinen Weingarten. Obwohl Andrea den sauren Most von zu Hause gewohnt war, schien ihr der Wein noch saurer. Nach der Frittatensuppe wurde ein Rindsbraten aufgetragen und Adele rief: »Es ist Sonntag! Fleisch für alle!«

Und wieder wollte Andrea wissen, was das bedeutete. Gab es denn sonst nicht Fleisch für alle?

»Nein, nur für den Papi«, sagte Adele. »Er braucht jeden Tag kräftigendes Fleisch, damit er gut denken kann!«

»Er hat nämlich eine verantwortungsvolle Aufgabe«, fügte Arthur hinzu und steckte sich ein großes Stück Fleisch in den Mund. Andrea wusste nicht recht, ob sich Adele und Arthur über ihren Vater lustig machten oder es ernst meinten.

»Bei uns gibt es jeden Tag Fleisch«, sagte Andrea, »wir haben alle verantwortungsvolle Aufgaben!«

»Stimmt«, antwortete die Mutter, »Bauern müssen jeden Tag in den Stall gehen, auch sonntags!«

Adele und Gottwald nickten, nur der Vater aß sein Fleisch, als hätte er nichts von dem Gespräch gehört.

Irgendwie hatte Andrea den Eindruck, als würde Arthurs Familie ihre Herkunft höher schätzen als die eigene, obwohl der Vater ein Studierter und sogar ein Doktor war. Sie hatte bis jetzt noch niemanden kennengelernt, außer den Arzt, der ein Doktor war, und sie dachte, vielleicht redete Arthurs Vater nicht viel mit seiner Familie, weil er so gescheit war und sich mit wichtigeren Gedanken beschäftigte. Als er mit dem Essen fertig war, legte er das Besteck lautstark auf den Teller und sagte: »Danke Mutti, sehr gut war es!«

»Wer geht mit in die Küche und hilft mir bei der Nachspeise?«, fragte die Mutter. Andrea wollte zeigen, dass sie gut erzogen war. Sie sammelte die Teller ein und folgte ihr durch das Wohnzimmer. In der Küche sah es aus! Alle Töpfe und Pfannen, die Arthurs Mutter beim Kochen verwendet hatte, standen noch angepatzt herum. Ganz anders als bei Andreas Mutter, die sofort abwusch, was sie nicht mehr brauchte.

»Nimm bitte das Eis aus dem Tiefkühlfach und teile es auf. Ich mache inzwischen das Schlagobers«, sagte die Mutter.

Andrea sah sich hilfesuchend um.

»Ach so, der Platz. Mach es auf dem Esstisch. Hier ist es ein bisschen eng. Vielleicht kann ich Adele überreden, dass sie abwäscht!«

»Oder Arthur«, sagte Andrea.

»Lieber nicht, der schmeißt die Töpfe in die Badewanne, lässt heißes Wasser ein und sagt, die werden von selber sauber, wenn man sie lange genug badet!«

»Und? Stimmt das?«

»Das letzte Mal war die Badewanne drei Tage mit den Töpfen besetzt, dann habe ich sie doch selber geschrubbt, weil ich wieder einmal baden wollte!«

Arthurs Mutter schlug mit dem Mixer das Obers, während Andrea verschiedene Eissorten gerecht auf sechs Becher verteilte. Plötzlich schepperte es in der Küche. Der Mixer tanzte zwischen den Töpfen herum, Arthurs Mutter versuchte ihn einzufangen und schimpfte mit ihm. Andrea zog den Stecker. Der Mixer hörte auf mit der Tanzerei.

»So ein Mistkerl«, schimpfte die Mutter. »Das macht er öfter!« Andrea sah, dass der Mutter Schnee auf den Haaren und auf dem Kinn klebte, als wäre sie der Weihnachtsmann.

»Sie sehen aber sehr weihnachtlich aus«, sagte sie. Die Mutter antwortete ziemlich ungerührt: »Wenn es nach was aussieht, dann lassen wir es so!«

Der Schlagschaum hatte die Küche vollgespritzt. Aber auch das kümmerte die Mutter nicht. Sie steckte die Stäbe wieder in den Rührbecher und mixte in Ruhe fertig.

Ihre Mutter hätte längst Gott und alle Heiligen angerufen, wenn ihr so etwas passiert wäre, dachte Andrea. Und erst fein säuberlich geputzt, bevor sie das Eis auf den Tisch gestellt hätte.

Seelenruhig servierten die Mutter und Andrea das Eis, die Mutter mit Sahnehäubchen und Bart. »Heute gibt es Eis vom Weihnachtsmann!«, sagte sie. Der Vater schüttelte den Kopf und seufzte: »Und ich habe drei Kinder!«

Später ging Andrea mit Arthurs Mutter zu den Obstbäumen und half ihr beim Marillenbrocken.

»Das gibt einen gut gefüllten Marillenstrudel«, sagte Arthurs Mutter. »Sie sind jetzt genau richtig reif dafür. Meine Kinder machen sich leider nichts aus Obst!«

Andrea füllte nicht nur den Eimer, als sie auf der Leiter stand, sondern auch ihren Bauch mit den köstlich weichen Früchten, die so reif waren, dass sie beinahe platzten. Sie aß so viel, bis sie selbst beinahe platzte.

Als sie zurückkamen, war die Küche fein säuberlich aufgeräumt. Andrea staunte. Gottwald wischte noch den Tisch ab, auf dem Andrea das Eis zubereitet hatte, und Adele polierte mit dem Geschirrtuch die blank geputzte Arbeitsplatte. Sie seufzte: »Wenn man das meiner Mutter überlässt, sieht es in drei Tagen auch noch aus, als hätte sie erst gekocht!«

»Da schau her«, sagte die Mutter und grinste. »Ihr könnt den Marillenstrudel nicht mehr erwarten, stimmt's?«

Später war Andrea mit Arthur allein in seinem Zimmer. Sie hörten wieder englische Platten. Diesmal David Bowie alias Ziggy Stardust und The Spiders from Mars. Andrea freute sich aufs Geldverdienen und wollte sich als Erstes eine Stereoanlage und ein Bücherregal kaufen. Dann konnte sie Platten von Arthur ausborgen und alles kennenlernen, was er kannte. Und wäre nicht mehr darauf angewiesen, nur dann auf Ö3 umschalten zu dürfen, wenn die Eltern gerade nicht den Regionalsender hörten. Und sie würde sich dann nicht mehr sagen lassen müssen, sie solle den richtigen Sender wieder einstellen und sie mit der Negermusik in Ruhe lassen, wenn sie vom Stall zurückkamen. Andrea erzählte Arthur nicht, welche Musik sie vorher gehört hatte. Aber sie redeten darüber, wie ihr Sommer aussehen würde. Arthur machte ein Praktikum bei einer Installationsfirma auf dem Land und würde bei seinen Eltern wohnen, während Andrea zu einer Elektroinstallationsfirma nach Graz fahren würde, jeden Tag außer Samstag und Sonntag, fast wie in der Schulzeit. Sie würden einander also auch im Sommer nur an den Wochenenden sehen.

»Jetzt bin ich neugierig, ob ich in der Schule etwas gelernt habe, das ich auch praktisch anwenden kann«, sagte Arthur.

Im Sommer war der Zug nach Graz halb leer. Die Schüler fielen weg, ebenso andere bekannte Gesichter. Die Sekretärin, die in einer Woche in Urlaub gehen wollte, führte Andrea in die Tätigkeiten des Betriebs ein. Angebote, die erstellt werden mussten, kopieren und die Zahlen mit der Schreibmaschine eintragen. Rechnungen schreiben, Kopien erstellen und in eine Mappe einheften, Telefon abnehmen und an den Chef, die Chefin oder an den Juniorchef weiterverbinden. Sie saß im Eingangsbereich des Erdgeschoßbaus. Besuche kamen als Erstes zu ihr. Sie meldete an, führte weiter, servierte Kaffee. Eine Woche lang fand sie es ganz interessant, außerdem war noch die Kollegin hier, mit der sie sich unterhalten konnte. Dann ging die Kollegin und es kam die Langeweile. Sie hatte das Gefühl, was sie hier tat, konnte jeder andere auch tun, wenn er ein bisschen Schreibmaschine übte. Es gab nichts, worin sie sich gefordert fühlte, wo es darauf ankam, dass sie es war, die eine bestimmte Arbeit machte. Nur um Geld zu verdienen, sollte sie vielleicht ein Leben lang in einem Büro hocken und Angebote ausfüllen oder Rechnungen schreiben? Und wenn gerade nichts zu tun war, saß sie nur da und starrte in die Luft, oder auf die Uhr, motivierte mit ihrem Blick den Zeiger, redete ihm auch gut zu, dass er sich schneller bewegte und es endlich fünf würde, damit sie gehen konnte. Und das neun Stunden am Tag, ohne Mittagspause, damit sie am Freitag wenigstens schon zu Mittag wegdurfte. Sie kannte so etwas nur von langweiligen Schulstunden. Neun Stunden Langeweile jeden Tag konnten nicht das Leben sein, nur damit dann eine Zahl auf dem Konto stand. Sie sah durch die halb geöffnete Jalousie nach draußen, wo sich der

Sommer anstrengte und sein Bestes gab. Schweiß stand ihr auf der Stirn. Sie war allein im Büro. Der Chef sagte, er fahre auf eine Baustelle, der Junior, er müsse in eine Besprechung. Wahrscheinlich lagen sie zu Hause am Swimmingpool oder saßen bei einem Geschäftsessen in einem schattigen Garten, während sie lustlos ihr mitgebrachtes Leberpastetenbrot mit Essiggurke aß und sich nicht aus dem Büro bewegte, um keine Mittagspausenzeit angerechnet zu bekommen.

Wie hielt das ihre Kollegin nur aus? Die hatte die Handelsakademie absolviert und war schon mehrere Jahre in diesem Betrieb beschäftigt. Man konnte doch nicht jahrelang in die Schule gehen, um dann in einer derartig anspruchslosen Arbeit abgestellt zu werden. Andrea hatte so etwas vorher nicht gekannt. Da war es doch viel spannender, die Schweine zu füttern oder die Kühe zu melken. Gras zu mähen, den Duft des frisch geschnittenen Grases zu atmen und sich daran zu erfreuen, wie sich die Ferkel und Hühner darauf stürzten, wenn sie das feine, weiche Gras in den Koben warf. Lieber wollte sie einen Bauern heiraten, als in einem Büro zu vergammeln oder ihre Lebenszeit dort abzusitzen wie in einem Gefängnis. Sie brauchte das Geld, für Plattenspieler und Bücher, aber wann würde sie Zeit haben, sich damit zu beschäftigen? Sie las im Büro, heimlich, wenn alle weg waren, aber offiziell musste sie immer so tun, als hätte sie etwas zu tun. Und wenn sie nichts zu tun hatte, gab ihr der Chef ein Angebot, in dem sie die handgeschriebenen Zahlen mit den maschingeschriebenen vergleichen sollte.

Die Eltern freuten sich, dass Andrea endlich selber Geld verdiente. Stolz und lautstark berichtete es die Mutter der Nachbarin über die Straße hinweg. Sie trafen sich nie auf einen Kaffee oder ein Glas Most, denn sie hatten keine Zeit für Tratschereien, sie hatten immer zu tun. Miteinander unterhalten durften sie sich nur beim Kirchgang oder wenn sie einander zufällig beim Einkaufen trafen. Und an den Sommerabenden beim Blütenzupfen. In den Blumenkästchen vor den Fenstern waren Petunien gepflanzt. Damit die Kraft der Pflanzen weiter in die neuen Blüten ging, wurden die abgeblühten Teile entfernt. Das machten die Mutter und die Nachbarin möglichst zur gleichen Zeit. Daneben konnten sie sich über die Straße hinweg lautstark unterhalten. Die Mutter schwärmte von der schönen Arbeit, die Andrea nun hatte. Und wie sehr sie hoffte, dass sie dort bleiben könne und nicht weiter in die unnötige Schule ging. Die Nachbarin war auch stolz, dass ihre Tochter eine schöne Lehrstelle bei einer Schneiderin gefunden hatte und bereits Lehrlingsentschädigung bekam. Jeder Groschen, der nicht aus der Landwirtschaft heraus verdient werden musste, war den Müttern viel wert. Außerdem stellten sie sich die Arbeit in einem Büro oder in einer Werkstatt romantisch vor. Da konnte man schöne Kleidung anziehen, saß mehr oder weniger nur herum, tat wichtig beim Telefonieren und stank nie nach Mist und Stall, wenn man von der Arbeit kam. Die Mutter, die meinte, dass ihr nie langweilig sei und dass sie immer etwas zu tun habe, hatte keine Ahnung, wie langweilig Arbeit sein konnte. Wenn die Eltern nichts zu tun hatten oder müde waren, legten sie sich hin. Der Vater auf die Bettbank nach dem Mittagessen, die Mutter in den Baumschatten, wenn ihr auf dem Feld zu heiß wurde, aber sie mussten niemals Zeit absitzen, bis sie nach Hause gehen durften. Und wenn der Vater mit dem Bus seine Runden fuhr, war er auch jede Minute gefordert, darauf zu achten, dass keine Kinder hinter dem Bus standen, die er niederführen könnte, und er genoss die Freude, die er ihnen machte, wenn er sie bis vor die Haustür brachte. Es kam auf ihn an, die Arbeit so zu gestalten, dass sie verantwortungsvoll erledigt wurde und ihm

Freude bereitete. Aber Andrea sah keine Möglichkeit, ihre Büroarbeit mit Freude zu gestalten. Wenn sie abends nach Hause kam, war sie müde, drehte vielleicht noch eine Runde mit dem Rad und ging früh ins Bett, da sie am Morgen wieder um fünf Uhr aufstehen musste, um den Zug um sechs Uhr vierzehn zu erwischen. Ihre einzige Freude bestand in der Vorfreude, Arthur am Wochenende zu sehen.

Sie trafen sich im Schwimmbad.

»Du bist ja noch ein richtiger Topfenneger«, lachte Andrea, als Arthur sich auszog. »Das ist meine noble Blässe«, antwortete er.

Die guten Pritschen beim Sportbecken waren am Samstag längst besetzt und so breiteten sie ihre Decken auf dem Gras aus. Arthur hatte ein großes Badetuch mit und Andrea nur eine kratzige hellblaue Wolldecke mit grauen, verwaschenen Blumen drauf, denn Badetücher gab es bei ihr zu Hause nicht.

Arthur fragte: »Macht es dir was aus, wenn ich mein Badetuch über deine Decke drüberlege? Die ist so schiach, da sieht man gleich, woher du kommst!«

Andrea fand ihre Decke auch nicht schön, aber sie hatten keine bessere. »Wenn ich jetzt Geld verdiene, kaufe ich mir auch ein Badetuch!«, sagte sie und fügte hinzu: »Stört es dich, wenn man sieht, woher ich komme?«

»Das kommt drauf an. Würdest du so angezogen sein und reden, dass man denkt, aha, die kommt aus dem Kuhstall, würde es mich stören, weil du dann nicht die wärst, die mir gefällt. Normalerweise merkt man es nicht, aber an der Decke würde man es merken!«

Andrea rückte auf dem Badetuch hin und her und hatte auf einmal das Gefühl, als spürte sie die kratzige Wolldecke selbst durch das flauschige Badetuch hindurch. Und plötzlich auch auf dem Rücken, obwohl sie auf dem Bauch lag. Doch das waren Arthurs Finger, die darüberstrichen.

»Schau mal meine Hände an«, sagte er und hielt sie ihr unter die Augen. »Ich bin ein Schwerarbeiter geworden!«

Andrea erschrak. Sie erkannte seine Hände kaum wieder. Sie waren voller Schwielen und aufgebrochener Blasen, wo das rote Fleisch unter dem hauchdünnen Häutchen durchschimmerte.

»Was hast du gemacht?«

»Scheibtruhe gefahren. Mit Schotter, Ziegeln und Mörtel. Den ganzen Tag lang, jeden Tag, hin und her!«

»Sind die Elektroleitungen jetzt schon im Mörtel drin?«

Arthur lachte. »Die Firma baut aus und lässt die Leute als Hilfsarbeiter schuften!«

»Warum beschwerst du dich nicht?«

Arthur nickte. »Das habe ich mir am Anfang auch gedacht. Hey, ich bin doch da, um Leitungen zu legen und Kabel anzuschließen. Aber dann dachte ich, das ist doch eine gute Gelegenheit, um so ein Hacklerleben kennenzulernen. Wer weiß, wann ich wieder die Möglichkeit dazu habe. Ich trinke jetzt Bier und esse Arbeitersalami, und in der Mittagspause höre ich mir Witze über Frauen an. Und am Abend bin ich so müde, dass ich beim Musikhören einschlafe!«

»Welche Witze?«

»Willst du einen hören?«

Andrea nickte.

»Sagt sie, als der Mann und die Frau ins Bett gehen: ›War das schön, als du noch geil warst!‹ Daraufhin sagt der Mann: ›War das geil, als du noch schön warst!‹«

»Eh witzig«, sagte Andrea.

»Darum habe ich ihn mir auch gemerkt«, meinte Arthur.

»Was sagen deine Eltern dazu?«, wollte Andrea wissen.

»Zu den Witzen?«

»Zu deiner Arbeit!«

»Denen habe ich nicht gesagt, was ich dort wirklich arbeite. Mein Vater hat mich ausgelacht, als er gesehen hat, wie fertig ich bin, und hat gemeint: Kaum legt er ein paar Leitungen, ist er schon schlapp, der Burschi!«

»Warum sagt dein Vater ›Burschi‹ zu dir?«

»Weil ich gleich heiße wie er und weil er es blöd findet, mich bei seinem eigenen Namen zu nennen!«

»Warum sagst du deinen Eltern nichts?«

»Weil ich das selber durchziehen möchte. Ohne Hilfe vom Herrn Vater, der sich wichtig macht. Ich meine, ich möchte nicht für alle Zeit ein Hackler sein, aber wie es sich anfühlt, nur mit dem Körper zu arbeiten und nicht mit dem Kopf, weil überhaupt keine Kraft mehr übrig bleibt zum Denken, das finde ich schon interessant!«

»Und ich finde interessant, dass du dich grad zu Tode arbeitest, während ich mich in meiner Arbeit zu Tode langweile!«

»Beides keine wirklichen Perspektiven!«, meinte Arthur.

Die dumpfe Hitze im Büro war unerträglich. Die elektrische Schreibmaschine surrte, ebenso der Kühlschrank im angrenzenden Vorraum. Andrea kannte den Geruch des Linoleumbodens ebenso wie die summenden Geräusche von irgendwoher, und sie kannte dieses Gefühl von Eingesperrtsein. Je mehr sie nachdachte, umso beklemmender wurde es. Hitze, Geräusche von Maschinen und Nichtwegkönnen, irgendwie gefesselt an Bett und Raum. Sie spürte, wie eine Panik in ihr aufkam. Wie von oben bis unten eingegipst und sie konnte den Gips nicht sprengen oder aufschneiden, sie wurde von ihm zusammengedrückt. Ihr Körper schwoll an, aber der Gips gab nicht nach. Sie bekam keine Luft mehr und musste ersticken. Was war mit ihrem Körper, in dem sie plötzlich keinen Platz mehr fand? Und wer war sie überhaupt und was war, wenn ihr Körper nicht mehr tat, was sie wollte? Wenn ihr Wille nichts mehr nützte, weil sie lebendig begraben war und nicht mehr herauskonnte aus diesem Gipssarg? Sie wusste, sie durfte nicht hinausgehen, ohne sich abzumelden. Aber wenn sie jetzt nicht aufstand und ging, würde sie auf der Stelle ersticken. Und der Kopf würde platzen. Sie lief hinaus vor die Tür, versuchte zu atmen, aber es ging nicht, sie rannte auf dem Gehsteig hin und her wie ein Panther im Käfig. Mein Gott, wie komme ich je wieder heraus aus dieser Enge, was ist, wenn es so bleibt? Sie war nahe dran, in das nächste Auto zu laufen, nur damit es aufhörte. Dieses schreckliche Ich, das herausmöchte aus diesem Körper, der es erdrückt. Atmen, sagte sie sich, versuch zu atmen. Durch das Hin- und Herrennen musste sie Luft holen, und ganz langsam schlich sich die Beklemmung wieder aus ihrem Kopf hinaus. Dann fiel wie in Zeitlupe der Gips ab, Stück für Stück bröselte er weg, zuerst vom Kopf, wo er wie ein zu enger Helm auf das Gehirn gedrückt hatte, dann vom Hals wie eine sie umklammernde Hand, dann von der Brust. Sie bekam wieder Luft, konnte sich wieder wahrnehmen ohne Gipskorsett. Plötzlich stand der Juniorchef vor ihr: »Was machen Sie da?«

»Entschuldigung«, sagte sie noch außer Atem, »aber die Hitze. Ich habe ein bisschen Luft gebraucht!«

»Aber Sie wissen, Sie dürfen nicht hinaus, ohne sich abzumelden!«

»Ja, ich weiß! Ich geh auch schon wieder hinein!«

Er schüttelte den Kopf. »So jung und schon so empfindlich!«

Nur nichts sagen, dachte sie, sonst merken sie, was mit mir los ist, und werfen mich hinaus. Ich brauche aber das Geld. Ich muss durchhalten.

Zu Hause arbeiteten sie fleißig an der Isolierung im Dachgeschoß. Der Bruder schob Dämmwolle zwischen die Dachbalken, befestigte eine Folie darüber und nagelte Fichtenholzbretter darauf. Der Estrich war auch schon verlegt, die Ziegelwände verputzt, wenn die Dämmung fertig wäre und der Verputz geweißelt, würde jeder ein eigenes Zimmer bekommen. Dann würde der Bruder endlich von der Bettbank im Wohnzimmer in sein eigenes Zimmer ziehen und Andrea würde die Großmutter im Erdgeschoß verlassen. Einerseits war es ihr unangenehm, dass sie dann nicht mehr auf die Großmutter aufpassen konnte, zum Beispiel, dass sie nicht im Schlaf erstickte, weil sie so heftig schnarchte, dass sie manchmal kaum wachzukriegen war, aber die nächtlichen Anfälle hatten aufgehört. Und sie nahm sich vor, dass sie einmal in der Nacht zur Großmutter ins Zimmer schauen würde, wenn sie oben wäre im Dachgeschoß, und sollte die Oma einmal ernsthaft krank sein, konnte sie zwischendurch immer noch bei ihr schlafen. Aber nach einem eigenen Zimmer sehnte sie sich, ohne Schubladenkasten und ohne Gipsengel, dafür mit einem lässigen Poster an der Wand. Ein Zimmer, in dem nur ihre Sachen wären und wo niemand aufräumen würde, wenn sie etwas liegen ließ.

Die Mutter fragte sie immer wieder, ob sie den Chef schon gefragt habe, ob sie bleiben könne. Dann bekäme sie genug Geld, um sich das Zimmer schön einzurichten. Mit einem Spannteppich und mit Stofftapeten. Und einer Wohnlandschaft mit eingebautem Radio und einem Rauchglastisch, so wie die Jugendzimmer in den Prospekten aussahen, die mit der Post kamen. Monatlich ein fixes Geld zu bekommen, war das Schönste, das sich die Mutter vorstellen konnte. Sie bestritt ihren Haushalt mit dem Geld, das sie für die Eier bekam und für die Milch, die ein paar Leute von der Hauptstraße, die selber keine Tiere hatten, kauften. Einmal waren es weniger Eier, dann wieder mehr, je nachdem, wie viele die Hühner legten. Im Sommer, wenn sie Grünfutter fanden, waren es mehr, im Winter, wenn es nur Mehl und Küchenabfälle gab, weniger.

Andrea konnte der Mutter nicht sagen, wie grauenhaft sie ihre Arbeit bei der Elektrofirma fand, die Mutter hätte ihren Einwand als überspannt abgetan. Ja, sie saß dort im Trockenen, auch wenn es regnete, sie hatte nicht viel zu tun, sie musste sich auch nicht schmutzig machen und sie musste weder am Wochenende lernen noch samstags hinfahren wie in die Schule. An den Wochenenden gehörte die Zeit ihr. Die Mutter hätte nicht verstanden, dass ihr die andere Zeit gar nicht gehörte und dass sie viereinhalb Tage damit zubrachte, etwas zu tun, was sie überhaupt nicht interessierte. Wenn ihr ganz langweilig war, rief sie am Telefon die Platte des Tages an und hörte ein bisschen Musik. Oder sie legte »Siddhartha« unter die Angebotsunterlagen, die sie zu vergleichen vorgab. Arthur hatte ihr das Buch, das er wichtig fand, gegeben und sie war gerade an jener Stelle angelangt, als Siddhartha bei den Samanas ist, den asketischen Büßern, und lernt, den Atem anzuhalten und damit das Ich zu überwinden. Wie gerne hätte sie das auch können, eine andere Gestalt annehmen, wenn es ihr zu eng wurde in dem Büro und in ihrem Körper, aber es gelang ihr nicht, und als sie merkte, dass es Siddhartha eigentlich auch nicht gelang, tröstete sie das ein bisschen.

Die Mutter störte es, dass Andrea an den Wochenenden bei Arthurs Mutter zum Essen eingeladen war. Sie sagte, das geht doch nicht, dass du dauernd oben isst, bei den fremden Leuten.

»Die sind mir gar nicht fremd«, antwortete Andrea. »Ich fahre gerne zu ihnen.«

»Aber dort geht es sicher sehr nobel zu, da können wir nicht mithalten!«

»Vor allem geht es dort lustig zu«, sagte Andrea.

»Aber dein langhaariger Freund könnte ja auch einmal bei uns zu Mittag essen, wie schaut das denn sonst aus?«

»Dann lade ihn ein!«

Als Andrea Arthur am Samstag im Bad traf, schien ihr nicht nur, dass sein Brustkorb und seine Oberarme gewachsen waren, sondern auch der Bart. Irgendwie sah er ungepflegt aus mit den Haaren im Gesicht, aber irgendwie gefiel es ihr auch. Das Bubenhafte wich einer angedeuteten Männlichkeit. Kurz dachte sie, was ihre Eltern dazu sagen würden, die schon seine langen Haare nicht leiden konnten. Niemand in der Familie hatte einen Bart.

»Ich pass mich immer mehr den Arbeitern an«, sagte Arthur. Er zeigte Andrea seine Hände. »Wenn ich Klavier spiele, spüre ich die Tasten nicht mehr! Und am Abend schau ich blöd in den Fernseher, weil ich nicht mehr denken kann vor Müdigkeit!«

»Und ich bekomme keine Luft mehr, wenn ich noch länger in diesem Büro bleiben muss. Dir geht die Luft aus, wenn du mit vielen vollen Scheibtruhen fährst, aber mir bleibt sie einfach beim Sitzen weg und beim Nichtstun und beim Daraufachten, dass mich niemand erwischt dabei, wenn ich nichts tue! Weißt du, wie anstrengend es ist, so zu tun, als ob man was täte, wenn es nichts gibt, was man zu tun hat?«

»Warum sagst du nicht, sie sollen dir eine Arbeit geben?«

»Weil ich dann zum dreihundertsten Mal die Zahlen in den Rechnungen und Angeboten kontrollieren soll. Ich komme mir vor wie Aschenputtel, das immer wieder Linsen und Erbsen ausheppeln muss, nur damit es irgendwie beschäftigt ist. Und die Sinnlosigkeit soll es zermürben!«

»Was soll es?«, fragte Arthur und lachte.

»Die Sinnlosigkeit soll es zermürben!«

»Nein, nicht das, das andere!«

»Ausheppeln?«

Arthur nickte.

»Verstehst du schon wieder einmal nix?«

»Was ist ›ausheppeln‹«?

»Mit Intelligenz könnte man es sich vorstellen, wenn man weiß, dass es sich um Linsen und Bohnen handelt.«

»Na, dann probier ich es einmal mit Intelligenz: Meinst du, aus der Schote herauslösen?«

»Bingo. Es geht ja, wenn der Herr will. Übrigens, deine diesbezügliche Intelligenz wird sehr gefragt sein in den nächsten Tagen. Meine Mutter will dich nämlich zum Essen einladen. Und dann wirst du gespickt werden mit solchen Wörtern wie ein Schweinsbraten!«

»Schweinsbraten klingt gut! Ein Schwerarbeiter braucht Fleisch. Bei meiner Mutter verhungere ich sonst noch, bei ihren papierdünnen Rindsschnitzerln.«

»Fleisch wirst du genug bekommen, aber frag nie blöd nach, wenn du ein Wort nicht verstehst. Denk dir einfach, was es heißen könnte. Meistens stimmt es!«

Die Mutter fragte Andrea aus, wie ein Mittagessen bei Arthurs Eltern aussah. Und sie gab sich Mühe und legte über das Plastiktischtuch auf dem dunklen Eichenvollholztisch ein Stofftischtuch. Das tat sie sonst höchstens, wenn die Eltern der Freundin des Bruders zu Kaffee und Kuchen kamen. Da holte sie das schöne Tielsch-Altwasser-Porzellan aus dem neuen Glasschrank im Wohnzimmer, das der Vater von einem Kriegsurlaub nach Hause mitgebracht hatte, und wollte zeigen, was sie im Kasten hatte. Sonst gab es nie Untertassen und sonst wurde der Filterkaffee direkt aus der Filterkanne eingeschenkt. Als die Großmutter noch Kaffee gemacht hatte, gab sie ihn direkt in das kochende Wasser. Und nachher schreckte sie ihn ab, indem sie etwas kaltes Wasser zugab. Andrea hatte immer auf das Abschrecken gewartet und sich vorgestellt, wie sich das heiße Wasser vor dem kalten fürchtete, wie es zusammenzuckte und sich in eine Ecke drängte und vor lauter Schreck das Kaffeepulver fallen ließ, das hilflos zu Boden sackte und schrie.

Arthur hatte eine Flasche Wein dabei, deren Trauben aus dem eigenen Weingarten kamen. Die Mutter sagte: »Danke, aber wir trinken nur Most!«

Da mischte sich der Vater ein: »Nein, nein, die Mutter trinkt nur Most. Ich trinke gern auch einen guten Schluck Wein!«

»Wenn es immer nur ein Schluck wäre«, fügte die Mutter spitz hinzu. Dabei trank der Vater selten zu viel, seit er mit dem Bus fuhr. Höchstens auf der Heimfahrt mit dem eigenen Auto ein oder zwei Bier beim Dorfwirt. Und am Abend bei der Stallarbeit Most. Da hatte er den vollen Krug auf einer Ablage neben dem Radio stehen, mit dem die Rinder während der Stallarbeit mit Schlagern des Regionalsenders beschallt wurden.

Als alle am Tisch saßen, setzte die Mutter eine ernste Miene auf und begann zu beten. Arthur sah Andrea mit großen Augen an. Andrea tat, als sähe sie seinen Blick nicht und grinste in sich hinein. Arthur kannte Tischgebete wohl nicht und Andrea betete das Vaterunser mit der gleichen ernsthaften Miene mit wie die anderen, nur Arthur schwieg in sich hinein. Er machte nicht einmal ein Kreuzzeichen. Die Mutter schaute ihn strafend an.

Nach dem Abschluss des Gebets, das immer mit »Herr Jesus, sei unser Gast! Segne, was du uns bescheret hast« endete, sagte sie streng: »Bei euch zu Hause wird wohl nicht gebetet!«

»Meine Eltern sind aus der Kirche ausgetreten«, antwortete Arthur.

Andrea wäre am liebsten unter den Tisch gekrochen. War

das notwendig? So genau hätte er die Mutter nicht aufklären müssen.

»Das war ganz lustig«, fügte er noch hinzu. Und Andrea wusste, was jetzt kam und dass ihre Mutter das überhaupt nicht lustig finden würde. »Ich war in der Kirche, als der Pfarrer die Namen meiner Eltern sagte. Ich war stolz auf sie und habe es zu Hause erzählt. Aber der Pfarrer hatte all die beim Namen genannt, die aus der Kirche ausgetreten sind!«

Die Mutter schwieg und schaute Andrea vorwurfsvoll an. Der Bruder grinste in sich hinein, der Vater tat, als hätte er nichts gehört und schenkte sich Most vom Krug in ein geschliffenes Bleiglas, das ebenfalls zur Feier des Tages auf dem Tisch stand.

»Meine Schwester ist auch zu den Zeugen Jehovas gegangen«, sagte die Großmutter, um das Schweigen etwas aufzulockern.

»Deine Eltern werden schon sehen, was sie davon haben«, fuhr die Mutter fort. »Sie werden einmal eingegraben werden wie ein Hund!«

»Sicher nicht«, sagte Arthur, »sie sind bei der ›Flamme‹ und werden einmal verbrannt werden!«

Die Mutter schlürfte lautstark die Suppe. Ein deutliches Zeichen, dass sie darüber nicht mehr reden wollte. Dann konnte sie es aber doch nicht lassen: »Nichts wird von ihnen übrig bleiben!«

Nun mischte sich der Vater ein: »Mir wäre es auch egal, ob ich in dem nassen Loch da unten liege oder ob von mir nur mehr Asche übrig bleibt!«

»Die Asche meiner Großeltern ist bei uns auf dem Weinberg vergraben. Von dort können sie über die ganze Stadt schauen.«

Andrea wunderte sich: »Das wusste ich gar nicht, das musst du mir zeigen! Ihr habt das Grab deiner Großeltern zu Hause?«

»Vielleicht sollte ich mich auch verbrennen lassen«, sagte die

Großmutter zu Andrea, »dann kannst du meine Asche überallhin mitnehmen!«

»So weit kommt es noch!« Die Mutter sammelte die Suppenteller lautstark ein. »Dann können wir unser Familiengrab gleich auflassen!«

Für sie war das Thema beendet.

Es gab keinen Schweinsbraten, aber ein Huhn, das die Mutter mit Semmelfülle und Erdäpfeln im Rohr gebraten hatte.

»Heute gibt es ein Pipperl bei uns«, sagte sie, als sie es auf den Tisch stellte.

Arthur, frag jetzt nicht blöd, was ein Pipperl ist, sagte sich Andrea in Gedanken.

Arthur schlug die Hände zusammen und lachte: »Ein ganzes Henderl!«

Die Mutter bot Arthur einen Hendelhaxen an. Arthur nickte begeistert. Ob er ihn samt dem Oberschenkel wolle, Arthur nickte nochmals heftig, bevor die Mutter tranchierte.

Der Bruder bekam den zweiten Haxen, Andrea ein Stück Brust, von dem sie das Fleisch zupfte und sich in den Mund steckte. Der Vater naschte den Hochrücken ab, die Großmutter die Flügel. Und die Mutter machte sich über den Bischof her. Niemand verwendete Besteck, nur Arthur schnitt an seinem Teil herum.

»Iss doch mit den Fingern«, ermunterte ihn der Vater.

Andrea sah sich um, wie sie alle das Fleisch hielten, wie wilde Tiere hineinbissen, kauten und sich die Finger leckten. Wie im Dschungel, dachte sie, so peinlich, meine Familie.

Arthur sah sich auch um und lächelte. Er legte das Besteck auf die Seite und biss kräftig in den Hühnerschenkel.

Der Vater nickte zufrieden, während ihm das Fett von den Lippen aufs Kinn rann: »So gehört es sich!«

Nach dem Essen zeigte Andrea Arthur ihr zukünftiges Zimmer. Auf den Platz, wo sie ihr Bett hinstellen wollte, legte sie einen Fleckerlteppich aus dem Zimmer der Großmutter. Die beiden legten sich darauf und sahen durch das schräge Dachfenster in den blauen Himmel. Arthur strich sich über den Bauch und lächelte. »Das war das beste Essen seit Vaters fünfzigstem Geburtstag!«

»Das war nur ein Brathendel«, sagte Andrea.

»Ja, aber was für eines. Ein großes, fettes, mit einem riesigen Schenkel. Köstlich!«, schwärmte er weiter. »Ich bin mir vorgekommen wie Obelix bei Mannekenpix!«

»Hast du noch immer Hunger?«

»Geht so! Die Vorspeise war einigermaßen ausreichend! Und toll, wie man bei euch isst, so richtig aus dem Vollen! Dafür nehme ich sogar das Beten in Kauf!«

»Sie sind so peinlich«, sagte Andrea.

Arthur richtete sich empört auf: »Wieso? Sie essen, was sie selber füttern und töten!«

»Sie fressen wie die Schweine«, Andrea blieb dabei.

»Sie essen wie die Gallier. Ursprünglich, verstehst du?«

»Aha, ursprünglich. Und warum hat dich dann meine ursprüngliche Decke beim Baden gestört?«

Arthur fing heftig zu lachen an, sodass sein voller Bauch hüpfte. »Wahrscheinlich weil man sie nicht essen kann!«

Dann wurde er ernst: »Der arbeitende Mensch braucht Fleisch! Verstehst du? Viel Fleisch!« Er drehte sich um und biss Andrea leicht in den Hals. Sie schrie auf, weil es kitzelte, und biss zurück. In seinen Oberarm. Sie schaute, ob er schrie. Sie biss fester zu.

»Und wenn du mir ein Stück Fleisch herausbeißt wie aus einem Brathendel, ich werde nicht schreien«, sagte er.

Sie traute es ihm zu und löste ihre Zähne aus seiner Haut.

»Du würdest echt nicht schreien?«

»Bestimmt nicht! Ich würde mich wegbeamen und dir von woanders zuschauen!«

»Das kannst du?«

Er nickte. »So halte ich die Arbeit auf dem Bau aus. Wenn ich die ganze Zeit in mir drin wäre, würde ich zusammenbrechen!«

»Und wo bist du, wenn du weg bist?«

»Ich übe eine Sonate am Klavier oder bin mit den Stones auf einem Konzert und spiele für Keith Richards die Gitarre, während er sich einen Joint dreht!«

»Lässig«, sagte sie nachdenklich und stellte sich vor, ihr würde das auch gelingen, während sie arbeitete.

»Noch lässiger wäre es, wir würden einmal miteinander schlafen«, meinte Arthur.

»Einmal?«, fragte Andrea.

»Bald einmal, meine ich, was meinst du?«

Sie tat, als müsste sie nachdenken, aber in Wirklichkeit hatte sie sich schon gewundert, dass er sie diesbezüglich gar nicht bedrängte.

»Aber nur, wenn du dich nicht wegbeamst dabei!«

»Ich hoffe, dass es uns beide wegbeamt dabei!«

Als sie das nächste Mal bei Arthur zu Hause war, wollte Andrea das Urnengrab der Großeltern sehen. Einen Friedhof daheim gab es bei ihr nur für die Tiere. Im Obstgarten lagen die verstorbenen Hunde und Katzen und der Vater hatte für sie auch immer ein Kreuz gezimmert, auf das sie den Namen und das Sterbejahr des Tieres schrieb, das in die ewigen Jagdgründe eingegangen oder öfter noch von einem Jäger dorthin befördert worden war. Wenn Hündinnen in der Umgebung läufig waren, büxte der Hund regelmäßig aus, und so mancher kam erst ausgestreckt auf dem Jeep eines Jägers wieder, weil er angeblich gewildert hatte. Auch die Katzen wurden auf diese Weise erledigt, wenn sie zu weit vom Haus entfernt auf Mäuse- und Vogeljagd gingen.

Das Grab von Arthurs Großeltern hatte nicht einmal ein Kreuz. Nur ein Pfingstrosenstrauch erinnerte daran, wo ihre Urnen begraben waren.

»Warum habt ihr kein Kreuz oder einen Stein, wo die Namen draufstehen und die Geburts- und Sterbedaten?«

»Weil wir es sowieso wissen und Fremde kommen nicht her, um das Grab zu besichtigen!«

»Wann sind sie denn gestorben?«

Arthur zuckte mit den Schultern.

»Zugleich?«

Arthur schüttelte den Kopf. »Ich glaube nicht!«

»Also wann?«, blieb Andrea hartnäckig.

Arthurs Blick suchte seine Mutter, die im Garten etwas unterhalb des Grabes Paradeiser erntete.

»Wann sind die Großeltern gestorben?«, rief er zu seiner Mutter hinunter.

»Weiß ich nicht auswendig, da musst du deinen Vater fragen«, rief sie zurück.

»Vielleicht doch ein klitzekleines Steinchen für deine Mutter und den Enkelsohn?«, fragte Andrea. »Komm, lass uns einen Grabstein für deine Großeltern machen! Wir suchen einen schönen Stein, polieren ihn und schreiben was drauf. Ich frag deinen Vater gleich nach Geburts- und Sterbedaten!«

Andrea suchte den Vater im Garten, dann auch im Haus.

»Wo ist dein Vater?«

Arthur räusperte sich. »Der ist oben in seinem Zimmer. Nach dem Essen macht er immer sein Mittagsschläfchen!«

»In seinem Zimmer?«, fragte Andrea verwundert. »Haben deine Eltern getrennte Schlafzimmer?«

Arthur nickte.

»Warum?«

»Damit er seine Ruhe hat!«

»Ruhe? Vor deiner Mutter?«

Andrea war skeptisch. Arthur schaute so komisch drein.

»Du schaust so komisch!«

»Na ja«, druckste er herum, »ich war einmal oben, als er nicht da war. Und die Tür war nicht abgesperrt, meistens ist abgesperrt, und da habe ich mich ein bisschen umgeschaut, wie er so lebt da oben!«

»Du hast gestöbert«, sagte Andrea streng.

»Wenn du es so nennen willst!«

»Und Pornohefte gefunden«, sagte Andrea.

»Woher weißt du das?«

»Du schaust so, als hättest du bei ihm Pornohefte gefunden! Außerdem, wofür braucht er sonst ein eigenes Schlafzimmer? Seit wann ist er da oben?«

»Seit ich mich erinnern kann«, sagte Arthur.

»Weiß deine Mutter von den Pornoheften?«

»Ich denke schon!«

»Wer hilft mir Paradeiser pflücken?«, kam es aus dem Garten.

Andrea schmunzelte. Sie wusste, dass der Hilferuf an sie gerichtet war.

»Ich komm gleich!«

»Ich glaube, meine Mutter hat es mehr mit Früchten des Gartens.«

Während Andrea zu Arthurs Mutter in den Garten ging, setzte sich Arthur ans Klavier in seinem Zimmer und versuchte, das »Köln Concert« aus dem Gehör nachzuspielen. Andrea hörte ihn bis in den Garten hinaus und fühlte sich wohl, mit seiner Mutter Gemüse zu ernten, während er spielte.

»Warum habt ihr kein Grab auf dem Friedhof?«, fragte sie die Mutter und legte die großen Ochsenherzen vorsichtig in den Korb, damit sie nicht platzten.

»Sie wollten lieber zu Hause liegen und auf den Weinberg schauen! Und ich möchte dann auch lieber einmal auf die Stadt hinunterschauen als von der Stadt herauf«, sagte sie und schaute Andrea eindringlich an: »Aber da kann man nur auf die Kinder hoffen, dass sie einem diesen Wunsch erfüllen!«

Andrea lächelte. Die Mutter behielt das nächste gepflückte Ochsenherz in der Hand, betrachtete es von allen Seiten und sagte: »So schöne Paradeiser. Eigentlich zu schade zum Einkochen!«

Der erste Monat in der Elektrofirma ging doch irgendwie vorbei und Andrea bekam ein Gehalt überwiesen. Noch zwei Wochen, dann würde sie erlöst sein. Für Arthur war es nach den vier Wochen bereits vorbei. Sein Praktikum hatte er damit absolviert. Andrea ließ in ihrem neuen Zimmer vom Bruder die Wände kalken, sie kaufte keine Tapete und keinen Spannteppich. Den Estrich belegte sie mit einem Fleckerlteppich, den die Großmutter aus alten Stofffetzen für sie zusammengenäht hatte und dann weben ließ. Wichtiger waren die Stereoanlage und ein Bücherregal. Arthur kam am Freitag in die Stadt und ging mit ihr in Elektrogeschäfte, um Anlagen zu besichtigen. Sie wollten bis zum Samstag in Graz bleiben und in seiner Wohnung übernachten. Andrea hatte zu Hause gesagt, dass sie bei einer Freundin blieb. Sie glaubte nicht, dass die Eltern ihr glaubten, aber sie wollte es nicht darauf ankommen lassen, dass sie ihr das Wegbleiben verboten. Und selbst der Großmutter sagte sie nicht die Wahrheit, sie würde sie ihr vielleicht sagen, wenn sie zurück wäre, damit sie sich nicht verplappern konnte. So schütze sie die Großmutter quasi vor sich selber, sagte sie sich.

Auf dem Weg von der Straßenbahn zur Wohnung schien ihr Arthur immer nervöser zu werden. Sie war auch aufgeregt, aber wenn er derartig nervös war, wie würde das dann werden?

»Du brauchst dich nicht zu fürchten«, begann er.

»Ich fürchte mich nicht«, sagte sie.

»Ich meine wegen dem Blut«, druckste er herum.

»Wegen dem Blut?« Sie schüttelte den Kopf und dachte, ja, er ist sensibel und das gefällt mir, aber dass er sich alles so genau überlegt, ist vielleicht doch etwas übertrieben.

»Ich war heute Vormittag schon dort«, sagte er, »im Vorhaus ist ziemlich viel Blut auf dem Boden und die Polizei ist auch dort.«

Andrea schaute verstört. »Hast du jemanden umgebracht?«

»Ich nicht«, sagte er.

»Das würde auch nicht wirklich zu dir passen, finde ich«, sagte Andrea, »aber so genau weiß man das nie!«

Er nickte und sagte ernst: »Ich glaube, dass jeder zu einem Mord fähig ist. Aber die Prostituierte wurde in der Nacht erstochen, da war ich nachweislich noch nicht in der Stadt!«

»Du wohnst im Hurenviertel?«, Andrea war empört.

»Es sieht so aus. Meine Mutter hat das nicht gewusst, als sie die Wohnung genommen hat. Sie hat den Tipp von einer Freundin bekommen, die Hausmeisterin in dem ganzen Block ist. Die Miete ist sehr günstig!«

Andrea schwieg nachdenklich.

»Die Wohnung liegt im dritten Stock und das Blut ist im Erdgeschoß. Vielleicht ist es inzwischen auch schon aufgewischt. Aber falls nicht, wollte ich es dir vorher gesagt haben.«

Er griff nach ihrer Hand und sie hielt sich gern an ihm fest, als sie zum Haus kamen. Der Eingang war mit einem Klebeband abgesperrt und ein Polizist stand davor. Arthur sagte, dass er in diesem Haus wohne, und musste sich ausweisen, erst dann öffnete der Polizist das Klebeband und ließ die beiden hinein. Auf dem Boden war noch der gezeichnete Umriss einer liegenden Person zu sehen. Blut war notdürftig aufgewischt, der Terrazzo noch verschmiert von rotbraunen Schlieren. Es roch nach Metall. Andrea kannte diesen Geruch vom Schweineabstechen. Dieser Bereich war auch mit einem Klebeband abgesperrt.

»Ich komme mir vor wie bei ›Aktenzeichen XY‹«, flüsterte Andrea.

»Ich habe mich immer gefragt, warum sie den Täter nicht gleich festnehmen, wenn sie ihn bei der Tat filmen«, flüsterte Arthur zurück.

Andrea nickte und lächelte. Das hatte sie sich auch gedacht. Plötzlich ging das Licht aus. Andrea schrie auf. Der Polizist von draußen öffnete, drückte auf den Lichtknopf und sagte streng: »Gehen Sie weiter. Es gibt hier nichts zu sehen!«

»Und ob es etwas zu sehen gibt«, flüsterte Arthur. Aber sie folgten und gingen die Stiege hinauf.

Arthurs Wohnung ging in einen Lichthof hinaus und war düster. Ohne Vorraum betrat man gleich die Küche, in der sich auch eine Duschkabine befand. Dahinter gab es einen kleinen Gang und zwei große Zimmer mit dunklem, geöltem Eichenfischgrätenparkett. Ein Zimmer gehörte Arthur, das andere seiner Schwester.

»Wo ist deine Schwester?«, wollte Andrea wissen.

»Bei ihrem Freund!«

Andrea ließ sich auf dem Sofa nieder und schaute sich um.

»Und wo schläfst du?«

»Dort, wo du sitzt! Ich dachte, ich richte das Bett erst einmal zum Sitzen her!«

Andrea schnupperte. »Irgendwie riecht es hier komisch!«

Arthur nickte. »Das kommt noch von den Flaschen.«

»Welchen Flaschen?«

»Trinken wir Wein?«, fragte er. »Ich habe Rotwein hier!«

»Für den Mut?«

»Den brauchen wir vielleicht«, meinte er.

Andrea lächelte. »Welche Flaschen?«

»Die Flaschen, die hier herumgestanden sind. Das ganze Zimmer war voll davon! Lauter Bierflaschen!«

»Und die riechen so komisch?«

Arthur stellte zwei Weingläser auf einen kleinen Abstelltisch.

»Na ja, die waren mit Urin gefüllt. Der alte Mann, der hier gestorben ist, ist in den letzten Jahren nicht mehr auf den Gang hinaus aufs Klo gegangen, sondern hat seinen Urin in Bierflaschen abgesetzt!«

Andrea verzog das Gesicht.

»Und in so eine Wohnung bist du gezogen?«

Arthur schenkte Wein ein.

»Das hat mir die Hausmeisterin erst im Nachhinein erzählt, da hat meine Mutter den Mietvertrag schon unterschrieben gehabt!«

Andrea strich über das Sofa.

»Ist er auf dem hier gestorben?«

Arthur lachte. »Die Möbel hat meine Mutter besorgt. Außerdem ist er im Zimmer meiner Schwester gestorben. Hier standen nur die Flaschen.«

Sie hoben die Gläser und prosteten einander zu.

Für Andrea war Arthurs Wohnung fast so ungemütlich, wie es das alte Haus gewesen war. Und es störte sie, dass sie auf den Gang hinaus musste, wenn sie aufs Klo wollte. Besonders in der Nacht, wer weiß, wer auf dem Gang lauerte. Und sie fragte sich, ob sie nicht auch lieber in die leere Weinflasche pinkeln sollte. Aber dafür hätte sie einen Trichter gebraucht und sie wollte in der Nacht nicht in der Küche zu kramen anfangen. Sie weckte Arthur, mit dem sie wie beim Einschlafen noch immer in der Löffelposition lag. Sanft biss sie ihm ins Ohr, bis er grunzte. Sie fragte ihn, ob er sie begleiten wolle.

»Das ist heute bestimmt das sicherste Haus von ganz Graz«, murmelte er im Halbschlaf, »draußen steht die Polizei und die Wahrscheinlichkeit, dass in einem Haus, in dem grad ein Mord passiert ist, gleich wieder einer passiert, ist null Komma null null eins …« Andrea unterbrach ihn: »Du hast wohl noch nie etwas vom Gesetz der Serie gehört?«

Er seufzte und wankte etwas betrunken und schlaftrunken nackt vor ihr hinaus, während sie sich noch schnell ein Hemd überzog. Nicht nur wegen einer möglichen Begegnung auf dem Gang, auch vor Arthur wollte sie nicht nackt herumlaufen. Zumindest noch nicht. Sie war es nicht gewohnt, nackt zu sein, und vor allem war sie ziemlich unsicher, ob Arthur ihr Körper gefiel. Mochte er ihren Busen, ihren kleinen Bauch, den sie immer einzog, wenn sie meinte, dass jemand sie anschaute, und überhaupt, war sie, abgesehen von den Beinen, gut und richtig gebaut? Sie hatte keinen Vergleich.

»War es schön?«, fragte er, als sie fertig war und er die Wohnungstür von innen wieder versperrte.

»Schön?« Sie zuckte mit den Schultern. »Angenehm, wenn der Druck in der Blase weg ist, würde ich sagen!«

Arthur machte ein wegwischende Handbewegung. »Nicht das Pinkeln. Das davor!«

»Was davor?«

»Das Dings mit mir! Vor dem Einschlafen!«

»Also ehrlich, es hat mich nicht weggebeamt. Ich war so konzentriert darauf, was grad passiert!«

»Na ja, um richtig abzuheben, dafür habe ich es wohl auch nicht gebracht!«

»Aber es ist schon ziemlich gut, mit dir einzuschlafen, Scotty«, sagte sie und zog das Hemd wieder aus, bevor sie sich wieder ins Bett legte.

»Immerhin, Captain Kirk«, antwortete Arthur.

Zu Hause fragte niemand genau, wo sie übernachtet hatte. Arthur kam am Sonntag zum Mittagessen. Endlich gab es einen Schweinsbraten. Einen dicken, fetten Schweinsbraten mit Kümmel und viel Sauce und einer Speckkruste drauf und mit Sauerkraut und Semmelknödel. Die Mutter hatte ihn extra für Arthur gemacht. Von Andrea wollte sie wissen, was er besonders gerne esse. Andrea konnte das viele Fleisch zu Hause nicht ausstehen. Sie aß hauptsächlich das Sauerkraut und ein bisschen Knödel dazu. Aber sie liebte das Essen, das Arthurs Mutter kochte. Gebackenen Karfiol mit Preiselbeeren. Oder Spinat mit Röstkartoffeln und Spiegelei. Und im Frühsommer hatte es sogar Spargel gegeben.

Dem Vater wurde Arthur immer sympathischer, als er sah, dass er genauso gerne Fleischbrocken einwarf wie er selber. Und als der Vater ihn fragte, was er im Sommer denn so gearbeitet hätte, zeigte Arthur stolz seine Hände, die noch voll waren von Schwielen und Hautverdickungen.

Auf die Arbeit in der Elektrofirma hatte Andrea nun noch weniger Lust als zuvor. Arthur hätte Zeit gehabt, die sie gemeinsam hätten verbringen können, aber sie saß weiter ihre täglichen Stunden ab. Und nun bestellte der Chef sie auch noch zu sich ins Zimmer, weil er mit ihr reden wollte. Sie hoffte schon, dass die Sekretärin früher zurückkäme und er sie nicht mehr brauchte. Aber er sagte: »Wir haben die Ausschreibung für das Bundesschulzentrum in Ihrer Heimatstadt gewonnen. Das ist ein Riesenauftrag, der über mehrere Jahre geht. Wir haben beschlossen, dort eine Filiale zu eröffnen. Wir würden uns freuen, wenn Sie bei uns bleiben und dort dann das Sekretariat übernehmen würden!«

Andrea schluckte und nickte. »Danke, das klingt sehr interessant. Ich werde mit meinen Eltern reden!«

Er nickte auch: »Tun Sie das!«

Wie benommen ging sie an den Schreibtisch zurück.

Das Bundesschulzentrum! Es war der größte geplante Bau im Bezirk. Für mehrere Jahre anberaumt. Wenn es fertig wäre, würde es alle weiterführenden Schulen dort geben. Gymnasium Oberstufe, Handelsakademie, Handelsschule, Knödelakademie und HTL. Niemand, der nach der Hauptschule weiter in die Schule ging, müsste dann mehr nach Graz fahren. Niemand, der in die Schule gehen wollte, müsste um fünf Uhr aufstehen. Für sie wäre es fünf Kilometer entfernt. Ihr brachte die neue Schule zwar nichts mehr, sie würde bis dahin längst fertig sein, aber wenn sie zusagte, hätte sie einen viel kürzeren Weg in die Arbeit und als Alleinsekretärin würde sie vielleicht gut verdienen. Doch bis auf die Fahrzeit würde ihr Leben weitergehen wie bisher. Keine Perspektiven, je wegzukommen aus der Gegend und vielleicht auch einmal ganz woanders zu leben. Auch wenn sie noch keine konkrete Vorstellung hatte, was sie einmal tun wollte, so gab ihr die Zeit des Schulbesuchs einen Aufschub, sich noch nicht festlegen zu müssen. Solange sie in die Schule ging, konnte sie alles werden. Päpstin vielleicht doch nicht, wenn sie es recht überlegte. Sängerin vielleicht auch nicht. Arthur lächelte nur milde, wenn sie zum Singen ansetzte, und atmete hörbar auf, wenn sie fertig war. Aber vielleicht Schauspielerin oder Stewardess. Oder vielleicht Fernsehmoderatorin einer Jugendsendung. Den Eltern durfte sie keinesfalls sagen, was der Chef ihr angeboten hatte. Sie hätten das als einmalige Chance gesehen, die sie sich nicht entgehen lassen dürfte. Und sie schwor sich, dass es das erste und das letzte Mal war, dass sie in den Ferien als Sekretärin arbeitete. Lieber ging sie kellnern oder Beeren pflücken.

Und dann log sie. Zuerst zu Hause, als die Mutter fragte, ob der Chef sie nicht behalten wolle, und dann log sie den Chef an, dass ihre Eltern wollten, dass sie weiter zur Schule ginge. Auf keinen Fall wollte sie ihm sagen, dass sie selber diese Entscheidung getroffen hatte. Sonst hätte er vielleicht noch versucht, sie zu überreden. Sie sah, dass er enttäuscht war. Er nickte und sagte: »Schade, dann muss ich mir ein anderes Mädchen suchen!«

An ihrem letzten Arbeitstag holte Arthur Andrea ab und sie tanzte förmlich bei der Tür hinaus vor lauter Freude, nie wieder hineingehen zu müssen. Sie bestellten die Stereoanlage, die so teuer war, dass sie ein ganzes Monatsgehalt auffraß. Aber egal, auf dem Estrich lag der Fleckerlteppich und darauf hatte sie eine Matratze gelegt, das genügte ihr einstweilen als Bett.

Am Abend gingen sie mit Arthurs Schwester Adele und ihrem Freund Gottwald Chinesisch essen. Gottwald war gerade von einer Reise aus China zurückgekommen, wo er seine Pflanzenschutzmittel angepriesen hatte, und lud nun alle zum Essen ein. Er riet Arthur und Andrea, was sie bestellen sollten, und beklagte sich dann, dass alles bei Weitem nicht so gut schmecke wie in China. Er hatte dort hundertjährige Eier gegessen, Insekten und Schlangen vertilgt und vor allem viele Fotos gemacht, die er am Wochenende bei einem Diaabend bei Arthurs Eltern zeigen wollte. Und er war geflogen. Das gefiel Andrea am meisten. Wie es sich wohl anfühlte, so über den Wolken zu schweben, ein Sehnsuchtsgefühl, das Reinhard Mey so anschaulich besang und das sie endlich auch kennenlernen wollte. Aber dafür war es wohl notwendig zu studieren und dann einen guten Arbeitsplatz zu bekommen, wo man so wichtig war, dass es jemanden gab, der einem den Flug bezahlte.

Andrea fragte Gottwald, wie das Fliegen so sei. Gottwald tat bescheiden, dass es mit der Zeit ganz normal werde und dass er sich schon lange nicht mehr ans Fenster setze, um hinauszuschauen.

Adele himmelte ihren weit gereisten Freund an. Sie selbst studierte Völkerkunde, wie Andrea herausgefunden hatte, als sie im Bücherzimmer bei Arthur im Lexikon nachschaute, was Ethnologie bedeutete. Neben Adele und Gottwald kam sie sich ziemlich dumm und ungewandt vor. Sie hatte auf Anraten Gottwalds die Sieben Schätze Chinas bestellt, obwohl sie lieber das Süßsaure Schweinefleisch gehabt hätte, weil sie die Ananas in der Sauce gerne mochte. Aber das traute sie sich neben Gottwald nicht zu sagen.

Nach den gebackenen Bananen hofften Arthur und Andrea, es käme zum Aufbruch, aber Gottwald bestellte noch Bambusschnaps und drängte die beiden zum Probieren. Der Schnaps schmeckte süßer als die Marillen-, Apfel- und Zwetschgenbrände, die sie von zu Hause kannten. Sobald er im Magen gelandet war, fing er Feuer und schien alles vorher Gegessene zu flambieren. Es fühlte sich angenehm und unangenehm zugleich an. Gottwald wurde noch gesprächiger als davor und erzählte nun von der Dolmetscherin, die ihn gebeten hatte, ob er sie heiraten könnte, dann wäre es ihr möglich gewesen, aus China herauszukommen.

Als Gottwald endlich aufbrach, hatte er noch die Idee, mitzukommen, sie könnten zusammen noch ein bisschen Musik hören. Arthur und Andrea sahen einander an und verdrehten die Augen, aber da es auch Adeles Wohnung war, konnten sie es nicht verhindern.

Gottwald wusste längst von dem Mord im Stiegenhaus und

schüttelte den Kopf, als sie in Adeles Zimmer um den Couchtisch saßen: »Dass euren Eltern nichts Besseres eingefallen ist, als euch hier unterzubringen?«

»Es ist wegen der Freundin der Mutter, Frau Babette, die hat es vermittelt«, erklärte Arthur.

»Ich weiß«, sagte Gottwald, »die hat vom Vermieter sicher Provision für die Vermittlung bekommen. Aber irgendwann hört sich die Dankbarkeit auch auf!«

»Dankbarkeit wofür?«, wollte Andrea wissen. Aber Gottwald antwortete nicht, stattdessen ging er zum Plattenteller und legte Musik auf. »Das ist Schubert. Es ist das Traurigste, das ich in meinem Leben gehört habe. Hört es euch an!«

Dann mussten alle still sein und den traurigen Schubert anhören. Andrea nahm das Plattencover und schaute sich an, was sie gerade hörte: das Adagio aus dem Streichquintett D956. Es war wirklich schön traurig, aber sie hatte gerade überhaupt keine Lust auf Traurigkeit und so wie Arthur sie anschaute, er auch nicht. Aber Gottwald saß mit geschlossenen Augen da und schaute verzückt drein und Adele machte es ihm nach und versuchte sich auch in einem verzückten Blick. Zwischendurch sagte Gottwald: »Ohne Schubert hätte ich China nicht überlebt!«

Nach dem Schubert hofften Arthur und Andrea, dass es vorbei wäre, aber nun legte Gottwald »Lohengrin« auf den Plattenteller und sagte, dass das die legendäre Aufnahme mit Wolfgang Sawallisch in Bayreuth sei. Auch hier gefiel ihr die zarte Musik der Ouvertüre, aber lieber hätte sie die Musik mit Arthur im Bett gehört, als noch länger mit den beiden Verzückten herumzusitzen. Als die Ouvertüre zu Ende war, seufzte Gottwald und flüsterte Adele dramatisch zu: »Ohne Wagner hätte ich China nicht überlebt!« Adele sah ihn mitleidig an und legte ihre Hand zärtlich auf seinen Arm. Als der Gesang einsetzte, stand Gottwald auf und begann zu dirigieren. Mit geschlossenen Augen fächerte er herum und seufzte immer wieder tief dabei. Irgendwann machte es ihm Adele nach und wachelte auch mit ihren Händen durch die Gegend.

Jetzt abhauen, dachte Andrea, solange sie die Augen geschlossen halten, sie würden es nicht merken. Aber Arthur blieb stocksteif sitzen und starrte vor sich hin, als würde er wieder seinen Blick ohne Lidschlag üben.

Als Gottwald die Platte umdrehte, entschuldigte sich Andrea und sagte, sie müsse aufs Klo. »Aufs Klo«, rief Gottwald, »die Klos waren das Schlimmste in China. Nicht nur verdreckt, es gab nicht einmal Türen, sodass man sein Geschäft allein hätte verrichten können. Und da die meisten Chinesen noch nie einen Europäer gesehen haben, zeigten sie mit dem Finger auf mich und lachten, wenn sie mich auf dem, was sie als Toilette bezeichneten, sahen!«

»So gesehen haben wir mit diesem Klo hier ja richtig Glück«, sagte Andrea. Sie hasste es nach wie vor, den Schlüssel vom Haken zu nehmen und das Klo auf dem Gang aufzusperren. Und da sie wusste, dass es noch zwei Parteien in dem Stock benutzten, grauste ihr davor, sich draufzusetzen.

Gerne wäre sie danach in Arthurs Zimmer gegangen und hätte sich hingelegt. Sie war etwas betrunken und müde und hatte für ihre Verhältnisse mehr als genug Musik gehört, aber da Arthur sitzen blieb, wollte sie nicht als Banausin erscheinen und ging ebenfalls zurück. Dort nickten sie wohl irgendwann ein, denn als die Musik zu Ende war, wachten sie auf.

»Jetzt bin ich erschöpft«, sagte Gottwald. Es standen ihm tatsächlich Schweißtropfen auf der Stirn. »Wagner zu dirigieren, ist noch immer die größte Herausforderung!«

Endlich gingen die beiden. Nun waren Arthur und Andrea auch erschöpft, sodass sie nur noch ins Bett fielen.

Am Samstag war Andrea zu Gottwalds China-Vortrag eingeladen. Sie würde auch Arthurs Lieblingsonkel und dessen Familie kennenlernen. Arthur freute sich auf den Onkel und auf den Cousin und auf die Cousine. Es war immer sehr lustig, wenn sie auf Besuch kamen. Im Winter nahmen sie Arthur mit auf den Berg, wenn sie Ski fahren gingen. Andrea gab es einen Stich. Sie wusste, dass Arthur Jugendmeister war. Sie wusste aber nicht, wie sie ihm erklären sollte, dass sie noch nie auf Skiern gestanden ist.

Arthurs Mutter stand die ganze Zeit in der Küche und buk Kuchen. Wenn ihr etwas hinunterfiel, fluchte sie so laut, dass man es bis auf die Terrasse hinaus hörte, und Arthurs Vater in der Hollywoodschaukel lachte und sagte: »Heute ist sie besonders aufgeregt, denn heute kommt des Führers schönster Leutnant!«

Andrea verstand nicht. »Des Führers schönster Leutnant?«

Der Vater nickte heftig und Andrea wusste nicht, ob er sich über seinen Schwager lustig machte oder es ernst meinte. »Frag nur die Mutti! In der ganzen Stadt wurde er so genannt!«

Andrea schaute Arthur an, was das zu bedeuten hatte. Aber Arthur schien nichts dabei zu finden, dass sein Onkel so genannt wurde. Er war eher irritiert über Andreas Irritation.

»Warum nennt deine Mutter ihn so?«

Arthur zuckte mit den Schultern. »Wahrscheinlich weil er so fesch war in der Uniform!«

Andrea ging in die Küche und fragte sie, warum Onkel Albert des Führers schönster Leutnant gewesen sein soll.

Die Mutter vergaß auf das Rühren ihres Kuchens und bekam einen verklärten Blick, während sie in die Vergangenheit schaute. »Den hättet ihr sehen sollen in der Uniform«, sagte sie.

Die Verwandten kamen schon am Nachmittag zum Kaffee. Andrea wusste, dass die Verwandten aus der Stadt das Mädchen vom Land genau begutachten würden. Und hatte sie etwas Scheu davor gehabt, von den noblen Verwandten besichtigt zu werden, so war diese Verschämtheit mit einem Schlag weg, weil sie auch genau schauen wollte, wie jemand aussah, der als »des Führers schönster Leutnant« bezeichnet wurde.

Der Onkel trug eine braune Cordhose mit einem karierten Sakko, darunter ein hellblaues Hemd mit einem seidenen Halstuch mit Paisley-Muster. Die Haare waren dicht und sehr dunkelbraun und gerade nach hinten gekämmt. Er schaute Andrea lange und intensiv an, als er ihr die Hand gab, und sie schaute genauso lange und intensiv zurück und nahm die gleichen stahlblauen Augen wahr, die auch Arthur hatte. Die Frau des Onkels war ein etwas molliger Marilyn-Monroe-Typ, und man sah, dass sie sehr schön gewesen sein musste, als sie noch nicht so üppig gewesen war. Erstaunlich unauffällig erschienen ihr im Vergleich die Kinder. Archibald war in Adeles Alter und studierte Jus, und Ariadne besuchte wie vorher auch Archibald das Akademische Gymnasium in Graz, das als besonders elitär galt.

»Du bist also die Andrea vom Land«, stellte der Onkel fest. Andrea nickte und sagte: »Und Sie sind des Führers schönster Leutnant!«

Der Onkel lachte hell auf und schien Gefallen an Andreas Feststellung zu finden. »War ich«, sagte er, »war ich! Was du alles weißt! War dein Vater auch im Krieg?«

Andrea nickte. Der Onkel war neugierig: »Weißt du auch, wo er stationiert war?«

»In Russland, hat er gesagt!«

»Aha, da war ich auch!«

»Sie werden meinen Vater aber nicht oft zu Gesicht bekommen haben, außer, Sie waren auch dauernd im Lazarett!«

»Im Lazarett? Wurde er verwundet?«

Andrea nickt. »Am Knie. Und er hat immer wieder Zahnpasta

auf die Wunde geschmiert, damit sie nicht heilt. Und wenn der Arzt gekommen ist und ihn gefragt hat, wie es ihm geht, hat er gesagt: ›Danke, bestens, Herr Doktor!‹, denn wer gesagt hat, dass es ihm schlecht geht, den hat der Arzt gleich wieder hinaus an die Front geschickt und gemeint, wem es im Lazarett schlecht geht, der soll dorthin, wo es besser für ihn ist!«

Der Onkel schaute noch immer freundlich, aber es schien Andrea, als wäre sein Lächeln stecken geblieben und als würde er innerlich anders fühlen, als es nach außen hin aussah.

»Aha, ein Simulant war dein Vater!« Nun konnte sie es auch an seiner Stimme hören, die auf einmal ganz anders klang als davor.

»Er hat gesagt, er will den Krieg überleben. Er hatte keine Lust, mit zwanzig zu sterben!«

»Nicht einmal für Führer und Vaterland?«, fragte der Onkel nun lauernd.

»Er hat gesagt, für den verrückten Hitler schon gar nicht!«

Andrea spürte, wie es eisig um sie wurde. Und totenstill. Alle hatten gebannt zugehört und kein Wort gesagt. Was war passiert?

Arthurs Mutter räusperte sich nun auffällig und sagte mit übertriebener Ermunterung in der Stimme: »Ich schlage vor, wir gehen auf die Terrasse, der Kaffee ist fertig!«

Arthur flüsterte Andrea beim Hinausgehen zu: »So hat noch keiner mit dem Onkel geredet!«

»Wie denn?«, flüsterte Andrea zurück.

Doch von Arthur kam keine Antwort mehr. Nur Arthurs Vater grinste beim Hinausgehen amüsiert vor sich hin.

Das Gespräch beim Kaffee drehte sich dann vorwiegend um Gottwalds China-Reise und darum, wie rückständig die Chinesen in allem und jedem waren. Aber Gottwald hatte dort Krabbensuppe gegessen und die bereitete er als frühes Abendessen vor, bevor er seine siebenhundert Dias zeigte. Die Suppe und die Krabben hatte er in Dosen mitgebracht und wärmte sie nun auf.

Zum Schluss rührte er eine Flasche Schlagobers in die Suppe ein und schmeckte mit Cognac ab. In der Suppe schwammen Tiere, die wie Maden aussahen. Alle schauten skeptisch und rührten in ihren Tellern und begutachteten die weißlichen Maden in der orangen Suppe. Nur Gottwald lachte und aß drauflos, und als er sah, dass Adele auch etwas skeptisch war, stieß er sie mit dem Ellenbogen in die Seite und sagte: »Iss endlich!«

Adele grinste und schlürfte einmal vorsichtig an der Suppe. Arthurs Vater roch nur daran und schob sie ohne ein Wort auf die Seite. Der Onkel sagte halb scherzend: »Im Krieg musste man auch alles Mögliche essen, um zu überleben«, und nahm beherzt einen Löffel voll, verzog dann aber den Mund. Seine Frau und die Kinder machten es ihm nach. »Die Suppe geht ja, aber die Würmer esse ich nicht!«

Andrea nahm auch einen Löffel voll und war überrascht von dem weichen, süßen Geschmack. Er erinnerte sie an die passierte Bohnensuppe, die ihre Mutter im Herbst oft machte und die sie gerne mochte. Sie probierte auch von den Krabben und auch die waren dem Geschmack der ganzen Bohnen nicht unähnlich, wenn auch etwas härter als die Bohnen, die in der Muttersuppe schwammen. Es schmeckte ihr und Gottwald nickte ihr wohlwollend zu.

»Wenn ich nicht dauernd an Engerlinge denken müsste«, sagte Arthur.

»Denk an Käferbohnen, dann geht es ganz leicht«, riet ihm Andrea.

»Ganz leicht«, antwortete Arthur, »da muss ich nur an Käfer denken!«

»Weil du so kompliziert denkst. Dann denke halt an Rosenbohnen!«

»Das klingt schon besser«, meinte Arthur und schöpfte einige Krabben auf seinen Löffel.

Nach den siebenhundert Dias samt Erklärungen war es sehr spät geworden und Arthur hatte keine Lust mehr, Andrea mit dem Moped mitten in der Nacht nach Hause zu bringen, zumal Gottwald auch über Nacht blieb und bei Adele schlief. Die Eltern hatten nichts dagegen, aber es gab weder bei Arthur noch bei Andreas Eltern ein Telefon, um ihre Eltern zu informieren. Trotzdem wollte sie es riskieren.

Im Bett sagte Arthur: »Also heute hast du dir was geleistet!«

»Was denn?«, Andrea verstand nicht.

»Du hast zum Onkel gesagt, dass der Führer verrückt war!«

»Ich habe gesagt, dass mein Vater gesagt hat, dass der Hitler verrückt war. Stimmt ja, oder?«

»So was sagt man doch nicht, und schon gar nicht zu Onkel Albert!«

»Und warum nicht?«, wollte Andrea wissen.

»Weil er im Krieg war und gekämpft hat. Davor hat man doch Respekt!«

»Mein Vater war auch im Krieg und hat trotzdem keinen Respekt vor dem Krieg und schon gar nicht vor Hitler! Und was ist mit deinem Vater? Hat der auch so viel gekämpft?«

»Der redet nicht drüber!«

»Aber gegrinst hat er, als ich gesagt habe, dass der Hitler verrückt war!«

Arthur war irgendwie verstört und Andrea lag zwar in seinem Arm, aber sie spürte an seinem Atem, dass er noch lange wach lag und auch sie konnte lange nicht einschlafen.

Am Sonntag fuhren sie dann vor dem Mittagessen zu Andrea nach Hause. Arthurs Mutter ermunterte sie zwar, zum Essen zu bleiben, aber Andrea wollte ihre Eltern nicht länger im Ungewissen lassen. Arthur wollte gleich wieder fahren, damit Andrea den eventuellen Konflikt ohne Rücksicht auf ihn austragen konnte. Aber Andrea sah es nicht so: »Komm bitte mit. Wenn du dabei bist, trauen sie sich nicht, so auf mich loszugehen!«

»Und wenn, dann werde ich dich beschützen«, sagte Arthur und ballte die Fäuste. »Ich werde mit deinem Vater kämpfen bis zum letzten Blutstropfen!«

»Wird schwer sein«, lachte Andrea, »der hat schon im Krieg nicht gekämpft!«

Als sie in die Wohnstube kamen, stand die Mutter in der offenen Küche und wusch Salat. Der Vater lag auf dem Diwan, die Großmutter hatte den Rosenkranz um ihre Finger gebunden und las mit bewegten Lippen im Gebetsbuch. Es roch nach Brathuhn und aus dem Keller kam das gleichmäßige Hmtatahmtata.

Die Mutter schaute kurz auf, dann wieder zum Salat und ignorierte die beiden. Die Großmutter lächelte sie an. »Schön, dass ihr hier seid!«

Der Vater sprang vom Diwan auf. Er fuhr sie an: »Wo warst du die ganze Nacht? Was glaubst du, welche Sorgen wir uns gemacht haben!«

»Es ist sehr spät geworden. Da wollte Arthur nicht mehr fahren mitten in der Nacht!«, erklärte Andrea.

»So habe ich es deinen Eltern gesagt«, meinte die Großmutter.

»Aber ihr hättet auch einen Unfall haben können und irgendwo im Straßengraben verbluten. Ich habe die ganze Nacht nicht geschlafen!«, war der Vater aufgewühlt und fuhr sich durch die Haare.

Dann nahm er Andrea in die Arme und drückte sie so fest an sich, dass sie kaum Luft bekam. Und dann auch Arthur und sagte: »Gott sei Dank, dass euch nichts passiert ist!«

Arthur war irritiert und ließ die heftige Umarmung etwas steif über sich ergehen.

Aus der Küche kam scharf die Stimme der Mutter: »Und warum kommst du grad jetzt daher? Damit die Nachbarn wissen, dass du bei denen da oben übernachtet hast?«

»Wann hätte ich denn kommen sollen?«, fragte Andrea.

»Am Abend, dann hätten die Nachbarn geglaubt, dass er dich in der Früh abgeholt hat, als sie in der Kirche waren!«

»Ich bin froh, dass ihr da seid«, sagte die Großmutter. »Jetzt brauch ich nimmer beten!« Sie schlug das Buch zu und rollte den Rosenkranz zusammen.

»Dann fahren wir halt wieder«, sagte Andrea, »wenn es zu früh ist!«

»Wenn ihr schon da seid, könnt ihr gleich zum Essen bleiben«, antwortete die Mutter und es war mehr ein Befehl als eine Einladung. »Sonst muss ich mich noch genieren, wenn du dauernd bei denen da oben isst und dein Freund isst nie bei uns!«

Arthur nickte heftig.

Nun ging die Schule wieder los. Arthur zog während der Woche wieder in die Stadt und war nur mehr Samstag und Sonntag zu Hause. Andreas Klasse hatte sich fast auf die Hälfte reduziert. Diejenigen, die nicht mehr kamen, hatten eine Lehre begonnen oder eine Arbeit gefunden. Die Pflichtschulzeit war vorbei. Helga kam auch nicht mehr. Sie hatte sich in einen Schweinebauern aus dem Nachbardorf verliebt und besuchte nun eine Landwirtschaftsschule. Und was sah Andrea, als sie am Mittwochmorgen in den Zug stieg? Susi saß mit dem Langen aus der Bulme auf einer Bank, und er hatte den Arm um sie gelegt. Susi lachte Andrea und Elvira entgegen. Andrea hätte sich zu den beiden gesetzt, aber Elvira ignorierte sie und überredete Andrea, dass sie sich einen anderen Platz suchten.

Dort fragte Elvira, ob sie noch immer mit dem O-Haxigen zusammen sei und schwafelte Andrea damit zu, was sie im Sommer mit ihrem Bruder alles unternommen hatte. Und Andrea sehnte sich nach Arthur, der schon am Vorabend nach Graz gefahren war, weil er einiges mitgenommen hatte, vor allem Lebensmittel, die eingefroren waren und die er möglichst schnell in die Wohnung transportieren musste.

Einmal in der Woche übernachtete Andrea bei Arthur in Graz. Das Übernachteis war gebrochen, und sie sagte den Eltern nun auch, dass sie bei Arthur blieb und nicht bei einer Freundin, und die Eltern nahmen es schweigend zur Kenntnis. Jetzt musste sie nur noch durchsetzen, dass Arthur auch über Nacht bei ihr bleiben konnte. Dann hatten die nächtlichen Fahrten ein Ende, die mit der Herbstkälte immer unangenehmer wurden. Dann konnten sie bleiben, wo sie gerade Lust hatten, wo ihnen das von den Müttern angebotene Mittagessen besser schmeckte und wo ihnen die Kommunikation besser gefiel. Andrea aß lieber bei Arthurs Mutter und Arthur aß lieber bei Andreas Mutter und so aßen sie der Gerechtigkeit halber einmal hier und einmal dort. Arthur liebte die Unmengen an Fleisch bei Andreas Eltern und die Ermunterung des Vaters, so kräftig zuzuschlagen, wie es nur ging. Er mochte Andreas Vater in seiner spontanen, direkten Art und half ihm auch gerne beim Einfüttern und beim Ausmisten im Kuhstall. Es war wie bei der Sommerarbeit. Nur dass er keine Scheibtruhen voll Mörtel zum Maurer führte, sondern dampfenden Kuhmist über einen Holzsteg auf den Misthaufen schob. Es gefiel ihm auch, mit der Sense das Saugras zu mähen. Mit exakten Schnitten das Gras zu kürzen, den würzigen Duft der frisch gemähten Halme einzuatmen, während der Vater hinter ihm her arbeitete, das Gras zusammenrechte und auf einen Leiterwagen bugsierte. Nach getaner Arbeit verzogen sich der Vater und Arthur gerne ins Haus und Andrea traf die beiden in der Küche an, wie sie sich über ein Trumm Speck hermachten, das der Vater in dünne, kleine Stücke schnitt und in Paprikapulver wälzte, bevor er ein Stück an Arthur weitergab oder es selber in den Mund steckte. Sie hatten nur ein Schneidbrett vor sich und spießten die Speckscheiben mit einem spitzen Messer auf. Sie aßen in Würfel geschnittenes Brot dazu und tranken Most aus dem Krug.

»Du wärst ja eh ein sympathischer Bursch, wenn du die langen Haare nicht hättest«, sagte der Vater. »Aber so glaubt man gleich, du bist ein Giftler!«

»Ja, eh«, antwortete Arthur, »aber ich schneide sie trotzdem nicht ab!«

»Ich habe auch schöne Wellen gehabt, als ich jung war«, fuhr der Vater fort und schob Arthur eine Speckschnitte hin.

»Aber nur oben am Kopf, Haare auf den Schultern hat es damals nicht gegeben. Da hätte man einen gleich für einen vom anderen Ufer gehalten, wenn du weißt, was ich meine!«

Arthur nickte altklug. »Damals war alles anders!«

»Aber ich habe auch Mädchen gehabt. Frage nicht! Sogar in Finnland, als ich dort stationiert war. Die haben mich auch immer mit gutem Essen versorgt!«

»Ich frag eh nicht«, sagte Arthur.

Der Vater sinnierte weiter. »Und wenn ich den Hof nicht hätte übernehmen müssen, wer weiß, wo ich hingegangen wäre, damals. Die ganze Welt hätte ich mir angeschaut. Schau, dass etwas wird aus dir, Arthur, dann kannst du überallhin gehen!«

Andrea war gerne mit Arthurs Mutter zusammen. Sie mochte es, mit ihr im Garten zu ernten und Gemüse in solchen Mengen zu kochen, dass es Hauptspeise und nicht Beilage war. Sie mochte gebackenen oder gedämpften Karfiol mit Kartoffeln, gebackene Kohlrabischeiben oder Zwiebelkuchen. Und sie ging gerne mit ihr einkaufen, weil sie nahm, was ihr gefiel und nicht dauernd berechnete, was sie wirklich brauchte und sich leisten konnte. So hatten sie am Vorabend im Fernsehen »Gelée Royale« von Roald Dahl gesehen. In dieser Geschichte gaben die Eltern ihrem schlecht wachsenden Baby regelmäßig Gelée royale zur Wachstumsstärkung, bis sich herausstellte, dass das Baby zu einer Riesenbiene heranwuchs. In der Apotheke entdeckte Andrea eine Packung Gelée royale.

»Willst du es haben?«, fragte Arthurs Mutter.

»Einfach so?«, frage Andrea.

»Einfach so«, antwortete die Mutter.

»Einfach so« gefiel Andrea und sie bewahrte den Glasbehälter mit den goldig glänzenden Kapseln noch lange auf, als wären sie ein kostbarer Schmuck.

Bei der Rechtserkämpfung auf die erste Nacht in Andreas Elternhaus setzten sie die bewährte Strategie fort. Arthur fuhr am Samstag in der Nacht von Andrea einfach nicht nach Hause. Dann warteten sie, was passierte. In der Früh preschte die Mutter ins Zimmer und sagte: »Das nächste Mal stell wenigstens dein Moped in die Garage. Die Nachbarn müssen ja nicht sehen, in welch schlampigen Verhältnissen wir leben!«

Andrea und Arthur lachten sich in ihre Fäustchen. Das nächste Mal hatte die Mutter schon selber angekündigt.

In Graz gingen sie öfters mit Adele und Gottwald aus. Die beiden nahmen Arthur und Andrea mit ins Theater und in die Oper. Es gab den »Steirischen Herbst« und »Rozznjogd« von Peter Turrini und »Magic Afternoon« von Wolfgang Bauer. Andrea war wie betäubt vor Begeisterung. So direkt und unverblümt konnte Theater sein. So nah dran am Leben ohne schwülstige Sätze, bei denen sie erst lange überlegen musste, was sie bedeuteten. Gottwald war hingegen skeptisch. War das alles nicht zu reißerisch, nicht zu sehr auf Provokation getrimmt? Er war mit »Faust I« und »Faust II« wesentlich glücklicher. Und dann lud er sie in die »Dreigroschenoper« ein. Andrea fürchtete schon, es könnte so etwas schrecklich Atonales wie die »Salome« werden, die ihr in den Ohren wehgetan hatte, und auch die Geschichte mochte sie nicht mit der Köpfung des schönen Jochanaan. Aber die »Dreigroschenoper« war Oper genau nach ihrem Geschmack. So großartige Lieder gab es also und so böse, wahrhaftige Geschichten. Sie besorgte sich am nächsten Tag bereits eine Platte mit Lotte Lenya als Spelunken-Jenny und hörte die Lieder hinauf und hinunter. Es gab so vieles, was es zu entdecken galt und was nie bis ins Dorf vorgedrungen war. Ein Jahr später nahmen Adele und Gottwald die beiden nochmals in die »Salome« mit. Es war die gleiche Inszenierung wie in dem Jahr davor, und Andrea verstand nicht, was passiert war. Diesmal gefiel ihr die Oper und besonders der Schluss, wenn Salome sang: »Ich habe deinen Mund geküsst Jochanaan.« Da lief ihr ein ganzer Stall voller Gänse über den Rücken, und sie kaufte sich am nächsten Tag die legendäre Aufnahme mit Ljuba Welitsch und hörte sich die »Salome« immer wieder an. Sie lernte, auf die Anspielungen in der Musik zu achten, die bereits am Beginn ganz zaghaft angedeutet wurden und die sich in ihrer Raffiniertheit erst beim wiederholten Hören offenbarten.

Sie trafen sich nun auch öfter mit dem langen Gernot und mit Susi. Gingen zusammen essen oder luden sie zum Essen ein in die Stadtwohnung. Andrea entdeckte das Kochen. Sie hatte Lust daran, schnell und mit günstigen Zutaten etwas herzustellen. Kochen kann so einfach sein, stellte sie fest. Zu Hause begann die Mutter bereits um neun Uhr damit, die Suppe aufzustellen und die Knochen oder das Selchfleisch stundenlang im Wasser brodeln zu lassen. Dann ging sie in den Garten, um Gemüse und Salat zu holen, und putzte eine Stunde daran herum. Dann ging die eigentliche Kocherei los und um zwölf musste gegessen werden, das war immer so gewesen und würde so bleiben, solange sie die Herrin der Küche war. Auch wenn sie um zwölf Uhr meist allein mit der Großmutter am Mittagstisch saß, weil der Vater nach der letzten Busfahrt etwa um drei heimkam und dann das Aufgewärmte bekam und der Bruder meist auch erst später von den Feldern zurückkehrte.

Andrea machte Bleche voll Pizza, belegt mit Tomatensauce und Knoblauch, oder mit Rosmarin. Spaghetti aglio e olio oder mit Tomaten und Zwiebeln. In einer halben Stunde war jedes Essen fertig. Sie tranken Chianti oder französischen Landwein dazu und diskutierten über das Atomkraftwerk Zwentendorf, das eben fertiggestellt worden war, und sahen sich nächtelange »Club Zwei«-Sendungen mit Hoimar von Ditfurth, Franz Kreuzer und Karl Popper an. Und danach gingen die Diskussionen zu zweit oder zu viert weiter. Gerne hätte Andrea gegen die Inbetriebnahme von Zwentendorf abgestimmt, aber sie war noch zu jung dafür. Wählen und abstimmen durfte man erst mit neunzehn Jahren. Und so mussten sie bangen und hoffen, dass die anderen es richtig machten. Bundeskanzler Kreisky hatte angekündigt, bei einem Abstimmungsergebnis gegen Zwentendorf zurückzutreten. Das war für viele, für die Kreisky ein rotes Tuch war, ein Grund, gegen die Inbetriebnahme zu stimmen, obwohl sie eigentlich dafür waren. Ihr tat es leid um Kreisky, der ihr mit der Gratisschulfahrt und den Gratisschulbüchern eine weiterführende Schule ermöglicht hatte, trotzdem hätte sie gegen das Atomkraftwerk gestimmt.

Und dann sah sie im Fernsehen einen Konzertausschnitt mit Konstantin Wecker. Er streichelte mit seinen schlanken Fingern das Klavier auf eine Weise, dass er ihm lustvolle Schreie, intensives Stöhnen und um Erlösung bittendes Klagen entlockte. Und dazu sang er mit einer weichen Tenorstimme: »Wenn der Sommer nicht mehr weit ist, und der Himmel violett. Weiß ich, dass das meine Zeit ist, weil die Welt dann wieder breit ist, satt und ungeheuer fett.«

Allein wie er die Worte »violett« und »fett« sang und sagte zugleich, mit diesen üppigen, warmen, weichen fünffachen »ts« zum Schluss, sah sie einen endlosen Horizont vor sich, mit dicken violetten Wolken, die über den blauen Himmel zogen. Das Herz begann mit den Wolken mitzurasen, in einem Tempo, dass ihr beinahe schwindlig wurde. Sie sah diesen Mann, wie er sich am Klavier wand, die Augen geschlossen, so versunken in seinem Lied und gleichzeitig so aus sich herausbrechend, als würde ihm die Brust zu eng und die Hemdknöpfe platzen. So etwas hatte sie noch nicht gesehen. Sie schaute auf das fein geschnittene Gesicht mit dem zarten, weichen Mund, der ein Wort formte, als küsste er es, und am nächsten leckte er und das dritte saugte er förmlich aus. Sie sah die schlanke, feine Nase, deren Löcher sich aufblähten und zusammenzogen im Rhythmus der Musik, sie sah den geschmeidigen Kopf mit dem lockigen Haar, der auf einem Stiernacken saß, der Kopf war nach vorne gebeugt, als wäre alles ein rotes Tuch, in das er rennen müsste. Hier passte nichts zusammen und doch alles, es war diese ungebändigte Lust, alles zu erleben, was möglich war, so intensiv und deutlich, dass es sie aufwühlte, wie sie nichts davor aufgewühlt hatte. Innerlich hatte sie ständig »ja, ja und nochmals ja« geschrien, ja, ich will das auch erleben, meine Zeit nützen und »wenn mein Ende nicht mehr weit ist« nicht sagen müssen, dass ich meinen Lebenssommer nicht genützt hätte. Nach der Weite des Sommers kam auch noch »Genug ist nicht genug, ich lass mich nicht belügen, schon Schweigen ist Betrug, genug kann nie genügen!« Sie bemerkte, wie sie bald in seinem Rhythmus atmete und die Luft vollends anhalten musste, als sie die Zeile hörte: »Nur die Götter geh'n zugrunde, wenn wir endlich gottlos sind!«

Über diesen Satz kam sie nicht mehr hinweg. Den hatte Wecker in ihr Hirn gemeißelt wie Moses das erste Gebot Gottes in die Steintafel. Was, wenn es wirklich so war? Wenn es keinen Gott und keine Götter und Heiligen mehr gab, wenn sie nicht mehr daran glaubte? Sie konnte kaum schlafen, so sehr beschäftigten sie diese beiden Lieder. Und gleich nach der Schule ging sie in das Plattengeschäft und kaufte das »Liederbuch«, ein Doppelalbum, es kostete schweinisch viel Geld, hundertneunundsiebzig Schilling. Von der Großmutter bekam sie hundert Schilling im Monat Taschengeld und das war schon viel, weil ihre ganze Rente keine fünfhundert Schilling betrug. Andrea wusste, wenn sie das Geld ausgab, dann war gar nichts mehr drin in diesem Monat, und von den ersparten hundert Schilling, die sie als Reserve hatte, würde auch nicht mehr viel da sein. Aber die Lieder würden alles aufwiegen, was sonst vielleicht noch für Geld zu haben gewesen wäre. Sie konnte es kaum erwarten, dass der Zug endlich in den Bahnhof einfuhr. Elvira wollte auf der Heimfahrt mit dem Rad über Michael Schanze reden, der so süß war und Elviras Bruder ähnlich sah, wie Elvira meinte, aber Andrea brachte kein Wort heraus, sie hatte nur die Weckersätze im Kopf und wollte so schnell wie möglich zu ihrem Plattenspieler. Was spielte es für eine Rolle, dass sie am nächsten Tag Mathe-Schularbeit hatte. Sie konnte nicht lernen, wie sollte sie sich auf Mathe konzentrieren, wenn hier siebzehn Lieder zu hören waren in einer Art, wie sie Lieder nie zuvor gehört hatte. Das Cover stellte ein Zimmer mit Holzboden dar, mit einem Klavier im Eck, mit einem komischen Vogel auf einem Ständer aufgespießt, der irgendwie nur aus Gerippe bestand, einer Korbflasche halb gefüllt mit Wein, zwei Zigaretten, davon eine angeraucht, ein Aschenbecher, in dem eine ausgedrückte Zigarette lag. In einem anderen Eck des Zimmers lehnte ein Cello. Mehr sah sie in der Aufregung nicht, während sie das Cellophan aufriss und das Album öffnete. Auf einer Seite das feine Gesicht Weckers, leicht schwitzend vor einem Mikrofon, auf der anderen die abgedruckten Liedtexte. Und es war nicht nur eine Seite, ein ganzes Doppelblatt befand sich in dem Album, mit allen Liedtexten und teilweise sogar mit Noten. Und dazwischen immer wieder Bilder von ihm, aufgenommen bei einem Konzert. Sie zitterte, als sie die erste Platte aus der Hülle nahm, in die Hand gleiten ließ und nur am Plattenrand zwischen Daumen und Zeigefinger klemmte und den Mittelfinger zu dem rot bedruckten Aufkleber auf der Rückseite gleiten ließ, bevor sie mit der anderen Hand die Platte am Rand fasste und vorsichtig auf den Plattenteller legte. Sie liebte die Spannung, wenn der Schwenkarm mit dem Diamanten sich träge zur Platte hinbewegte, dort verharrte, als würde er sich vor lauter Ehrfurcht nicht auf die Platte setzen, es schließlich nach einigem Zögern doch tat und sich diskret auf dem äußersten Rand niederließ. Dann knisterte es heimelig, bevor die ersten Töne des Klaviers sie in eine tranceartige Stimmung versetzten. Und wieder tat sich eine Welt für sie auf in den Zwischenräumen, in denen Wecker sie traf und die er ausfüllen wollte für einen Augenblick. Und er sagte ihr, sie könne auch ohne Traumprinz lieben. »Du gibst dich dir, sonst nichts, und ohne Angst siehst du dich einig werden mit den Trieben, und du erkennst, dass du Jahrhunderte bezwangst!«

Sie war so aufgewühlt über all diese ungeheuren Sätze, und nun meißelte ihr Wecker das Recht auf Lust in den Kopf und brachte auch die Steintafel mit dem Gebot der Unkeuschheit zum Bröckeln.

Dass die Mathe-Schularbeit ein Desaster werden würde, wusste sie. Die vorige Schularbeit hatte sie auf einen Dreier geschafft, und selbst wenn sie die nächste verhaute, ging sich noch immer ein Vierer aus. Also blieb sie am nächsten Tag zu Hause, spielte vor den Eltern die Kranke und lebte in ihrem Zimmer wie am Strand, unter dem Blütenfall des Meeres, ließ sich streicheln mit poetenhaften Blicken oder genauer noch mit Worten und vor allem mit einer poetenhaften Stimme und konnte es kaum erwarten, dass es Samstag wurde und sie Arthur die Platte endlich vorspielen konnte.

Arthur war skeptisch. Ganz konnte Andrea ihre Vorliebe für Schlager nicht verbergen, einmal hatte sie ein »Sanctus« mit der Stimme von Danielle Licari mit nach Graz gebracht, das fand er so grauenhaft, schlimmer noch als die Schlager, sodass er die Platte beim Abheben absichtlich fallen ließ in der Hoffnung, sie würde zerbrechen. Er hatte zwar abgestritten, dass es absichtlich gewesen war, aber sie sah sein Lachen in den Augen, auch wenn er den Mund zu einem Bedauern verzog.

Nun legte sie die Platte vorsichtshalber selber auf und Arthur schaute zweifelnd drein. Doch bereits nach den ersten Anschlägen auf dem Klavier veränderte sich seine Miene. Als er sah, wie sie lauerte und ihn anstarrte, versuchte er einen prüfenden Blick, aber bei den Zeilen »und da war nichts mehr, was uns uns verbot. Wir schnitten die Verbote einfach ab. Die Zeigefinger unserer Väter und die Atemnot, und alles das, wofür man uns erzogen hat« schaute er sie verwundert an, weil ihr so etwas gefiel.

Er nahm das Cover zur Hand, studierte es und blieb vor allem bei den Noten hängen, und als die erste Seite zu Ende war, sagte er: »Und so etwas gefällt dir also«, dabei hatte er noch nicht einmal den Sommer, der nicht mehr weit war, und »Genug ist nicht genug« gehört. Sie nickte heftig. Da war noch einiges, das sie bei den ersten Malen nicht gehört hatte und es war ihr auch egal, wenn es ihm nicht gefiel. Sie nahm die Scheibe vom Teller und begann mit der zweiten Platte, auf der das erste Lied bereits der nahende Sommer war.

»Ja, so etwas gefällt mir«, sagte sie und schaute ihm mit festem Blick in die Augen.

»Mir auch«, antwortete er. »Borgst du mir das Blatt mit den Noten? Ich möchte schauen, ob ich es nachspielen kann.«

Später legten sie sich aufs Bett. Sie hörten die Platten ein zweites Mal und irgendwann hörten sie die Musik nicht mehr und waren selbst ganz ineinander und in sich gekrochen und irgendwann sagte Arthur mit glänzenden Augen: »Jetzt hat es mich richtig weggebeamt!« Andrea war noch etwas außer Atem und antwortete: »Mich auch!«

Im Winter stand wieder ein Schulskikurs auf dem Lehrplan. Arthur wollte ebenfalls mit Andrea Ski fahren gehen. Für ihn war es selbstverständlich, dass jeder Jugendliche im Umkreis von hundert Kilometern Ski fahren konnte. Er war schon im Alter von zwei Jahren den steilen Hang hinter dem Haus hinuntergerast, und an schönen Wintertagen waren die Eltern mit den Kindern regelmäßig auf die Alm gefahren. Andrea hatte ihm noch nicht erzählt, dass sie noch nie auf Skiern gestanden war. Sie fürchtete, dass er enttäuscht wäre, wenn er diese Freude nicht mit ihr teilen konnte, und sie wollte ihn nicht wegen der blöden Skifahrerei verlieren. Sie dachte, je länger er Zeit hat, andere Qualitäten an mir zu entdecken, umso weniger wichtig ist es ihm vielleicht. Aber jetzt musste sie damit herausrücken. Nicht nur, weil es die Skikurswoche gab, sondern auch weil er wollte, dass die Eltern sie mitnahmen, wenn sie Ski fahren gingen. In der Hauptschulzeit hatte er regelmäßig trainiert und am Wochenende waren die Eltern mit Arthur zu den Rennen gefahren. Er war mehrmals Bezirksjugendmeister in seiner Altersgruppe geworden und einmal sogar Landesjugendmeister. Aber als er mit der Schule in Graz begann, war es nicht mehr möglich, während der Woche zu trainieren.

Sie saßen in Arthurs Zimmer und Andrea starrte auf die Pokale und Medaillen, die Arthur auf seinem Bücherregal drapiert hatte.

»Wegen der Liftkarte musst du dir keine Gedanken machen«, sagte Arthur, »auf die laden dich meine Eltern ein!«

»Danke. Aber das ist nicht das Problem«, antwortete Andrea.

»Was ist das Problem?«, wollte Arthur wissen.

»Dass ich keine Ski habe. Und keine Skischuhe.« Sie presste es heraus, es war ihr unangenehm, zu gestehen.

Arthur verstand nicht gleich. »Und wieso?«

»Meine Eltern meinten, mit meinen X-Haxen könnte ich sowieso nicht Ski fahren, da wäre es schade um das Geld!«

»So ein Blödsinn«, empörte sich Arthur. »Schau mich an, wie gut ich mit meinen O-Haxen fahren kann!«

Andrea zuckte die Schultern.

»Wie gut, dass sie dir wenigstens einen Badeanzug gekauft haben!«

Und jetzt erzählte sie ihm doch, wie peinlich es gewesen war, dass der Vater sie verraten hatte und wie sie sich vorgekommen war, als ihre Freundinnen auf Skikurs fuhren und sie als Überbleibsel in der Schule hin und her geschoben wurde.

»Ich kann doch nicht jedes Mal etwas aus mir herausoperieren lassen, nur damit ich nicht als Trottel übrig bleibe!«

»Ich habe Ski«, sagte Arthur.

»Das nehme ich an, wenn ich deine Pokale sehe!«

»Nein, ich meine, alte Ski, die mir zu klein sind. Und Skischuhe, die dir passen könnten!«

»Aber ich kann nicht fahren!«

»Dann wirst du es eben lernen. Und wenn du eine Skiausrüstung hast, dann haben deine Eltern keine Ausrede mehr!«

Andrea überlegte und nickte. »Und wenn sie es mir nicht zahlen, stelle ich mich in Graz mit einer Bettlerschale auf den Hauptplatz!«

»Oder du sagst, du sammelst hier in der Bezirksstadt. Das ist ihnen vielleicht peinlich!«

Arthurs Mutter beteiligte sich eifrig am Zusammensuchen einer Skiausrüstung für Andrea. Sie fand nicht nur passende Schuhe im Keller, sie trieb auch eine Keilhose und einen Anorak auf, der Arthur zu klein geworden war. Und einen alten Norwegerpullover von Adele. Andrea fuhr mit Arthurs Eltern auf die Alm und freute sich schon auf die erste Abfahrt. Sie stellte sich vor, wie sie den Hang hinuntersausen und Arthur sie loben würde dafür, dass sie so eine Naturbegabung war. Doch eisiger Wind wehte über die Weinebene, die so harmlos hieß und doch einige Abgründe zu bieten hatte. Beim Anschnallen der Ski gab es Probleme. Andrea konnte mit dem Schuh nicht die richtige Stellung finden, um den Ski festzuschnallen. So sehr sie sich auch bemühte. Schließlich sagte Arthur: »Stopp, Schuhtausch!«

Andrea verstand nicht.

»Ich habe deine Schuhe an und du meine. Deshalb kommen wir nicht in die Bindungen!«

Die Schuhe waren zwar die gleichen, nur die einen Größe neununddreißig und die anderen Größe dreiundvierzig, ihr kamen die Schuhe etwas locker vor, aber wie hatte Arthur in ihre einsteigen können?

»Wenn ich mir einbilde, es sind meine, komme ich in alle Schuhe«, sagte Arthur.

Sie hatten die Schuhe noch beim Auto auf dem Parkplatz angezogen. Es war mühsam genug gewesen, in die Schuhe hineinzukommen und sie dann so fest zu schnüren, dass sie saßen. Sie hatte sich gewundert, wie locker sie trotzdem waren, aber sie hatte keinen Vergleich. Und dann war es erst recht mühsam, mit diesen Schuhen zu gehen, sodass sich Andrea bereits völlig erschöpft fühlte. Nun wollten sie auf der Piste die Schuhe tauschen. Das hieß wieder aufschnüren und versuchen, aus den Schuhen herauszukommen. Mit den Handschuhen ging das nicht. Sie zog sie aus. Ihre Hände waren krebsrot und sie verlor das Gefühl in den steif gefrorenen Fingern.

Als sie endlich beide Skier angeschnallt hatte und auch der Fangriemen saß, wollte sie losfahren, den kleinen Hügel hinunter zum Lift. Doch ihre Beine bekamen keinen Funken Kontrolle über die selbständig dahingleitenden Skier, sie verlor das Gleichgewicht und saß schon auf dem Boden. Aufstehen war unmöglich, die Skier rutschten weg. Sie wusste nicht, wie sie irgendwo und irgendwie Halt finden sollte. Es war zum Verzweifeln. Und so peinlich vor Arthur und den Eltern, die hinter ihr fuhren und neben ihr abkristelten, dass es staubte. Sie sah, dass Arthur seine Schuhe noch nicht einmal ordentlich zugebunden hatte, er stand auf den Skiern, als wären sie ihm an die Füße gewachsen, da gab es eine unsichtbare Verbindung. Er tänzelte um sie herum, fuhr rückwärts genauso wie vorwärts, packte sie schließlich unter den Armen und zog sie hoch. Dann kamen von allen Seiten Anweisungen, was sie tun sollte. Das klang so leicht und war doch nicht zu bewältigen, die Skier taten, was sie wollten, und Andrea dachte, vielleicht war es doch keine gute Idee, die alten Skier von Arthur zu nehmen. Die waren ein anderes Leben im Schnee gewohnt. Es kam ihr vor, als würden die Skier hineinlachen in sich und sich einen Spaß daraus machen, sie herumzuführen und umzuschmeißen im Schnee nach Lust und Laune, als Strafe dafür, dass sie es sich anmaßte, auf Arthurs Skier zu steigen, die ganz anderes kannten als eine unbegabte Anfängertussi.

Arthur half ihr noch ein paarmal auf und erklärte, wie man selber aufsteht, aber sie krabbelte weiter auf dem Boden wie ein Käfer, den man auf den Rücken geworfen hatte.

»Es ist vielleicht doch besser, du fängst mit einem Skikurs an«, sagte er resignierend.

»Du meinst also auch, meine Füße sind nicht fürs Skifahren geeignet«, sagte Andrea.

Arthur lachte, »vielleicht sollte man sich doch kein X für ein O vormachen!«

»Arthur«, mahnte die Mutter. »Es reicht. Geht Ski fahren, ich bleibe bei Andrea!«

»Geht nur«, sagte Andrea, »ich übe inzwischen hinfallen und aufstehen. Hinfallen kann ich ja schon ziemlich gut«, versuchte sie zu lachen, doch es war ihr zum Heulen zumute.

»Wir haben doch alle so angefangen«, versuchte Arthurs Mutter zu trösten.

»Ich nicht«, lachte Arthur.

»Arthur, es reicht«, drohte ihm die Mutter und hob den Skistecken. Der Vater grinste in sich hinein.

Andrea war froh, als Arthur und sein Vater davonwedelten und sie nicht länger in ihrer Schmach liegen sahen. Die Mutter blieb bei ihr und zeigte vor, wie man den Stecken am besten einsetzt, wenn man hinfällt, um wieder in die Höhe zu kommen. Dann gelang es ihr tatsächlich, ein paar Meter auf den Skiern stehen zu bleiben, bevor es etwas steiler wurde und sie ihr wieder unter den Füßen davonglitten.

Dass Liftfahren noch unmöglich war, sah sie bald ein, und nach einer Stunde war sie völlig erschöpft und ausgefroren. Arthurs Mutter setzte sich mit ihr in die Hütte und sie tranken dampfenden Tee, und langsam hörten die Zähne zu klappern auf.

»Vielleicht solltest du wirklich mit einem Skikurs beginnen«, beschwichtigte die Mutter. »Dort sind mehrere Anfänger und der Skilehrer hat die Techniken gelernt, es euch beizubringen. Und im nächsten Jahr kannst du dann schon mit uns mitfahren!«

»Wie habt ihr es den Kindern beigebracht?«, wollte Andrea wissen.

»Das waren nicht wir. Das war der Berg. Die Kinder sind hinausgegangen mit ihren kleinen Skiern und haben sich als Erstes eine Piste zusammengestaffelt. Dann sind sie zu Fuß hinaufgegangen, damit sie hinunterfahren konnten!«

»Und du? Wie hast du es gelernt?«, wollte Andrea wissen.

»Bei uns war es genauso, aber die Ski haben damals noch etwas anders ausgesehen«, lachte sie und wurde wieder ernst. »Andrea, wenn dir deine Eltern den Skikurs nicht zahlen, dann sag es mir. Wir können das Geld schon aufbringen!«

Andrea wärmte ihre Finger am heißen Tee und hielt das Gesicht über das Häferl. Es tat gut, den aufsteigenden Dampf auf der gefrorenen Haut zu spüren.

»Diesmal werde ich mit auf Skikurs fahren«, sagte Andrea am Sonntag beim Mittagstisch. Arthur war auch da. Sie gingen strategisch vor und dachten, dass ihre Eltern in Arthurs Anwesenheit größere Skrupel hätten, es ihr zu verweigern.

»Kommt gar nicht infrage«, antwortete der Vater und biss so tief in einen fetten Hendelhaxen, dass ihm das Fett vom Kinn tropfte.

»Warum nicht?«

»Warum nicht, warum nicht, fang nicht wieder davon an! Ski, Schuhe, Anorak, das kostet alles ein Vermögen!

»Das kann sie von mir haben«, mischte sich Arthur ein, der es dem Vater nachmachte und ebenfalls kräftig zubiss. »Ich habe alles in ihrer Größe!«

»Arthur war Landesjugendmeister«, sagte Andrea stolz.

»Wirklich? Du warst Landesjugendmeister?«, fragte der Bruder und es klang sehr respektvoll.

»Ihr müsstet einmal seine vielen Pokale und Medaillen sehen«, schwärmte Andrea weiter. »Ein ganzes Regal ist voll davon!«

»Deshalb kannst du trotzdem nicht Ski fahren«, sagte die Mutter entschieden und lutschte am Bischof.

»Aber ich will es lernen!«

»Damit du dir einen Haxen brichst. Dann haben wir die Scherereien«, fuhr die Mutter fort.

»Sie wird eh nur Pflug fahren können mit ihren X-Haxen«, lachte der Bruder.

Andrea warf ihm einen bösen Blick zu.

»Wenn ihr es mir nicht zahlt, bekomme ich das Geld von Arthurs Eltern!«

Arthur nickte und schaute Andreas Eltern herausfordernd an.

Die Mutter legte den Rest vom Bischof auf den Knochenteller. »Kommt gar nicht infrage!«, sagte sie.

»Einen Hunderter kann ich beisteuern«, ermunterte die Großmutter.

»Wir sind doch nicht so arm, dass wir uns das zahlen lassen müssen«, setzte die Mutter nach. »Was glaubt der Herr Richter denn von uns?«, sie schaute Arthur an.

Arthur hatte noch immer seinen starrenden Blick drauf und schaute Andreas Mutter einfach an, ohne etwas zu sagen, sodass sie wegschaute, weil ihr der Blick zu viel wurde.

Der Vater aß unbeirrt an seinem Haxen weiter, als ginge ihn alles nichts an.

»Was sagst du dazu?«, frage ihn die Mutter.

Ohne seinen Blick vom Hendelhaxen zu wenden, meinte er: »Wir werden keinen Richter brauchen!«

Andrea war so aufgeregt, als würde sie eine Weltreise machen. Mit dem Gepäck, den Skischuhen und den Skiern fuhr sie mit dem Zug nach Graz, von wo es mit dem Bus weiterging nach Radstadt-Altenmarkt ins Jugendhotel. Zum Glück war sie nicht die Einzige, die nicht Ski fahren konnte, aber sie war die Einzige in der Zugschülergruppe, die erst einmal auf Skiern gestanden war. Ein paar blieben auch dieses Mal zurück, aber sie war nicht dabei.

Geschafft, dachte sie, als sie im Bus neben Susi saß. Sie ließ den Kopf auf die Rückenlehne fallen und schloss für einen Moment die Augen. Es schnatterte um sie herum und es raschelte von Jausen- und Süßigkeitenpapier, überall wurden Vorräte ausgepackt, aber sie genoss es kurz, ihren Erfolg Revue passieren zu lassen. Der Vater war zwar verärgert, dass sie ihn erpresst hatte, und ihm traute sie es sogar zu, dass er lieber das

Geld von Arthurs Eltern genommen hätte, als es selbst auszulegen, aber gegen den Stolz der Mutter hatte er keine Chance. Nein, die Eltern machten sich nach wie vor nicht die Mühe, sich hineinzuversetzen in sie, sich vorzustellen, was es für sie bedeutete, wenn sie nicht mitfahren durfte, aber mit Arthurs Hilfe hatte sie sie geschickt ausgetrickst. Sie und Arthur waren ein gutes Team, und sie mochte ihr Leben, seit sie nicht mehr auf Sommerfeste gehen musste und von der Mutter nicht mehr als Sonderling gehänselt wurde.

Sie lächelte.

»Was lachst du?«, fragte Susi, die gerade mit der Bankreihe dahinter verhandelt hatte. »Wir haben ein Problem. Es gibt nur Dreierzimmer!«

Andrea lächelte noch immer. Wenn Susi gewusst hätte, wie klein dieses Problem für sie war. Hauptsache, sie saß im Bus. Es würde sich auch eine andere Dreiergruppe finden, wenn Susi mit den beiden hinter ihr in ein Zimmer gehen wollte.

Am nächsten Morgen gab es die Gruppeneinteilung. Jeder musste ein Stück vorfahren, um sein Können zu zeigen. Dann wurde er der jeweiligen Gruppe zugeteilt. Wie gerne hätte Andrea einen Schwung hingelegt, aber sie schaffte es kaum, auf den Skiern stehen zu bleiben, bis sie an der Reihe war. Und nach ein paar Metern saß sie bereits wieder auf dem Boden. Musste das sein? Musste es allen vorgeführt werden, wie ungeschickt sie war? Hätte es nicht genügt, »Anfänger« zu sagen und basta? Neidvoll schaute sie auf jene, die selbst auf der kurzen Vorführstrecke ihre Schwünge zogen und dann abkristelten, dass es nur so staubte. Susi war auch so eine, die auf den Skiern stand, als wären sie ein Teil ihrer Füße, und jeder Schwung sah elegant aus bei ihr. Elvira fuhr ganz passabel, aber doch vorsichtig. Als sie dann nebeneinander standen, sagte Andrea: »Die Susi fährt, als wären die Ski ihre Füße!«

»Da müsstest du erst meinen Bruder sehen«, antwortete Elvira.

»Brauch ich nicht«, antwortete Andrea. »Arthur war Landesjugendmeister!«

Andrea sah, wie die Skilehrer um die Gruppe 1 knobelten. Alle wollten die guten Skifahrer haben, mit ihnen auf die steilen Hänge gehen, schwarze Pisten und Tiefschnee fahren und niemand drängte sich um die Anfänger. Wer bei Schere, Stein, Papier verlor, musste die Anfänger nehmen. Manche, vor allem die aus Graz, hatten modische, farblich intensive Anzüge und sahen dadurch schon aus, als ob sie es besser könnten als Andrea in ihrer schwarzen Keilhose und dem dunkelblauen Anorak.

Sie blieben den ersten Vormittag auf der flachen Piste und übten, mit den Skiern im Kreis zu gehen und einen Stern zu machen und nicht ihn zu reißen, die Knie zu beugen, um nicht auf ihnen zu landen, die Hände auf die Knie zu legen, die Skier zu heben und zu senken. Dann ging es in die erste Schussfahrt. Und ja, das machte schon etwas Spaß und den Schneepflug konnte Andrea besonders gut, da kamen ihr die X-Haxen zugute.

Hingegen fiel ihr die Gewichtsverlagerung für den nächsten Bogen schwer und sie brauchte für jeden Schwung unendlich viel Kraft. Sie mühte sich ab und kämpfte gegen das Eigenleben der Skier, die nur geradeaus davonjagten und sie zu Fall bringen wollten. Sie suchten wie ein Hund ihr rechtmäßiges Herrl und zogen wie verrückt an der Leine, anstatt die neue Besitzerin zu akzeptieren.

Andrea hatte bald das Gefühl, dass die anderen schneller kapierten, ihre Skier flotter in den Griff bekamen und weniger oft hinfielen als sie. Sie war so langsam, dass sie automatisch zur Letzten in der Gruppe wurde, und selten bekam sie ein

Lob. Fast immer hieß es: »Schau doch, wie Sylvia das macht« oder »Wolfgang hat es schon drauf. Der wird bald umsteigen können!«

Am Abend gab es nach dem Essen Spiele wie Reise nach Jerusalem und Stille Post und das war alles ganz lustig, aber doch nicht so intensiv, wie Andrea sich das vorgestellt hatte. Sie bekam eine seltsame Sehnsucht nach zu Hause, und noch mehr sehnte sie sich nach Arthur. Die meisten Mädchen schwärmten von den Skilehrern, die braun gebrannt und in ihren modischen Anzügen fast durchwegs gut aussahen. Andrea war mit Elvira und Inge im Zimmer. Inge war aus Graz und gehörte zu den Schönen in der Klasse, mit langen dunklen Haaren, sie war immer modisch gekleidet und top geschminkt. Inge und Elvira hatten den gleichen Skilehrer, Robert mit dem Wuschelkopf. Elvira war in ihn verliebt.

»Er sieht aus wie mein Bruder«, konnte sich Elvira nicht beruhigen und redete ständig von ihm.

Nach den Spielen war Bettruhe angesagt, aber statt in ihren Pyjama zu schlüpfen, zog Inge sich an.

»Wohin gehst du?«, wollte Elvira wissen.

»Zu Robert, er wartet auf mich«, sagte Inge. »Die Skilehrer schlafen im Nachbarhaus!«

Sie stieg durch das Fenster aus und war weg. Elvira bekam einen Heulkrampf und weinte sich in den Schlaf. »Die ist so gemein«, schrie sie in ihrer Wut. Aber Andrea war überzeugt, der Skilehrer hätte sich Elvira auch dann nicht ausgesucht, wenn Inge nicht zu ihm gekommen wäre.

Inge kam erst am nächsten Morgen zurück, ganz offiziell durch die Tür.

»Hat dich jemand gesehen?«, fragte Andrea.

»Und wenn, dann habe ich einen Morgenspaziergang gemacht!«, sagte sie ziemlich lässig.

Elvira redete kein Wort mit ihr und stapfte mit einem tränenverhangenen Gesicht durch den Skitag.

Am dritten Tag war richtig schlechtes Wetter mit dichtem Schneefall und Sturm. Die Schüler mussten trotzdem hinaus, denn der Skikurs war bezahlt. Andrea fror entsetzlich. Die Pudelmütze half nicht gegen den Wind, der ihr die Ohren durchblies. Sie holte die dünne Kapuze aus dem Kragen des Anoraks und stülpte sie über die Haube. Ein bisschen Schutz gegen den Sturm, aber die eisigen Flocken stachen ihr ins Gesicht. Und die Finger waren schon beim Weggehen klamm, denn die Wollhandschuhe waren schnell durchnässt. Sie kam beim Stapfen durch den frisch gefallenen Schnee kaum weiter. Immer wieder rutschte sie zurück. Sie heulte vor Verzweiflung und hoffte, dass sie sich ein Bein bräche, dann hätte man sie wenigstens zurückgebracht in ein warmes Zimmer. Die Pistenraupe kam mit dem Planieren nicht nach. Die Anfänger mussten im Tiefschnee fahren, und gelang es Andrea schon bei präparierter Piste kaum, die Beine auf die Seite zu drehen, war es ihr jetzt gänzlich unmöglich. Sie fiel hin und überließ sich dem Fallen und rollte Kopf und Loch den halben Berg hinunter. Die Skier droschen auf sie ein, sie spürte sie überall, an den Armen, am Kopf, an den Schenkeln. Die Bindung war zwar aufgegangen, aber die Fangriemen sorgten dafür, dass kein Ski verloren ging. Die anderen aus der Gruppe waren schon weiter unten und warteten auf sie. Langsam kroch sie aus dem Schnee heraus, es tat ihr zwar einiges weh, aber nicht so stark, dass sie auf einen Bruch hoffen konnte. Und jetzt sollte sie auf halber Piste den Schnee von Skischuhen und Bindung bekommen und wieder anschnallen. Aber sobald sie in den Schnee trat, klebte wieder so viel davon auf der Schuhsohle, dass die Bindung unmöglich einschnappen konnte. Sie mühte sich ab, wurde immer zorniger. Am liebsten hätte sie die

Skier auf dem Hang liegen gelassen und wäre zu Fuß weitergegangen. Der Skilehrer sah irgendwann ein, dass Andrea es allein nicht schaffte, und stapfte den halben Hang bis zu ihr hinauf. Als er sie endlich wieder auf den Skiern hatte, fuhr er im Schneepflug vor. Andrea war in einem Gefühl von Demütigung und Wut gefangen. Sie fühlte sich ohnmächtig, gegen ihre Unfähigkeit anzukämpfen, und sie war wütend, dass Ski fahren ihr nicht die Freude und den Triumph verschaffte, den sie erwartet hatte.

Inge verließ weiter am Abend nach der Bettruhekontrolle das Zimmer und kam erst zum Frühstück wieder. Am letzten Tag gab es zum Abschluss die Skirennen. Andrea durfte nicht daran denken, dass sie unter den Blicken der anderen fahren musste. Und vielleicht den Eindruck hinterließ, die zu sein, die am schlechtesten fuhr, die zu sein, die von allen am wenigsten gelernt hatte, die zu sein, die bei Weitem die Ungeschickteste und Untalentierteste war. Sie musste sich rechtzeitig aus dem Spiel nehmen und legte bei der letzten Abfahrt am vorletzten Tag noch einen Sturz hin, der überzeugte. Sie humpelte und verzog das Gesicht. Mit dem verstauchten Knie konnte sie unmöglich mitmachen beim Skirennen. Es kam ihr sogar vor, dass der Skilehrer erleichtert darüber war, den schlimmsten Fall in seiner Skilehrerkarriere nicht präsentieren zu müssen.

Arthur holte sie vom Bus ab.

»Wo ist die Medaille?«, fragte er.

Andrea schüttelte den Kopf. »Deine Ski! Die fahren mit mir Schlitten!«

»Das waren wirklich meine Lieblingsski«, sagte er, als Andrea sie von der Aufhängung am Bus nahm und ihm in die Hand drückte. Zärtlich strich er ihnen über die Schaufeln und flüsterte ihnen zu: »Ihr Armen. Jetzt habt ihr was mitgemacht!«

Dann küsste er sie auch noch.

Andrea sah sich um, ob das jemand gesehen hatte, und sagte schneidend: »Arthur, es reicht!«

Doch Arthur behielt die Ruhe: »Als ich noch mit ihnen gefahren bin, habe ich sie jeden Abend mit ins Bett genommen und in den Schlaf gestreichelt!«

»Kein Wunder, dass sie mich nicht wollen!«, schmollte Andrea.

»Du musst sie auch mit ins Bett nehmen!«

»Und am besten zwischen uns legen oder was?«

»Vielleicht hilft es«, sagte Arthur.

Andrea genoss es zwar, dass sie nicht zu den Daheimgebliebenen gehörte, aber es war nicht so ein besonderes Erlebnis gewesen, wie sie sich das vorgestellt hatte. Es war auch der Nachhall nicht so groß, außer bei Inge, die nach ein paar Wochen feststellte, dass sie schwanger war. Der Skilehrer hatte sich nach der Woche nicht mehr gemeldet. Jetzt musste er wohl.

»Was wirst du machen?«, wollte Andrea wissen.

»Abtreiben natürlich. Ich will doch jetzt kein Kind!«

»Echt? Abtreiben?« Andrea wusste nicht recht, was sie davon halten sollte. Sie hätte auch noch kein Kind gewollt, aber ob sie so lässig eine Abtreibung gemacht hätte wie Inge? Vielleicht wenn es nur ein Skilehrer gewesen wäre, aber bestimmt nicht mit Arthur als Kindsvater. Sie wusste, dass eine Abtreibung erst seit ein paar Jahren straffrei war. Diese große Debatte um den Paragraphen 144 hatte sie mitbekommen.

»Da hast du aber Glück, dass es jetzt straffrei ist!«

»Aber bezahlen muss man es trotzdem selber«, meinte Inge. »Ich hoffe, er kann sich das leisten. Meine Eltern möchte ich da nicht mit hineinziehen!«

Der Skilehrer tauchte dann wirklich auf und leistete es sich.

Im Frühjahr gab es ein Wecker-Konzert in Graz. Andrea wollte unbedingt hin. Arthur wollte irgendwie auch, aber das Unbedingte von Andrea machte ihn widerspenstig.

»Bist du eifersüchtig?«, fragte sie ihn.

»Na ja, ich wäre halt auch gern so ein toller Hecht wie der!«

»Du bist ein toller Hecht«, lachte Andrea und nahm die »Sadopoetischen Gesänge« aus der Schutzhülle.

Arthur lag auf Andreas Matratze. Er hatte die Hände im Nacken gefaltet und starrte durch das Dachfenster auf die Wolken, die der Wind jagte.

»Ich meine, so ein richtig toller Hecht, hinter dem alle Frauen her sind und dem alle zujubeln, wenn er die Bühne betritt. Manchmal träume ich davon, dass ich auf einer riesigen Bühne stehe und singe und Klavier spiele und dass der ganze Saal voll ist. Träumst du nie so was?«

»Seit ich einmal auf Kassette gehört habe, wie es klingt, wenn ich singe, habe ich diese Träume begraben.«

»Und wovon träumst du dann?«

»Meistens von meiner Großmutter. Immer wieder, dass sie stirbt. Und dann bin ich ganz erleichtert, wenn ich aufwache!«

»Hm, nicht so schön. Kannst du dir keine Träume wünschen?«

»Wie wünschen?«

»Ich stelle mir vor dem Einschlafen immer ganz fest vor, was ich gerne träumen möchte und das träume ich dann meistens auch!«

»Lässig, das möchte ich auch können«, sagte Andrea und überlegte, wovon sie gerne träumen würde.

»Ich kann im Traum auch fliegen«, schwärmte Arthur. »Die Arme ausbreiten, ein bisschen auf- und abbewegen und schon geht es los. Wohin ich will. Drum schlafe ich so gerne, weil das Träumen so schön ist!«

»Ich bin noch nie geflogen«, sagte Andrea nachdenklich.

»Vielleicht sollte ich es mir ganz fest wünschen vor dem Einschlafen!«

Wie ein junger Stier, den Kopf voraus, betrat er die Bühne. In der Hand einen Doppler, den er in die Höhe hielt, während die Leute wie rasend applaudierten und ihm zujubelten. Er begann mit »Frieden im Land« und beschwor die Nazis, die wieder auftauchten aus ihren Löchern. Den »Willy« ließ er aber aus und meinte, es gingen ihm die eigenen Emotionen dazu verloren, wenn er ihn so oft sänge, und die Leute verstanden es. Nach zwei Stunden war der Doppler leer und er beendete das Konzert. Aber niemand ging, die Leute klatschten weiter und weiter und er kam mit einem neuen Doppler zurück und spielte noch eineinhalb Stunden. Und je mehr er trank, umso intensiver wurde sein Spiel, umso selbstverständlicher schmiegten sich seine Lippen an das Mikrofon, verbanden sich seine Worte mit den Klängen, die er aus dem Klavier herausschaufelte wie Koks und Kohle aus dem Bergwerk, als gäbe es keine Erschöpfung für einen wie ihn.

Erst als das Publikum nicht mehr konnte, gab auch er auf, schweißdurchtränkt, mit glänzenden Augen und einem Lachen auf den Lippen, so unschuldig und durchtrieben zugleich, dass ein leiser Schmerz in Andrea fuhr und sie am liebsten losgeweint hätte vor Glückseligkeit und Wehmut zugleich.

Sie wollte nicht nach Hause. Sie wollte noch in dem Gefühl verweilen und fragte einen, der dort herumstand und Platten verkaufte, ob die Konzerte immer so intensiv seien. Es komme drauf an, wie er drauf sei, meinte der junge Mann und fragte sie, ob sie noch mitkommen wolle zum Feiern, dann könnte sie ihn selber fragen.

Natürlich wollte sie, und wie sie wollte, aber Arthur winkte ab und sagte, er sicher nicht, sie könnte ja.

»Warum nicht?«, fragte sie und wusste genau warum nicht.

»Damit ich dir beim Schmachten zuschauen kann? Nein, danke!«

»Du würdest dich von ihm abschleppen lassen, stimmt's?«, fragte er auf dem Heimweg.

»Arthur, sollten wir uns irgendwann einmal trennen, dann verzeih ich dir nie, dass wir nicht mitgegangen sind!«

»Dann geh halt mit!«

»Das würdest du mir nie verzeihen!«

»Sicher nicht«, lachte er.

In ein Büro wollte Andrea im Sommer nicht wieder gehen. Die Angst vor der Langeweile saß ihr noch im Nacken. Sie bewarb sich bei der Wienerwald-Gastronomie und bekam in Graz eine Arbeit als Aushilfskellnerin. Und wieder war es ihre Herkunft, weshalb sich das Pächterpaar für sie entschied. So peinlich es für Andrea war, nur ein armes Bauernkind zu sein, so sehr fiel ihr auf, dass es Menschen aus der Stadt imponierte. Und so legte sie los, dass sie Melken mit und ohne Maschine konnte, Ferkel abnabeln und das Zerteilen eines frisch abgestochenen Schweins genauso beherrschte wie das Mähen mit der Sense oder das Fahren mit dem Traktor samt dem Umgang mit einem maschinenbetriebenen Rechen, einem Heublitz oder einem Ladewagen.

»Die nehmen wir«, sagte die Wienerwald-Pächterin zu ihrem Mann, »die kann arbeiten!«

Er nickte. »Und im Dirndl wird sie auch gut ausschauen!«, fügte er hinzu und deutete mit den Händen vor seiner Brust eine ordentliche Wölbung an.

Zum Glück haben sie nicht auf meine Haxen geschaut, dachte Andrea. Sonst hätten sie sich vielleicht gefragt, ob ich wirklich so flink gehen kann, wie es beim Servieren notwendig ist.

Arthur fand bei einer Elektrofirma in Graz Arbeit. Diesmal verlegte er wirklich Kabel und schloss sie auch an.

Andrea freute sich auf die Arbeit. Sie hoffte auf Trinkgeld und bekam zehn Prozent ihres Umsatzes als Gehalt. Eine Überwindung war aber das Dirndl, das sie bei der Arbeit tragen sollte. Sie ging zu Kastner & Öhler und kaufte sich das billigste, das sie hatten, und dazu die hochgeschlossenste Bluse, die es gab.

Die Verkäuferin schüttelte den Kopf. »Bei diesem Busen!« Und der Wienerwald-Pächter schüttelte ebenfalls den Kopf und meinte: »Selber schuld, wenn du dich um das Trinkgeld bringst!«

Nur Arthur nickte.

Zuerst musste Andrea die dreistelligen Zahlen lernen, die für Getränke und Speisen standen und die sie in die Registrierkassa eingeben musste. Dann kam ein Bon heraus, mit dem sie am Buffet das Getränk oder das halbe Hendel bekam. Frau Fink, eine zierliche Blonde, bediente das Buffet mit den Getränken, ihr Mann, ein schwarzhaariger Bulle mit Bart, briet die Hühner. Außer grünem Salat, der in der Küche von einer Hilfskraft gewaschen und zubereitet wurde, gab es nichts Frisches. Alles war eingefroren, von den Pommes frites, die ins heiße Fett geworfen wurden, über die Wiener Schnitzel bis hin zum Apfelstrudel, der in der Mikrowelle aufgetaut wurde. Selbst der Schweinsbraten kam samt der Plastikfolie, in der er verpackt war, in die Mikrowelle. Erst als er erhitzt war, wurde das Plastik aufgeschnitten, und der Schweinsbraten quoll samt der grauen Sauce heraus. Das Sauerkraut wurde in großen Plastikeimern fertig geliefert. Auch der Reis war portionsweise in Plastikbeutel gepackt und passierte erst die Mikrowelle, bevor er aus dem Plastik auf den Teller gedrückt wurde. Den Serviererinnen stand jeden Arbeitstag ein halbes Hendel zu, für ein Cola oder Fanta mussten sie drei Schilling bezahlen. Andrea hatte an einem Tag in der Woche frei, und am liebsten hätte sie den Samstag oder den Sonntag freibekommen, da Arthur am Wochenende nicht arbeiten musste. Arthur kam öfter vorbei und holte Andrea ab, meist wenn sie Frühdienst hatte, der um neun begann und um fünf Uhr endete. Frau Fink gefiel Arthur mit seinen blauen Augen und den dunklen Locken und überhaupt gefielen ihr die beiden als Liebespaar, das ihr so harmonisch erschien. Sie und ihr Bulle hatten einen rauen Umgang miteinander und stritten auch hin und wieder.

»Ich kann dir am Wochenende nicht freigeben!«, sagte sie zu Andrea, als sie den Dienstplan erstellte. »Da wollen meine anderen Mädchen freihaben, weil ihre Freunde auch zu Hause sind!«

Andrea sagte nichts, aber als sie auf den Dienstplan schaute, war der Samstag als freier Tag bei ihr eingetragen.

»Dafür hast du am Freitag Spätdienst!«, sagte die Frau. »Was soll ich denn machen, wenn er mich so anschaut mit seinen blauen Augen!«

Andrea wusste, wovon die Frau sprach. Sie kannte Arthurs durchtriebenen Blick, der so unschuldig daherkam.

Ihre Arbeitskolleginnen waren um einiges älter und ziemlich mürrisch. Andrea verstand das nicht, sie wurde angehalten, immer freundlich zu den Gästen zu sein.

»Das geht aufs Trinkgeld«, raunte ihr Herta zu, die ihre Mundwinkel immer nach unten zog, bevor sie zu einem Gast an den Tisch trat.

»Wieso?«, Andrea verstand nicht. »Ich versuche, so freundlich wie möglich zu sein!«

»Und was kriegst du so an Trinkgeld?«, wollte Herta wissen.

»Ein oder zwei Schilling im Schnitt!«

»Siehst du? Bei mir sind es fünf bis zehn Schilling im Schnitt!«

»Aber wieso?«

»Wenn du die Gäste gleich einmal anschnauzt, denken sie, dass sie etwas falsch gemacht haben. Mit einem guten Trinkgeld wollen sie es wiedergutmachen. Ich lächle frühestens ab fünf Schilling. Vorher ist nix wiedergutgemacht!«

»Dann soll ich also nicht so freundlich sein?«

»Wenn du von vornherein freundlich bist, denken sie, du wirst es mit ein oder zwei Schilling auch noch sein!«

»Aber wenn du unfreundlich bist, kommen sie vielleicht nicht wieder!«

»Mir doch egal, ist ja nicht mein Geschäft!«

Andrea beobachtete Herta, wollte schauen, wie sie es machte, und probierte es auch mit Unfreundlichkeit. Sie merkte, wie erschrocken das Pärchen schaute, als sie ihnen die Speisekarte hinschmiss und sie anschnauzte: »Schon was zu trinken gewünscht?«

»Für den Anfang ganz gut!«, lobte Herta, »nur das gewünscht gehört weg!«

Aber Andrea musste sich zwingen und fühlte sich elend dabei. Und als sie wieder an den Tisch ging, lächelte sie und schrieb mit freundlichem Gesicht die Nummer 210 mit zwei Strichen daneben auf ihren Block. Es war die häufigste Bestellung im Lokal: Zwei Grillhendeln mit Pommes frites.

»Bitte sehr. Gerne!«, sagte sie noch und ging zur Kassa.

Herta blieb hinter ihr stehen und flüsterte ihr ins Ohr: »Feigling!«

Trotzdem waren es dreißig oder vierzig Schilling, die ihr nach der Abrechnung am Abend fast immer in der Tasche blieben. Damit musste sie sonst einen halben Monat lang auskommen. Jetzt leistete sie sich den Luxus, mit ihren Kolleginnen frühstücken zu gehen. Sie kaufte sich einen teuren Fetzen, wenn ihr einer unterkam, und vor allem kaufte sie Platten und

Bücher. Sie wusste, nach den sechs Wochen würde sie noch die zehn Prozent ihres Umsatzes mit nach Hause nehmen können. Manchmal passierte es, dass sie weniger Geld in ihrer Börse fand, als sie abends abliefern musste. Das tat weh, weil sie sich wohl verrechnet und zu viel herausgegeben hatte. Aber in ein, zwei Tagen war es mit Trinkgeld wieder hereingeholt, sodass sie ihre Schulden bei den Wirtsleuten zurückzahlen konnte.

Auch wenn das Servieren mitunter anstrengend war und sie immer wieder schwamm, wie es in der Gastronomie heißt, wenn man mit dem Aufnehmen, Servieren und Kassieren nicht mehr nachkommt, verging die Zeit wie im Flug, und wenn sie sich abends erschöpft fühlte, dann weil sie viel gelaufen und gegangen war und nicht weil sie viele Stunden totgeschlagen hatte. Sie wusste, dass sie nicht die Flinkste war, und nach ein paar Stunden taten ihr die Knochen so weh, dass sie kaum mehr stehen konnte, aber setzen war nicht erlaubt, auch nicht, wenn gerade nichts los war, das hätte für einen eintretenden Gast ein schlechtes Bild gemacht, genauso wie es verboten war, ohne Tablett zu servieren, auch dann nicht, wenn es nur ein einziges Bier war, das sie einem Gast brachte. Sie wusste, auf Dauer wäre es keine Arbeit für sie gewesen, und sie fragte sich, wie ihre Kolleginnen es aushielten, zu wissen, dass sie keine anderen Perspektiven hatten, höchstens durchs Kinderkriegen zwischendurch ein paar Jahre, aber sie wagte es nicht zu fragen, aus Furcht, dass sie ihnen mit ihrer Fragerei die Aussichtslosigkeit erst bewusst machen würde. Oder hofften sie am Ende, es würde ein Prinz in das Lokal kommen, der sich in sie verliebte und sie mitnahm in sein Märchenschloss oder sonst wohin, wo sie ihm nicht servieren mussten? Wenn sie von ihren Freunden sprachen, schien es Andrea, als hätten sie mehr Streit miteinander als Freude aneinander. Als wäre es ganz normal, dass man mit irgendjemandem zusammen war, weil es halt normal ist, das Leben mit einem Mann zu verbringen, egal ob er einem entspricht oder nicht. Sie erinnerte sich, wie sie sich gefühlt hatte, als ihre Eltern ihr einen der Bauernburschen oder den Herrn Hubert hatten aufzwingen wollen. Nein, sie wusste nicht genau, was sie vom Leben wollte. Aber sie sah, dass sie sich mit ihrem Weg nach Graz so weit von den vorgegebenen Schienen entfernt hatte, dass sie jeden Tag auf dem Bahnhof in Graz auch die anderen Geleise sehen konnte, die sie wegbringen würden, wenn sie es wollte. Sie hatte entdeckt, dass sie etwas probieren konnte, ohne dass es gleich eine Entscheidung für ein ganzes Leben war. Und mit Arthur konnte sie ein Leben probieren, von dem sie noch nicht wusste, wohin es führte, und sie wusste auch nicht, ob er wirklich der Richtige war, wie es heißt, aber sie wusste, dass er im Augenblick der Richtige war.

Obwohl Andrea am Samstag frei hatte, fuhren sie diesmal nicht nach Hause. Gottwald und Adele waren auch in Graz, sie hatten Karten für eine Freiluftaufführung von »Carmina Burana« in den Kasematten auf dem Schlossberg besorgt. Es kamen auch Arthurs Eltern und des Führers schönster Leutnant samt Familie.

»Schau an, die Simulantentochter gibt es auch noch«, begrüßte Onkel Albert Andrea und lächelte seltsam.

»Und die Streifschusstochter«, lachte Andrea.

»Wieso Streifschuss?«, fragte Onkel Albert.

»Weil sein bester Kamerad meinem Vater einen Streifschuss verpasst hat!«

»Soso«, murmelte Onkel Albert, »da wollte er sich wohl einen Heimatschuss geben!«

»Wie es aussieht, ist es ihm gelungen«, mischte sich Arthurs Vater ein und lachte.

Es ging zum Einlass und Arthur raunte Andrea zu: »Was du immer mit Onkel Albert hast!«

»Wieso ich? Er hat angefangen«, empörte sich Andrea. »Und übrigens: So schön finde ich ihn gar nicht!«

Die Aufführung der »Carmina Burana« versöhnte Andrea dann wieder mit Arthurs Verwandtschaft. So etwas hatte sie noch nie gehört und gesehen. Die Worte und Töne überfielen sie richtiggehend mit einem Chor und einem Orchester, die es schon mit dem ersten Ton schafften, sie in den Bann zu ziehen. Der Gesang steigerte sich in einem orgiastischen Tempo, das ihr Herz zum Rasen brachte. Es kam ihr vor, als hörte sie den Radetzkymarsch und den Donauwalzer in einem. Und hatte sie gedacht, das sei es jetzt gewesen, folgten rauschhafte Frühlingslieder, und als der Schwan, der über dem Feuer gebraten wird, sein Leid klagte inmitten von derben Saufliedern, dachte sie, warum wird so etwas nicht bei den Zeltfesten gespielt, das hätte ihr gefallen, da wäre sie dann auch gerne hingegangen. So eine Mischung aus Sinneslust und Zartheit, es klang so einfach und vielschichtig zugleich, so volkstümlich in der Rhythmik, dass es ihren Eltern und den anderen Zeltfestgehern doch auch viel besser gefallen hätte müssen als das ständige Zipfel eini, Zipfel aussi und rizibi-riziba-rizibum.

Sie konnte sich auch danach kaum beruhigen und klatschte wie wild, während Gottwald seine Handflächen eher träge wie leise Tschinellen aneinanderlegte und der Familie die stimmlichen Schwankungen der Sängerin erklärte. Für seine nuancengeübten Ohren war die Darbietung nicht gut genug, und so gab er nur freundlichen Applaus.

Nach der Aufführung waren alle noch beim Onkel zu einem kalten Abendessen eingeladen, und Andrea kam zum ersten Mal in eine richtige Villa mit einem großen, eingezäunten Garten und einer Freitreppe, die in ein Vorhaus führte, das bereits so groß wie das Wohnzimmer bei ihr zu Hause war. Dieses Vorhaus war so wohnlich, mit einer eleganten Sitzecke und einem Teppich ausgestattet, dass man sich schon dort hätte niederlassen können.

Sie gingen aber weiter in ein doppelt so großes Zimmer mit hellem und dunklem Parkett und mit einem offenen Kamin und schweren Polstermöbeln. Der nächste Raum, den sie durchquerten, war ein Wintergarten mit geschliffenen bunten Scheiben, in dem Raum stand ein Zitronenbaum mit Früchten drauf, die so gelb leuchteten, als wären sie Lampen. Noch nie zuvor hatte Andrea einen Zitronenbaum gesehen. Sie roch an den Blättern, die auch nach Zitrone dufteten. Der Baum trug Blüten und Früchte zugleich, und sie befühlte die Früchte, die groß und fett an den Ästen hingen.

Die anderen waren schon weitergegangen, hinaus auf die Terrasse, und als Onkel Albert mit einer Flasche Wein aus der Küche kam und Andrea so fasziniert von dem Baum dort stehen sah, ging er zu ihr und fragte: »Welche hättest du denn gern?« Sie zuckte mit den Schultern, und Onkel Albert brockte einen besonders großen Lampion vom Astwerk und gab ihn ihr. Sie roch noch eine Weile daran, bevor sie weiterging auf die Terrasse hinaus, wo alle in bequemen gepolsterten Korbstühlen um einen großen runden Tisch saßen.

Onkel Alberts Frau war gerade dabei zu erzählen, wie sie das erste Mal in das Elternhaus von Onkel Albert gekommen war. Mit dem Zug waren sie damals von Graz in die Kleinstadt gefahren und bei jeder Villa im Ort dachte sie, das sei jetzt sein Zuhause. Er ging aber an jedem prunkvollen Haus vorbei und immer weiter bergauf, bis sie schon ganz erschöpft war, als sie endlich in dem netten, aber bei Weitem nicht herrschaftlichen Winzerhaus angekommen waren. Und ja, sagte sie, ihre Enttäuschung damals sei groß gewesen, denn immerhin war sie in diesem Haus hier aufgewachsen und hatte eine andere Vorstellung von einer Villa gehabt als ihr damaliger Bräutigam.

»Ich musste das Haus mit Worten ein bisschen aufmotzen«, sagte Onkel Albert, während er Wein in geschliffene Gläser mit Silberrand einschenkte, »sonst wäre sie am Ende nicht mitgekommen! Und ich hoffte, dass der Blick vom Weinberg für alle Strapazen entschädigen würde!«

»Ja, der Blick hat mich gleich begeistert«, stimmte Onkel Alberts Frau zu und schaute ihn an, als wäre sie immer noch verliebt.

»Wie hat dir eigentlich diese bayerische Niggermusik heute gefallen?«, fragte Arthurs Vater in die Idylle hinein und sah Onkel Albert herausfordernd an, der die letzten Tropfen Wein gerecht verteilte.

»Ich glaube, da hat die Reichsmusikkammer ein bisschen übertrieben«, meinte Onkel Albert lächelnd. »Immerhin wurde Orff doch auf die Gottbegnadeten-Liste gesetzt, die ihm auch noch Wehrdienst und Arbeitseinsatz erspart hat.«

Andrea spielte mit ihrer Zitrone, die sie immer noch in den Händen hielt, und wusste nicht recht, was dieses seltsame Gespräch bedeutete. Es kam auch noch Onkel Alberts Schwiegervater dazu, ein kleiner alter Herr mit grauen Haaren und einem scharfen Blick, und alle begrüßten ihn ehrfurchtsvoll mit »Guten Abend, Herr Hofrat!«

Der Vater von Arthurs Tante wohne auch in dieser Villa, im oberen Stock, das flüsterte ihr Arthur zu und dass der Hofrat bis zu seiner Pension Kammerpräsident gewesen war. Nach ihm wurde es Onkel Albert.

Welch seltsame Parallelen, dachte Andrea. Onkel Albert heiratete in eine Grazer Hofratsfamilie mit Villa ein und wurde der Nachfolger des Schwiegervaters auf einem bedeutenden

Posten. Arthurs Vater heiratete in das gediegene Winzerhaus auf dem Weinberg ein und wurde ebenfalls Nachfolger des Schwiegervaters, in diesem Fall als Richter. Und sie begriff, dass nicht die Eltern des Vaters auf dem Weinberg begraben lagen, sondern die Eltern der Mutter und des Onkels.

Als Arthur und Andrea später in seinem Grazer Bett lagen, wollte Andrea wissen, warum seine Mutter auf den Vater verwiesen hatte, als sie nach den Geburts- und Sterbedaten der Eltern gefragt hatte.

»Weil sie darüber nicht reden möchte«, sagte Arthur.

»Und warum nicht?«

»Sie hat gesagt, es können wieder Zeiten kommen, wo es besser ist, wenn man nicht so viel weiß!«

Mit dem Geld, das Andrea bei ihrem Job verdient hatte, kaufte sie sich einen weißen Spannteppich. Der Bruder verlegte ihn und das Zimmer sah nun richtig nobel aus. Als Arbeitsplatz hatte sie zwar noch den Tisch mit den gebogenen Haxen im Zimmer stehen, der im alten Haus im Vorraum gestanden war, aber wenn sie im nächsten Jahr wieder arbeiten ging, wollte sie sich einen richtigen Schreibtisch mit Laden kaufen. Den Fleckerlteppich gab sie der Großmutter zurück, der passte jetzt nicht mehr in ihr Zimmer, auch wenn die Großmutter meinte, sie könnte ihn auf den Spannteppich drauflegen.

»Der passt jetzt nicht mehr hin, Oma«, meinte Andrea. Und es kam ihr vor, dass die Großmutter gekränkt war. Sie veränderte sich überhaupt in der letzten Zeit. Sie wurde vergesslich und zog sich immer mehr zurück, und mit schlechtem Gewissen stellte Andrea fest, dass es ihr auch nicht mehr so wichtig war, wie es ihr ging.

»Komm«, sagte sie aufmunternd, »jetzt machen wir einen Spaziergang durchs Dorf!«

»Aber ich, mit meinem Stock, ich geh doch nicht mehr gut«, gab die Großmutter zu bedenken.

»Wenn es nicht mehr geht, dann stütz ich dich. Oder ich nehme den Leiterwagen und setz dich dort hinein, wenn du nicht mehr kannst«, lachte Andrea.

Die Großmutter schaute sie mit leuchtenden Augen an. »Ich habe dich auch mit dem Leiterwagen herumgeführt, als du noch im Gips warst!«

»Ich weiß«, sagte Andrea.

»Wie kannst du das wissen? Du warst noch so klein!«

»Aber ich erinnere mich. Vielleicht weil du es mir immer so genau erzählt hast, wie wir herumgezogen sind. Ich weiß auch noch, dass du mich im Krankenhaus besucht hast und nicht zu mir ins Zimmer durftest. Aber ich habe deine Stimme gehört und nach dir geschrien!«

»Wie kannst du dich daran erinnern? Du warst erst neun Monate alt!«

Andrea zuckte mit den Schultern. »Ich sehe die Milchglastür vor mir und deinen Schatten draußen und ich höre deine Stimme, wie du nach mir gefragt hast!«

»Stimmt«, sagte die Großmutter, »es war wirklich eine Milchglastür!«

Und so gingen die beiden durchs Dorf. Auf der einen Seite hatte die Großmutter den Stock, auf der anderen stützte Andrea sie und sie lachten und erinnerten sich an Zeiten, als sie gemeinsam gebetet und den Engel repariert hatten.

Die Großmutter nickte. »Aber der Mehlpapp hält noch immer, auch wenn er am Rand bröselt. Manchmal kommt mir vor, dass ihm der Kopf bald herunterfällt, dann sage ich: ›Kopf hoch, kleiner Engel‹, und schon sitzt er wieder fest!«

»Wenn ich den Führerschein habe, dann fahren wir in die Stadt und gehen auf einen Kaffee in die Konditorei!«

»Das machen wir«, antwortete die Großmutter und hängte sich bei Andrea ein.

»Und ich habe schon geglaubt, du magst mich nicht mehr!«

Andrea tat es weh im Hals, als sie schluckte. »Warum, Oma?«

»Weil du immer bei den noblen Herrschaften in der Stadt bist, wo dein Freund herkommt. Die sind halt was Besseres, da bin ich dir vielleicht nicht mehr gut genug!«

Andrea hatte gehofft, dass die Großmutter es nicht merkte, dass sie sich geniert hatte für sie. Und umso mehr tat es weh, dass es ihr doch aufgefallen war. Sie wusste im Moment nicht, was sie sagen sollte. Und die Großmutter fuhr fort: »Ich freue mich ja, dass du einen netten Burschen hast und dass er aus einer guten Familie kommt und dass es sogar Studierte sind …«

»Oma, war der Opa ein Nazi?«, Andrea unterbrach sie drängend.

Die Großmutter schüttelte den Kopf. »Dein Opa war wirklich kein Guter. Aber ein Nazi war er nicht, das kann ich dir sagen!«

Am Rückweg blieb Andrea beim Elternhaus der Großmutter stehen und hatte die Idee, sie könnten doch ihre Schwester, die Tante Roserl, besuchen, Andrea war schon eine Ewigkeit nicht mehr dort gewesen. Doch die Oma schüttelte energisch den Kopf. »Da gehe ich nicht hin. Die habe ich nie mögen!«

Da war plötzlich ein scharfer Ton in die Großmutter gekommen, den Andrea nicht kannte. Sie stutzte und wollte wissen, warum nicht.

»Die hat alle hinausgebissen von daheim. Sobald die Mutter gestorben war, hat sie die Chefin gespielt. Und der Vater hat sie gelassen. Sie hat nur geschaut, dass sie alle Geschwister so schnell wie möglich wegkriegt von daheim!«

»Und der Onkel Rudi?«

»Der ist ein gutmütiger Trottel. Aber halt ein Trottel. Sonst hätte er sich nicht alle Frauen, die ihn wollten, abspenstig machen lassen von seiner intriganten Schwester!«

»Aber das sind doch deine Geschwister«, versuchte Andrea zu beschwichtigen.

Die Großmutter schüttelte energisch den Kopf. »Geschwister kann man sich nicht aussuchen, genauso wenig wie Eltern!« Sie schaute Andrea an und beide mussten loslachen, als wären sie auf einem Begräbnis.

In diesem Jahr traf Andrea auch ihre Cousine Almut wieder öfter. Sie fuhr nun auch nach Graz in die Schule und meist mit dem gleichen Frühzug. Für Almuts Eltern war es keine Frage, ob sie weiter in die Schule gehen würde. Das stand von vornherein fest, und als sich herausstellte, dass sie nicht besonders gut in Mathematik war und vielleicht einen Dreier im Zeugnis bekommen hätte, fragten ihre Eltern den Mathelehrer, dem der Onkel das neu gebaute Haus eingeglast hatte, ob er Almut Nachhilfestunden geben würde. Natürlich gegen Bezahlung.

Seit Andrea mit Arthur zusammen war, hatte sie sich viel seltener bei Onkel und Tante blicken lassen, und Almut war eifersüchtig, es passte ihr gar nicht, dass Andrea schon einen Freund hatte, es kam ihr vor, als hätte ihr Arthur die Cousine weggenommen. Immer, wenn sie Andrea mit Arthur sah, warf sie ihm ein paar feindselige Blicke zu. Auch Almuts Eltern passte es nicht, dass Andrea und Arthur schon gemeinsam übernachteten. Da war sie kein gutes Vorbild für Almut, fanden ihre Eltern, und Almut fand das auch. Andrea machte ihrer Cousine trotzdem das Angebot, dass sie bei Arthur in Graz übernachten könnte, wenn sie mit der Klasse ins Theater oder in ein Konzert ging. Sie könnte im Zimmer von Arthurs Schwester schlafen, die meistens bei ihrem Freund war. Der letzte Zug ging um acht Uhr, dann müssten ihre Eltern nicht mehr nach Graz fahren und sie abholen.

»Ich übernachte doch nicht bei deinem Freund«, wies Almut das Angebot empört zurück.

»Ich würde auch in Graz bleiben und wir könnten in der Früh zusammen in die Schule fahren!«

»Das würden meine Eltern nie erlauben!«

»Dann sag halt, dass du bei einer Freundin aus Graz übernachtest!«

Und das tat Almut wirklich, und Andrea und Arthur holten sie vom Schauspielhaus ab, wo sie mit ihrer Klasse »Die Kleinbürgerhochzeit« von Brecht gesehen hatte. Ihr hatte das Stück mit den peinlichen Eltern und den zusammenbrechenden Möbeln gefallen und sie erzählte begeistert davon. Und überhaupt wurde es ein gemütlicher Abend. Sie tranken Rotwein und aßen Pizza und Arthur spielte gleich nach, was Almut über das Stück erzählte. Er ließ einen Stuhl unter sich zusammenbrechen und tanzte, wie Almut erzählte, dass in dem Stück getanzt wurde. Er tanzte wie ein Faun und Andrea erzählte von ihrem Tanzalbtraum, als sie bei einem Schülerballett mitmachen hatte wollen, ihrem fehlenden Rhythmusgefühl und dass durch ihre X-Haxen alles scheiße aussehe, was bei den anderen lässig wirkte.

»Man muss sich über sich selbst lustig machen, dann geht es«, sagte Arthur und streckte seinen Hintern zum Rhythmus von »I Will Survive« von Gloria Gaynor noch ein Stück weiter hinaus und ging dabei in die Knie wie bei einem Abfahrtslauf. Die Mädchen zerkugelten sich, und Almut fand die Idee, öfters in Graz zu übernachten, gar nicht mehr so übel.

In diesem Schuljahr fuhr Andreas Klasse nach Wien. Der Vater verdiente gut mit den Schulfahrten und den zusätzlichen Ausflügen an den Wochenenden, wenn der Bus samt Chauffeur von den diversen Vereinen wie der Feuerwehr, dem Kameradschaftsbund oder dem Seniorenverein für Reisen angemietet wurde. Ob es Fahrten nach Postojna in Slowenien waren, zur größten Tropfsteinhöhle Europas, oder nach Luschari, einem Wallfahrtsort in den Julischen Alpen, der Vater war nun viel unterwegs und die Trinkgeldtürme wuchsen und vermehrten sich wie eine Stadt mit vielen Wolkenkratzern.

Andrea sah zum ersten Mal das prunkvolle Schloss Schönbrunn samt dem einfachen Eisenbett, in dem Kaiser Franz Joseph geschlafen hatte und in dem er auch gestorben war.

Sie war beeindruckt von der Größe und Erhabenheit der Stephanskirche und von den Bildern in der Galerie der Stallburg. Zum ersten Mal in ihrem Leben sah sie Bilder von Van Gogh, Renoir, Monet, Munch oder Nolde im Original. Und da sie die »Deutschstunde« von Siegfried Lenz ebenso gelesen hatte wie »Ein Leben in Leidenschaft« von Irving Stone, konnte sie nicht genug davon bekommen, die toten Maler in ihren Bildern leben zu sehen. Die dicken Pinselstriche, die intensiven Farben zogen sie hinein in einen Bilderrausch, und als die Führerin, die ihnen die Bilder erklärte, nicht hinsah, berührte Andrea die »Ebene von Auvers« mit den Fingerspitzen. Die Farbe und der Strich fühlten sich samtig an und weich, als wäre das Bild in den fast hundert Jahren noch gar nicht richtig getrocknet oder die Mohnblumen noch vom eben niedergegangenen Regen feucht. Ja, Wien war wie ein Rausch für sie und bei der Stadtrundfahrt kamen sie an einigen der vielen Theater vorbei und es gefiel ihr die Vorstellung, dass es so vieles gab, dass man jeden Tag irgendwo hingehen konnte, wenn man Lust darauf hatte.

Am Abend sahen sie eine Aufführung der »Geschichten aus dem Wienerwald« und Andrea bangte mit Marianne und ihren wenigen Möglichkeiten, dem vorgezeichneten Leben zu entkommen, und sie dachte ständig daran, wie leicht es hätte passieren können, dass auch sie einen Oskar geheiratet oder an einen Alfred geraten wäre. Oder gar eine Großmutter hätte wie in dem Stück.

Zum Wienprogramm gehörte auch der Besuch der Persilwerke, wo man zuschauen konnte, wie Waschpulver hergestellt wird. Andrea hörte zum ersten Mal, dass die Firma auch »Dixan«, »Weißer Riese« und »Pril« erzeugte. Das irritierte sie, denn bis jetzt hatte sie gedacht, jede Marke wäre eine eigene Firma. Nun überlegte sie aber: Wenn ich eine Marke nicht gut finde und stattdessen eine andere kaufe, ist es doch die gleiche Firma, die daran verdient. Sie fühlte sich betrogen, und es war ihr unbehaglich zumute bei der Vorstellung, dass eine einzige Firma in Wirklichkeit alles herstellte und den Produkten nur verschiedene Namen gab und dem Kunden auf diese Weise vortäuschte, er hätte die Möglichkeit, zwischen verschiedenen Produkten zu wählen. Sie fragte den Mann, der sie durch das Werk führte, ob es denn einen Unterschied zwischen Persil und Dixan in der Herstellung gäbe, und der Mann druckste herum und meinte, zumindest würde dem Pulver ein anderer Duftstoff beigemengt, um den Kunden das Gefühl eines Unterschieds zu geben. Für Andrea war diese Erkenntnis, dass einer alles produzieren konnte, so gravierend, dass sie in Zukunft bei vielen Produkten darauf schauen wollte, wer sie herstellte, und sie entdeckte, dass auch Schokolade und Süßigkeitenriegel meist von einer einzigen Firma erzeugt wurden.

Als Belohnung für das aufmerksame Zuhören der Schüler gab es nach der Werksführung ein Paar Würstel als Verköstigung und eine Probepackung Persil. Auch das irritierte Andrea. Warum lud man bei Persil alle Schulklassen ein, ihr Werk zu besichtigen, das wollte sie noch wissen.

»Weil wir die jungen Leute für unsere Produkte begeistern wollen«, sagte der Werksführer.

»Aber wir haben doch keine Wahl, wenn Sie sowieso alles herstellen, was es an Waschpulver zu kaufen gibt«, erwiderte Andrea.

So sei es nicht ganz, meinte der Werksführer. Es gebe auch

noch Konkurrenzprodukte. »Omo« zum Beispiel. Noch gebe es Konkurrenz, betonte er und lächelte seltsam in sich hinein. Für Andrea sah dieses Lächeln aus wie bei einem Massenmörder in einem Gruselfilm, und es lief ihr kalt über den Rücken.

In den Weihnachtsferien kam Onkel Alfons aus Deutschland auf Besuch. Er war der zweite Bruder von Arthurs Mutter. Onkel Alfons lebte in Stuttgart und betrieb dort mit seiner Frau eine Wäscherei, die sie von den Eltern geerbt hatte.

»Was macht dein Onkel in der Wäscherei?«, wollte Andrea wissen. Sie knotzten in Arthurs Zimmer herum und tranken Tee, während sie auf die Ankunft von Onkel Alfons warteten. Onkel Albert würde auch noch kommen mit seiner Familie, um den Bruder zu treffen.

»Keine Ahnung«, Arthur zuckte mit den Schultern. »Das habe ich mich noch nie gefragt. Wahrscheinlich gibt er schmutzige Wäsche in die Waschmaschine und holt die saubere wieder heraus.«

»Hat er denn keinen Beruf gelernt?«

»Doch«, sagte Arthur, »er war Arzt!«

»Er war Arzt?«

»Früher, bevor er in der Wäscherei gearbeitet hat, war er Arzt!«

»Und warum wäscht er lieber die schmutzige Wäsche anderer Leute, anstatt als Arzt zu arbeiten?«

»Das habe ich mich noch nie gefragt!«

»Es gibt einiges, das du dich noch nie gefragt hast!«

»Was willst du damit sagen?«

»Dass es naheliegend wäre, sich zu fragen, warum der Onkel lieber in der Wäscherei arbeitet anstatt in seinem Beruf als Arzt!«

»Also, vor dem Krieg hat er als Arzt gearbeitet, soviel ich weiß!«

»Aha, und im Krieg?«, bohrte Andrea weiter.

»Im Krieg auch, glaube ich!«

»Dann gibt es wahrscheinlich gute Gründe, warum er jetzt nicht mehr als Arzt arbeitet«, stellte Andrea fest.

»Was willst du damit schon wieder sagen?«

»Entweder hat er als Arzt so schreckliche Dinge sehen müssen, dass er nicht mehr damit konfrontiert werden möchte. Oder er hat so schreckliche Dinge getan, dass er nicht mehr als Arzt arbeiten darf!«

»Meinst du?«

»Vielleicht hat er nach dem Krieg ein Arbeitsverbot bekommen!«

»Du kommst auf Ideen!«

»Erstaunlich, auf welche Ideen du nicht kommst. Wer weiß, was er alles waschen muss!«

Noch bevor Arthur lange nachdenken konnte, welche Vermutungen Andrea eben angestellt hatte, läutete es.

Andrea war enttäuscht. Der Onkel hatte nichts vom dandyhaften Charme von Onkel Albert. Er sah tatsächlich eher so aus, als würde er aus der Waschküche kommen als aus einer Ordination. Er hatte schütteres weißes Haar, das er seitlich lange wachsen ließ, damit er die Strähnen über die Halbglatze legen konnte. Dazu trug er einen Wohlstandsbauch vor sich her. Und er sprach schwäbischen Dialekt. Zwar nicht ganz so intensiv wie seine Frau, aber stark genug, dass es Andrea schwerfiel, ihn als zur Familie gehörend zu betrachten. Auch hatte seine Frau nichts von der Eleganz, die Onkel Alberts Frau ausstrahlte. Sie trug kleine Dauerwellen auf ihrem angegrauten Kopf und einen engen Pullover zu ihrem Rock, der ihren Bauch deutlich hervortreten ließ. Der Onkel und die Tante zeigten wenig Interesse, als Arthurs Mutter ihnen Andrea vorstellte. Für Arthur hatte der Onkel ein Geschenk dabei.

»Aphorismen zur Lebensweisheit« von Arthur Schopenhauer. Er meinte, da stehe alles drin, was man fürs Leben brauche, und überreichte ihm das Buch mit den Worten: »Schon der Anblick der weiblichen Gestalt lehrt, dass das Weib weder zu großen geistigen noch körperlichen Arbeiten bestimmt ist!« Und dabei grinste er mit einer kindischen Freude in sich hinein. Seine Frau zuckte mit den Schultern und sagte: »So isch er halt, der Alfons! Den kann ma nimmarrr änderrrn!«

»Dann soll er gleich in die Küche gehen und den Kaffee für alle machen, denn für mich ist das Schwerarbeit«, sagte Arthurs Mutter.

»Nein, nein, ich helf dirrr schon«, beeilte sich Onkel Alfons' Frau sich wichtig zu machen, denn »desch isch ka Oarrrbeit für den Alfons!«

Bald kamen auch Adele und Gottwald, und Onkel Alfons schenkte seiner Nichte eine Alessi-Espressomaschine für den eigenen Haushalt, denn eine Frau könne besser Kaffee kochen als lesen, meinte er in seiner Begründung und grinste wieder vor Vergnügen darüber, wie lustig er war in seinem Mut, Frauen vor den Kopf zu stoßen. Adele lachte nur dumm, wie es Andrea schien, und Gottwald sagte: »Bei manchen Männern hilft Lesen auch nur wenig, um gescheiter zu werden!«

Bald trudelten auch die Grazer ein, wie die Familie von Onkel Albert genannt wurde. Onkel Albert begrüßte den Bruder, den er seit ein paar Jahren nicht gesehen hatte, indem er ihm auf die Schulter klopfte und sagte: »Grüß dich, Bruder. Alles fest in deutscher Hand?« Alfons lachte hell auf. »Schön wär's, Bruder!«

Und zu Andrea sagte Onkel Albert: »Schau an, der Simulantensprössling ist auch da!«

»Warum Simulantensprössling?«, fragte Onkel Alfons neugierig.

»Ihr Vater hat sich an der Front selbst verstümmelt und dann simuliert und sie ist stolz darauf«, erklärte er dem Bruder.

»Nicht selbst verstümmelt«, berichtigte Andrea. »Er hat sich von seinem Kameraden verstümmeln lassen!«

Die Brüder warfen einander einen Blick zu und bevor ein unangenehmes Schweigen die Stimmung übernehmen konnte, preschten Arthurs Mutter und die Tante lautstark mit Kaffee und Kuchen ins Wohnzimmer. »Und jetzt erst einmal eine Stärkung. Das Essen kommt später!«

Am Tisch wurde dann die deutsche mit der österreichischen Politik verglichen, und Schmidt mit Kreisky, und Onkel Alfons lachte die dummen Österreicher aus, die ein Kernkraftwerk gebaut hatten und es nicht in Betrieb nahmen, und hielt die Volksabstimmung darüber für die größte Schnapsidee Kreiskys und sagte, er sei froh, nicht in so einem Schildbürgerland zu leben.

Zu essen gab es einen Tafelspitz mit Spinat, Rösterdäpfeln und Apfelkren. Und Alfons rügte seine Frau, dass der Tafelspitz bei ihr nie so gut schmecke. Später, nach dem Essen, wollte Gottwald eine Platte auflegen. Er hatte eine nagelneue »Tristan und Isolde«-Aufnahme dabei, gesungen von der wunderbaren Jessye Norman, die er im Sommer bei den Salzburger Festspielen gehört hatte.

»Ist das nicht die schwarze Negerin?«, schrie Onkel Alfons durch den Raum.

»Ja«, sagte Gottwald ruhig, »und sie kann großartig singen. Ob sie Kaffee kochen auch kann, weiß ich nicht!«

Alle lachten, sogar Onkel Albert grinste. Onkel Alfons zündete sich eine neue Zigarette an und murmelte, ob es nicht genug Weiße gebe, die gut singen könnten. Noch dazu Wagner.

»Nicht so gut wie Jessye Norman«, legte Gottwald nach, »deshalb wird sie auch die schwarze Callas genannt!«

»Die schwarze Callas«, wiederholte Onkel Alfons, zog tief an seiner Zigarette und schüttelte den Kopf.

Und während die anderen andächtig zuhörten und rauchten und Schnaps und Kaffee tranken, schüttelte Onkel Alfons weiter den Kopf und verstand die Welt nicht mehr.

Später, als Andrea und Arthur im Bett lagen und sich Andrea an ihn drückte, roch sie seine nach Rauch stinkenden Haare und verzog den Mund.

»Warum rauchen wir nicht, Arthur?«, fragte sie.

»Bei mir ist es der Widerstand gegen die rauchende Verwandtschaft. Ich wurde mein ganzes Leben lang angepofelt!«

»Und warum pofelst du nicht zurück?«

»Weil es ihnen wurscht ist!«

»Ihre Seelen sind so schwarz wie ihre Lungen«, sagte Andrea pathetisch.

»Aber nicht so schwarz wie Jessye Norman«, lachte Arthur und drehte sich um, er roch nun an Andreas Haaren, die ihr in die Stirn gefallen waren. Und bevor er etwas sagen konnte, kam ihm Andrea zuvor: »Ja, ja, ich stinke auch wie eine Selchkammer!«

»Warum raucht dein Vater nicht?«, wollte Arthur wissen.

»Ich glaube, weil sein Vater die Bude verstunken und die Stummel in der Stube auf dem Boden ausgetreten hat!«

»Woah! So grauslich war der?«

»Kein Vergleich zu deiner edlen Verwandtschaft!«

»Ich glaube, mein Onkel ist wirklich ein Rassist!«

»Was dir alles auffällt!«

Mit der Großmutter ging Andrea nun wieder öfter spazieren. Die Zeit der Peinlichkeit war vorbei, und nun fand sie es komisch, dass sie sich für die Einfachheit der Großmutter geniert hatte.

Ihre schon etwas trüben blaugrauen Augen begannen zu leuchten, als Andrea fragte, ob sie mit ihr am Arm eine Runde durchs Dorf gehen wolle.

»Ja gern«, sagte sie. »Auf der einen Seite hilft mir der Stock, auf der anderen hilfst mir du!«

»Und du weißt«, lachte Andrea, »wenn es nicht mehr gut geht mit dem Gehen, haben wir immer noch den Leiterwagen!«

Die Großmutter nickte, und Andrea beugte sich hinab und band der Oma die festen Schuhe zu, als sie merkte, dass sie sich schwer damit tat.

»Das geht nicht mehr so leicht mit meinen verkrüppelten Fingern!«

Sie zeigte Andrea ihre Finger, die an den Gelenken geschwollen waren und sich nur mehr schlecht bewegen ließen.

Andrea lachte. »Du hast verkrüppelte Finger und ich habe verkrüppelte Haxen!«

»Stimmt ja gar nicht«, antwortete die Großmutter, »du hast dich eh recht ordentlich ausgewachsen!«

»Aber gehen tu ich immer noch wie eine Stockente!«

»Ein bisschen. Damit man an irgendwas noch sieht, dass du vom Land kommst! Sonst schaust eh schon aus wie eine aus der Stadt!«

Andrea zog die Großmutter mit einem Ruck an beiden Händen hoch, dass der Schubladenkasten nebenan wackelte und mit ihm der Engel, der noch immer darauf stand.

»Hoppla, aufpassen«, sagte die Oma.

Andrea lachte. »Weißt du noch, als ich den Engel fallen hab lassen?«

Im letzten Schuljahr blieb Andrea oft in Graz. Das Maturajahr war das angenehmste der ganzen Schulzeit. Sie musste nicht mehr Stunden in den ungeliebten Fächern absitzen. Sie konnte sich nun aussuchen, wofür sie lernen wollte, und Fächer abwählen, die sie nicht mochte. Und sie konnte sich in Themen vertiefen, die sie interessierten, und in Bibliotheken und Buchhandlungen Bücher zusammensuchen, von denen sie sich Wissenswertes und Brauchbares für die Maturaarbeit erwartete. In Deutsch wählte sie die Autoren Kafka und Brecht und fand es faszinierend, wie vielseitig die Romane von Kafka gelesen und interpretiert werden konnten. Und wie bei aller Präzision der Sprache, dass es genau so gemeint sei und nicht anders, alles Geschriebene in der Schwebe blieb, unfassbar, ungreifbar, nicht festhaltbar, wie in einem Traum.

Arthur war auch im Maturajahr, und zwischen den Lernphasen hatten sie Zeit, abends wegzugehen und morgens lange zu schlafen. Manchmal kam auch Arthurs Mutter nach Graz und brachte Lebensmittel mit. Vor allem selbst eingekochte Marmelade, Eier und Holundersaft. Aber sie kam nicht nach Graz, um ihre Kinder zu versorgen, Adele wohnte inzwischen die meiste Zeit bei Gottwald, sondern um Frau Babette diese Dinge zu bringen. Und da Andrea Zeit hatte, ging sie einmal mit zu Frau Babette. Sie wohnte in einer dunklen Hausmeisterwohnung im Erdgeschoß, im selben Block. Frau Babette war ziemlich dick und hatte strähnige dunkle Haare, die ihr ständig über die Augen mit der dicken Brille fielen. Die schwere Brille hatte auf ihrer kleinen Nase kaum Platz, rutschte immer wieder zur Nasenspitze vor und nahm beinahe das ganze

Gesicht ein. Andrea verstand nicht, warum Arthurs Mutter sich so innig um diese schmuddelige Frau kümmerte. Sie gab ihr auch Geld, und eine neue Mantelschürze als Geschenk hatte sie auch für sie dabei.

Nachher, als sie wieder auf der Straße waren, löcherte Andrea Arthurs Mutter. Sie wollte wissen, woher sie die Frau kannte und warum sie so oft auf einen Besuch zu ihr ging.

»Weil ihr Mann uns geholfen hat, früher!«, sagte die Mutter genervt.

Andrea schaute sie verständnislos an. »Wie geholfen? Und wann früher?«

»Du bist eine ziemliche Nervensäge, weißt du das?«, sagte die Mutter.

Andrea lachte und nickte. So schroff hatte Arthurs Mutter noch nie mit ihr geredet. Aber sie schaute sie weiter fragend an.

Die Mutter seufzte. »Früher. Als wir ein Teil wurden vom Deutschen Reich.«

Andrea sagte: »Du meinst in der Nazizeit!« und schaute weiter bohrend.

Die Mutter schüttelte die Nazizeit ab wie ein nasser Hund die Tropfen von seinem Fell.

»Ihr Mann war Kreisleiter«, fuhr die Mutter fort, »und unsere Mutter hatte keinen reinen Stammbaum, wenn du verstehst, was ich meine!«

Andrea brauchte ein bisschen, um zu kapieren, und nickte dann umso heftiger.

»Deine Mutter war Jüdin?«

»Ich habe gesagt, keinen reinen Stammbaum!«, sie schaute Andrea strafend an. »Jedenfalls hat er dafür gesorgt, dass ihr Ahnenpass einwandfrei war!«

Andrea dachte erst einmal nach und versuchte, sich etwas zusammenzureimen.

»So, und jetzt ist Schluss mit der Fragerei. Sei froh, dass du nicht so viel weißt, man weiß nämlich nie, welche Zeiten wiederkommen!«

Andrea nickte, sie hatte nun sowieso genug zu tun, um sich das alles vorzustellen.

»Und wo ist er jetzt?«, schob sie noch nach.

»Wer?«

»Der Mann von Frau Babette!«

»Nach dem nicht erfolgten Endsieg verschwunden. Und der armen Frau hat er nichts zurückgelassen!«

Erst abends im Bett erzählte Andrea Arthur, was sie von seiner Mutter erfahren hatte.

Arthur fuhr hoch wie eine Rakete.

»Was? Meine Großmutter eine Jüdin?«

»So direkt hat sie es nicht gesagt, aber das ist anzunehmen! Oder Zigeunerin, was weiß ich?«

»Du glaubst, das stimmt?«

»Glaubst du es nicht?«

Arthur griff sich an den Kopf. »Ich weiß überhaupt nicht mehr, was ich noch glauben soll. Zuerst behauptest du, meine Onkels wären Nazis und jetzt kommst du mit einer Großmutter daher, die Jüdin oder Zigeunerin war! Wie soll das alles zusammenpassen?«

»Das frage ich mich auch!« Andrea dachte nach. »Erinnere dich, das war doch komisch. Als ich deine Mutter nach den Sterbedaten deiner Großeltern gefragt habe, hat sie gesagt, ich soll deinen Vater fragen. Da dachte ich, es wären seine Eltern. Bis ich kapiert habe, dass sie nicht darüber reden wollte!«

Arthur starrte vor sich hin und Andrea fuhr fort: »Und als sie die Wohnung hier für dich und deine Schwester genommen hat, hat nicht Frau Babette deiner Mutter einen Gefallen getan, sondern deine Mutter der Frau Babette.

Arthur wurde unruhig, er sprang aus dem Bett und stieß ein Weinglas vom Couchtisch. Das Glas zersprang auf dem Riemchenparkett.

»Diese Scheißschwerkraft«, schrie Arthur. »Ich hasse sie! Ich hasse sie wie nichts sonst auf der Welt. Alles zieht sie nach unten. Nichts bleibt, wo es ist. Kaum lässt man etwas aus, fällt es nach unten! Da schau«, er nahm einen Pullover, der auf dem Stuhl lag, und demonstrierte, wie der Pullover auf den Boden fiel, als er ihn ausließ.

»Siehst du es? Hast du es gesehen?«

Andrea nickte.

»Der könnte doch dort bleiben, wo ich ihn ausgelassen habe. So auf meiner Augenhöhe herumschwebend. Aber nein. Er muss zu Boden. Total zwanghaft. Alles will nur hinunter, alles zieht an einem und zieht einen hinunter!«

Andrea schaute ihm gelassen zu, wie er tobte. Er schaute sie prüfend an, ob sie ihm beipflichtete. Dann sagte er etwas außer Atem: »Fliegen könnten wir. Hier könnten wir herumfliegen wie die Engerln, wenn es diese verdammte Schwerkraft nicht gäbe!«

»Du solltest Physik studieren«, sagte Andrea ruhig.

Er schüttelte den Kopf, war etwas aus dem Konzept gebracht.

»Warum Physik? Ich werde Elektrotechnik studieren!«

»Du solltest aber lieber Physik studieren. Und dann die Formel für die Aufhebung der Schwerkraft finden!«

Arthur dachte nach, sah Andrea lange und durchdringend an und nickte.

»Ich werde sie finden«, sagte er theatralisch. »Ich werde die Formel finden und dann werden wir fliegen!«

»Nicht nur im Traum!«, sagte Andrea.

»Wie die Engerln«, antwortete Arthur, breitete die Arme zu Flügeln aus, begann sie zu schwingen und versuchte abzuheben.

Doch sosehr er sich bemühte, die Beine suchten immer wieder den Boden für einen Halt und plötzlich schrie er auf: »Aua!«

Er hatte sich an einer Scherbe geschnitten.

Dass Andrea die Matura auf Anhieb schaffte, war für ihre Eltern selbstverständlich. Alles andere hätten sie als große Schande empfunden. Aber zur feierlichen Überreichung des Maturazeugnisses wollten sie nicht nach Graz fahren. Das war ihnen zu aufwendig, für eine Stunde, die das ganze Theater vielleicht dauerte.

»Wir sind oft genug deinetwegen auf Graz gefahren, weil du ins Spital musstest«, sagte die Mutter. »Dein Zeugnis kannst du uns daheim auch zeigen!«

Die Großmutter wäre gekommen, aber das Zugfahren und das Umsteigen in die Straßenbahn war ihr jetzt im Alter zu anstrengend.

Arthur konnte nicht begreifen, dass ihre Eltern nicht kamen.

»Ich verstehe das nicht. Dafür macht man es ja!«

»Wofür?«, fragte Andrea.

»Dass sich die Eltern freuen!«

»Du vielleicht!« Andrea fand es nicht schlimm und verstand nicht, weshalb Arthur sich so aufregte. »Meine Eltern hätten immer lieber gehabt, ich wäre mit vierzehn arbeiten gegangen. Warum sollte ihnen meine Matura dann wichtig sein?«

»Weil du etwas geleistet hast!«

Andrea lachte. »Aber doch nicht in ihren Augen! In ihren Augen bin ich die ganze Zeit herumgelungert und habe es mir gut gehen lassen, habe mich mit Bücherlesen vergnügt, bin in der Schule faul herumgesessen, anstatt zuzupacken und etwas Sinnvolles zu tun!«

»Aber du hast doch etwas gelernt und weißt nun vieles!«

Andrea schüttelte den Kopf. »Nichts weiß ich, was für sie

wichtig ist. Das, was sie in ihrem Leben brauchen, wissen sie selber!«

Arthur begriff nicht, wie Andrea diese Lieblosigkeit ihrer Eltern verstehen und auch noch verteidigen konnte.

Andrea umarmte Arthur und sagte: »Du kommst ja mit, Arthur, das ist wichtig für mich!«

Der Festsaal war mit Blumen geschmückt. Der Schulchor hatte Aufstellung genommen. Die Reifegeprüften saßen vorne, die Eltern der Maturanten weiter hinten. Andrea hatte für festliche Anlässe noch immer ihr hochgeschlossenes ärmelloses schwarzes Kleid. Damit ging sie nicht nur in die Oper, sie hatte es auch zum Maturaball getragen und nun trug sie es wieder. Welch eine gute Entscheidung es damals doch gewesen war, sich kein Dirndlkleid einreden zu lassen, als sie mit ihren Eltern auf den Landwirtschaftsball gegangen war. Und während sie neben Elvira und Anna in der zweiten Reihe saß und die Beine übereinanderschlug, dachte sie daran, dass sie in diesem Kleid ihren ersten Kuss bekommen hatte und wie verliebt sie damals in den Hans gewesen war, den sie inzwischen längst vergessen hatte. Aber nun erinnerte sie sich wieder an das Bild in ihrer Geldtasche. Und während sich der Chor mit Volksliedern einsang, nahm sie die Geldbörse aus ihrer Handtasche und nestelte das Zeitungsbild von Hans aus dem Seitenfach heraus, aber es zerbröselte zwischen ihren Fingern. Sie wischte die Brösel von ihrem Kleid.

»Mein Bruder ist auch da«, flüsterte Elvira ihr zu.

»Arthur auch«, flüsterte Andrea zurück.

Der Schulchor sang eine Volksweise, dann hielt der Direktor eine Ansprache, daraufhin sang wieder der Chor und dann hielten alle Klassenvorstände eine Rede, bis es endlich zur Zeugnisverteilung kam. Zuerst wurden die Schüler und

Schülerinnen mit sehr gutem Erfolg aufgerufen, dann jene mit gutem Erfolg. Für einen sehr guten Erfolg hatte es bei ihr nicht gereicht, aber für einen guten. Als sie aufgerufen wurde und auf das Podium ging, hörte sie begeistertes Applaudieren – oder bildete sie es sich nur ein? Nach der Gratulation des Direktors und des Klassenvorstands schaute sie, woher der Applaus kam. Und da sah sie es. Nicht nur Arthur war gekommen, sondern seine ganze Familie. Die Mutter, der Vater und sogar Adele und Gottwald saßen mit ihm in einer Reihe und freuten sich mit ihr. Andrea blieb auf dem Weg zu ihrem Platz kurz stehen und schickte ihnen ein Lächeln nach hinten. Sie waren ihretwegen nach Graz gekommen, mitten unter der Woche. Arthurs Vater hatte sich freigenommen und Gottwald ebenfalls und Adele hatte möglicherweise eine Vorlesung oder ein Seminar gespritzt, nur um bei ihrer Maturafeier dabei zu sein.

Nach der Zeugnisverteilung wurden alle Maturanten nochmals auf die Bühne gerufen, und als der Chorleiter das letzte Lied anstimmen wollte, bat ihn der Schulsprecher, auf die Seite zu gehen. Er stimmte den Chor an, und der Chor sang samt den Maturanten auf der Bühne: »We don't need no education …« von Pink Floyd, und als der Schulsprecher sich umdrehte und die Gäste aufforderte, mitzusingen, standen etliche auf und schlossen sich dem Gesang von Chor und Maturanten an.

Das war der größte Spaß der Feier, und die Maturanten hatten ihre Augen auf die Gesichter der Lehrer gerichtet, und Andrea sah, wie Mr. Parsons lachte und mitklatschte und wie säuerlich manche andere Lehrer dreinsahen.

»Ich freue mich sehr, dass ihr gekommen seid!« Andrea zeigte, wie gerührt sie war. Und Arthurs Mutter meinte: »Was hätten wir denn tun sollen, wenn deine Eltern versagen? Irgendjemand muss doch applaudieren, wenn du das Zeugnis bekommst. Und noch dazu so ein gutes!«

Anschließend gingen sie essen und legten für Andrea einige Päckchen auf den Tisch, als ob sie Geburtstag hätte. Von Adele und Gottwald bekam sie hochwertige Kopfhörer, die zu ihrer Stereoanlage passten, und von Arthurs Eltern einen Vierfachdukaten in Gold.

»Heb ihn gut auf«, sagte Arthurs Mutter. »Man weiß nie, wann man eine eiserne Reserve braucht!«

Die Mutter war doch unangenehm berührt, dass Arthurs Eltern bei ihrer Maturafeier gewesen waren.

»Hättest ja sagen können, dass sie kommen, dann wären wir vielleicht auch auf Graz hineingefahren!«, meinte sie pikiert und strich das bereits eben aufliegende Plastiktischtuch glatt.

»Nein, nein«, stellte Andrea richtig, »sie sind gekommen, weil ihr nicht gekommen seid. Sie meinten, sonst wäre ich ganz alleine dort!«

»Die können leicht unter der Woche auf Graz fahren«, warf der Vater ein und trank einen Schluck Most aus dem Krug. »An einem ganz normalen Werktag. Soll ich meine Kinder zu Fuß heimgehen lassen?«

Was wäre wirklich, wenn der Vater einmal nicht mit dem Bus fahren würde, dachte Andrea, und sie bemerkte, dass er noch an keinem einzigen Tag ausgefallen war. Er sah seine Schulkinder wie die Viecher im Stall. So wie die jeden Tag gefüttert und gemolken werden mussten, ob man krank war oder nicht, mussten die Kinder in die Schule gebracht werden. Sechsmal in der Woche. Bei den Viechern war es siebenmal.

Die Mutter überflog das Zeugnis, der Vater schaute es genau an.

»Ein Einser in Deutsch und Englisch, aber ein Dreier in Mathematik«, sagte er enttäuscht und trank noch einen Schluck Most.

»Mathematik interessiert mich nicht so«, entschuldigte sich Andrea.

»Jetzt wird es Zeit, dass du eine schöne Stelle findest!« Die Mutter haute mit der flachen Hand auf den Tisch. »Vielleicht bei der Landesregierung. Und vielleicht kann dich der Herr Hubert dort hineinbringen!«

Andrea schauderte es. Das fehlte ihr noch, dass die Eltern den Herrn Hubert anbettelten. Und überhaupt, dafür hatte sie die Matura nicht gemacht, dass sie irgendwo als Sekretärin landete, ob bei einer Elektrofirma oder bei der Landesregierung.

»Ich werde nicht arbeiten gehen, ich werde studieren!«

Das Schweigen der Eltern war laut zu hören.

Die Mutter erfing sich als Erste. »Und wie lange willst du uns noch auf der Tasche liegen?«

»Gar nicht mehr. So wie ich euch jetzt auch nicht auf der Tasche gelegen bin. Für das, was ich gebraucht habe, habt ihr Kinderbeihilfe bekommen. Wenn ich studiere, bekomme ich ein Stipendium. Ich werde wegziehen und von dem leben, was ich vom Staat erhalte und in den Ferien verdiene. Und die Kinderbeihilfe gehört dann mir, wenn ich nicht mehr zu Hause wohne!«

»Du willst dann dem Staat auf der Tasche liegen?«, fragte die Mutter.

»Dafür, dass du jetzt wegziehst, haben wir dein Zimmer nicht ausgebaut!«, fügte der Vater hinzu.

»Die Wände habt ihr aufgestellt und das Dach isoliert. Alles andere habe ich selber bezahlt!«

»Und wenn du jetzt arbeiten gehst, kannst du endlich was beitragen dazu, dass du daheim wohnst«, probierte es die Mutter noch einmal.

»Ihr könnt mein Zimmer dann vermieten, wenn ihr so dringend Geld braucht«, sagte Andrea.

»Du, werd nicht gschnappig. Brauchst nicht glauben, nur

weil du jetzt diese Matura hast, kannst du so mit uns reden!« Die Mutter schlug einen drohenden Ton an und heftiger auf den Tisch. Und Andrea spürte plötzlich, wie eng es ihr zu Hause wurde. Sie wollte weg, so schnell wie möglich. Sie hatte keine Lust mehr auf die langen Zugfahrten, auf das Aufstehen um fünf Uhr in der Früh, auf die Abende, an denen sie nichts unternehmen konnte im Dorf, auf die ewigen Fragen der Mutter, ob sie nicht doch mit auf das Zeltfest ginge. Und sie hatte Sehnsucht nach einem anderen Leben. Nicht, dass sie genau gewusst hätte, was sie wollte, aber sie wollte schauen, welche Möglichkeiten es gab, von denen sie vielleicht noch nichts ahnte. Sie hatte sich einen Studienführer besorgt und aufgeregt darin geblättert und Studienrichtungen entdeckt, von denen sie keine Ahnung gehabt hatte. Sie wusste auch nicht, worum es genau ging in Kunstgeschichte oder angewandter Kunst, Film oder Schauspiel, aber es klang geheimnisvoll und verlockend, vor allem das, was in Wien angeboten wurde. Man kann es ja probieren, dachte sie. Und etwas Besseres, als in einem Büro zu verschimmeln, finde ich überall.

Sollten die Eltern ihr das Zimmer wieder wegnehmen, würde sie bei der Großmutter schlafen, wenn sie auf Besuch kam. Die Großmutter zu verlassen war das Einzige, woran sie kiefelte. Was würde sie sagen, wenn sie auszog und vielleicht nur mehr einmal im Monat nach Hause kam? Wie ginge es ihr damit? Würde sie es verstehen? Und selbst wenn sie es verstand, würde sie sehr traurig darüber sein? Andrea würde Almut bitten, öfter nach der Großmutter zu sehen, vielleicht könnte sie ein bisschen Ersatz-Andrea spielen.

Die Großmutter lag schon im Bett, als Andrea in ihr Zimmer kam. Andrea schob ihr einen zweiten Polster unter das Kreuz, als sie sich aufsetzte und das Zeugnis herunterbetete. Die Großmutter freute sich über die Noten und sagte, dass sie auch gerne weiter in die Schule gegangen wäre. Aber dafür hatte damals niemand Geld. Weiter in die Schule gehen konnten damals höchstens die Burschen. Wenn sie die Absicht zeigten, Priester zu werden, war es für sie möglich, auf Kosten der Kirche das Knabenseminar zu besuchen.

»Dein Opa war auf dem Knabenseminar«, sagte sie. »Die Gescheitheit hast du von ihm!«

»Und warum ist er nicht Priester geworden?«

»Von heute auf morgen wollte er nichts mehr von der Kirche wissen. Er hat nie gesagt warum. Dann hat er den Hof hier geerbt von Verwandten, die keine Kinder hatten!«

»Und wie hast du ihn kennengelernt?«

»Mein Elternhaus ist ja nur zwei Häuser weiter. Er war auf der Suche nach einer Frau und zu Hause waren wir sieben Geschwister. Da haben die Eltern schon geschaut darauf, dass sie die Kinder möglichst schnell losgeworden sind!«

Andrea griff nach den alten gefleckten Händen der Großmutter auf der Decke, die aber immer noch schöne, gepflegte Nägel hatten.

»Und du? Mochtest du ihn?«

Die Großmutter zuckte mit den Schultern und dachte nach.

»Sagen wir so: Er war mir nicht unangenehm. Damals. Und es gab keine Schwiegereltern im Haus. Und bald hatte ich dann die Kinder fürs richtige Gernhaben!«

Andrea erzählte der Oma von ihren Plänen wegzugehen, nach Graz oder Wien, zu studieren und nur mehr ab und zu an den Wochenenden heimzukommen, und wollte wissen, ob die Oma traurig wäre, wenn sie das täte.

»Natürlich bin ich traurig«, sagte sie, »aber du musst trotzdem gehen und tun, was du für richtig hältst. Du kannst doch nicht wegen einem alten Weibel auf dein Leben verzichten. Ich wäre auch gegangen, wenn ich die Möglichkeit gehabt hätte!«

Draußen im Vorhaus hörte Andrea ein Murmeln von Männerstimmen, das wieder leiser wurde, als sich die Stimmen ins Wohnzimmer verlagerten.

Sie war neugierig und wollte wissen, wer jetzt am Abend noch gekommen war.

Ihr Bruder hatte einen üppigen Herrn mitgebracht, der in seinem feisten Gesicht einen dichten Bart trug. Irgendwie kam er ihr bekannt vor, aber sie wusste nicht gleich, wohin mit dem Gesicht. Er saß mit den Eltern und dem Bruder am Tisch und sagte servus zu ihr. Andrea überlegte, ob sie mit ihm per Du war und ebenfalls servus oder lieber doch Grüß Gott sagen sollte, als sie ihm die Hand gab.

Sie sagte vorsichtshalber Grüß Gott, dann dämmerte es ihr.

»Kennst du mich nicht mehr? Ja, ein bisschen fester bin ich geworden, seit wir uns das letzte Mal gesehen haben!«

Die Mutter lachte auf und fragte nach: »Kennst du ihn wirklich nicht mehr?«

Andrea warf auch schnell einen Blick auf die Prospekte von landwirtschaftlichen Maschinen, die auf dem Tisch lagen, und fragte ungläubig: »Hans?«

Sie starrte ihn an, versuchte unter dem Fett auf den Wangen und dem darüber wuchernden Bart noch irgendwo das Gesicht zu finden, das ihr vertraut gewesen war. Wie konnte das passieren, fragte sie sich. Wie konnte sich jemand in ein paar Jahren derartig verändern? Innerlich schüttelte sie den Kopf. Alles hätte sie damals getan, um diesen Mann zu bekommen, und jetzt atmete sie erleichtert auf, als sie sah, dass er einen Ring an seinem Finger trug und einen anderen Namen als ihren.

»Andrea hat gerade die Matura gemacht und will studieren gehen«, sagte die Mutter. Und nun schien es Andrea, dass doch ein bisschen Stolz mitschwang in der Empörung.

»Das wundert mich nicht«, sagte Hans. »Ich habe schon damals gesehen, dass sie eine Blitzgneißerin ist und hier nicht alt werden wird!«

Er lächelte sie an, und in dem Lächeln erkannte sie das Gesicht von damals.

»Da hast du damals mehr gewusst als ich«, meinte Andrea.

Er zuckte mit den Schultern und nickte. »Ich war im Vergleich zu dir auch ein alter Mann!«

Andrea war irritiert. Ja, damals kam er ihr sehr alt vor, obwohl er jung ausgesehen hatte. Nun sah er alt aus und war vielleicht fünfundzwanzig oder sechsundzwanzig, der Abstand hatte sich durch ihr Älterwerden verringert.

Die Eltern und der Bruder wandten sich wieder den Prospekten mit den Ladewagen zu und der Hans blickte ein paarmal verstohlen zu ihr, als sie in der angrenzenden Küche einen Orangensirup mit Wasser aufspritzte. Andrea lächelte ihm freundlich zu, als sie mit ihrem Getränk in der Hand das Wohnzimmer durchquerte auf ihrem Weg hinüber zur Großmutter und war froh, dass dieser Liebeskelch an ihr vorübergegangen war.

Zu Arthurs Maturafeier kamen nicht nur seine Eltern und Geschwister, sondern auch der Grazer Onkel mit der ganzen Familie. Arthur und seine Familie waren auch bei der Maturafeier seiner Cousine und seines Cousins gewesen.

»Bei euch hat die Matura eine Bedeutung wie bei uns die Firmung«, raunte Andrea Arthur zu, als sie vor dem Schulhaus standen und die Verwandten die Freitreppe heraufkommen sahen.

»Hat ja beides mit geistiger Reife zu tun«, raunte Arthur zurück.

»Aber bei der Firmung gibt sie einem der Herr!«, meinte Andrea.

Alle waren elegant gekleidet, und sogar der Onkel trug einen Anzug samt Krawatte statt der üblichen Cordhose und dem Halstuch.

»Gratuliere«, begrüßte er Andrea, »ich habe gehört, du hast einen guten Erfolg!«

Andrea nickte und wunderte sich, dass in der Familie darüber gesprochen wurde.

Nach den Feierlichkeiten gingen sie in den noblen Gambrinuskeller essen, wo die Familie einen Tisch bestellt hatte. Arthurs Vater hielt eine Ansprache, in der er das Durchhaltevermögen seines Sohnes lobte und dass er es sich nicht leicht gemacht hatte mit der technischen Schule, wo er von vornherein wusste, dass er weit mehr zu lernen haben würde, als wenn er auf ein Gymnasium gegangen wäre. Und nun hoffte er, dass er das Richtige studieren werde, etwas, das ihm Freude bereiten werde und wo er sein ganzes Leben lang etwas Sinnvolles für sich und die Gesellschaft tue.

So stolz hatte Andrea seinen Vater noch nie über Arthur reden gehört, und als er ihn umarmte und küsste, auch das sah sie zum ersten Mal, schien es ihr, als hätte er feuchte Augen.

Vom Vater bekam Arthur eine goldene Krawattennadel, die er ihm weitergab und die er schon von seinem Vater bekommen hatte.

Alle applaudierten und Andrea staunte, dass auch Arthur eine Rede hielt, in der er sich bei den Eltern bedankte für die Geduld und das Verständnis, das sie für ihn hätten, und dass er sie auch in Zukunft nicht enttäuschen wolle.

Wieder gab es Applaus, und Gottwald flüsterte Arthur zu: »Dein Vater hofft noch immer, dass du Jus studierst.«

»Nicht im Ernst!«, lachte Arthur.

»Wetten?«, fragte Gottwald.

»Dann hätte ich gleich aufs Gymnasium gehen können!«

»Was wirst du denn jetzt studieren?«, fragte der Onkel, als das Essen aufgetragen wurde.

Andrea fand es interessant, dass hier niemand infrage stellte, ob Arthur überhaupt studieren wollte.

»Auch einem Juristen schadet es nicht, wenn er etwas von Technik versteht«, sagte Arthurs Vater und schaute seinen Sohn erwartungsvoll an.

Arthur schluckte.

Andrea und Gottwald schauten Arthur fragend an.

»Elektrotechnik«, presste er hervor.

Andrea sah, wie der Vater den Kopf demonstrativ wegdrehte.

»Elektrotechnik? Ich dachte Theoretische Physik«, sagte Andrea.

Alle starrten nun Andrea an. Auch Arthur.

»Warum Theoretische Physik?«, fragte Gottwald.

»Weil Arthur die Schwerkraft erforschen und aufheben möchte«, antwortete sie und schaute in die Runde, als hätte sie eben das Selbstverständlichste gesagt.

»Du kennst dich aber aus!«, meinte der Onkel.

Andrea nickte. »Ich habe den Studienführer ordentlich studiert!«

»Also irgendwas in diese Richtung«, räusperte sich Arthur und versuchte abzuschwächen.

»Soso«, sagte der Onkel und lehnte sich zurück, während er einen Schluck von seinem Wein nahm, »unser Arthur möchte die Schwerkraft aufheben!«

Arthur war es peinlich, dass Andrea das hier so ausgebreitet hatte.

»Ich fürchte, mein Sohn ist doch noch nicht reif für Jus«, sagte Arthurs Vater spitz und schob seinen Teller von sich weg. Er hatte nicht aufgegessen, der Appetit war ihm anscheinend vergangen.

»Zumindest hat er einen sehr spezifischen Zugang zu Gesetzen«, meinte Gottwald und lachte.

»Er soll doch studieren, was er möchte«, beschwichtigte Arthurs Mutter. »Und wenn er Professor für Theoretische Physik wird, ist das ja auch in Ordnung!«

»Ach, die Mutter hätte gerne einen Professor in der Familie«, sagte Onkel Albert und nickte. »Stimmt, das hatten wir noch nicht!«

»Und was wirst du studieren, Andrea?«, fragte Gottwald.

Wieder fiel Andrea auf, dass niemand auf die Idee kam, sie könnte nicht studieren wollen.

»Das weiß ich noch nicht genau«, sagte sie. »Aber ich gehe nach Wien!«

Die Überraschung schien noch größer zu sein als bei der Theoretischen Physik. Alle starrten sie an.

»Dort gibt es einige Studienrichtungen, die mich interessieren«, fuhr sie fort. »Auf jeden Fall Interessanteres als in Graz!«

Onkel Albert fing sich als Erstes. »Schau an! Dem Mädchen vom Lande ist Graz also nicht interessant genug!«

»Was willst du denn studieren?«, legte Gottwald nach.

Andrea zuckte mit den Schultern. »Irgendwas mit Kunst. Oder mit Film. Oder Theater!«

»Und wovon willst du später einmal leben?«, setzte Adele nach.

Andrea schaute in die Runde: »Von dem, was ich kann. Wie ihr auch!«

Später wollten Arthur und Andrea auf den Schlossberg gehen. Sie hatten einiges zu bereden. Beim Taubenbrunnen vor dem Kriegssteig blieb Andrea stehen. Sie tauchte ihren Finger ins Wasser und sagte: »Erinnerst du dich?«

»Woran?«, fragte Arthur.

»An das Gedächtnis des Wassers, das du mir hier erklärt hast!«

Arthur schmunzelte: »Ich kann mich nicht erinnern!«

»Aber ich«, sagte Andrea. »›He du, tauch deine Finger hier ein und benetze den Mann, den du liebst, als würdest du ihn weihen. Er wird diesen Moment nie mehr vergessen!‹, hast du damals gesagt.«

»Wirklich?«, fragte er, und Andrea wusste nicht, ob er bluffte oder ob er es wirklich nicht mehr wusste.

»Ich habe damals niemanden gekannt, der so reden konnte wie du!«, sagte Andrea.

»Und jetzt?«

Andrea strich ihm mit dem nassen Finger über die dichten Augenbrauen, die große, schmale Nase und über den weichen Mund. »Ich mag deine Sprüche noch immer!«

»Und trotzdem willst du mich verlassen!«

»Ich will dich doch nicht verlassen«, empörte sich Andrea.

»Warum hast du mir nicht gesagt, dass du nach Wien gehen wirst?«

Andrea nahm Arthur an der Hand und zog ihn Richtung Kriegssteig.

»Es tut mir leid, dass ich es dir nicht vorher gesagt habe. Ich wollte es dir natürlich als Erstes sagen, aber sie haben mich provoziert!«

»Provoziert hast eher du«, sagte Arthur und ließ sich nur widerwillig ziehen.

»Ist mir nicht aufgefallen! Es war so ein komisches Fragen wie bei einer Prüfung, da konnte ich nicht anders!«

»Sie haben doch ein Recht zu fragen, sie bezahlen es ja auch!«

Andrea ließ Arthurs Hand los.

»Und deshalb darfst du nur studieren, was sie wollen?«

»Du hast leicht reden«, sagte Arthur, »du wirst ein Stipendium bekommen und kannst machen, was du willst. Ich werde aber weiter von meinen Eltern abhängig sein!«

»Wenn sie weniger Geld hätten, bekämst du auch ein Stipendium und wärst nicht davon abhängig, was ihnen gefällt!«

»Ist aber nicht so!« Arthur ging schmollend weiter. Die Hände auf dem Rücken verschränkt, sah er ein bisschen wie ein alter Mann aus, und Andrea nahm zum ersten Mal die Ähnlichkeit mit seinem Vater wahr.

»Und du glaubst wirklich, dass sie dich nehmen in Wien?«, fragte er. »Du weißt, dass man Aufnahmsprüfungen machen muss bei den Kunststudien!«

Andrea blieb bei der ersten Aussichtsplattform stehen und schaute über die roten Dächer der Stadt. »Ich habe mich informiert. Sie nehmen circa fünfzehn Studenten pro Semester!«

»Aha, und du wirst dabei sein!«, meinte Arthur etwas spöttisch.

»Jetzt redest du wie dein Onkel. So schwer kann das nicht sein. Ich mach einfach auf Bauerntrampel, das interessiert die Städter. Es hat ja auch bei deiner Familie funktioniert. Ich werde das Ursprüngliche an mir raushängen lassen!«

»Aha, das Ursprüngliche«, sagte Arthur.

»Ja, Onkel Albert, das Ursprüngliche!«

Andrea ging weiter und verstärkte ihren etwas schiefen Gang so sehr, als würde sie hinken.

»Auf der Schauspielschule werde ich Peter Roseggers ›Der Regenschirm‹ vortragen, ›nimm eam mit, los eam do, nimm eam mit, los eam do‹, und den alten Bauern und die Bäuerin spielen, und dabei werde ich hinken wie ein altes Weiblein, deren Hüftdysplasie man nie behandelt hat. Auf der Filmakademie werde ich ein Schwein seine Biografie erzählen lassen, so richtig in Ichform, und dazu eine Fotostory machen von der Geburt in einem engen Stall. Ich werde das Abschneiden des Schwanzes zeigen, weil sich die Schweine sonst gegenseitig die Schwänze abbeißen. Ich werde das Abzwicken der Zähne fotografieren, damit sie die Muttersau nicht beißen, und das Kastrieren ohne Betäubung, das Einstechen einer Ohrmarke und den Transport vom Bauernhof zum Schlachthof, wo die Tiere ohne richtige Betäubung den Hals aufgeschnitten bekommen!«

»Das ist ja grausig«, sagte Arthur. »Noch dazu, wenn das Schwein es selber erzählt!«

»Ich hoffe«, sagte Andrea, »und für die Aufnahme auf der Kunstakademie werde ich eine Skulptur aus Rinder-, Schweine- und Hühnerknochen anfertigen, die ich mit Mullbinden und Pflaster verbinde! Vielleicht mache ich auch noch was mit Holz und Pflaster, um zu zeigen, wie sehr wir die Natur verletzen. Oder so!«

Arthur ging nachdenklich weiter, Andrea folgte ihm. Beim Uhrturm blieb er stehen und drehte sich um.

»Vielleicht bist doch du es, die aus der Zukunft kommt«, sagte er.

»Darüber haben wir hier geredet, vor vier Jahren«, Andrea nickte. »Und es war uns zu kitschig, uns beim Uhrturm zu küssen. Wir haben den Türkenbrunnen gesucht!«

»Glaubst du, dass wir ihn heute auch finden?«, fragte Arthur.

Sie nahmen einander an der Hand und jeder erinnerte sich an ein Stück des Weges und so fanden sie ihn gemeinsam. Andrea legte sich auf das Eisengitter und rief in die Tiefe hinein: »Arthur, komm mit mir nach Wien!«, und hörte, wie »Wien, Wien, Wien« aus dem tiefen Brunnen heraus nachhallte.

Arthur wirkte verloren und traurig, wie er daneben stand und sagte: »Ich kann nicht. Da ist doch die Wohnung in Graz, die meine Eltern inzwischen gekauft haben. Sie würden nicht einsehen, warum ich unbedingt nach Wien gehen muss!«

Andrea stand auf und schaute Arthur lange an: »Und ich? Bin ich kein Grund?«

In den Sommerferien arbeitete Andrea wieder sechs Wochen beim Wienerwald, dann bereitete sie sich auf die Aufnahmsprüfungen vor. Arthur half ihr beim Üben ihrer Rolle der alten Leute im »Regenschirm« und spielte abwechselnd den Bauern und die Bäuerin, je nachdem, und die beiden lachten sich schief, wenn Arthur den alten Bauern mimte, der in die Stadt gehen wollte und nicht wusste, ob er den Regenschirm mitnehmen sollte oder nicht. Und so, wie Andrea ihren Gang mit den X-Haxen übertrieb und im Stockentenstil watschelte, drückte Arthur seine O-Beine noch mehr durch und wackelte ebenso durch die Gegend. Andrea trug ein Kopftuch, tief ins Gesicht gezogen, und Arthur einen alten Hut, und so ergaben sie ein komisches altes Paar und hatten viel Spaß in ihrem Rollenspiel. Und Andrea nahm die Idee mit den O-Haxen gleich auf und baute sie in die Rolle des Bauern ein.

»Komm doch mit und lass uns das zusammen spielen«, ermunterte sie Arthur. Sie sah die Lust, die er an der Rolle entwickelte, und wie er immer neue komische Einfälle ausprobierte. Von Lispeln über Schwerhörigkeit und Stottern nahm er in sein Repertoire auf, was ihm gerade in den Sinn kam, und sie erweiterten und veränderten den Text bei ihren Proben. Er blieb aber skeptisch. »Meinst du, sie nehmen dort jemanden, der so einen komischen Gang hat wie du?«

»Drum spiele ich ja die alte Verhatschte, damit sie es nicht merken und denken, ich tu nur so!«

»Und was willst du später einmal spielen?«

Andrea dachte nicht lange nach: »Romeo, Hamlet, vielleicht auch den Shylock. Aber sicher Richard III., seinen Gang beherrsche ich schon ziemlich gut!«

»Lauter Männerrollen?«, fragte Arthur.

Andrea lachte.

»Als Kind wollte ich Papst werden. Ich habe schon ziemlich

zurückgesteckt. Und weißt du, was meine Oma dazu gesagt hat?«

»Dir traue ich alles zu!«, sagte Arthur.

Andrea grinste.

Auch bei der Knochenarbeit machte Arthur eifrig mit. Bei jedem Suppentopf standen sie habt Acht und warteten ungeduldig darauf, dass die Mütter ihre Suppen endlich abschütteten, damit sie an die Knochen herankamen. Wenn es gebratene Hühner gab, begutachteten sie die Stücke genau, und die Attraktivität der Knochen entschied darüber, welches Stück sie abnagen würden. Und selbst was für den Hund übrig blieb, wurde noch einer genauen Inspektion unterzogen, bevor sie es für seinen Napf freigaben.

»Am liebsten würde ich Menschenknochen auch dazugeben«, meinte Andrea, »dann bekäme das Kunstwerk noch eine andere Dimension.«

Arthur fand die Idee gut: »Dafür müssten wir den Totengräber fragen!«

Andrea baute ihre Skulptur in Gedanken noch weiter: »Oder wir machen eine Skulptur mit Menschenknochen von noch lebenden Menschen, denen etwas wegoperiert wurde. Eine ausgetauschte Hüfte, oder ein Knie. Und dann können die Menschen mit ihren künstlichen Gelenken ihre natürlichen Körperteile in einer Skulptur bewundern!«

Für die Fotostory stellte sich Arthur als Ferkelzüchter zur Verfügung. Nachdem er beim »Regenschirm« den alten Bauern geübt hatte, übernahm er die Rolle auch für die Fotos, die Andrea für die Einreichung auf der Filmakademie brauchte. Da im Schweinestall nicht Ferkel aller Altersklassen vorhanden war, musste sie manches auch gestalten. Sie arbeitete mit künstlichem Blut. Eine Flasche Himbeersirup aus dem Vorratskeller von Arthurs Mutter musste daran glauben. Es ging nicht nur um die Farbe, auch die dicke Konsistenz war wichtig. Ganz frisch geborene Ferkel gab es gerade nicht, und so nahmen sie ein etwas älteres und tropften Himbeersaft auf den bereits abgeschnittenen Schwanz, als Arthur mit dem Tier zwischen seinen Schenkeln und einer großen Schere posierte. Auch das Abzwicken der Zähne stellten sie nach, und das kleine Ferkel sah sehr leidend drein, als Arthur ihm das Rüsselchen aufspreizte und mit dem geöffneten Zahnzwicker ins Mäulchen fuhr und der Himbeersaft aus dem Rüsselchen rann.

Nur mit dem Kastrieren hatte Andrea gerade Glück. Für den vier Wochen alten Wurf war der Sauschneider angesagt, und sie konnte viele Bilder davon machen, wie jedes Ferkel an einem Bein aus dem Koben gezogen wurde, wie die Mutter es an den Hinterbeinen festhielt, während das Ferkel aus Leibeskräften schrie, wie der Sauschneider ihm ohne Betäubung die Haut an den Hoden aufritzte, die bläulichen Kügelchen herausdrückte und mit dem Messer vom Hodenstrang trennte. Die Ferkel schrien während der Prozedur, als würde man sie abstechen. Wenn der Sauschneider mit der Arbeit fertig war, bekam er pro Ferkel zwei Schilling und die Hoden wurden an die Hühner verfüttert. Gierig stürzten sie sich drauf und würgten sie als Ganzes hinunter.

In die Stecherei ließen sie Andrea aber nicht hinein. Doch zum Aufbau ihrer Diashow mit gesprochenem Text passte es ohnehin, dass ihr Schwein nicht von seinem Ende berichten konnte. Es erzählte, wie es sich anfühlte, in die Stecherei gebracht zu werden, die Ängste der anderen Schweine mitzuerleben, das Blut der Leidensgenossen, das man überall roch, die Schreie in Todesangst und Schmerzen. Um das optisch gut mitzuteilen, setzte Andrea den Kuleschow-Effekt ein, über den sie in einem Filmbuch gelesen hatte. Sie fotografierte den Ausdruck eines Schweins beim Warten in der Stecherei. Als

Nächstes den Schlachter im weißen Mantel, der die Schweine in den Schlachtraum hineintrieb. Dann wieder das gleiche Bild des wartenden Schweins. Danach Blut auf dem Boden. Da sie nicht hineindurfte, war es Himbeerblut. Und wieder das gleiche Bild des wartenden Schweins. Obwohl es sich beim wartenden Schwein immer um ein und dieselbe Aufnahme handelte, machte es den Eindruck, als schaute das Tier immer entsetzter drein.

Andrea sprach den Text auf Band und Arthur legte Musik dazu, die zum Schluss hin immer dramatischer wurde, und fertig war die Diashow.

Ihre Einreichungen brachte Andrea persönlich nach Wien. Sie fragte in einem billig aussehenden Hotel in Bahnhofsnähe nach einem Zimmer und schaute sich die Häuser an, an denen sie vielleicht studieren würde. Andrea konnte sich nicht entscheiden, was sie lieber wollte. Lieber auf der Bühne und vor der Kamera stehen und sich in einen bestimmten Charakter hineinversetzen oder doch lieber neben der Kamera und eine Geschichte schreiben und sie inszenieren? Und so großartige Filme machen wie Bergman oder Truffaut oder Malle. Oder doch lieber Skulpturen bauen wie Häuser, durch die Verbindung der verschiedenen Materialien neue Bedeutungen schaffen, auch das fand sie reizvoll. Aber am liebsten hätte sie Gesang studiert, noch immer hätte sie gerne mit einer Stimme beeindruckt, die Menschen berühren könnte. Doch bei ihr hätten sie doch nur geraunt und so blieb ihr nichts anderes übrig, als ihre Stimme sprechend oder gar nonverbal zu erheben, wenn sie auf sich aufmerksam machen wollte.

Sie wusste, sie musste sich informieren, Namen bedeutender Künstler und ihre Werke kennen, wenn es zu einem Vorsprechen käme. Sie blieb drei Tage in Wien, kaufte sich den »Bazar« und schaute sich die Wohnungsangebote durch, ging in

Ausstellungen, ins Kino und am Abend ins Theater, auch wenn nur auf kleinen Bühnen gespielt wurde im Sommer.

Eine Wohnung für sich allein oder für zwei, das war die noch immer ungeklärte Frage. Es gefiel ihr, Wohnungen zu besichtigen. Es war das erste Mal, dass sie die Möglichkeit bekam zu wohnen, wie sie wollte. Nicht, dass sie sich mit dem wenigen Geld viel würde leisten könnte. Aber sie konnte sich aussuchen, welcher Bezirk ihr gefiel und ob sie oben oder unten wohnen wollte, sonnenseitig oder schattig, zum Glück gab es in Wien eine Mietzinsobergrenze, die bei Altbauten nicht überschritten werden durfte. Was sie zu sehen bekam, war abgewohnt, die Wände waren schmutzig, der Boden verpickt. Aber es machte ihr nichts aus zu streichen und einen neuen Spannteppich zu verlegen. Diese Arbeit kannte sie von zu Hause. Mehr Sorgen machte ihr Arthur. Ihre Kommunikation mit ihm war ins Stocken geraten. Arthur hatte begeistert an ihren Projekten mitgearbeitet, und sie sah, dass ihn ein Kunststudium auch gereizt hätte. Aber er verbot es sich. Für ihn war der Studienwunsch nach Elektrotechnik schon ein gewaltiges Aufbegehren gegen die Familie, und alles, was noch weiter von Jus entfernt war, erschien ihm unmöglich.

»Deine Eltern können die Wohnung an andere Studenten vermieten und dir mit diesem Geld deine Mietkosten in Wien zahlen«, war Andrea ganz pragmatisch, als er ihr sein scheinbar unlösbares Problem darlegte.

»Und du könntest bestimmt umsonst bei mir wohnen«, versuchte er ihr Graz nochmals schmackhaft zu machen. »Meine Eltern würden wahrscheinlich keine Miete von dir verlangen!«

»Aber ich will das nicht«, hatte Andrea erwidert und gesehen, dass Arthur es nicht wirklich verstand. »Ich bin froh, von meinen Eltern nicht mehr abhängig zu sein, und will jetzt nicht von deinen Eltern abhängig werden. Ich möchte endlich wohnen, wo ich will, essen, was ich selber koche, und studieren, was mir gefällt!«

Andrea war in das Historische Museum der Stadt Wien gegangen, um sich Bilder von Klimt, Schiele, Kokoschka und Gerstl anzuschauen. Vor der »Dame in Gelb« von Max Kurzweil blieb sie lange stehen und war fasziniert von den intensiven Farben und dem selbstbewussten und doch geheimnisvollen Ausdruck der abgebildeten Frau. Wie sie ihre Arme um die ganze Rückenlehne des Sofas gelegt und ihr schönes Kleid über die ganze Sitzbank ausgebreitet hatte, das gefiel ihr und sie fragte sich, wer weiß, ob diese Frau, wenn sie aufsteht und weggeht, nicht doch einen schiefen Gang hat oder humpelt, aber mit ihrer Eleganz lässt sie das jeden Betrachter vergessen.

Arthur hatte im Sommer den Führerschein gemacht und nun wollten sie noch ein bisschen ans Meer fahren. Arthurs Vater hätte den Sohn niemals an das Steuer seines Mercedes herangelassen, obwohl das Auto schon neun Jahre alt war. Aber seine Mutter opferte ihren Ford Fiesta und meinte, irgendwie müsse der Sohn doch üben, damit er es richtig lernte. Und mit einem richtigen Auto wollten Arthur und Andrea eine weite Strecke bewältigen. Sie wollten das Meer sehen und auch eine schöne Stadt in der Nähe haben, und so beschlossen sie, bis nach Dubrovnik zu fahren. Rom hätte ihnen auch gefallen, aber das lag nicht am Meer und war im Sommer unerträglich heiß, wie es hieß. Andrea verabschiedete sich schon am Vortag von ihren Eltern und ihrer Großmutter. Andreas Vater umarmte Arthur heftig und schärfte ihm mit Tränen in den Augen ein, gut auf seine Tochter aufzupassen. Die Mutter gab Andrea ein Handwaschmittel mit für zwischendurch. Und die Großmutter steckte ihr einen Hunderter zu und winkte ihr aus dem Zimmerfenster noch lange nach, mit dem Gipsengel in der Hand, der sie auf der Reise beschützen sollte.

Am nächsten Morgen fuhren sie zeitig los und jubelten, als die Küstenstraße das erste Mal auftauchte. Am Abend kamen sie in Dubrovnik an und suchten nach einem freien Zimmer. Erschöpft wie sie waren, nahmen sie gleich das erstbeste bei einem älteren Paar. Das Zimmer war altmodisch ausgestattet, mit einem dunklen, schweren Bett und einem Heiligenbild darüber. Arthur und Andrea vermuteten, dass es das Schlafzimmer der alten Leute war, das sie für Feriengäste freigeräumt hatten. Die Leute sprachen ein paar Worte Deutsch, den Zimmerpreis schrieben sie auf einen Zettel und Andrea schrieb die Tage dazu, die sie bleiben wollten. »Dobro« verstand sie und sagte auch »dobro!«

Am nächsten Tag, nach dem Frühstück in der Küche mit Blümchenkaffee, Semmeln, Butter und Feigenmarmelade, fuhren sie mit der Fähre auf die ein paar Minuten entfernte Insel Lokrum. Dort gab es laut Reiseführer wunderschöne Badeplätze. Aber sie fühlten sich eher wie die Makaken in Gibraltar, die sie in einer Dokumentation gesehen hatten. Überall auf den Felsen lagen nackte Menschen herum, Männer und Frauen durcheinander gemischt. Sie wären sich seltsam vorgekommen, wenn sie sich in Badekleidung unter die Nackten gemischt hätten und überhaupt, sie waren noch nie an einem FKK-Strand gewesen. Lange stiegen sie in den felsigen Buchten herum, bis sie einen etwas abgelegenen Platz fanden, und da es hier üblich war, riskierten sie es. Sie zogen ihre Badekleidung aus und stiegen nackt ins Wasser. Andrea musste zugeben, es fühlte sich besser an als mit dem Bikini, wenn das Meer den Körper direkt berührte und es war ein höchst angenehmes Gefühl, wenn eine Welle zwischen die Beine schwappte. Und als sie aus dem Wasser stieg und sich auf die Felsplatte legte, spürte sie ein Prickeln, als die Sonne die

Wassertropfen aufsaugte und den ganzen Körper in kürzester Zeit trocknete. Und keine nasse Kleidung klebte an ihrem Hinterteil oder auf ihrem Busen. Und auch Arthur sagte: »Hey, das ist super, wenn mein Pimmel so frei mit mir schwimmt!«

Bald fanden sie es nicht mehr so schlimm, wenn sie hinübersahen zum großen Felsen, auf dem die Menschen lagen oder herumgingen, genau so, als hätten sie etwas an, und sich völlig ungezwungen in ihrer Nacktheit bewegten. Und am nächsten Tag genierten sich die beiden nicht mehr, sich unter die Leute zu mischen, und Arthur bekam glänzende Augen, als sich eine attraktive Frau auf dem Felsen über ihm in der Sonne aalte.

»Du Schwein«, sagte Andrea.

Arthur grinste vor sich hin. »Du weißt doch, wie lange ich die Augen offen halten kann!«

Der nächste Tag war bewölkt, und Arthur und Andrea wollten das Wetter nützen, um die Stadt zu besichtigen. Sie umrundeten das Zentrum auf der beeindruckenden Mauer aus dem sechzehnten Jahrhundert, die teilweise sechs Meter dick und fünfundzwanzig Meter hoch ist.

Sie sahen sich auch die berühmten Gebäude der Gotik, Renaissance und des Barock an. Und an jedem Abend promenierten sie auf dem berühmten Stradun, einer elegant gepflasterten Straße mit vielen Geschäften und Restaurants, die bis ins zwölfte Jahrhundert hinein ein Kanal gewesen war. Sie aßen Ćevapčići und Ražnjići und einmal auch teureren Lignje, das waren gefüllte und gebackene Tintenfische, in den etwas günstigeren Seitengassen des Stradun.

Doch nach einer Woche fühlte sich Arthur nicht mehr wohl. Er sagte, er habe das Gefühl, er müsse weg von hier. Es ziehe in seinen Beinen.

»Das kommt von den O-Haxen, die das viele Schwimmen nicht gewohnt sind«, meinte Andrea.

Arthur fand es nicht lustig und sagte ernst: »Ich habe das Gefühl, dass ich meine Beine verliere, wenn ich noch länger bleibe!«

Arthur sah gequält drein, so, als hätte er große Schmerzen. Er wollte auch nicht mehr auf die Insel fahren. Nach dem Frühstück legte er sich wieder ins Bett und starrte an die Decke.

»Wenn es so schmerzhaft ist, solltest du dich untersuchen lassen«, meinte Andrea.

Arthur antwortete nicht, er stierte vor sich hin. So hatte Andrea Arthur noch nie erlebt. Und jetzt, wo sie länger als sonst in dem Zimmer war, fühlte sich auch Andrea nicht mehr wohl, es störte sie der schwarze große Schubladenkasten, der voll war mit Decken und mit Bettwäsche. Sie fand nun die goldbestickte schwarze Decke drauf unangenehm und ebenso die Ikone mit Mutter und Jesuskind in einem breiten Goldrahmen, die auf dem Schubladenkasten stand, umrahmt von ausladenden Kerzenständern aus Messing. Es war ihr nun unheimlich in dem Zimmer und sie mochte auch nicht mehr bleiben, aber sie fragte sich, ob Arthur überhaupt fahren konnte, ob er die weite Strecke nach Hause denn bewältigen könnte, wenn es ihm so schlecht ging. Hätte sie doch auch gleich den Führerschein gemacht. Andrea machte sich Vorwürfe. Sie hatte sich mit den Einreichungen für die Kunststudien beschäftigt, anstatt sich in einen Kurs der Fahrschule zu setzen.

»Willst du, dass wir nach Hause fahren?«, fragte sie vorsichtig.

Arthur nickte. »Das wäre mir am liebsten!«

Andrea versuchte den Vermietern zu erklären, dass Arthur krank geworden sei und dass sie deshalb früher zurückfahren müssten. Mit Händen und Füßen zeigte sie, dass es ihm nicht gut ging, und nach einigem Hin und Her in der jeweils eigenen Sprache, in der vielmehr die erklärenden Gesten verstanden wurden als die Worte, sagte der alte Herr endlich »dobro« und nickte. Er verlangte auch nur das Geld für die Nächte, die sie dort geschlafen hatten und die Frau schenkte Andrea bei der Abfahrt noch einen Rosenkranz, wickelte ihn ihr fest um die Hand und segnete sie.

Auf der Fahrt sprachen sie wenig. Andrea machte noch einen Versuch, als sie auf der Höhe von Zadar waren, ob Arthur vielleicht doch noch bleiben wollte, woanders, irgendwo, wo sie direkt am Strand wären. Doch Arthur war wie in Trance. Er schaute stur geradeaus und wollte nichts als zurück, als würde er etwas versäumen, wenn er noch irgendwo einen Abstecher machte.

»Warum?«, fragte Andrea verzweifelt.

»Ich weiß es nicht«, sagte Arthur ebenso verzweifelt. Sie blieben nur kurz bei einer Raststätte stehen, um zu tanken und etwas zu essen, dann trieb es ihn schon wieder weiter. Die vielen Lastwagen auf der Strecke waren anstrengend, und immer wieder scherte einer aus und Arthur musste notbremsen. Zum Glück war an der Grenze wenig los.

»Möchtest du lieber gleich heim?«, fragte Arthur.

Andrea gab es einen Stich. Was war los? Was war mit Arthur passiert? Wollte er sie loswerden? Ging es darum? Sie hatte nicht daran gedacht, zu sich nach Hause zu fahren.

»Wie du möchtest«, sagte sie unsicher. »Wenn es dich stört, dass ich zu euch mitkomme!«

»Ich weiß es nicht«, Arthur war verwirrt, »ich weiß, dass es komisch ist. Ich kann es nicht erklären, aber ich würde es verstehen!«

»Was, Arthur? Was würdest du verstehen?«

Er seufzte. »Ich weiß nicht. Alles, wie immer du dich entscheidest!«

Andrea schüttelte den Kopf und weinte. Sie kam nicht an Arthur heran und hoffte, dass alles besser würde, wenn sie endlich angekommen wären.

Es war dann beinahe Mitternacht, als sie bei Arthurs Eltern in den Kiesweg einfuhren.

Die Eltern wollte er um diese Zeit nicht mehr wecken und sperrte selber auf. Plötzlich standen die Eltern aber im Vorhaus, verschlafen und in der Nachtkleidung schienen sie zu schweben wie Gespenster und starrten Arthur und Andrea an. Sie sagten kein Wort, schauten nur entsetzt. Und Andrea nahm es auch die Luft zum Atmen, als sie das Entsetzen der Eltern in ihren Gesichtern sah.

Arthurs Mutter fasste sich als Erstes und fragte mit einer seltsamen Stimme: »Seid ihr es wirklich?«

Sie griff nach Arthur, ob er wirklich aus Fleisch und Blut sei, und Andrea wich zurück, als sie auch nach ihr greifen wollte.

»Warum seid ihr schon zurück? Wer hat es euch gesagt?«, fuhr die Mutter mit der seltsamen Stimme fort.

Arthur und Andrea sagten nichts, sie schauten nur mit großen angsterfüllten Augen.

Die Mutter begriff, dass sie nichts wussten, und wandte sich an Andrea: »Deine Oma ist gestorben. Morgen ist das Begräbnis!«

Andrea blieb der Atem weg, und ihre Beine hielten sie nicht mehr.

Zuerst dachte sie, das Rauschen käme vom Meer und sie wäre auf der Insel, doch dann hörte sie weit entfernt auch Stimmen, die langsam immer näher kamen.

»Ihr Vater war da«, hörte sie, »er dachte, wir wissen vielleicht, wo ihr seid, und könnten euch erreichen. Er wusste nicht, dass es hier heroben auch noch keine Telefonleitung gibt!«

Langsam begriff Andrea, dass sie in Arthurs Bett lag, dass seine Eltern mit ihm redeten, und sie hoffte, sie hätte die Worte von Arthurs Mutter, die ihr langsam wieder in den Sinn kamen, nur geträumt.

»Ich muss zu ihr, ich muss sie sehen«, Andrea wollte aufstehen.

»Sie ist nicht mehr zu Hause. Sie liegt in der Totenkammer, die ist in der Nacht bestimmt nicht offen. Vor morgen Früh wirst du nicht hineinkönnen!«

»Willst du trotzdem nach Hause?«, fragte Arthur. Andrea überlegte und schüttelte den Kopf. Dort allein in ihrem Bett zu liegen und das leere Zimmer der Großmutter, das würde alles noch früh genug kommen.

Später, als Arthur zu ihr ins Bett kam und die beiden umschlungen dalagen, fragte sie: »Warum hast du es gespürt und nicht ich?«

Arthur war nun ganz ruhig und schien erleichtert, dass es für ihn vorbei war.

»Ich weiß es nicht. Aber es war so stark, dass ich mich nicht dagegen wehren konnte!«

»Und warum hat sie sich bei dir gemeldet und nicht bei mir?« Andrea war nicht nur traurig, sondern auch etwas wütend, dass sich die Großmutter nicht ihr mitgeteilt hatte. Es kam ihr wie ein Verrat vor. Oder war ihr die Großmutter böse, weil sie nicht da gewesen war, um auf sie aufzupassen?

Trotz der Erschöpfung konnte Andrea nicht schlafen, während sie neben sich Arthurs tiefe Atemzüge hörte.

Vor dem Sarg stand das Holzkreuz mit dem Namen der Großmutter und dem Sterbedatum drauf. Daneben war ein Bild in einem Rahmen aufgestellt, das Andrea als Passfoto kannte und das nun in einer Vergrößerung hier stand. Rundherum lagen Kränze und Gestecke. Auch den braunen Holzsarg schmückte ein Gesteck mit gelben Rosen. Der Geruch des Reisigs war der Geruch des Todes. So hatte es immer gerochen, wenn jemand starb. Arthur schloss die Tür hinter Andrea. Die Kammer hatte kein Fenster, es brannten nur Kerzen.

Zögernd stieg Andrea auf die kleine Trittleiter und schaute durch das Glasfenster auf das Gesicht der Großmutter. Andrea konnte es nicht fassen. Sie lag da wie immer. Den Kopf leicht auf die Seite geneigt, mit geschlossenem Mund, der fast lächelte, als würde sie träumen. Nur die Nase erschien ihr spitzer als sonst. Aber Andrea hatte ihre Großmutter so oft beinahe tot gesehen, dass sie alle möglichen Todesgesichter von ihr kannte oder sich zumindest vorgestellt hatte, wie sie aussehen würde. Dieses Gesicht hier war friedlicher, als es in jeder Vorstellung gewesen war. Andrea stieg ab, schob die Trittleiter weiter, stieg wieder hinauf, hob das Gesteck vom Sarg und gab es Arthur.

»Leg es auf die Seite«, flüsterte sie. Er tat, was sie von ihm wollte.

»Und jetzt hilf mir mit dem Deckel, bitte!«

»Was hast du vor?«, Arthur wollte nicht glauben, was er vermutete.

»Hilf mir, ihn herunterzuheben. Er ist noch nicht verschraubt!«

»Warum?«

»Ich muss schauen, ob sie wirklich tot ist. Es ist das Mindeste, das ich noch für sie tun kann!«

Der Deckel war viel schwerer, als sie gedacht hatte, und durch die Höhe auch schwierig anzuheben. Aber sie schafften es nach einigen Versuchen und lagerten ihn auf dem Boden, auch wenn sie ein paar Kränze dabei niederdrückten.

Nun hatte sie die ganze Großmutter vor sich liegen. In einem schwarzen Rock und einer schwarzen Bluse, wohl dieselbe Kleidung, die sie beim Begräbnis des Großvaters getragen hatte. Und um den Kopf hatte man ihr ein schwarzes Tuch gebunden, aber mit dem Knoten unter dem Kinn, wie Andrea erleichtert feststellte. Sie schaute lange in das Gesicht, berührte das weiße Haar, das unter dem Kopftuch hervorlugte, strich ihr über die kalte Wange und flüsterte »Oma, liebe Oma«, als könnte die Großmutter sie noch hören. Sie starrte lange auf Brust und Bauch, ob sie nicht doch noch ein leichtes Atmen wahrnehmen konnte. Sie hielt ihr die kalte Nase zu, in der Hoffnung, dass sie den Mund öffnen würde, um Luft zu bekommen. Aber sie reagierte nicht, ließ alles mit sich geschehen. Endlich konnte Andrea weinen. Sie beugte sich über das Gesicht und ihre Tränen tropften auf die Augen der toten Großmutter und rannen ihr in die Augenwinkel und von dort die Wangen herab, sodass es aussah, als würde sie ebenfalls weinen.

»Ist sie wirklich tot?«, fragte Arthur.

Andrea nickte. »Ich denke schon! Was meinst du?«

»Wenn sie weint, schaut sie sehr lebendig aus!«

»Das sind aber meine Tränen!«

»Trotzdem. In den Draculafilmen wird den Toten ein Holzpfahl ins Herz gestoßen!«

Andrea gluckste und musste lachen. »Meine Oma ist doch kein Dracula!«

»Ich weiß«, sagte Arthur ernst. »Ich meine nur, zur Sicherheit!«

Andrea nickte. »Ja, die Vorstellung, sie würde unter der Erde ersticken und ich könnte ihr nicht helfen, ist unerträglich. Aber ich glaube, den Herzstich können wir uns sparen.«

»Wie du meinst.« Arthur blieb ernst.

Die Hände erschienen Andrea knochiger als sonst. Ein Rosenkranz war um die gefalteten Finger gewickelt. Sie erinnerte sich, wie sie die Hände des Großvaters zusammengebunden hatte, damit ihm die Hand nicht auskam, wenn er an die Himmelstür klopfte. Diese Gefahr bestand bei der Großmutter nicht, und sie wickelte ihr den Rosenkranz von den Fingern und legte ihn sachte in das gefaltete Dreieck zwischen Daumen und Zeigefinger. Nichts sollte die Großmutter behindern, wenn sie sanft an die Himmelstür klopfte.

»Weißt du, was ich jetzt gerne können würde, Arthur?«

Arthur zuckte mit den Schultern.

»Beten! Aber ich kann es nicht mehr!«

Die Tür ging auf und die Helligkeit von draußen blendete Andrea und Arthur, sodass sie nur eine dunkle Gestalt wahrnahmen, als sie zur Tür blickten.

Dann schrie diese Gestalt »Nein!« und ging in die Knie.

»Almut«, rief Andrea, hob die Cousine auf und nahm sie in die Arme.

Almut atmete schwer. »Bist du es wirklich? Wie hast du es erfahren?«

»Arthur hat es gespürt«, antwortete Andrea. »Deshalb sind wir früher zurückgefahren!«

»Und wieso ist der Sarg offen?«, Almut konnte sich nicht beruhigen.

»Arthur, bitte geh hinaus und lass niemanden herein. Das hier geht niemanden etwas an!«

»Ich musste schauen, ob sie wirklich tot ist«, erklärte Andrea.

»Natürlich ist sie tot«, antwortete Almut. »Ich war dabei, als sie gestorben ist! Es ging ihr zwei Tage nicht gut, ihr war schlecht, dann ist sie nicht mehr aufgestanden. Ein paar Stunden hat sie beim Atmen geröchelt, dann war es vorbei. Wir waren alle bei ihr!«

»Nur ich nicht!«

»Aber sie hat dich gerufen. Du hast es zum Begräbnis geschafft!«, tröstete Almut ihre Cousine.

Sie hörten Gemurmel von draußen. Das Begräbnis war für elf Uhr angesetzt und es kamen die ersten Leute, um sich von der Toten zu verabschieden. Almut half Andrea, den Deckel wieder auf den Sarg zu setzen, auch wenn es Schwerarbeit für die beiden jungen Frauen war. Andrea setzte auch das Gesteck wieder drauf und stellte die Trittleiter dorthin, wo das Sichtfenster war. Der Sargdeckel hatte etliche Rosen und Nelken geköpft. Dann öffneten sie die Tür und ließen die anderen Leute in die Leichenkammer.

Andrea gewöhnte sich langsam daran, dass sie wie ein Gespenst angeschaut wurde. Dann wurde hinter vorgehaltener Hand gemurmelt: »Sie hat sie also doch gerufen!«

Auch den Eltern war es unheimlich, dass Andrea plötzlich vor ihnen stand. Fast alle Leute kamen zuerst auf Andrea zu und wünschten ihr Beileid, erst dann gingen sie zu den Eltern und zum Bruder.

Längst gab es keine Pferdekutschen mehr, und der Weg von der Leichenkammer in die Kirche war ein Fußweg von ungefähr fünf Minuten. Die Leute stellten sich nun vor dem Sarg an, um Weihwasser draufzuspritzen und einen letzten Blick durch das Schaufenster zu werfen. Dann begann der Vorbeter mit dem Rosenkranz. Der Bestatter schob einen Deckel auf das Fenster und schraubte den Sarg zu. Die Männer aus dem Dorf halfen ihm, den Sarg aus der Kammer hinauszutragen und auf eine Art Leiterwagen zu stellen, der aber Räder aus Gummi hatte. Und Andrea dachte daran, dass sie es nicht mehr geschafft hatte, ihre Großmutter in einem Leiterwagen herumzuführen.

Es war üblich, dass die Enkelkinder als Erstes hinter dem Sarg hergingen. Zuerst die Mädchen, dann die Burschen. Arthur wollte sich hinter Andreas Eltern irgendwo unter die Leute mischen. Doch Andrea bestand darauf, dass er mit ihr und Almut ging. In der Mitte.

»Du weißt genau warum!«, sagte sie.

Er nickte. »Aber die anderen wissen es nicht!«

»Das ist doch egal«, zischte Andrea.

Ihre Mutter schaute sie böse an, traute sich aber wegen der vielen Leute nichts einzuwenden.

»Jetzt werden alle glauben, ich bin ein unehelicher Sohn deines Vaters«, flüsterte Arthur. Almut und Andrea konnten sich das Lachen kaum verbeißen.

»Wetten, die Oma grinst jetzt auch in ihrem Sarg«, sagte Andrea.

In der Kirche sprach der Pfarrer von einem guten Menschen, der die Großmutter war. Und Andrea nickte. Hier stimmten die Worte endlich, die bei vielen anderen Verstorbenen so falsch daherkamen.

Nach der Messe bewegte sich der Leichenzug zum Friedhof und der Sarg wurde auf quer gelegte Bretter über das offene Grab gestellt. Andrea schaute in die Grube. Zum Glück stand kein Wasser im Schacht. Andrea hätte es nicht ertragen, sich vorzustellen, wie das Lehmwasser in den Sarg eindrang und das sanfte Gesicht der Großmutter überschwemmte. Und dann kam der Moment der Endgültigkeit, der mit dem Hinunterlassen des Sarges in das schwarze Loch so konkret wurde und kaum auszuhalten war. Auch wenn es nur der Körper war, der hier versenkt und mit Erde zugedeckt wurde, es war ein Körper, der geliebt hatte, der Zärtlichkeit ausdrücken hatte können, der eine warme Hand gehabt hatte, die viel und ausgiebig den Rücken streicheln hatte können. Andrea gelang es nur, Tränen auf diesen Sarg zu werfen, aber keine Erde.

Arthur stand neben ihr und starrte in das Loch. »Und das alles nur wegen der Scheißgravitation«, flüsterte er und war wütend. »Aus dem Staub heraus zieht sie einfach alles nach unten. Es ist schwieriger, auf die Leiter hinaufzusteigen als herunterzufallen. Ich möchte endlich wo leben, wo weniger Materie ist, dort ist alles angenehmer! Mich belastet diese Krümmung. Mein Gewicht hat nichts mit mir zu tun, das ist nur die Gravitation!«

Andrea musste lächeln und flüsterte zurück: »Vielleicht schwebt sie jetzt dort herum, wo weniger Materie ist!«

Nachher saßen alle zusammen beim Leichenschmaus, der »Bestattung« genannt wurde, als wäre das Essen danach die eigentliche Bestattung der Toten. Andrea schob die Vorstellung immer wieder beiseite, dass inzwischen der Totengräber schon am Werk war und den Sarg der Großmutter zuschaufelte. Sie hörte das dumpfe Geräusch, wie schwere Erde auf das Holz fiel, auch wenn sie noch nie dabei gewesen war, aber sie hatte es schon in vielen Filmen gesehen, meistens mit einem hyperrealistischen Ton, den sie nun nicht aus dem Kopf bekam. Sie versuchte die Leberknödelsuppe zu essen und würgte doch nur an dem Leber-Brot-Gemisch herum, während die Leute rundherum schon beim Rindfleisch mit Semmelkren waren und bei ihren Alltagsgeschichten, die sie einander erzählten, weil der Tod eines alten Menschen keiner großen Nachbesprechung bedurfte. So war das Leben. Nur Andrea ließ sich von den Eltern, der Tante und Almut ganz genau die letzten Lebenstage der Großmutter erzählen. Es war so unspektakulär, dass sie meinte, die Großmutter hätte sich absichtlich still und leise in ihrer Abwesenheit davongeschlichen, um ihr so wenig Schmerz wie möglich zu bereiten.

»Hat sie noch von mir geredet?«, wollte Andrea wissen.

Die Mutter schüttelte den Kopf. »Sie hat überhaupt kaum mehr geredet in den letzten Tagen!«

Fast war Andrea enttäuscht. Irgendeine Botschaft hätte sie noch gerne aus dem Erzählten herausgehört, irgendetwas, das die Großmutter ihr noch mitgeben wollte, als sie ging. Aber nein, nichts. Als hätte sie ihre Arbeit auf Erden erledigt gehabt und wäre bereit gewesen, zu gehen.

Und die Mutter fügte noch hinzu: »So viel Pech wie ich mit

dem Schwiegervater gehabt habe, so viel Glück habe ich mit der Schwiegermutter gehabt. Keinen einzigen Streit hat es mit ihr gegeben in all den Jahren. Nie hat sie mir etwas verboten oder vorgeworfen. Nur die Kleine hat sie so verzogen, dass sie nicht mehr geradezubiegen war.«

Das erzählte die Mutter so selbstverständlich in der Runde, als wäre Andrea nicht dabei oder als würde sie von jemand ganz anderem reden.

Nach dem Essen gingen die Verwandten nochmals zum Friedhof, und da war das Grab bereits zugeschaufelt und die Kränze der Angehörigen und Nachbarn lagen obenauf. »In Liebe und Dankbarkeit. Sohn Josef und Schwiegertochter Maria, samt Enkelsohn Werner und Herzpinkerl Andrea«, war auf der Schleife der Eltern zu lesen.

Im Zimmer der Großmutter sah es aus wie immer. Auch ihr Geruch war noch vorhanden, eine Mischung aus scharfem Kampfer und den bitteren Digitalis-Tropfen, die sie regelmäßig eingenommen hatte. Die Gebetsbücher lagen auf ihrem Nachtkästchen, die Lesebrille daneben. Nur das Bett war abgezogen, die Matratze lag nackt da, so wie man es aus Filmen kennt, als deutlichen Hinweis, dass jemand, der in diesem Bett gelegen ist, gestorben ist. Der Gipsengel stand auf der Kommode und hatte seinen Kopf noch ein Stück tiefer gebeugt.

»Der Engel«, sagte Andrea zu Arthur, »der gehörte zu ihr!«

»Aber auch zu dir«, meinte Arthur.

»Gut, dann nehme ich ihn mit nach Wien!«, sagte Andrea bestimmt.

Arthur griff nach dem schwarzen Stock der Großmutter und ahmte ihren zittrigen Gang nach.

»Und du willst mich wirklich verlassen?«, fragte er Andrea im Tonfall der Großmutter.

Andrea nickte ernst.

»Was sollte mich noch halten, jetzt, wo du gegangen bist!«

Arthur hörte auf, mit dem Stock zu fuchteln, stellte ihn auf die Seite.

»Ich zum Beispiel!«

»Du?«, sie schüttelte den Kopf. »Du hast keinen Grund, hierzubleiben, außer deine Feigheit!«

In den Nächten träumte Andrea immer wieder von der Großmutter. Immer denselben Traum. Die anderen hatten sie lebendig begraben und Andrea buddelte sie mühsam mit den Händen aus und zeigte den Eltern, dass sie noch lebte. Aber die Eltern freuten sich nicht, sie winkten nur müde ab und sagten, das sei nichts Ernsthaftes. Es werde nicht lang dauern, dann werde sie wieder tot sein. Und Andrea schrie mit ihnen, sie sollten doch genau schauen, sie hätten sie irrtümlich begraben. Als Andrea aufwachte, wurde ihr klar, dass sie recht hatten. So wie die Großmutter früher in den Nächten gestorben war, wurde sie nun wieder lebendig.

Der Vater brachte sie nur widerwillig zum Zug.

»Musst du wirklich so weit weggehen?«

»Es ist ja nur Wien«, sagte sie tröstend und umarmte den Vater, der Tränen in den Augen hatte. Sie nahm ihre Reisetasche vom Rücksitz des Volkswagens und stieg in den Roten Blitz nach Graz. Dort würde sie umsteigen. Sie hatte einen mündlichen Termin für eine der Aufnahmsprüfungen. Sie wollte die Zeit nützen und sich eine Wohnung suchen.

Dem Vater winkte sie noch nach, bis er mit der Entfernung immer kleiner wurde. Es war wenig los am Vormittag, und sie nahm gleich die erste leere Viererbank, stellte das Gepäck gegenüber und warf sich lässig auf die Sitze. Sie sah aus dem Fenster, wie die Landschaft an ihr vorbeizog und dachte daran, wie selten sie in Zukunft diese Strecke fahren würde. Plötzlich hörte sie von hinten eine Stimme, die sich ihren Ohren näherte: »Mein schönes Fräulein, darf ich wagen, meinen Arm und Geleit Ihr anzutragen?«

Andrea lächelte, sie drehte sich aber nicht um und antwortete: »Bin weder Fräulein, weder schön, kann ungeleitet nach Wien gehen!«

Arthur nahm ihr Gepäck und verstaute es oben. Seines stellte er dazu und setzte sich Andrea gegenüber.

»Was tust du hier?« Andrea schüttelte den Kopf, als würde sie nicht glauben, was sie sah.

»Ich?«, Arthur stöhnte und ächzte, als hätte er Schwieriges vor. »Ich fahre nach Wien!«

»Aha, was machst du in Wien?«

»Ich suche mir eine Wohnung!«

»Du auch?«

»Ja, du auch? Dann könnten wir uns ja zusammentun!«

»Und was hast du vor in Wien?«

»Ich werde Theoretische Physik studieren!«

»Warum das?«

»Weil mir die Gravitation auf die Nerven geht. Diese elende Krümmung durch Raum und Zeit. Wir würden im freien Fall dahinschweben ohne diese blöde Krümmung. Jetzt kleben wir auf der Erde wie die Fliegen auf der Honiggirlande. Wir picken auf diesem Scheißplaneten. Der Mond wäre schon besser. Dort bekäme man auch weniger Falten.«

Er hatte seinen Rucksack nicht stabil genug ins Gepäcksnetz gegeben, bei der nächsten Kurve segelte er auf den Boden. Arthur trat danach.

»Und ununterbrochen fällt etwas hinunter und wird kaputt. Alles ist ein ständiger Kampf. Und man wird kleiner und kleiner. Dabei könnte man ganz gemütlich hinauffliegen, aber es kostet so viel Kraft, hinauszukommen aus dieser Anziehung. Du hast keine Ahnung, wie mich diese Krümmung belastet. Und ich sage dir, eines Tages haue ich ab nach oben. Ich werde dahinschweben. Ich weiß schon, wie es geht. Antigravitationsplatten links und rechts in die Hand genommen und ab geht es nach oben. Himmelwärts.«

Andrea grinste in sich hinein. »Und diese Antigravitationsplatten, die gibt es schon?«

Arthur schüttelte den Kopf. »Leider, die muss ich noch erfinden, deshalb muss ich noch ein bisschen studieren. Aber dann. Und wenn du willst, kannst du gerne mitkommen!«

»Wohin?«

»Nach oben, wohin sonst!«

Andrea grinste und nickte.